MAREA OSCURA

Andrew Gross

Marea oscura

Traducción de Eduardo G. Murillo

Umbriel Editores

Argentina • Chile • Colombia • España
Estados Unidos • México • Uruguay • Venezuela

Título original: *The Dark Tide*
Editor original: William Morrow, New York
Traducción: Eduardo G. Murillo

ISBN: 978-84-89367-63-0
Depósito legal: B. 19.763 - 2009

Fotocomposición: Ediciones Urano, S.A.
Impreso por Romanyà Valls, S.A. – Verdaguer, 1 – 08786 Capellades (Barcelona)

Impreso en España - *Printed in Spain*

PRIMERA PARTE

1

Cuando el sol penetraba inclinado a través de la ventana del dormitorio, Charles Friedman dejó caer el testigo.

No había tenido el sueño en años, pero allí estaba él, larguirucho, doce años de edad, corriendo la tercera manga de la carrera de relevos en la competición de atletismo del campamento de verano, la batalla entre los Azules y los Grises muy igualada. El cielo era de un azul radiante, la multitud daba saltitos, pelo al cero, rostros de mejillas enrojecidas que nunca más volvería a ver, excepto aquí. Su compañero de equipo, Kyle Bregman, que había corrido la manga anterior, se estaba acercando a él, sujetando un delgado palo, jadeando como un poseso.

Ya llega…

Charles se preparó, dispuesto a salir disparado nada más tocar el testigo. Notó que sus dedos se agitaban, a la espera del golpe del palo en la palma de su mano.

¡Ya estaba! ¡Ahora! Salió corriendo.

De pronto, se oyó un gemido ensordecedor.

Charles se detuvo y bajó la vista horrorizado. El testigo estaba en el suelo. El equipo de los Grises completó el intercambio, pasó corriendo ante él hacia una victoria inverosímil, y sus seguidores dieron saltos de júbilo. Exclamaciones de alegría se mezclaron con abucheos que resonaron en los oídos de Charles.

Fue entonces cuando despertó. Como siempre. Jadeante, con las sábanas empapadas de sudor. Charles contempló sus manos: vacías. Palmeó las sábanas como si el testigo continuara allí, después de treinta años.

Pero sólo era *Tobey*, su terrier blanco West Highland, que le miraba con los ojos abiertos de par en par y expectante, espatarrado sobre su pecho.

Charles dejó caer la cabeza con un suspiro.

Echó un vistazo al reloj: las seis y diez de la mañana. Diez minutos antes de que sonara el despertador. Su esposa, Karen, estaba aovillada a su lado. No había dormido mucho. Había estado despierto desde las tres hasta las cuatro, viendo el Campeonato Mundial de Levantamiento de Pesas Femenino en la ESPN2 sin sonido, pues no quería molestarla. Algo estaba preocupando mucho a Charles.

Tal vez se debía a las posiciones de valores largas de arenas asfálticas canadienses que había aceptado el jueves anterior, y que había mantenido durante todo el fin de semana, algo muy arriesgado con el precio del petróleo a la baja. O quizás a su apuesta al alza por los contratos de gas natural de seis meses, al tiempo que optaba por posiciones cortas en los de un año. El viernes, el índice del sector energético había continuado bajando. Le daba miedo levantarse de la cama, mirar la pantalla aquella mañana y ver qué descubría.

¿O era por *Sasha*?

Durante los últimos diez años, Charles había dirigido su propio fondo de cobertura del sector energético en Manhattan, con apalancamiento de ocho a uno. De puertas afuera (su pelo castaño claro, las gafas de carey, su imagen aburrida), parecía más un planificador de bienes o un asesor fiscal que alguien cuyas tripas (¡y ahora también sus sueños!) documentaban el hecho de que estaba viviendo en un infierno.

Charles se sentó y apoyó los codos sobre las rodillas. *Tobey* saltó de la cama y arañó frenéticamente la puerta.

—Déjale salir —murmuró Karen, al tiempo que se daba la vuelta y cubría su cabeza con las sábanas.

—¿Estás segura? —Charles contempló al perro, que con las orejas echadas hacia atrás y meneando la cola, saltaba sobre sus patas traseras con impaciencia, como si fuera capaz de girar el pomo con los dientes—. Ya sabes lo que pasará.

—Vamos, Charlie, esta mañana te toca a ti. Deja salir a *Tobey*.

—Las famosas últimas palabras…

Charles se levantó y abrió la puerta que daba acceso a su patio vallado de media hectárea, y que les protegía de los sonidos de Old Greenwich. *Tobey* salió disparado al patio, con el olfato concentrado en el posible olor de algún conejo o ardilla desprevenido.

De inmediato, el perro empezó a lanzar ladridos agudos.

Karen aplastó la almohada sobre su cabeza y gruñó.

—Grrrrr….

Así empezaba cada día: Charles entraba en la cocina, ponía la CNN y encendía la cafetera, el perro ladraba fuera. Después iba a su estudio y echaba un vistazo a las bolsas europeas por Internet antes de ducharse.

Aquella mañana, las bolsas no ofrecían grandes alegrías: 72,10 dólares. Continuaban bajando. Charles efectuó un veloz cálculo mental. Se vería obligado a vender otros tres paquetes de acciones. Otro par de millones volatilizados. Pasaban escasos minutos de las seis de la mañana y ya estaba hundido.

Tobey estaba en mitad de su andanada incesante de tres minutos.

En la ducha Charles repasó su día. Tenía que controlar sus ventas al contado y simultáneamente sus compras a futuros. Y tenía que reunirse con una de sus entidades de crédito. *¿Habría llegado el momento de confesarlo todo?* Tenía que hacer una transferencia al fondo para los estudios universitarios de su hija Sam. En otoño cursaría el último año en el instituto.

Fue entonces cuando lo recordó. *¡Mierda!*

Tenía que llevar al taller el maldito coche aquella mañana.

El servicio de los veintiocho mil kilómetros del Merc. Karen le había obligado por fin a concertar la cita la semana anterior. Eso significaba que tendría que tomar el tren de vuelta. Le retrasaría un poco. Confiaba en estar en su despacho a las siete y media para ocuparse de sus compras a futuro. Karen debería recogerle en la estación por la tarde.

Ya vestido, Charles corrió de un lado a otro. El grito de las seis y media para despertar a Karen, una llamada con los nudillos a las puertas de Alex y Samantha para que se prepararan para ir al colegio. Echar un vistazo a los titulares del *Wall Street Journal*.

Esta mañana, gracias a lo del coche, tuvo un momento para tomar café.

Vivían en una casa acogedora de estilo colonial restaurada, en una calle acomodada flanqueada de árboles en la ciudad de Old Greenwich, a una manzana del estrecho. Pagada por completo, la maldita choza debía costar más que todo lo que el padre de Charles, un vendedor de corbatas de Scranton, había ganado en su vida. Tal vez no podía exhibirla como algunos de sus amigos ricos, que tenían megamansiones en North Street, pero le había ido bien. Había conseguido una plaza en la Universidad de Pensilvania de entre los setecientos del instituto que pugnaban por ella, se había distinguido en el departamento de energía de Morgan Stanley, y se había llevado consigo algunos clientes cuando había abierto su propia empresa, Harbor Capital. Tenían la casa de montaña en Vermont, la universidad de los críos pagada, se iban de vacaciones a lugares elegantes.

Pero entonces, ¿qué demonios había salido mal?

Fuera, *Tobey* estaba arañando las puertas cristaleras de la cocina con la intención de entrar. *Vale, vale*, suspiró Charles.

La semana pasada, su otra perra de la misma raza, *Sasha*, había sido atropellada. En su misma calle tranquila, justo delante de su casa. Fue Charles quien la encontró, ensangrentada, inmóvil. Todo el mundo estaba triste todavía. Y después, la nota. La nota que llegó a su despacho en una cesta de flores al día siguiente. Que le había hecho sudar tanto. Y devuelto aquellos sueños.

Siento lo del chucho, Charles. ¿Podrían ser tus chicos los siguientes?

¿Cómo demonios había llegado a esos extremos?

Se levantó y consultó el reloj de la cocina: 6.45. Con suerte, pensó, podría salir del taller del concesionario a las 7.30, coger el tren de las 7.51 y llegar a su despacho en el cruce de la Cuarenta y nueve con la Tercera Avenida cincuenta minutos después. Pensaría en lo que debía hacer. Dejó entrar al perro, que de inmediato se precipitó hacia la sala de estar con un ladrido y salió por la puerta principal, que Charles había olvidado cerrar. Ahora iba a despertar a todo el vecindario.

¡*Tobey* le daba más trabajo que sus hijos!

—¡Me voy, Karen! —gritó, al tiempo que cogía su maletín y encajaba el *Journal* bajo el brazo.

—Un beso, un beso —contestó ella, envuelta en su albornoz, mientras salía corriendo de la ducha.

Aún era sexy para él, con el pelo color caramelo mojado y un poco enmarañado de la ducha. Karen era hermosa. Había mantenido su figura en forma gracias a los años de yoga, la piel todavía suave, con aquellos ojos color avellana soñadores, de esos que se apoderan de ti y nunca te abandonan. Por un momento, Charles se arrepintió de no haber vuelto a la cama después de que *Tobey* se hubiera fugado, concediéndoles una oportunidad inesperada.

En cambio, gritó algo acerca del coche, que iba a tomar el Metro-North. Que quizá la llamaría más tarde para que le recogiera camino de casa.

—¡Te quiero! —gritó Karen por encima del zumbido del secador de pelo.

—¡Yo también!

—Saldremos después del partido de Alex…

Maldición, exacto, el partido de lacrosse*, el primero de la temporada. Charles volvió y garabateó una nota para su hijo, que dejó sobre la encimera de la cocina.

¡Para nuestro mejor delantero! ¡Dales duro, campeón!
¡MUCHA SUERTE!

* Deporte que se juega con una raqueta de mango largo. (*N. del T.*)

Puso sus iniciales, después las tachó y escribió *Papá*. Contempló la nota un segundo. Tenía que parar esto. Pasara lo que pasara, no iba a permitir que nada les ocurriera.

Después se encaminó hacia el garaje y, por encima del sonido de la puerta automática al abrirse y los ladridos del perro en el patio, oyó que su mujer chillaba para imponerse al secador:

—¡Charlie, haz el favor de dejar entrar al perro!

2

A las ocho y media Karen estaba en yoga.

A esa hora ya había sacado de la cama a Alex y Samantha, dispuesto sobre la mesa cajas de cereales y tostadas para el desayuno, localizado el *top* que, según Samantha, «había desaparecido de la faz de la tierra, mamá» (en el cajón del tocador de su hija), y arbitrado dos peleas sobre quién iba a llevar a quién aquella mañana. Y de quién eran los piojos encontrados en el lavabo del cuarto de baño que compartían los chicos.

También dio de comer al perro, comprobó que el uniforme de lacrosse de Alex estuviera planchado, y cuando la discusión acerca de quién era el último que había tocado a quién, con gran aparato de palmadas en la espalda y agitar de dedos, empezó a degenerar en una bronca plagada de insultos, les sacó a empujones de la casa y los metió en el Acura de Sam con un beso y un saludo de la mano. Recibió un presupuesto de Sav-a-Tree sobre uno de los olmos que era preciso talar, y envió dos correos electrónicos a los miembros de la junta sobre la inminente campaña de recogida de fondos del instituto.

Por algo se empieza... Karen suspiró y dedicó un *«Hola a todos»* a algunas caras familiares, mientras se sumaba a toda prisa a los ejercicios de yoga en el gimnasio Sportsplex de Stamford.

La tarde será de órdago.

Karen tenía cuarenta y dos años, era bonita. Sabía que aparentaba cinco años menos, como mínimo. Con sus penetrantes ojos castaños, y un rastro de pecas que todavía sembraba sus pómulos, la gente solía compararla con una Sela Ward más rubia. Su espeso pelo castaño claro estaba ceñido en la nuca, y cuando se miraba en el espejo, no se avergonzaba de su aspecto en mallas de yoga, teniendo en cuenta que era una madre que, en una época anterior, había sido la principal recaudadora de fondos para la compañía de danza clásica de la ciudad.

Fue allí donde Charlie y ella se habían conocido. En una cena de donantes importantes. Él asistía sólo para acabar de llenar una mesa en representación de la firma, y era incapaz de diferenciar un *plié* de un giro. *Aún lo era*, le tomaba el pelo ella. Pero era tímido y algo intolerante consigo mismo, y con sus gafas de carey y los tirantes, además de su mata de pelo color arena, parecía más un profesor de ciencias políticas que el nuevo pez gordo del departamento de recursos energéticos de Morgan Stanley. A Charlie pareció gustarle que ella no fuera de la zona, aquel leve acento sureño que todavía conservaba. El guante de terciopelo que envolvía su puño de hierro, siempre decía admirado, porque nunca había conocido a nadie, a nadie, capaz de conseguir cosas como ella hacía.

Bien, el acento había desaparecido hacía mucho tiempo, y también la perfecta esbeltez de sus caderas. Y no digamos ya la sensación de que controlaba su vida por completo.

Eso lo había perdido hacía dos hijos.

Karen se concentró en su respiración cuando se inclinó hacia delante en *dandasana*, cosa que le resultaba difícil, fijando la atención en la extensión de los brazos y en mantener recta la columna vertebral.

—Enderezaos —entonó Cheryl, la instructora—. Donna, los brazos junto a los oídos. Karen, postura. Acopla ese fémur.

—Es el fémur lo que está a punto de desprenderse —gimió Karen, tambaleante. Un par de compañeras rieron. Después se enderezó y recuperó la forma.

—Precioso —aplaudió Cheryl—. Bien hecho.

Karen se había criado en Atlanta. Su padre era propietario de una pequeña cadena de tiendas de pintura y restauración. Había estudiado bellas artes en Emory. A los veintitrés años, ella y una amiga habían ido a Nueva York, donde consiguió su primer empleo en el departamento de publicidad de Sotheby's, y las cosas parecieron encarrilarse a partir de aquel momento. Después de que Charlie y ella se casaran, no fue fácil al principio. Renunciar a su carrera, mudarse al campo, fundar una familia. Entonces, Charlie siempre estaba trabajando, o viajando, e incluso cuando se quedaba en casa daba la impresión de estar con el teléfono pegado a la oreja todo el día.

Las cosas fueron un poco inciertas al principio. Charlie había cometido unos cuantos errores cuando abrió su firma, y casi «estiró la pata». Pero uno de sus mentores de Morgan Stanley había intervenido para sacarle del apuro, y desde entonces todo había funcionado como una seda. No era una gran vida, como la de algunos conocidos que vivían en aquellos gigantescos castillos normandos de la campiña, con segundas residencias en Palm Beach y cuyos hijos nunca habían volado en aviones comerciales. Pero ¿quién deseaba eso? Tenían la casa de Vermont, un esquife en el club náutico de Greenwich. Karen aún iba a comprar al supermercado y sacaba la basura a la calle los días de recogida. Solicitaba donativos para el Centro Juvenil y se encargaba de las finanzas domésticas. La lozanía de sus mejillas era una muestra de que era feliz. Amaba a su familia más que a cualquier otra cosa en el mundo.

Todavía, suspiró, mientras adoptaba la postura de la silla. Era un alivio que, al menos durante una hora, los críos, el perro y las facturas que se amontonaban sobre su escritorio estuvieran a millones de kilómetros de distancia.

Algo atrajo la atención de Karen a través de la mampara de cristal. La gente se había congregado alrededor del mostrador de recepción y miraba el televisor del techo.

—Pensad en un lugar bonito… —ordenó Cheryl—. Tomad aire. Utilizad vuestra respiración para transportaros a él…

Karen se dejó llevar hacia el lugar que siempre elegía. Una ensenada remota frente a la isla Tórtola, en el Caribe. Charlie, ella y los niños la habían descubierto cuando navegaban en las cercanías. Habían entrado vadeando y pasado el día solos en la hermosa bahía color turquesa. Un mundo sin teléfonos móviles ni canales de televisión por cable. Nunca había visto a su marido tan relajado. Cuando los niños se marcharan, decía siempre, cuando todo estuviera atado y bien atado, volverían. Claro. Karen siempre sonreía para sus adentros. Charlie era un condenado a cadena perpetua. Le gustaba el arbitraje, el riesgo. La ensenada podía quedarse donde estaba, a una vida de distancia, si fuera necesario. Era feliz. Vio su cara en el espejo. Consiguió que sonriera.

De pronto, Karen tomó conciencia de que la multitud congregada frente a la recepción había aumentado. Algunos habían dejado de correr en las cintas continuas y se concentraban ante las pantallas de televisión. Hasta los monitores se habían acercado a mirar.

¡Algo había pasado!

Cheryl intentó recuperar la atención de sus alumnas dando palmadas.

—¡Concentraos, chicas!

Pero sin éxito.

Una a una, todas interrumpieron sus posturas y miraron.

Una empleada del club se acercó corriendo y abrió la puerta.

—¡Ha ocurrido algo! —dijo con el rostro demudado a causa de la alarma—. ¡Hay un incendio en estación Grand Central! Parece que han puesto una bomba.

3

Karen pasó corriendo a través de la puerta de cristal y se hizo un hueco delante de la pantalla para mirar.

Como todo el mundo.

Había un reportero transmitiendo desde la calle de Manhattan situada frente a la estación de tren, y confirmaba con voz vacilante que una explosión había tenido lugar en el interior.

—Posiblemente múltiples explosiones…

La pantalla mostró una vista aérea desde un helicóptero. Una enorme nube de humo se elevaba hacia el cielo desde la estación.

—Oh, Dios —murmuró Karen, mientras contemplaba la escena horrorizada—. ¿Qué ha pasado?

—Ha sido en las vías —dijo una mujer con leotardos que tenía al lado—. Dicen que estalló una bomba, tal vez en uno de los trenes.

—Mi hijo tomó el tren esta mañana —dijo una mujer con voz ahogada, al tiempo que se llevaba una mano a los labios.

Otra, con una toalla alrededor del cuello, intentó contener las lágrimas.

—Mi marido también.

Antes de que Karen pudiera pensar, llegaron nuevas informaciones. Una explosión, varias explosiones, en las vías, justo cuando el tren Metro-North iba a entrar en la estación. Se había originado un incendio, dijo el reportero. El humo salía a la calle. Docenas de personas continuaban atrapadas. Tal vez centenares. *¡Una tragedia!*

—¿Quién? —empezó a murmurar la gente a su alrededor.

—Dicen que terroristas. —Uno de los monitores sacudió la cabeza—. No lo saben…

Todos habían padecido ya aquel terrible momento. Karen y Charlie conocían a personas fallecidas el 11-S. Al principio, ella miró con la preocupación solidaria de alguien cuya vida había quedado al margen de la tragedia que estaba sucediendo. Personas anónimas que habría visto cientos de veces: sentadas frente a ella en el tren, leyendo la página de deportes, corriendo en la calle detrás de un taxi. Con los ojos clavados en la pantalla, muchas se tomaban de la mano.

Entonces, de repente, Karen recordó.

No como un destello fugaz, sino como una sensación de opresión en el pecho, al principio. Después, poco a poco, se fue intensificando, y la sensación estuvo acompañada de un miedo inminente.

Charlie le había gritado algo acerca de tomar el tren aquella mañana. Por encima del zumbido del secador.

Algo acerca de llevar el coche al taller y de que ella pasara a recogerle por la tarde.

Oh, Dios mío…

Notó una opresión en el pecho. Sus ojos se desviaron hacia el reloj. Frenéticamente, intentó reconstruir los acontecimientos de la mañana. Charlie, a qué hora se había ido, qué hora era ahora… Empezó a asustarse. Su corazón se aceleró.

Por la tele actualizaron la información. Karen estaba tensa.

—Por lo visto, se trata de una bomba —anunció el reportero—. A bordo de un tren Metro-North, explotó justo cuando entraba en la Grand Central. Acaba de ser confirmado —dijo—. Fue en el ramal de Stamford.

Una exclamación ahogada colectiva se elevó en la recepción.

La mayoría eran de allí. Todo el mundo conocía a alguien (parientes, amigos) que tomaba el tren con asiduidad. Los rostros de todos los reunidos se demudaron debido a la conmoción. La gente se volvía hacia quien tenía al lado sin saber quién era, buscaba consuelo en sus ojos.

—Es horrible, ¿verdad?

Una mujer que había al lado de Karen sacudió la cabeza.

Karen apenas pudo contestar. Un escalofrío se había apoderado de ella y le había calado hasta los huesos.

El tren de Stamford pasaba por Greenwich.

Lo único que fue capaz de hacer fue mirar el reloj aterrorizada: las 8.54. Era tal la opresión que sentía en el pecho que apenas podía respirar.

La mujer la miró.

—Cariño, ¿te encuentras bien?

—No lo sé... —Los ojos de Karen estaban henchidos de terror—. Creo que mi marido podría haber subido a ese tren.

4

Ty Hauck iba camino del trabajo.

Redujo la velocidad a cinco millas por hora mientras dirigía su lancha de pesca de siete metros de eslora, la *Merrily*, hacia la boca del puerto de Greenwich.

Hauck navegaba en el barco de vez en cuando, si hacía buen tiempo. Esa mañana, con la brisa fresca y transparente de abril, miró desde la cubierta y se dijo: *¡El verano llegará pronto!* Los veinticinco minutos que tardaba en atravesar el estrecho de Long Island, donde vivía, cerca de Cove Island, en Stamford, apenas superaban el tiempo que empleaba en llegar, a esa hora de la mañana, si tomaba la I-95 y se encontraba con el embotellamiento habitual. Y el fresco viento que azotaba su pelo le despertaba mucho más deprisa que cualquier «grande» de Starbucks. Conectó el CD portátil. Fleetwood Mac. Una vieja favorita:

Rhiannon rings like a bell through the night / And wouldn't you love to love her.

Por eso se había mudado aquí cuatro años atrás. Después del accidente, después de que su matrimonio se fuera a pique. Algunos decían que era huir. Esconderse. Y tal vez sí, un poco. *¿Y qué más da?*

Era el jefe de la Unidad de Delitos Violentos de la policía de Greenwich. La gente confiaba en él. *¿Eso era huir?* A veces, salía a navegar una hora antes de ir a trabajar, en la calma rosada previa al amanecer, y pescaba lubinas estriadas. *¿Eso era huir?*

Había crecido aquí. En Byram, una localidad de clase media, cerca de Port Chester, junto a la frontera de Nueva York, tan sólo a unos kilómetros de distancia, pero a una vida de las inmensas propiedades que ahora se extendían hasta la campiña, portalones que atravesaba en ese momento para seguir a un niño rico que había volcado su Hummer de sesenta mil dólares.

Ahora todo era diferente. Las familias que vivían aquí en su juventud habían dado paso a megamillonarios treintañeros que derribaban las casas antiguas y construían enormes castillos detrás de portalones de hierro, con piscinas del tamaño de lagos y cines. Todo el mundo que tenía dinero iba allí. Ahora magnates rusos (¿quién sabía de dónde había salido su riqueza?) estaban comprando ranchos en Conyers Farm, con helipuertos incluidos.

Los billonarios arruinaban a los millonarios. Hauck meneó la cabeza.

Veinte años atrás había jugado en el equipo de Greenwich High. Después continuó y jugó en Colby, Tercera División. No exactamente entre la élite, pero el título le condujo al programa de formación de detectives del NYPD*, lo cual enorgulleció a su padre, que había trabajado toda su vida para la Compañía de las Aguas de la ciudad de Greenwich. Había resuelto un par de casos importantes y ascendido. Más adelante, trabajó para la Oficina de Información del Departamento, cuando el atentado de las Torres Gemelas.

Y ahora había vuelto.

Mientras entraba en el puerto, con los jardines inmaculados de Belle Haven a su izquierda, un par de embarcaciones pequeñas le adelantaron, haciendo lo mismo que él, ir a trabajar a Long Island cruzando el estrecho, un paseo de media hora.

Hauck saludó.

Y le gustaba estar aquí, aunque tanto dolor hubiera dejado su impronta.

La soledad se impuso desde que Beth y él se separaron. Salió algunas veces: una bonita secretaria del director de General Reinsurance, una chica de *marketing* que trabajó en Altria durante un

---

* Departamento de Policía de Nueva York. (*N. del T.*)

tiempo. Incluso una o dos tías del cuerpo. Pero no había encontrado a nadie nuevo con quien compartir su vida. Aunque Beth sí.

De vez en cuando, salía con algunos de sus viejos amigos de la ciudad, un par que se habían hecho de oro construyendo casas, algunos que sólo eran fontaneros o propietarios de empresas de jardinería. «The Leg», le llamaban todavía todos, con una ge suave, como en «Legend». Amigos de los viejos tiempos, que todavía le recordaban cuando esquivó dos placajes dentro de la zona de anotación y arrebató a Stamford West la corona del condado de Lower Fairfield, que todavía brindaban por el mejor partido que nadie había visto desde Steve Young*, y le invitaban a cervezas.

Pero, sobre todo, se sentía libre. El pasado no le había seguido hasta aquí. Intentaba hacer algo positivo durante el día, aportar un poco de tranquilidad al personal. Ser justo. Y veía a Jessica, que ya tenía diez años, los fines de semana, pescaban y jugaban a fútbol en Tod's Point e iban de picnic. Los domingos por la tarde, en su Bronco de ocho años, la devolvía a su nueva casa, en Brooklyn. En invierno, los viernes por la noche jugaba a hockey en la liga local de mayores de cuarenta años.

Básicamente, intentaba retroceder un poquito cada día (en el tiempo), con la intención de volver al momento anterior al hundimiento. Aquel momento previo al accidente. Antes de que su matrimonio se fuera a pique. Antes de que tirara la toalla.

¿Para qué quieres volver allí, Ty?

Por más que te esfuerces, nunca podrás retroceder en el tiempo. La vida no te lo permite.

Hauck vio el puerto deportivo del Indian Harbor Yacht Club, donde el encargado del muelle, Hank Gordon, un viejo amigo, siempre le dejaba amarrar. Habló por la radio.

—Entrando, Gordo...

Pero el encargado del puerto deportivo le estaba esperando en el muelle.

---

* Ex jugador de fútbol americano. *(N. del T.)*

—¿Qué coño estás haciendo aquí, Ty?

—¡Ya se acerca el verano, tío! —gritó Hauck. Dio marcha atrás a la *Merrily*. Gordo le arrojó un cabo y tiró de él. Hauck apagó el motor. Se dirigió a popa cuando el barco tocó la defensa y saltó el muelle—. De ensueño hoy.

—Un mal sueño —dijo Hank—. Ya me encargo yo, Ty. Será mejor que subas cagando leches esa colina.

Había algo en la cara del encargado que Hauck no lograba descifrar. Consultó su reloj: las 8.52. Por lo general, Gordo y él le daban a la sinhueso unos minutos, hablando de los Rangers o de lo que se había consignado en el registro de la policía de la noche anterior.

Fue entonces cuando el móvil de Hauck empezó a sonar. La oficina. *Dos-tres-siete.*

Dos-tres-siete era el código de urgencias del departamento.

—No llevabas la radio encendida, ¿verdad? —preguntó Gordo, al tiempo que ataba la amarra.

Hauck sacudió la cabeza sin comprender.

—Entonces, no te has enterado de lo sucedido, ¿verdad, teniente?

5

Al principio, Karen no perdió los estribos. No era su estilo. Se dijo una y otra vez que no debía perder la calma. Charlie podía estar en cualquier parte. En cualquier parte.

Ni siquiera sabes con seguridad si iba en ese tren.

Como unos cuantos años atrás, cuando Samantha tenía cuatro o cinco y pensaron que la habían extraviado en Bloomie's. Y tras una búsqueda frenética y acongojante, volver sobre sus pasos, llamar al encargado y empezar a aceptar la realidad de que algo horrible había sucedido (*¡esto no es una falsa alarma!*), vieron a su pequeña Sammy, saludando a papá y mamá, pasando las páginas de uno de sus libros favoritos sobre una pila de alfombras orientales, tan inocente como si estuviera en el escenario del colegio.

Podía tratarse de una situación similar, se tranquilizó Karen. *Mantén la calma, Karen. ¡Maldita sea, haz el favor de mantener la calma!*

Volvió corriendo al estudio de yoga, localizó su bolso y buscó el teléfono. Con el corazón martilleando en su pecho, pulsó el número de Charlie en marcado rápido. *Vamos, vamos...* Sus dedos apenas la obedecían.

Mientras esperaba a que se efectuara la conexión, intentó repasar los movimientos de su marido de aquella mañana. Se había ido de casa alrededor de las siete. Ella estaba terminando de secarse el pelo. Diez minutos para llegar a la ciudad, diez minutos en el taller para dejar el coche, explicar lo que debían hacer. Serían las... ¿siete y veinte? Otros diez minutos más o menos para llegar a la estación. Las noticias afirmaban que la explosión se había producido a las 8.41. Tal vez había tomado un tren anterior. O había terminado alquilando un coche. Por un segundo, Karen se sintió más animada. Todo era posible... Charlie era el hombre más ingenioso que conocía.

El teléfono de su marido empezó a sonar. Karen vio que sus manos temblaban. *Vamos, Charlie, contesta...*

Decepcionada, oyó la voz grabada.

«Soy Charlie Friedman...»

—Soy yo, Charlie —soltó Karen—. Estoy muy preocupada por ti. Sé que tomaste el tren. Llámame en cuanto oigas este mensaje. Me da igual lo que estés haciendo, Charlie. Tú llama, car...

Apretó el botón de colgar, con una enorme sensación de impotencia.

Entonces, se dio cuenta... ¡Había un mensaje de voz en su teléfono! Con el corazón acelerado, fue a Llamadas Recibidas Recientes.

¡Era el número de Charlie! ¡Gracias a Dios! El corazón casi se le subió a la garganta a causa de la alegría.

Pulsó angustiada su código y apretó el aparato contra el oído. Oyó la voz familiar de su marido, y sonaba serena.

—Escucha, cariño, he pensado que, como voy a bajar en Grand Central, compraré uno de esos filetes marinados que tanto te gustan en Ottomanelli's, camino de casa, y lo haremos a la plancha en lugar de salir... ¿Te parece bien? Dime algo. Estaré en el despacho a eso de las nueve. He de colgar. El taller parece un manicomio. Adiós.

Karen contempló la pantalla: 8.34. *Estaba entrando en Grand Central cuando hizo la llamada. Todavía a bordo del tren.* Empezó a sudar de nuevo. Echó un vistazo al monitor, a la capa de humo que se estaba formando sobre Grand Central, el caos y la confusión que se habían adueñado de la pantalla.

De pronto, lo supo en el fondo de su corazón. Ya no podía continuar negándolo.

Charlie iba en aquel tren.

Incapaz de controlarse, Karen tecleó el número del despacho de su marido. *Vamos, vamos,* repitió una y otra vez durante los agónicos segundos que tardó en conectarse la llamada. Por fin, Heather, la ayudante de Charlie, descolgó.

—Despacho de Charles Friedman.

—Heather, soy Karen. —Intentó controlarse—. ¿Mi marido ha llegado, por casualidad?

—Todavía no, señora Friedman. Me envió a primera hora un correo electrónico desde su BlackBerry, diciendo que había llevado el coche al taller. Estoy segura de que no tardará en llegar.

—¡Ya sé que iba a llevar el coche al taller, Heather! Por eso estoy preocupada. ¿Has visto las noticias? Dijo que iba a tomar el tren.

—¡Oh, Dios mío!

La ayudante lanzó una exclamación ahogada cuando la realidad se impuso. Claro que las había visto. Todo el mundo las había visto. Toda la oficina las estaba mirando en aquel mismo momento.

—Señora Friedman, voy a intentar localizarle por teléfono. Estoy segura de que reina el caos en los alrededores de Grand Central. Tal vez está de camino y los teléfonos no funcionan. Quizá tomó un tren posterior...

—¡He recibido una llamada de él, Heather! A las ocho y treinta y cuatro minutos. Dijo que estaban a punto de entrar en Grand Central... —Su voz temblaba—. ¡Fue a las ocho y treinta y cuatro, Heather! Iba en el tren. De lo contrario, ya habría llamado. Creo que iba en ese tren...

La mujer le rogó que conservara la calma y dijo que le enviaría un correo electrónico, que estaba segura de que pronto tendrían noticias de él. Karen asintió, pero cuando colgó el teléfono, su corazón latía acelerado y no tenía ni idea de qué debía hacer. Apretó el teléfono contra su pecho y luego marcó el número una vez más.

Vamos, Charlie... Charlie, por favor...

Ante Grand Central, el reportero estaba confirmando que había sido una bomba, como mínimo. Algunos supervivientes habían conseguido salir de la estación. Estaban congregados en la calle, aturdidos, los rostros manchados de sangre y ennegrecidos de hollín. Algunos murmuraban algo acerca de la vía 109, de que se habían producido al menos dos explosiones potentes y que ardía un voraz incendio, con montones de personas atrapadas todavía. Que algo había estallado en los dos primeros vagones.

Karen se quedó petrificada. Fue entonces cuando las lágrimas empezaron a rodar por fin por sus mejillas.

Allí se sentaba siempre Charlie. Era como un ritual. ¡Se instalaba siempre en el primer vagón!

Vamos, Charlie... Suplicó en silencio, mientras miraba la pantalla.

—Hay gente saliendo. Miren, les están entrevistando.

Karen volvió a teclear el número de su marido, y fue presa del pánico.

—¡Contesta el teléfono, Charlie!

6

Pensó en Samantha y Alex. Karen comprendió que debía volver a casa.

¿Qué podía decirles? Charlie siempre iba en coche a la ciudad. Tenía una plaza en el garaje del edificio. Desde hacía años.

¡Tenía que tomar el tren esta maldita mañana precisamente!

Karen arrugó el *top*, lo embutió en el bolso y salió a toda prisa, dejó atrás el mostrador de recepción y atravesó las puertas de cristal. Corrió hacia donde había aparcado el Lexus, el híbrido que su marido le había comprado hacía apenas un mes. La consola aún olía a nueva. Lo abrió con el mando a distancia y subió.

Su casa se encontraba a diez minutos de distancia. Salió del aparcamiento y mantuvo su teléfono llamando al móvil de su marido. *¡Charlie, por favor, contesta el teléfono!*

Su corazón dio un vuelco.

«Soy Charlie Friedman…»

Las lágrimas resbalaron por sus mejillas mientras rechazaba sus peores temores. *¡Esto no puede estar pasando!*

Karen dio un volantazo a la derecha, salió del aparcamiento de Sportsplex, se saltó el semáforo de la esquina y aceleró hasta entrar en la I-95. El tráfico era intenso y lento en dirección al centro de Greenwich.

Estaban llegando toda serie de informaciones nuevas y contradictorias. La radio decía que se habían producido múltiples explosiones. Que había un incendio en las vías y ardía sin control. Que el intenso calor y la posibilidad de vapores nocivos imposibilitaban que los bomberos se acercaran. Que las víctimas eran numerosas.

Karen estaba empezando a asustarse de verdad.

Charlie podía estar atrapado en el desastre. En cualquier sitio.

Podía haber sufrido quemaduras o heridas. O estar camino de un hospital. Había cientos de posibilidades. Oprimió de nuevo el botón de marcado rápida.

—¿Dónde coño estás, Charlie? Vamos, por favor…

Volvió a pensar en Samantha y Alex. No tendrían ni idea. Aunque se hubieran enterado, ni se les habría ocurrido. Charlie siempre iba en coche.

Karen abandonó la autopista en la salida 5, Old Greenwich, y entró en Post Road. De pronto, sonó el teléfono del coche. *¡Gracias a Dios!* El corazón casi se le saltó del pecho.

Pero sólo era Paula, su mejor amiga, que vivía cerca, en Riverside, a unos minutos de distancia.

—¿Te has enterado?

De fondo se oía el sonido de la televisión.

—Pues claro que me he enterado, Paula. Yo…

—Dicen que venía de Greenwich. Hasta es posible que haya gente que…

—Paula —la interrumpió Karen. Apenas pudo articular las palabras—. Creo que Charlie iba en ese tren.

—¿Qué?

Karen le habló del coche y le dijo que no había podido localizar a Charlie. Que iba a casa y quería que las líneas estuvieran libres, por si llamaban él o alguien de su oficina.

—Claro, cariño, lo comprendo. Kar, no le pasará nada. Charlie siempre sale bien librado. Tú lo sabes, Kar, ¿verdad?

—Lo sé —dijo, aunque también sabía que se estaba mintiendo—. Lo sé.

Karen atravesó la ciudad, con el corazón martilleando en su pecho, y después dobló por Shore Road, cerca del estrecho. Luego condujo por Sea Wall. A mitad de la manzana, enfiló el Lexus hacia el camino de entrada. El antiguo Mustang de Charlie estaba aparcado en la tercera plaza del garaje, tal como lo había dejado una hora antes. Cruzó el garaje y entró en la cocina. El piloto que destellaba en el contestador automático alimentó por un momento sus esperanzas. *Por favor…*, rezó para sí, y apretó el botón de reproducción, con un latido de alarma en las venas.

«Hola, señora Friedman…», dijo una voz apagada. Era Mal, su fontanero, perorando sobre el calentador de agua que debía reparar, acerca de alguna maldita válvula que no conseguía encontrar. Las lágrimas resbalaban por las mejillas de Karen cuando sus piernas cedieron por fin. Se aplastó contra la pared y resbaló impotente hasta el suelo. *Tobey* apareció meneando la cola y la acarició con el hocico. Ella se secó las lágrimas con las palmas de las manos.

—Ahora no, pequeño. Ahora no, por favor…

Buscó a tientas el mando a distancia sobre la encimera. Encendió la televisión. La situación había empeorado. Matt Lauer estaba en pantalla (ahora con Brian Williams), y los informes hablaban de docenas de víctimas en las vías, de que el fuego se estaba propagando sin control, de que la parte inferior del edificio se había venido abajo. Y mientras conectaban con un experto en Al Qaeda y terrorismo, dividieron la pantalla y enfocaron la nube oscura que estaba invadiendo el cielo de Manhattan.

Les habría llamado, Karen lo sabía, al menos a Heather, si estaba bien. Hasta era posible que antes la hubiera llamado a ella. Eso era lo que más la asustaba. Cerró los ojos.

Ojalá estés bien, Charlie, dondequiera que estés. Ojalá estés bien.

La puerta de un coche se cerró con estrépito fuera. Karen oyó el timbre de la entrada. Alguien la llamó por el nombre y entró corriendo en la casa.

Era Paula. Miró a Karen acurrucada en el suelo, como nunca la había visto. Se sentó a su lado y se abrazaron, con lágrimas que brillaban en las mejillas de ambas.

—Todo saldrá bien, cielo. —Paula le acarició el pelo—. Lo sé. Hay cientos de personas allí. Tal vez los teléfonos no funcionan. Tal vez necesitaba atención médica. Charlie es un superviviente. Si alguien va a salir bien librado, ése es él. Ya lo verás, cariño. Todo saldrá bien.

Y Karen no paraba de asentir y repetir lo mismo.

—Lo sé, lo sé —decía, mientras se secaba las lágrimas con la manga.

Llamaron una y otra vez. ¿Qué otra cosa podían hacer? Al móvil de Charlie. Al despacho. Treinta, quizá cuarenta veces.

En un momento dado, Karen hasta reprimió una sonrisa.

—¿Sabes cómo se enfada Charlie cuando le molesto en el despacho?

A las diez menos cuarto se habían instalado en el sofá del salón. Fue cuando oyeron frenar el coche y más puertas cerrarse de golpe. Alex y Samantha irrumpieron en la cocina entre gritos.

—¡Han cerrado el instituto!

Asomaron la cabeza en la sala.

—¿Te has enterado de lo sucedido? —preguntó Alex.

Karen apenas pudo contestar. Verles paralizó de terror su corazón. Pidió que se sentaran. Vieron su rostro enrojecido y preocupado. Comprendieron que algo horrible estaba escrito en sus facciones.

Samantha se sentó frente a ella.

—¿Qué pasa, mamá?

—Papá se llevó el coche al taller esta mañana...

—¿Y?

Karen tragó saliva. De lo contrario, se habría puesto a llorar.

—Creo que fue en tren a la ciudad.

Los dos chicos abrieron los ojos de par en par y siguieron los de ella, en dirección a la pantalla del televisor.

—¿Está allí? —preguntó su hijo—. ¿En Grand Central?

—No lo sé, cariño. No sabemos nada de él. Eso es lo que más me preocupa. Llamó y dijo que iba en el tren. Eso fue a las ocho y treinta y cuatro minutos. El atentado sucedió a las ocho y cuarenta y un minutos. No sé...

Karen se esforzaba por transmitir fortaleza y optimismo, por no alarmarles, porque sabía con la misma confianza inquebrantable que Charlie les llamaría en cualquier momento, les diría que lo había conseguido, que se encontraba bien. Por lo tanto, ni siquiera era consciente del reguero de lágrimas que rodaba por sus mejillas y caía sobre su regazo, ni de que Samantha la miraba boquiabierta, también a punto de llorar. Y Alex, el pobre machito de Alex, blanco como el papel, con los ojos clavados en la horripilante nube de humo que se elevaba hacia el cielo de Manhattan.

Durante un rato, nadie dijo ni una palabra. Se limitaron a mirar la televisión, cada uno refugiado en su mundo particular de esperanza y rechazo. Sam, con los brazos colgando alrededor del cuello de su hermano, la barbilla apoyada sobre su hombro. Alex, aferrando la mano de Karen por primera vez desde hacía años, mirando, a la espera de que apareciera la cara de su padre. Paula, con los codos apoyados sobre las rodillas, preparada para señalar y gritar: *¡Mirad, ahí está!* Para dar un bote de alegría. A la espera, con toda la confianza del mundo, de que oiría el timbre del teléfono que, sin duda, iba a sonar.

Alex se volvió hacia su madre.

—Papá saldrá de ésta, ¿verdad, mamá?

—Pues claro, cariño. —Karen apretó su mano—. Ya conoces a tu padre. Si alguien lo logra, será él. Lo conseguirá.

Fue entonces cuando oyeron el estruendo. En la pantalla, la cámara tembló a causa de la explosión ahogada. Los curiosos lanzaron una exclamación y gritaron cuando una nueva nube de humo negro surgió de la estación.

—Oh, Dios... —aulló Samantha.

Karen sintió que se le revolvía el estómago. Rodeó con fuerza el puño de Alex y lo estrujó.

—Oh, Charlie, Charlie, Charlie...

—Explosiones secundarias... —murmuró un jefe de bomberos que salía de la estación, meneando la cabeza como si hubiera ocurrido algo irreversible—. Hay muchísimos cadáveres ahí dentro. Nuestra gente ni siquiera se puede acercar.

7

A mediodía

Cuando recibió la llamada, Hauck estaba hablando por teléfono con la Oficina de Control de Emergencias del NYDP.

Posible 634. Abandono del lugar de un accidente. *West Street con Post Road.*

Durante toda la mañana había seguido el desastre ocurrido en la ciudad. Gente presa del pánico había estado llamando sin parar, porque no podían ponerse en contacto con sus seres queridos y no sabían qué hacer. Cuando el ataque contra las Torres Gemelas, había estado trabajando en la Oficina de Información del departamento, y durante las semanas posteriores su trabajo había consistido en seguir el rastro de los desaparecidos, en los hospitales, en el lugar de los hechos, en la red de primeros auxilios. Hauck aún tenía amigos allí. Contempló la lista de nombres de Greenwich que había anotado: Pomeroy. Bashtar. Grace. O'Connor.

La primera vez, de los centenares de desaparecidos, sólo habían localizado a dos.

—¡Posible 634, Ty! —gritó la sargento de servicio por segunda vez—. El conductor se dio a la fuga. En Post Road, junto a West Street, cerca de los restaurantes de comida rápida y los concesionarios automovilísticos.

—No puedo —contestó Hauck—. Envía a Muñoz. Yo estoy liado.

—Muñoz ya ha llegado al lugar de los hechos, teniente. Es un homicidio. Parece que hay un cadáver.

Hauck sólo tardó unos minutos en sacar su Grand Corona del aparcamiento, subir a toda velocidad por Mason con las luces destellando, hasta el final de la avenida junto a Greenwich Office Park, y después bajar por Post Road hasta West Street, frente al concesionario de Acura.

Como responsable de Delitos Violentos, le tocaba a él acudir. La mayor parte de su departamento se ocupaba de broncas en el instituto, algún robo con escalo, peleas matrimoniales. Los cadáveres no eran frecuentes en Greenwich.

Fraude búrsatil era lo más habitual.

Al final de la avenida, cuatro coches de la policía habían cortado la principal arteria comercial, con las luces encendidas. El tráfico se canalizaba por un solo carril. Hauck aminoró la velocidad y saludó con un cabeceo a un par de patrulleros conocidos. Freddy Muñoz, uno de sus detectives, se acercó a él cuando bajó del vehículo.

—Debes estar de broma, Freddy. —Hauck meneó la cabeza con incredulidad—. Precisamente hoy…

El detective hizo un sombrío ademán en dirección a un bulto tapado en mitad de West Street, calle que se cruzaba con Post Road y subía hacia Railroad Avenue y la I-95.

—¿Tiene pinta de que estoy de broma, teniente?

Los coches patrulla habían aparcado de tal modo que formaban una especie de círculo protector alrededor del cuerpo. Había llegado una camioneta de urgencias, pero los técnicos estaban esperando al equipo médico regional de Farmington. Hauck se arrodilló y apartó la lona de plástico.

¡Hostia! Exhaló un chorro de aire.

El tipo era apenas un crío (veintidós, veintitrés años a lo sumo), blanco, con uniforme de trabajo marrón, mechones largos de pelo rojo ceñidos en trenzas al estilo rasta. Su cuerpo estaba retorcido, de manera que las caderas estaban algo levantadas del pavimento, mientras que su espalda tocaba el suelo y tenía la cara alzada hacia el cielo. Los ojos estaban abiertos de par en par, el momento del impacto todavía congelado en sus pupilas. Un hilo de sangre resbalaba sobre el pavimento desde la comisura de su boca.

—¿Tienes el apellido?

—Raymond. Nombre, Abel. Segundo nombre, John. Le llamaban AJ, según dijo su jefe, el del taller de tuneado. Trabajaba allí.

Un joven oficial uniformado se encontraba de pie cerca con una libreta. Su placa rezaba STASIO. Hauck supuso que había sido el primero en llegar.

—Acababa de terminar su turno —dijo Muñoz—. Dijo que iba a comprar tabaco y a hacer una llamada. —Señaló al otro lado de la calle—. Por lo visto, se dirigía a ese restaurante.

Hauck echó un vistazo al local. Sabía que se llamaba Fairfield Diner, y que era frecuentado por policías. Había comido en él un par de veces.

—¿Qué sabemos del coche?

Muñoz llamó al agente Stasio, quien tenía pinta de haber terminado el período de formación hacía un mes, y que leyó sus anotaciones con cierto nerviosismo.

—Al parecer, el coche que le atropelló era un todoterreno blanco, teniente. Se desplazaba hacia el norte por Post Road, y se desvió con brusquedad por West Street… Arrolló a la víctima justo cuando estaba cruzando la calle. Tenemos dos testigos oculares que presenciaron todo lo ocurrido.

Stasio señaló a dos hombres, uno corpulento, chaqueta deportiva, con bigote, sentado en el asiento delantero de un coche patrulla abierto, que se mesaba el pelo. El otro, con un forro polar azul, estaba hablando con otro agente y sacudía la cabeza con semblante sombrío.

—Localizamos a uno en el aparcamiento del Arby's, allí. Un ex policía, por cierto. El otro salía del banco que hay al otro lado de la calle.

El chico se lo había montado muy bien.

—Buen trabajo, Stasio.

—Gracias, señor.

Hauck se enderezó poco a poco, y sus rodillas le crujieron. Un regalo de despedida de sus días de fútbol.

Contempló el asfalto gris lleno de surcos de West Street, las dos prolongadas marcas de neumáticos, que se alejaban unos seis metros del móvil y las gafas de la víctima. Huellas de un patinazo. Mucho más allá del punto del impacto. Respiró hondo con desagrado y se le revolvió el estómago.

El hijo de puta ni siquiera intentó parar.

Miró a Stasio.

—¿Te encuentras bien, hijo?

Que se trataba del primer cadáver del joven agente estaba escrito en su cara.

Stasio asintió.

—Siseñor.

—Nunca es fácil. —Hauck dio unas palmadas en el hombro al joven patrullero—. Para ninguno de nosotros.

—Gracias, teniente.

Hauck llevó a Muñoz a un lado. Desvió la vista del detective hacia el sur de Post Road, la ruta que había recorrido el coche agresor, y después en la dirección de las huellas de neumáticos del pavimento.

—¿Ves lo que yo veo, Freddy?

El detective asintió con semblante sombrío.

—El hijo de puta no intentó frenar en ningún momento

—Sí.

Hauck extrajo un guante de látex del bolsillo de la chaqueta y se lo calzó.

—Muy bien. —Se arrodilló junto al cuerpo inmóvil—. Vamos a ver qué nos dice…

Levantó el torso de Abel Raymond lo suficiente para extraer un billetero negro del bolsillo de su pantalón. Un permiso de conducir de Florida: Abel John Raymond. Había también una foto plastificada de carnet de identidad del Seminole Junior College que databa de hacía dos años. La misma sonrisa de ojos brillantes que en el permiso, el pelo un poco más corto. Había una MasterCard a su nombre, una tarjeta de Sears, otras de Costco, ExxonMobil, la Seguridad Social. Cuarenta y dos dólares en metálico. El resguardo de una entrada de la Orange Bowl de 1996. Florida State-Notre Dame. Hauck recordaba el partido. Del separador del billetero desdobló una foto de una atractiva morena que aparentaba unos veinte años, sosteniendo a un niño. Hauck se la dio a Muñoz.

—No parece su hermana. —El detective se encogió de hombros. La víctima no llevaba alianza—. La novia, quizá.

Tendrían que averiguar quién era.

—Alguien no va a ser muy feliz esta noche —suspiró Freddy Muñoz.

Hauck guardó la foto en el billetero y exhaló aire.

—Temo que la lista es larga, Freddy.

—Es una locura, ¿verdad, teniente? —Muñoz sacudió la cabeza. Ya no estaba hablando del accidente—. El hermano de mi mujer tomó el tren de las siete cincuenta y siete de esta mañana. Llegó justo antes de que sucediera. Mi cuñada estuvo a punto de volverse loca. No pudo localizarle hasta que llegó a la oficina. Das unas cuantas vueltas de más en la cama, te quedas clavado en un semáforo, pierdes el tren… ¿Sabe la suerte que ha tenido?

Hauck pensó en la lista de nombres que le aguardaba sobre su escritorio, las voces nerviosas y esperanzadas de los que llamarían para preguntar por ellos. Miró a los testigos de Stasio.

—Vamos, Freddy, a ver si podemos identificar ese coche.

8

Hauck eligió al tipo de la chaqueta deportiva, y Freddy al del forro polar North Face.

El de Hauck resultó ser un policía jubilado de South Jersey, llamado Phil Dietz. Afirmó que se hallaba en la ciudad en busca de clientes para sistemas de seguridad de alta tecnología («Ya sabe, casas "elegantes", impresión del pulgar, sensores de identificación, ese tipo de cosas»), a lo cual se dedicaba desde que había devuelto la placa tres años antes. Acababa de parar ante el Arby's de más arriba de la calle para comprar un bocadillo, cuando lo presenció todo.

—Bajó por la calle a toda leche —dijo Dietz. Era bajo, corpulento, pelo gris algo ralo sobre el cráneo, con un poblado bigote, y movía sus manos rechonchas con nerviosismo—. Oí que el motor aceleraba y doblaba allí. —Señaló hacia el cruce de West Street con Port Road—. El hijo de puta arrolló a ese chico sin ni siquiera tocar los frenos. No lo vi hasta que fue demasiado tarde.

—¿Puede describirme el coche? —preguntó Hauck.

Dietz asintió.

—Era un todoterreno blanco último modelo. Un Honda o un Acura, creo, algo por el estilo. Podría mirar algunas fotos. La matrícula también era blanca, creo que con letras azules, o quizá verdes. —Sacudió la cabeza—. Demasiado lejos. Mis ojos ya no son lo que eran cuando estaba en el cuerpo. —Agitó unas gafas de leer que llevaba en el bolsillo del pecho—. Ahora lo único que necesito leer son órdenes de compra.

Hauck sonrió y anotó algo en su libreta.

—¿No era de por aquí?

Dietz negó con la cabeza.

—No. Puede que de Nueva Hampshire o de Massachusetts. Lo siento, no lo vi bien. El hijo de puta se detuvo un segundo, y entonces yo grité, «¡Eh, tú!», y empecé a bajar corriendo la colina. Intenté hacerle una foto con el móvil, pero todo sucedió demasiado deprisa. Ya se había ido.

Dietz señaló hacia lo alto de la colina, en dirección a las alturas de Railroad Avenue. West Street describía una curva cuando pasaba delante de un solar, un edificio de oficinas. En cuanto llegabas allí, la I-95 se encontraba a sólo uno o dos minutos de distancia. Hauck sabía que tendrían suerte si alguien lo había visto.

Se volvió hacia el testigo.

—¿Ha dicho que oyó acelerarse el motor?

—Exacto. Estaba bajando de mi coche. Pensaba matar un poco el rato antes de mi siguiente cita. —Dietz enlazó las manos en la nuca—. Visitas sin previo aviso... No renuncie nunca.

—Procuraré no hacerlo —sonrió Hauck, y después señaló hacia el sur para reconducir al testigo—. ¿Venía de allí? ¿Pudo seguirlo antes de que doblara?

—Sí. Me fijé cuando aceleró —dijo Dietz.

—¿El conductor era un hombre?

—Sin la menor duda.

—¿Podría describirlo?

Dietz negó con la cabeza.

—Después de que el vehículo parara, el tipo miró hacia atrás un momento a través del cristal. Tal vez se lo pensó mejor. No conseguí ver su cara. Ventanillas tintadas. Ojalá hubiera podido verlo, créame.

Hauck miró hacia la colina y siguió el presunto camino de la víctima. Si trabajaba en J&D Tint and Rims, tendría que cruzar West Street, y después Post Road en el semáforo para llegar al restaurante.

—¿Ha dicho que era del cuerpo?

—Municipio de Freehold. —Los ojos del testigo se iluminaron—. South Jersey. Cerca de Atlantic City. Veintitrés años.

—Me alegro por usted. Por lo tanto, comprenderá lo que le voy a preguntar. ¿Observó si el vehículo se desplazaba a una velocidad elevada y constante antes de tomar la curva? ¿O aceleró cuando la víctima pisó la calle?

—¿Intenta averiguar si fue un accidente o algo intencionado?

El ex policía ladeó la cabeza.

—Sólo estoy intentando hacerme una idea de lo que sucedió —contestó Hauck.

—Le oí desde allí arriba. —Dietz señaló hacia el Arby's—. Bajó como un rayo la colina, y después entró en la curva sin poder controlar el vehículo. Este tipo debía de estar borracho. No sé, sólo levanté la vista cuando oí el impacto. Arrastró el cuerpo del pobre chico como si fuera un saco de maíz. Aún se ven las marcas. Después frenó. Creo que el chico estaba debajo del coche en aquel momento, luego se alejó a toda velocidad.

Dietz dijo que estaría encantado de mirar fotos de todoterrenos blancos, con el fin de intentar averiguar la marca y el modelo.

—Encuentre a ese hijo de puta, teniente. Avíseme si puedo ayudarle en algo. Quiero ser el martillo que hunda los clavos de su ataúd.

Hauck le dio las gracias. No tenía gran cosa con la que continuar adelante. Muñoz se acercó. El tipo con el que acababa de hablar había presenciado el incidente desde el otro lado de la calle. Un entrenador de atletismo de Wilton, un pueblo a treinta kilómetros de distancia. Hodges. Identificó el mismo vehículo blanco y la misma matrícula de fuera del estado.

—AD o algo por el estilo. Tal vez ocho...

Estaba saliendo del banco después de utilizar el cajero automático. Sucedió todo tan deprisa que tampoco él pudo verla bien. Le ofreció la misma descripción esquemática que Dietz de lo sucedido.

Muñoz se encogió de hombros, decepcionado.

—No hay mucho a lo que agarrarse, ¿verdad, teniente?

Hauck frunció los labios frustrado.

—No.

Volvió a su coche y por la radio emitió una orden de busca y captura. Un todoterreno blanco último modelo, conducido por un blanco, «posiblemente un Honda o un Acura, posiblemente con matrícula de Massachusetts o Nueva Hampshire, posiblemente empieza con AD8. Es probable que muestre abolladuras en la parte delantera debidas a un atropello». La enviarían a la policía estatal y a todos los talleres de reparación del noreste. Preguntaron a los transeúntes de West Street si habían visto pasar a alguien a toda velocidad. Puede que hubiera cámaras de control de velocidad en la autopista. Era su única esperanza.

A menos que, por supuesto, descubrieran que alguien se la tenía jurada a Abel Raymond.

Había un tipo con gorra de los Yankees parado cerca, acurrucado para defenderse del frío. Stasio se acercó con él. Dave Corso, el propietario del taller de personalización de automóviles donde AJ Raymond trabajaba.

—Era un buen chico. —Corso meneó la cabeza, visiblemente entristecido—. Llevaba trabajando conmigo casi un año. Tenía talento. Él mismo remodelaba los coches antiguos. Era de Florida.

Hauck recordó el permiso de conducir.

—¿Sabe de dónde?

El propietario del taller se encogió de hombros.

—No lo sé. Tallahassee, Pensacola… Siempre llevaba camisetas de los Florida Estate Seminoles. Creo que invitó a todo el mundo a cerveza cuando ganaron la copa universitaria el año pasado. Me parece que su padre es marinero o algo por el estilo.

—¿De la marina?

—No. Trabaja en un remolcador o algo así. AJ tenía su foto clavada con chinchetas en el tablón de anuncios. Aún sigue dentro.

Hauck asintió.

—¿Dónde vivía el señor Raymond?

—En Bridgeport, estoy seguro. Sé que consta en su ficha, pero ya sabe, las cosas cambian. Pero sé que tenía la cuenta en el First City… —Les contó que AJ había recibido aquella llamada, tal vez unos veinte minutos antes de salir. Después dijo que iba a tomarse un descanso—. Marty no sé qué, creo que dijo. AJ dijo que salía a comprar cigarrillos. Al restaurante, creo. Tiene una máquina expendedora. —Corso desvió la vista hacia el bulto tirado en la calle—. Después esto… No me cabe en la cabeza.

Hauck sacó el billetero de la víctima de una bolsa y enseñó a Corso la foto de la chica y su hijo.

—¿Tiene idea de quién es?

El hombre se encogió de hombros.

—Creo que tenía una novia en Bridgeport…. o quizás en Stamford. Ella vino a recogerle una o dos veces. Déjeme ver… Creo que es ella. AJ trabajaba con coches clásicos. Ya sabe, los restauraba. Corvettes, LeSabres, Mustangs… Creo que este último fin de semana estuvo en una exposición. Joder…

—Señor Corso. —Hauck se llevó al hombre a un lado—. ¿Se le ocurre alguien que quisiera hacer daño al señor Raymond? ¿Tenía deudas? ¿Jugaba? ¿Tomaba drogas? Cualquier cosa que le venga a la cabeza puede sernos de ayuda.

—¿Cree que no fue un accidente?

El patrón de la víctima abrió unos ojos como platos a causa de la sorpresa.

—Sólo estamos haciendo nuestro trabajo —contestó Hauck.

—Pues no lo sé. Era un chico formal. Era puntual. Trabajaba bien. Caía bien a la gente. Pero ahora que lo dice, esta chica… Creo que estaba casada, o que se había separado hacía poco de su marido. Le oí comentar a AJ que tenía problemas con su ex. Tal vez Jackie lo sepa. Trabaja en el taller. Eran buenos amigos.

Hauck asintió. Indicó a Muñoz que se encargara de ello.

—Aprovechando que vamos al taller, señor Corso, ¿le importa que investiguemos la procedencia de la llamada que recibió?

Su instinto le decía a Hauck que algo no encajaba en todo aquel asunto.

Se acercó a un lado de la calle, y contempló desde la loma el lugar del accidente. Se veía con toda claridad. El cruce con West Street. Nada obstaculizaba la vista. El coche no había aminorado la velocidad. No había hecho nada por parar o esquivar a AJ. De haber ido borracho tendría que estar como una cuba, un lunes a mediodía, para haber arrollado al chico.

El equipo médico estatal llegó por fin. Hauck volvió a bajar la loma. Recogió el móvil de la víctima. Había echado un vistazo a los últimos números marcados. No le sorprendería que la llamada recibida en el taller fuera del mismo tipo.

Estas cosas solían funcionar así.

Hauck se arrodilló junto al cadáver de Abel Raymond por última vez y examinó con detenimiento el rostro del chico. *Voy a encontrar a ese tipo, muchacho*, juró. Sus pensamientos regresaron al atentado. Mucha gente de la ciudad no volvería a casa aquella noche. Este chico sólo sería uno más. Pero en este caso podía hacer algo al respecto.

Éste (Hauck contempló los bucles de largo pelo rojo, y el dolor de una herida largo tiempo descuidada despertó en su interior), éste tenía una cara.

Cuando estaba a punto de incorporarse, registró los bolsillos de la víctima por última vez. Encontró unas monedas en los pantalones y una factura del gas. Después introdujo la mano en el bolsillo del pecho, bajo el aplique bordado con sus iniciales: AJ.

Movió el dedo y extrajo un trozo de papel amarillo, un post-it vulgar y corriente. Había un nombre escrito con un número local.

Podía ser la persona con la que AJ Raymond iba a encontrarse. Aunque tal vez el papel llevara semanas en el bolsillo. Hauck lo dejó caer en la bolsa de las pruebas con las demás cosas que había recogido, una conexión más que debería investigar.

Charles Friedman.

9

Nunca volví a saber nada más de mi marido. Nunca supe qué fue de él.

Los incendios ardieron en Grand Central durante casi todo el día. En la explosión habían utilizado un potente acelerador. Cuatro explosiones. Una en cada uno de los dos primeros vagones del tren de las 7.51 que partía de Greenwich, y que estallaron justo cuando se detenía. Las demás en cubos de basura situados a lo largo del andén, los cuales contenían cuarenta kilos de hexageno, lo suficiente para derribar un edificio de buen tamaño. Una célula disidente, dijeron. De Iraq. ¿Se lo imaginan? Charlie estaba en contra de la guerra de Iraq. Encontraron nombres, fotos de la estación, rastros de agentes químicos donde fabricaron las bombas. El incendio que ardió durante casi dos días alcanzó una temperatura de casi quinientos grados.

Esperamos. Esperamos todo el primer día a oír algo. Lo que fuera. La voz de Charlie. Un mensaje desde uno de los hospitales, anunciando que estaba ingresado. Tuve la impresión de que llamamos a todo el mundo: al NYPD, la línea directa que habían abierto. A nuestro congresista, al que Charlie conocía.

No obtuvimos nada.

Murieron ciento once personas. Eso incluía a tres bomberos, quienes iban en los dos primeros vagones, según se sospechaba. Donde Charlie siempre se sentaba. Muchos no pudieron ser identificados. Era imposible distinguir los restos. Fueron a trabajar una mañana y desaparecieron de la faz de la tierra, así de sencillo. Como Charlie. Mi marido durante dieciocho años. Me gritó adiós para hacerse oír por encima del zumbido del secador y fue a dejar el coche en el taller.

Y desapareció.

Lo que sí encontraron fue el asa del maletín de piel que los chicos le habían regalado el año anterior, la pieza carbonizada todavía sujeta, desprendida por la explosión, el monograma repujado en oro, CMF, que nos confirmó lo peor por primera vez y avivó nuestras lágrimas.

Charles Michael Friedman.

Aquellos primeros días estaba segura de que Charlie iba a salir a rastras de debajo de los escombros. Él podía salir bien librado de lo que fuera. Podía caerse del tejado, intentando reparar la antena, y caer de pie. Podías darlo por hecho.

Pero no fue así. No recibimos llamadas, ni jirones de sus ropas, ni siquiera un montón de cenizas.

Y nunca lo sabré.

Nunca sabré si murió debido a la explosión inicial o pasto de las llamas. Si estaba consciente o si sintió dolor. Si su último pensamiento fue para nosotros. Si gritó nuestros nombres.

En parte, deseaba poder agarrarle por última vez de los hombros y gritarle: «¿Cómo permitiste que te mataran allí, Charlie? ¿Cómo?»

Ahora supongo que tendré que aceptar que ha muerto. Que no volverá. Aunque cuesta tanto…

No acompañará a Samantha en coche a la universidad el primer día. Ni verá a Alex marcar un tanto. Ni verá en qué se han convertido. Cosas de las que se habría enorgullecido.

Íbamos a envejecer juntos. Navegar hacia aquella ensenada del Caribe. Ahora ha desaparecido, en un abrir y cerrar de ojos.

Dieciocho años de nuestras vidas.

Dieciocho años…

Y ni siquiera le di un beso de despedida.

10

Unos días después (viernes, sábado, Karen había perdido el sentido del tiempo), un detective de la policía apareció en su casa.

No era de la ciudad. Gente de la policía de Nueva York y del FBI habían pasado en diversas ocasiones para intentar seguir el rastro de los movimientos de Charlie aquel día. Éste era de la localidad. Llamó antes para preguntar a Karen si podía dedicarle unos minutos sobre un asunto que no estaba relacionado con el atentado. Ella aceptó. Cualquier cosa que la ayudara a no pensar durante unos momentos era como una bendición de Dios.

Estaba en la cocina arreglando unas flores cuando llegó.

Karen sabía que su aspecto era deplorable. En aquellos momentos, no se cuidaba nada. Su padre, Sid, que había venido desde Atlanta y se mostraba muy protector con ella, le hizo pasar.

—Soy el teniente Hauck —dijo el hombre. Iba bien vestido para ser policía, con chaqueta deportiva de *tweed*, pantalones del mismo estilo y una corbata de buen gusto—. La vi en la asamblea de la ciudad el lunes por la noche. Sólo le robaré unos minutos de su tiempo. Siento muchísimo lo sucedido.

—Gracias.

Karen asintió y se echó el pelo hacia atrás, mientras se sentaban en el jardín de invierno, y trató de animar el ambiente con una sonrisa de agradecimiento.

—Mi hija no se encuentra muy bien —intervino su padre—, de modo que, sea lo que sea…

—Estoy bien, papá. —Karen sonrió. Puso los ojos en blanco, y después miró al teniente—. No pasa nada. Déjame hablar con el policía.

—De acuerdo, de acuerdo —dijo el hombre—. Estoy ahí fuera. Si me necesitas…

Entró de nuevo en la sala de la televisión y cerró la puerta.

—No sabe qué hacer —explicó Karen con un profundo suspiro—. Nadie lo sabe. Es duro para todos.

—Gracias por recibirme —dijo el detective—. No tardaré mucho. —Se sentó frente a ella y sacó algo del bolsillo—. No sé si se ha enterado, pero hubo otro incidente en la ciudad el lunes. Un atropello en que el conductor se dio a la fuga, en Post Road. Un joven murió.

—No lo sabía —contestó Karen sorprendida.

—Se llamaba Raymond, Abel Raymond. —El teniente le entregó la foto de un joven corpulento y sonriente con rastas rojas, al lado de una tabla de surf en la playa—. Le llamaban AJ. Trabajaba en un taller de remodelación de coches en la ciudad. Estaba cruzando West Street cuando fue atropellado por un todoterreno que tomó la curva a toda velocidad. Fuera quien fuera, no se tomó la molestia de parar. Le arrastró unos quince metros y huyó.

—Qué horrible —dijo ella, y miró la cara de nuevo, al tiempo que sentía una punzada de pena. Podría haber sido cualquiera. El hijo de cualquiera. El mismo día que ella había perdido a Charlie.

Miró al detective.

—¿Qué tiene que ver eso conmigo?

—¿Había visto a esa persona antes, por casualidad?

Karen volvió a examinar la foto. Una cara hermosa, pletórica de vida. Difícil de olvidar con las largas rastas rojos.

—Creo que no. No.

—¿Había oído alguna vez el nombre de Abel Raymond, o quizá AJ Raymond?

Karen contempló la foto una vez más y negó con la cabeza.

—No creo, teniente. ¿Por qué?

El detective parecía decepcionado. Volvió a introducir la mano en la chaqueta, y esta vez extrajo una hoja de papel amarillo, un post-it arrugado dentro de una bolsa de plástico.

—Encontramos esto en el uniforme de trabajo de la víctima, en el lugar de los hechos.

Mientras Karen miraba, notó que se ponía en tensión y sus ojos se dilataban.

—Es el nombre de su marido, ¿verdad? Charles Friedman. Y su número de móvil.

Karen alzó la vista, desconcertada, y asintió.

—Sí, lo es.

—¿Y está segura de que nunca oyó a su marido mencionar ese nombre, Raymond? Tuneaba y pintaba coches en un taller de la ciudad.

—¿Tuneaba? —Karen sacudió la cabeza y le brillaron los ojos—. A menos que estuviera padeciendo la crisis de la edad madura, no me dijo nada.

Hauck sonrió, pero ella sabía que se sentía decepcionado.

—Ojalá pudiera ayudarle, teniente. ¿Piensa que el atropello fue intencionado?

—No quiero descartar nada.

Recuperó la foto y la hoja de papel con el nombre de Charlie. Era apuesto, pensó Karen. De facciones duras. Ojos azules serios. Pero bondadosos. Le habría costado venir. Estaba claro que deseaba hacer algo por aquel chico.

Se encogió de hombros.

—Es una coincidencia, ¿no? El nombre de Charlie en ese papel. En el bolsillo del chico. El mismo día… El que tenga que venir por eso.

—Un mal día —asintió el policía, y forzó una tensa sonrisa—, sí. No la volveré a molestar. —Ambos se levantaron—. Si se le ocurre algo, llámeme. Le dejaré mi tarjeta.

—Por supuesto.

Karen la tomó y leyó: JEFE DE DETECTIVES. DELITOS VIOLENTOS. DEPARTAMENTO DE POLICÍA DE GREENWICH.

—Siento muchísimo lo de su marido —repitió el teniente.

Dio la impresión de que sus ojos se desviaban hacia la foto que Karen conservaba sobre la estantería. Ella y Charlie, vestidos de etiqueta. En la boda de su prima Meredith. A Karen siempre le había gustado el aspecto de ambos en aquella fotografía.

Sonrió con nostalgia.

—Dieciocho años juntos, y ni siquiera le di un beso de despedida.

Por un segundo permanecieron inmóviles, ella deseando no haber dicho eso, él removiéndose sobre los talones, como si reflexionara sobre algo, y un poco tenso.

—El 11-S, yo estaba trabajando en la ciudad, en la Oficina de Información del NYDP. Mi trabajo consistía en localizar a los desaparecidos. Se suponía que estaban dentro de los edificios, extraviados. Fue duro. Vi a montones de familias... —Se humedeció los labios—. En esta misma situación. Lo que trato de decir, imagino, es que tengo cierta idea de lo que usted está pasando...

Karen notó un escozor en el fondo de los ojos. Alzó la vista e intentó sonreír, sin saber qué más decir.

—Infórmeme si puedo hacer algo. —Hauck avanzó un paso hacia la puerta—. Aún conservo algunos amigos allí.

—Se lo agradezco, teniente. —Atravesaron la cocina en dirección a la puerta de atrás, con el fin de evitar la multitud de delante—. Es espantoso. Le deseo suerte y que encuentre a ese individuo. Ojalá hubiera podido ayudarle más.

—Ya tiene bastante en qué pensar —dijo el detective, y abrió la puerta.

Karen le miró. Un tono desesperanzado vibró en su voz.

—¿Apareció alguien cuando estaba buscando?

—Dos personas. —Se encogió de hombros—. Una en el Saint Vincent's Hospital. Unos cascotes la habían alcanzado. La otra ni siquiera fue a trabajar aquella mañana. Presenció lo sucedido y fue incapaz de volver a casa durante unos días.

—Las probabilidades son escasas —sonrió Karen, y le miró como si supiera lo que estaba pensando—. Sería estupendo tener algo...

—Le deseo lo mejor para usted y su familia, señora Friedman. —El teniente abrió la puerta—. Le doy mi más sentido pésame.

Hauck se detuvo un momento en el sendero.

Había esperado que el nombre y el número hallados en el bolsillo de AJ Raymond dieran más frutos. Era prácticamente lo único que le quedaba.

Una comprobación de los registros telefónicos del taller donde trabajaba la víctima no había revelado nada en absoluto. La llamada que había recibido (Marty no sé qué, había dicho el gerente) salía definida como privada. Desde un móvil. Imposible seguir su rastro.

Tampoco había dado nada positivo el ex de la novia. El tipo era un maleante, tal vez un maltratador de esposas, pero su coartada estaba comprobada. Había estado en una conferencia en el colegio de su hijo en el momento del accidente, y de todos modos conducía un Toyota Corolla azul marino, no un todoterreno. Hauck lo había comprobado dos veces.

Ahora sólo le quedaban las declaraciones contradictorias de los dos testigos oculares, así como su aviso de busca y captura de un todoterreno blanco.

Casi nada.

Le quemaba por dentro. Como el pelo rojo de AJ Raymond.

Alguien había cometido un asesinato con impunidad. Pero no podía demostrarlo.

Karen Friedman era atractiva, agradable. Ojalá pudiera ayudarla de alguna manera. Dolía un poco ver la tensión y la incertidumbre en sus ojos. Saber con exactitud lo que estaría sufriendo. Lo que debería afrontar.

Sabía que aquella pesadumbre de su corazón no estaba tan relacionada con las víctimas del 11-S como había afirmado. Sino con algo más profundo, algo que nunca se encontraba muy lejos.

Norah. *Ahora tendría ocho años, ¿verdad?*

Pensar en ella fue como una puñalada, como siempre. Una niña con sudadera azul y ortodoncia, que jugaba con su hermana en la acera. Con un juguete de Tugboat Annie.

Aún oía el canturreo de su dulce voz. *Merrily, merrily, merrily…*

Aún veía su pelo rojo recogido en trenzas.

Una puerta de coche se cerró con estrépito en el bordillo y le devolvió a la realidad. Hauck alzó la vista y vio a una pareja muy bien vestida con un ramo de flores, que subía en dirección a la puerta delantera de Karen Friedman.

Algo llamó su atención.

Una de las puertas del garaje se había abierto al mismo tiempo que él llegaba. Una criada estaba sacando una bolsa de basura.

Había un Mustang color cobre aparcado en una de las plazas, del 65 o 66, calculó. Un descapotable. Una calcomanía de un corazón rojo en el parachoques posterior y una franja de carreras blanca en un lado.

La matrícula era CHRLYS BABY.

Hauck se acercó y se arrodilló, pasó la mano por el suave adorno de cromo.

Hijo de puta...

¡Eso era lo que hacía AJ Raymond! Restauraba coches antiguos. Por un segundo, estuvo a punto de ponerse a reír. No estaba seguro de cómo se sentía, decepcionado o aliviado, porque su última pista se había esfumado.

De todos modos, decidió mientras regresaba hacia su coche, al menos ahora sabía por qué el tipo tenía el número de Charles Friedman.

11

Pensacola, Florida

El enorme petrolero gris surgió de la niebla y se detuvo en la embocadura del puerto.

Las sombras de la industria pesada (las grúas, los depósitos de la refinería, las gigantescas bombas hidráulicas que esperaban gas y crudo) continuaron en silencio cuando el barco se acercó.

Un lancha motora salió a su encuentro.

El práctico, a quien llamaban Pappy, iba al timón, con la vista clavada en el barco que esperaba. Como subcapitán de puerto de la Pensacola Port Authority, su trabajo consistía en guiar el buque, del tamaño de un campo de fútbol, por entre los bancos de piedra caliza arenosa que rodeaban Singleton Point, y después maniobrar entre las ajetreadas vías del puerto, que bullían de tráfico comercial a medida que avanzaba el día. Había estado guiando barcos grandes como éste desde que tenía veintidós años, un trabajo, o más bien un ritual, heredado de su padre, quien también se había iniciado en él a esa edad. Durante cerca de treinta años, Pappy había efectuado esta misma maniobra tantas veces que hasta dormido podía guiar un barco a puerto lo cual, en la calma oscura previa al amanecer (si fuera una mañana normal y estuviera en otro petrolero), sería exactamente lo que estaría haciendo en ese momento.

Está alto, observó Pappy, con los ojos clavados en el casco del barco.

Demasiado alto. El límite del calado se veía con toda claridad. Contempló el logo en la proa del buque cisterna.

Ya había visto antes esos barcos.

En circunstancias normales, la auténtica habilidad consistía en calcular lo que cargaba el enorme petrolero y guiarlo a través de los bancos de arena del borde exterior del puerto. Después debía seguir las vías, que a las diez de la mañana podían estar más atascadas que el periférico en dirección al centro de la ciudad, y describir el amplio arco hasta entrar en el Muelle 12, que era el lugar donde el *Perséfone*, que según sus papeles iba cargado de crudo venezolano, debía amarrar.

Pero esta mañana no.

La lancha de Pappy se acercó al buque por babor. Mientras se aproximaba, se concentró en el logo del delfín saltarín pintado en el casco del *Perséfone*..

Dolphin Oil.

Se pasó una mano curtida por la intemperie por la barba y examinó los papeles de entrada de Control Marítimo: dos millones trescientos mil barriles de crudo a bordo. El barco había efectuado el viaje desde Trinidad en apenas catorce horas. Demasiado rápido, observó Pappy, sobre todo para un anticuado pedazo de chatarra como ése, clase ULCC de 1970, cargado al máximo

Siempre acortaban el tiempo de la travesía.

Dolphin Oil.

La primera vez sólo había sentido curiosidad. Procedía de Yakarta. Se había preguntado cómo podía estar tan alto un barco cargado de cieno. La segunda vez, pocas semanas antes, bajó a la bodega una vez amarrado, se adentró en el vientre del barco, pasó entre los distraídos tripulantes e inspeccionó los tanques de proa.

Vacíos. No era sorprendente. Al menos para él.

Limpio como el culo de un recién nacido.

Había informado de ello al capitán de puerto, no una, sino dos veces, pero éste se había limitado a darle unas palmaditas en la espalda y a preguntarle qué planes tenía para cuando se jubilara. Esta vez, no obstante, ningún chupatintas envanecido iba a esconder esto bajo una pila de formularios. Pappy conocía a gente. Gente que trabajaba en los lugares adecuados. Gente a quien interesaba este tipo de cosas. Esta vez, cuando el barco entrara, lo demostraría.

Dos millones trescientos mil barriles...

Dos millones trescientos mil barriles, y una mierda.

Pappy tocó la bocina y acercó la lancha a la proa del buque. Su compañero, Al, se encargó del timón. Desde la cubierta principal bajaron una escalerilla retráctil. Se preparó a subir.

Fue entonces cuando su móvil vibró. Lo soltó del cinturón. Eran las cinco y diez minutos de la mañana. Cualquiera que no estuviera loco seguiría dormido. La pantalla anunciaba PRIVADO. Mensaje de texto.

Una imagen.

Pappy gritó a Al que esperara y saltó desde la escalerilla del *Perséfone*. A la luz previa al amanecer, forzó la vista para escudriñar la imagen de la pantalla.

Se quedó petrificado.

Era un cuerpo. Retorcido y contorsionado en la calle. Un charco oscuro debajo de la cabeza, y Pappy comprendió que se trataba de sangre.

Acercó la pantalla para que le diera más luz.

—Oh, santo cielo, no…

Sus ojos se clavaron en la imagen de las largas rastas rojas de la víctima. Un dolor intenso laceró su pecho, como si le hubieran apuñalado. Cayó hacia atrás, mientras un tornillo trituraba sus costillas.

—¡Pappy! —gritó Al desde el puente—. ¿Te encuentras bien?

No. No se encontraba nada bien.

—Es Abel —jadeó, mientras luchaba por llevar aire a sus pulmones—. ¡Es mi hijo!

De repente, el teléfono volvió a vibrar con otro mensaje.

Lo mismo: NÚMERO PRIVADO.

Esta vez sólo cuatro palabras destellaron en la pantalla.

Pappy se abrió el cuello de la camisa y trató de respirar. Pero era el dolor lo que le estaba asfixiando, no un infarto. Y la ira, por su orgullo.

Se sentó en la cubierta, mientras las cuatro palabras destellaban en su cerebro.

¿YA HAS VISTO BASTANTE?

12

Un mes después, al cabo de pocos días de que celebraran por fin un funeral por Charlie, durante el cual Karen intentó mostrarse optimista, aunque fue muy difícil, un mensajero de UPS dejó un paquete en su puerta.

Fue durante el día. Los chicos estaban en el instituto. Karen se disponía a marcharse. Tenía una reunión con el comité directivo del instituto de los chicos. Intentaba con todas sus fuerzas reanudar su rutina habitual.

Rita, la empleada doméstica, lo entró y llamó con los nudillos a la puerta del dormitorio.

Era un sobre grande almohadillado. Karen miró el remitente. La etiqueta decía que lo enviaba una oficina de Shipping Plus de Brooklyn. No constaba el nombre ni la dirección. Karen ignoraba a quién podía conocer en Brooklyn.

Entró en la cocina, sacó un cúter y abrió el paquete. Su contenido estaba protegido por burbujas de plástico, que cortó con cuidado. Extrajo el contenido, picada por la curiosidad.

Era un marco. De unos veinticinco por treinta centímetros. De cromo. Alguien se había tomado muchas molestias.

Dentro del marco había lo que parecía una página de libreta, chamuscada, con manchas de tizne, rota por el borde superior derecho. Había un montón de números aleatorios garabateados en ella, así como un nombre.

Karen notó que se quedaba sin aliento.

La página rezaba *Del escritorio de Charles Friedman*.

Era la letra de Charlie.

—¿Es un regalo? —preguntó Rita, mientras recogía el envoltorio.

Karen asintió, casi incapaz de hablar.

—Sí.

Lo llevó al jardín de invierno y se sentó junto a la ventana, mientras fuera llovía.

Era de la libreta de su marido. Los artículos de escritorio que Karen le había regalado unos años antes. La hoja estaba rota. Los números carecían de sentido para ella, y no reconoció el nombre garabateado. Megan Walsh. Una esquina estaba chamuscada. Daba la impresión de haber estado en el suelo mucho tiempo.

Pero era la letra de Charlie. Karen sintió que un escalofrío recorría todo su cuerpo.

Había una nota pegada con celo al marco. Karen la desprendió. Rezaba: *Encontré esto, tres días después de lo ocurrido, en la terminal principal de Grand Central. Debió volar hasta allí. Me lo quedé porque no sabía si haría daño o ayudaría. Rezo para que sea de ayuda.*

No había firma.

Karen no podía creerlo. En las noticias había oído que miles de papeles habían volado por los aires después de la explosión. Se habían esparcido por todas partes. Como confetis después de un desfile.

Miró con atención la letra de Charlie. No era más que un puñado de números carentes de significado y un nombre que no reconoció, escritos en ángulos extraños. La fecha era 22/3, semanas antes de su muerte. Un puñado de mensajes aleatorios, sin duda.

Pero era de Charlie. Su letra. Una parte de él, el día de su muerte.

Nunca le habían devuelto el fragmento del maletín que habían recuperado. Esto era lo único que tenía. Lo apretó contra ella, y por un momento fue casi como si le sintiera allí.

Sus ojos se llenaron de lágrimas.

—Oh, Charlie...

En cierto sentido, era como si se estuviera despidiendo de ella. *No sabía si haría daño o ayudaría*, había escrito el remitente.

Oh, sí, ya lo creo que ayuda. Más que eso... Karen lo apretó contra sí. *Mil veces más.*

Era tan sólo un revoltijo de estúpidas cifras y un nombre garabateado con su mano. Pero era lo único que tenía.

No había podido llorar en el funeral. Demasiada gente. La foto ampliada de Charlie se cernía sobre ellos. Y todos habían querido mostrarse optimistas, no tristes. Había intentado ser fuerte.

Pero allí, sentada junto a la ventana, con la letra de su marido apretada contra su corazón, supo que llorar le sentaría bien. *Estoy aquí contigo, Charlie*, pensó Karen. Por fin, permitió que las lágrimas se desbordaran.

13

Había un hombre acurrucado en un coche a oscuras más abajo de la calle, mientras la lluvia repiqueteaba sobre su parabrisas. Fumaba al tiempo que vigilaba la casa y abría apenas la ventanilla para tirar la ceniza a la calle.

La camioneta de UPS acababa de marcharse. Sabía que su contenido pondría las cosas en marcha. Un rato después, Karen Friedman salió a toda prisa, con un impermeable sobre la cabeza, y subió a su Lexus.

Las cosas prometían ponerse interesantes.

Dio marcha atrás en el camino de entrada y salió a la calle. Invirtió el sentido de la marcha y se dirigió hacia él. El hombre se agachó más, y las luces del Lexus bañaron su parabrisas, que brilló bajo la lluvia cuando pasó de largo.

Híbrido, observó impresionado, y miró por el retrovisor mientras se alejaba.

Levantó el teléfono, que descansaba sobre el asiento del pasajero, al lado de su Walter P38, y tecleó un número privado. Su mirada resbaló hacia sus manos. Eran grandes, toscas, las manos de un obrero.

Ha llegado el momento de volver a ensuciarlas, suspiró.

—Parece que el Plan A no progresa —dijo en el teléfono cuando do la voz que estaba esperando contestó por fin.

—No hay que esperar eternamente —replicó su interlocutor.

—*Exactamente.* —Exhaló aire. Encendió el motor, tiró ceniza por la ventanilla y se alejó con parsimonia, en persecución del Lexus—. Paso al Plan B.

14

Una de las cosas que Karen tuvo que afrontar durante las semanas posteriores fue la liquidación de la firma de Charlie.

Nunca se había implicado a fondo en los negocios de su marido. Harbor era lo que se llamaba «sociedad comanditaria general». El acuerdo accionarial decretaba que, en caso de que el socio principal falleciera o se encontrara incapacitado para actuar, el activo de la firma sería redistribuido entre los demás socios. Charlie administraba un fondo de tamaño modesto, con un activo de unos doscientos cincuenta millones de dólares. Los principales inversores eran Golden Sachs, donde él había empezado años antes, y unas cuantas familias acaudaladas que había ido atrayendo a lo largo de los años.

Saul Lennick, el primer jefe de Charlie en Goldman, quien le había ayudado a introducirle en el negocio, era el fideicomisario de la firma.

Fue difícil para Karen seguir los pasos del procedimiento. Agridulce. Sólo siete personas trabajaban para Charlie: un operador auxiliar y una contable, Sally, quien se encargaba del trabajo administrativo y había estado con él desde que abrió el negocio. Su ayudante, Heather, era la que llevaba casi todos sus asuntos personales. Karen los conocía muy bien a todos.

Tardarían unos meses, la advirtió Lennick, en liquidarlo todo. Se quedó satisfecha. Charlie habría querido que se encargaran bien de todo.

—Caramba, tú sabes mejor que nadie que pasaba más tiempo con ellos que conmigo —dijo Karen, y dirigió una mirada de complicidad a Saul. En cualquier caso, el dinero no era el principal problema en esos momentos.

Ella y los chicos estaban bien desde un punto de vista económico. La casa en la que vivían y también la de Vermont estaban pagadas. Además, Charlie había ahorrado a lo largo de los años.

Pero era duro ver desmantelar a la niña de sus ojos. Los paquetes de acciones y los contratos a futuro se vendieron. La oficina de Park Avenue se puso en alquiler. Uno a uno, los trabajadores encontraron nuevos empleos y se fueron marchando.

Era el final. Su última huella había desaparecido.

Fue durante esa época cuando el operador auxiliar que Charlie había contratado hacía unos meses, Jonathan Lauer, la llamó a casa. Karen no estaba. Dejó un mensaje en el contestador automático: «Me gustaría hablar con usted, señora Friedman. Cuando le vaya bien. Hay cosas que debería saber».

Cosas... Fueran las que fueran, no estaba por la labor en aquel momento. Jonathan era nuevo. Había empezado a trabajar para Charlie aquel último año. Su marido le había captado de Morgan. Pasó el mensaje a Saul.

—No te preocupes, yo me ocuparé de ello —le dijo—. Siempre que se cierra una firma, surgen toda clase de problemas peliagudos. La gente siempre se preocupa por sus intereses personales. Tal vez se hablara del pago de primas por resultados obtenidos. Charlie no era muy bueno a la hora de dejar constancia documental de estos asuntos. No tendrías que ocuparte de ellos en este momento.

Tenía razón. No podía ocuparse de eso en aquel momento. En julio, se marchó una semana a casa de Paula y Rick en Sag Harbor. Volvió a reunirse con su grupo de lectura, empezó con el yoga de nuevo. Dios, cómo lo necesitaba. Su cuerpo empezó a parecerse otra vez al de antes y a sentirse vivo. Poco a poco, sus ánimos mejoraron.

Llegó agosto, y Samantha obtuvo un empleo en el club de la playa local. Alex se había ido al campamento de lacrosse. Karen estaba pensando que tal vez valdría la pena sacarse el permiso de agente de bienes raíces.

Jonathan Lauer volvió a ponerse en contacto con ella.

Esta vez, Karen estaba en casa. De todos modos, no descolgó. Oyó el mismo mensaje críptico en el contestador: «Señora Friedman, creo que es importante que hablemos…»

Pero Karen dejó que la cinta continuara grabando. No le gustaba darle largas. Charlie siempre había hablado muy bien del joven. *La gente siempre se preocupa por sus intereses personales…*

Fue incapaz de contestar. Cuando oyó que su voz enmudecía, se sintió mal.

15

Fue en septiembre, los chicos ya habían vuelto al instituto, cuando Karen se encontró de nuevo con el teniente Hauck, de la policía de Greenwich.

Era el descanso de un partido de fútbol del instituto en Greenwich Field. Jugaban contra Stamford West. Karen se había presentado voluntaria para vender números de una rifa de la campaña del Centro Juvenil a beneficio del departamento de atletismo. Las gradas estaban atestadas. Era una fría mañana de sábado de principios de otoño. La banda de los Huskies estaba en el campo. Se dirigió al puesto de refrescos para tomarse un café y combatir así el frío.

Al principio, casi no le reconoció. Iba vestido con un forro polar azul marino y tejanos, con una bonita niña que no debía tener más de nueve o diez años subida a sus hombros. Se toparon de frente en medio de la muchedumbre.

—¿Teniente...?

—Hauck.

Volvió la cabeza y se detuvo, con un brillo complacido en los ojos.

—Karen Friedman.

Asintió, y se protegió los ojos del sol.

—Claro que me acuerdo. —Hauck bajó a la niña—. Jess, saluda a la señora Friedman.

—Hola. —La niña saludó con la mano, algo tímida—. Encantada de conocerla.

—Yo también estoy encantada de conocerte, cariño. —Karen sonrió—. ¿Su hija?

El teniente asintió.

—En cualquier caso —gruñó, al tiempo que se masajeaba la espalda—, está creciendo demasiado para poder cargarla mucho rato. ¿Verdad, cariño? ¿Por qué no vas a buscar a tus amigas? Enseguida voy.

—De acuerdo.

La niña salió corriendo y se perdió entre la multitud, en dirección a las líneas de banda del otro lado.

—¿Nueve? —aventuró Karen, arqueando las cejas de forma inquisitiva.

—Diez. De todos modos, aún insiste en que la lleve a hombros. Calculo que me quedan uno o dos años más, antes de que empiece a encogerse si me ofrezco a volver a hacerlo.

—La relación de las niñas con su padre es diferente. —Karen sacudió la cabeza y sonrió—. De todos modos, es como una campana de Gauss. En algún momento, vuelven a retroceder al principio. Al menos, eso me han dicho. Todavía estoy esperando.

Estuvieron unos momentos intentando que la multitud no les arrastrara. Un tipo corpulento con una sudadera de Greenwich dio una palmada en la espalda a Hauck cuando pasó a su lado.

—Eh, Leg…

—Rollie.

El teniente le devolvió el saludo.

—Iba a tomar café —dijo Karen.

—Sígame —se ofreció Hauck—. Confíe en mí, no se arrepentirá.

Se acercaron a la cola de los refrescos. La mujer que se encargaba de la máquina de café pareció reconocerle.

—¡Eh, Ty! ¿Cómo te va, teniente? Da la impresión de que hoy nos iría bien tenerte en el campo.

—Sí, bastará con que me des veinte de ésos bien cargados, más una inyección de cortisona en ambas rodillas, y podré salir.

Sacó un par de billetes.

—La casa invita, teniente. —La mujer le despidió con un ademán—. De parte de los aficionados.

—Gracias, Mary. —Hauck le guiñó el ojo. Entregó una taza a Karen. Había una mesa libre. Él la señaló y se sentaron en sendas sillas de metal.

—¿Comprende lo que quería decir? —Tomó un sorbo—. Una de las pocas ventajas legales que me quedan.

—El rango conlleva privilegios.

Karen guiñó un ojo, fingiendo que estaba impresionada.

—No. —Hauck se encogió de hombros—. Defensa. Greenwich High, 1975. Aquel año llegamos a las finales del estado. No lo olvidan nunca.

Ella sonrió. Se echó el pelo hacia atrás y tomó la taza humeante con ambas manos.

—¿Cómo le va? —preguntó el detective—. La verdad es que estuve a punto de llamarla un par de veces. Cuando la vi por última vez, todo estaba muy reciente.

—Lo sé. —Karen se encogió de hombros—. Lo estaba. Me va mejor. El tiempo…

Suspiró y ladeó la taza.

—Eso dicen… —El detective la imitó y sonrió—. ¿Sus hijos van al instituto?

—Los dos. Samantha se gradúa este año. Alex está en primero. Juega a lacrosse. Aún está muy afectado.

—No me extraña —dijo el teniente. Alguien le rozó por detrás cuando pasaba a toda prisa. Asintió y apretó los labios. ¿Qué podía decir?

—En aquel momento estaba investigando un caso de atropello, en que el conductor se dio a la fuga —dijo Karen para cambiar de tema—. Un chico de Florida. ¿Encontró al individuo?

—No, pero descubrí por qué llevaba el nombre de su marido en el bolsillo.

Habló a Karen del Mustang.

—La niña de los ojos de Charlie. —Karen asintió y sonrió—. Imagínese. Aún lo conservo. Mi marido pidió en su testamento que no lo vendiera. ¿Qué le parece, teniente? ¿Desea poseer su propio icono norteamericano, del único año que hicieron el color Emberglow? Sólo cuesta ocho de los grandes al año sacarlo del garaje un par de veces.

—Lo siento. Yo también conservo mi propio icono norteamericano. La factura de la universidad.

Sonrió.

La megafonía anunció que los dos equipos volvían al campo. La banda de los Huskies salió desfilando a los acordes de una versión con instrumentos de metal del «Who Says You Can't Go Home?» de Bon Jovi. La hija del teniente salió corriendo de la multitud.

—¡Vamos, papá! —gritó—. ¡Quiero sentarme con Elyse!

—La segunda parte va a empezar —dijo el teniente.

—Es muy guapa —dijo Karen—. ¿La mayor?

—La única —replicó el detective tras una breve pausa—. Gracias.

Sus miradas se encontraron un segundo. Karen intuyó que algo se ocultaba tras aquellos ojos hundidos.

—¿Me compra un número para una rifa? —preguntó—. Es para una buena causa. De parte de los aficionados. —Lanzó una risita—. Vamos, me estoy rezagando.

—Temo que ya he pagado mis deudas —suspiró Hauck resignado, y se palmeó las rodillas.

Karen arrancó una papeleta del talonario y escribió su nombre en el espacio en blanco.

—La casa invita. Fue agradable lo que me dijo aquel día, ¿sabe? Aquello de que sabía cómo me sentía. Supongo que necesitaba algo así en aquel momento. Se lo agradecí.

—Caramba... —Hauck meneó la cabeza, tomó la papeleta de su mano y sus dedos se tocaron un momento—. Hoy no paran de lloverme regalos.

—El precio que ha de pagar por hacer una buena obra, teniente.

Se levantaron. La hija del teniente le llamó impaciente.

—¡Vamos, papá!

—Buena suerte con la rifa —dijo—. No estaría mal que acabara vendiendo unos cuantos hoy.

Karen rió.

—Me alegro de haberle visto, teniente. —Agitó los puños como pompones imaginarios—. ¡Ánimo, Huskies!

Hauck saludó con la mano y volvió hacia la muchedumbre.

—Hasta la vista.

16

Aquella noche le tomó por sorpresa, decidió Hauck, mientras daba unos toques en el lienzo, en la pequeña casa de dos habitaciones alquilada en la Euclid Avenue de Stamford, dominando Holly Cove.

Otro cuadro con motivos marinos. Una balandra en el puerto, con las velas arriadas. Más o menos lo mismo que se veía desde su terraza. Era lo único que pintaba. Barcos...

Jessie estaba en su habitación, viendo la tele, enviando mensajes de texto. Habían tomado una pizza en el Mona Lisa de la ciudad, y fueron a ver una película de dibujos animados. Jess fingió aburrirse. A él le había encantado.

—Es para niños de tres años, papá.

La niña puso los ojos en blanco.

—Ah. —Hauck dejó de insistir—. Los pingüinos eran guais.

A Hauck le gustaba este lugar. A una manzana de la pequeña cala. El propietario lo había reformado. Desde la terraza del segundo piso, donde estaba la sala de estar, se veía el estrecho de Long Island. Una pareja francesa vivía en el piso de al lado, Richard y Jacqueline, restauradores de muebles (tenían el taller en el garaje), y siempre le invitaban a sus fiestas, abarrotadas de personas de acentos raros y donde siempre había vino bastante aceptable.

Sí, le había tomado por sorpresa. Lo que estaba sintiendo. Que se fijara en sus ojos, pardos y muy grandes. Que la risa pareciera algo natural en ellos. El leve tono cantarín de su voz, como si no fuera de la zona. Su pelo dorado rojizo, sujeto con una coleta juvenil.

Que le hubiera embutido la papeleta de la rifa en el bolsillo, y tratado de hacerle sonreír.

Al contrario que Beth. Cuando su mundo se vino abajo.

Hauck trazó una estrecha línea desde el mástil del velero y la fundió con el azul del mar. Contempló el resultado. Era horrible.

Nadie le confundiría con Picasso.

Ella le había preguntado si Jess era su hija mayor, y él había contestado, tras una pausa que se le había antojado eterna, que era la única. Podría habérselo dicho. Ella lo habría entendido. También estaba sufriendo una pérdida.

Vamos, Ty, ¿por qué vuelves siempre a lo mismo?

En aquel entonces, lo tenían todo. Beth y él. Costaba recordar lo enamorados que habían estado. Que ella le considerara el hombre más sexy del mundo. Y viceversa.

Mi única…

¿Qué había olvidado en el súper, que le impulsó a volver corriendo? Pudding Snacks…

Aparcar la camioneta a toda prisa. ¿Cuántas veces lo había hecho, sin que se hubiera movido? ¿Mil? ¿Cien mil?

—Cuidado, chicas. Papá va a salir del garaje dando marcha atrás…

Mientras volvía hacia el garaje, con la factura en la mano, la cartera en la mano, oyeron el chillido. De Jessie.

Los ojos petrificados de Beth («¡Oh, Dios mío, Ty, no!»), mientras veían por la ventana de la cocina que la camioneta rodaba hacia atrás.

Norah no había emitido el menor sonido.

Hauck bajó el pincel. Apoyó la cabeza sobre la palma de la mano. Le había costado su matrimonio. Le había costado ser incapaz de mirarse en el espejo sin ponerse a llorar. Y durante mucho tiempo poder abrazar a Jess.

Todo.

Su mente regresó a aquella mañana. Las pecas que bailaban en su mejilla. Lograron que sonriera.

Sé realista, Ty… Conduce un coche que debe costar más que lo que tienes invertido en tu plan de pensiones. Acaba de perder a su marido. Una vida diferente, quizá.

Un tiempo diferente.

Pero se sorprendió cuando volvió a levantar el pincel. Lo que estaba pensando… Lo que conseguía que sintiera.

Había despertado.

Y eso era extraño, decidió. Porque ya nada le sorprendía.

17

Diciembre

Sus vidas habían empezado a recuperar una especie de estabilidad. Sam había presentado solicitudes de matriculación en las universidades de Tufts y Bucknell, sus favoritas. Karen la había acompañado en las visitas obligatorias.

Fue entonces cuando los dos hombres de Archer llamaron a su puerta.

—¿Señora Friedman? —preguntó el más bajo. Tenía la cara cincelada y el pelo rubio corto, y vestía un traje bajo el impermeable. El otro hombre era delgado y más alto, con gafas de carey, y portaba un maletín de piel.

—Somos de una firma de auditorías privada, señora Friedman. ¿Le importa que entremos?

Al principio, Karen pensó que podían ser del fondo gubernamental que se estaba constituyendo para los familiares de las víctimas. Se había enterado por mediación de su grupo de apoyo de que esta gente podía ser muy rígida y fría en el cumplimiento de las normas. Abrió la puerta.

—Gracias. —El rubio tenía un leve acento europeo y le entregó una tarjeta. Archer & Bey Associates. Johannesburgo, Sudáfrica—. Me llamo Paul Roos, señora Friedman. Mi compañero es Alan Gillespie. No le robaremos mucho tiempo. ¿Le importa que nos sentemos?

—Por supuesto… —dijo Karen, algo vacilante. Las maneras de ambos eran frías e impersonales. Examinó con más detenimiento sus tarjetas—. Si vienen por algo relacionado con mi marido, Saul Lennick, del Whiteacre Capital Group, está supervisando la disposición de los bienes.

—Nos hemos puesto en contacto con el señor Lennick —contestó Roos. Avanzó un paso hacia la sala de estar—. Si no le importa...

Les guió hasta el sofá.

—Tiene una casa encantadora, señora Friedman —le dijo Roos, mientras examinaba con atención la sala.

—Gracias. Ha dicho que eran auditores —contestó Karen—. Creo que una firma de fuera de la ciudad se encargaba de la empresa de mi marido. Ross & Weiner... No recuerdo el nombre de su firma.

—En realidad, no hemos venido en representación de su marido, señora Friedman. —El sudafricano cruzó las piernas—. Sino de parte de algunos de sus inversores.

—¿Inversores?

Karen sabía que Morgan Stanley era el más importante, con mucho. Después estaban los O'Flynn y los Hazen, que habían estado con él desde el principio.

—¿Cuáles?

Karen le miró confusa.

Roos la miró con una sonrisa vacilante.

—Simples... inversores.

Aquella sonrisa consiguió que Karen empezara a sentirse inquieta.

Su compañero, Gillespie, abrió el maletín.

—Ha recibido dinero procedente de la liquidación de los activos de la firma de su marido, ¿verdad, señora Friedman?

—Esto se parece cada vez más a una auditoría. —Karen se puso tirante—. Sí. ¿Pasa algo? —Los fondos habían sido liquidados. La parte de Charlie, después de los gastos finales derivados del cierre de la firma, se elevaba a algo menos de cuatro millones de dólares—. Tal vez si me dijeran de qué se trata...

—Estamos investigando ciertas transacciones —dijo Gillespie, al tiempo que dejaba caer sobre la mesita auxiliar un grueso informe encuadernado.

—Escuche, nunca me impliqué demasiado en los negocios de mi marido —replicó Karen. Estaba empezando a preocuparse—. Estoy segura de que si hablan con el señor Lennick...

—Déficits, de hecho —se corrigió el contable.

A Karen no le gustaba aquella gente. No sabía para qué habían venido. Volvió a examinar las tarjetas.

—¿Ha dicho que eran auditores?

—Auditores e investigadores forenses, señora Friedman —explicó Paul Roos.

—¿Investigadores...?

—Estamos intentando analizar ciertos aspectos de la firma de su marido —explicó Gillespie—. La documentación es un poco... confusa, podríamos decir. Somos conscientes de que, como fondo de inversión libre independiente, no estaba limitado por ciertas formalidades.

—Escuche, creo que será mejor que se marchen. Creo que será mejor que se marchen si conducen esto a...

—Pero lo que constituye un hecho innegable es que —continuó el contable—, por lo visto, ha desaparecido una cantidad considerable de dinero.

—¿Desaparecido...? —Karen le miró a los ojos, reprimiendo la ira. Saul no había hablado en ningún momento de que hubiera desaparecido dinero—. ¿Para eso han venido? Bien, pues es una pena, señor Gillespie. Mi marido ha muerto, como sin duda sabrán. Se fue a trabajar una mañana, hace ocho meses, y ya no volvió. De modo que, por favor, dígame —sus ojos le atravesaron como rayos X, al tiempo que se levantaba—, ¿de cuánto dinero está hablando, señor Gillespie? Iré a buscar mi bolso.

—Estamos hablando de doscientos cincuenta millones de dólares, señora Friedman —dijo el contable—. ¿Tiene suelto por valor de esa cantidad?

El corazón de Karen casi se paralizó. Volvió a sentarse, alcanzada por las palabras como si hubieran sido balas. La expresión del contable no se alteró en ningún momento.

—¿De qué está hablando?

Roos intervino, algo inclinado hacia adelante.

—Lo que estamos diciendo es que hay un montón de dinero desaparecido de la firma de su marido, señora Friedman. Y nuestros clientes quieren saber dónde está.

Doscientos cincuenta millones. Karen estaba demasiado atónita para hablar. La liquidación se había llevado a cabo sin el menor contratiempo. Todo el negocio de Charlie no valía más que eso.

Miró los ojos apagados e impasibles de los dos hombres. Sabía que estaban insinuando algo acerca de su marido. Charlie estaba muerto. No podía defenderse.

—Creo que no hay nada más que decir, señor Gillespie, señor Roos. —Karen volvió a levantarse. Quería que aquellos hombres se marcharan. Quería que abandonaran su casa. Enseguida—. Ya les he dicho que nunca me impliqué en los negocios de mi marido. Tendrán que plantear sus preocupaciones al señor Lennick. Me gustaría que se fueran.

Los contables intercambiaron una mirada. Gillespie guardó su expediente en el maletín y lo cerró. Se pusieron en pie.

—No es nuestra intención insultarla, señora Friedman —dijo Roos en un tono más conciliador—. Lo que sí le diré, no obstante, es que tal vez se lleve a cabo alguna investigación. Yo de usted no me gastaría todavía esa liquidación que ha recibido.

Sonrió y paseó la vista a su alrededor.

—Como ya he dicho, tiene una casa encantadora... Pero es de justicia advertirla. —Se volvió hacia la puerta—. Es posible que también se investiguen sus cuentas personales.

El vello de la nuca de Karen se erizó.

18

Karen tardó unos cuantos minutos, frenéticos, en ponerse en contacto telefónico con Saul Lennick.

A su despacho le costó localizarle. Estaba fuera del país, en viaje de negocios. Pero su secretaria percibió el nerviosismo en la voz de Karen. Por fin, le localizaron.

—¿Karen…?

—Saul, lamento molestarte.

Estaba al borde de las lágrimas. Le contó la inquietante visita de los dos hombres de Archer.

—¿Quién?

—Son de algo llamado Archer & Bey Associates. Son auditores, investigadores forenses. Vienen de Sudáfrica. Dijeron que habían hablado contigo.

La invitó a darle todos los detalles de nuevo, e intercaló algunas preguntas precisas sobre sus nombres y lo que habían dicho.

—Escucha, Karen. En primer lugar, quiero asegurarte que no debes preocuparte por nada. La disolución de la sociedad Harbor está yendo como la seda, y te prometo que estamos haciendo las cosas como es debido. Que conste que es posible que Charlie sufriera algunas pérdidas. Había apostado muy fuerte por unos contratos a futuro de petróleo canadiense que bajaron mucho.

—¿Quién es esa gente, Saul?

—No lo sé. Una empresa extranjera de auditoría, sospecho, pero lo averiguaré. Tal vez los hayan contratado algunos inversores de Charlie de allí, con la esperanza de retrasar el proceso.

—¡Están hablando de cientos de millones de dólares, Saul! Ya sabes que Charlie no manejaba esas cantidades de dinero. Me lanzaron a la cara esas insinuaciones, y me advirtieron que no gastara nada de la liquidación. ¡Ese dinero es de Charlie, Saul! Fue horrible. Me dijeron que tal vez examinarían también mis cuentas personales.

—Eso no ocurrirá, Karen. Escucha, quedan algunos detalles pendientes, y alguien podría causar algunos problemas si quisiera…

—¿Qué clase de detalles, Saul?

No sabía nada de eso.

—Tal vez alguna jugada que alguien podría cuestionar. Uno o dos fallos técnicos en los acuerdos crediticios de Charlie. Pero no quiero adelantarme a los acontecimientos. No es el momento.

—¡Charlie ha muerto, Saul! No puede defenderse. O sea, ¿cuántas veces le oí preocuparse por el maldito dinero de sus clientes? Fracciones de un puto punto. Y esta gente, lanzando semejantes insinuaciones… No tenían derecho a venir a mi casa.

—Karen, quiero asegurarte que sus afirmaciones carecen de toda base. Sean quienes sean, sólo están intentando causar problemas. Y han elegido la táctica equivocada.

—Sí, Saul, ya lo creo. —Su furia estaba empezando a calmarse—. Han elegido la peor táctica. No quiero que vuelvan a mi casa. Gracias a Dios que Samantha y Alex no estaban.

—Escucha, quiero que me envíes esa tarjeta por fax, Karen. La investigaré desde aquí. Te prometo que no volverá a ocurrir.

—Charlie era un tipo honrado, Saul. Tú lo sabes mejor que nadie.

—Lo sé, Karen. Charlie era como un hijo para mí. Sabes que siempre me he preocupado por vuestros intereses.

Ella se apartó el pelo de la cara para calmarse.

—Lo sé…

—Envíame la tarjeta, Karen. Quiero ser el primero en enterarme si vuelven a ponerse en contacto contigo.

—Gracias, Saul.

De pronto, algo extraño le sucedió a Karen, una inexplicable catarata de lágrimas. A veces, ocurría así, de repente. La idea de tener que defender a su marido. Dejó que transcurrieran unos segundos mientras recuperaba el control.

—Lo digo en serio, Saul... Muchas gracias.

—No hace falta ni que lo digas, Karen —contestó con voz queda el protector de su marido.

No tuvo valor para decírselo en aquel momento. Ni ganas.

Lennick colgó el teléfono en el salón Old World del hotel Vier Jahreszeiten de Múnich.

Una semana antes le había llamado su contacto del Royal Bank of Scotland, una de las entidades crediticias que había buscado para Charlie, la cual adelantó los fondos de su firma. Su tono fue lacónico. El banquero parecía un poco preocupado.

Un registro aleatorio de un petrolero, llevado a cabo por un funcionario de Yakarta, había llamado su atención.

El corazón de Lennick se había paralizado. Dio media vuelta en la silla de su despacho.

—¿Por qué?

—Una especie de discrepancia en el contenido declarado del cargamento —explicó el banquero.

Se habían declarado un millón cuatrocientos mil barriles de petróleo.

Descubrieron vacío el buque cisterna, anunció el banquero.

Lennick había palidecido como un muerto.

—Estoy seguro de que debe tratarse de una equivocación —le dijo el banquero escocés. Por lo visto, Charles Friedman había prometido como garantía de su préstamo un millón cuatrocientos mil barriles, a sesenta y seis dólares el barril.

Lennick sintió que un escalofrío de preocupación recorría su espina dorsal. Lo investigaría, dijo al hombre, y eso fue suficiente para que el banquero se aplacara. Pero en cuanto colgó el teléfono, Lennick cerró los ojos.

Pensó en las pérdidas recientes de Charlie, en la presión a la que había estado sometido. En el entusiasmo con que invertía sus fondos.

Estúpido hijo de puta, Charlie. Lennick suspiró. Descolgó el teléfono y empezó a marcar un número. *¿Cómo pudiste llegar a ese grado de desesperación, imbécil, cómo pudiste ser tan descuidado? ¿No tienes ni idea de qué clase de gente es ésta?*

Gente que no le gusta ser investigada. Ni que examinen sus negocios. Ahora todo ha de ser reconstruido. Todo, Charlie.

Incluso ahora semanas después, en el vestíbulo del Vier Jahreszeiten, la delicada pregunta del banquero consiguió que Lennick sintiera la garganta seca.

¿Existe algún motivo de alarma?

19

Era el segundo día de entrenamientos de hockey sobre hierba, a finales de febrero. Sam Friedman tiró el palo al fondo de su taquilla.

Era la delantera derecha del equipo femenino. Habían perdido a dos de sus mejores atacantes el año anterior, de manera que esta temporada iba a ser dura. Sam cogió la parka del gancho y examinó algunos libros. Al día siguiente tenía examen de inglés, sobre un relato de Tobias Wolf, un capítulo que hablaba de pasada de Vietnam. Desde que había sido admitida en Tufts, Early Decisión 2*, en enero había pasado con holgura los exámenes. Esa noche, un grupo iba a encontrarse en el Thataways para celebrarlo y tal vez tomar una cerveza a escondidas.

Sam corrió hacia su todoterreno Acura azul, que había dejado en el aparcamiento oeste después de comer. Subió y tiró el bolso sobre el asiento, y puso en marcha el motor. Después conectó el iPod y buscó su canción favorita.

—*And I am telling you I'm not going...* —canto, imitando lo mejor possible a Jennifer Hudson en *Dreamgirls*. Se dispuso a arrancar el Acura.

Fue entonces cuando una mano se cerró sobre su boca y aplastó su cabeza contra el reposacabezas.

Los ojos de Sam se le saltaron de las órbitas y trató de lanzar un grito ahogado.

—No hagas el menor ruido, Samantha —dijo una voz detrás de ella.

¡Oh, Dios mío! Que la persona supiera su nombre la asustó todavía más. Sintió que un escalofrío de miedo recorría su columna

* Período de prueba en que el aspirante a ingresar en una universidad fortalece o no su decisión. *(N. del T.)*

vertebral, miró desesperada a uno y otro lado, con la esperanza de verle por el retrovisor.

—No, no, Samantha. —El atacante enderezó su cara hacia adelante—. No intentes verme. Será mejor para ti.

¿Cómo sabía su nombre?

La cosa pinta mal. Repasó el millón de cosas que siempre le habían dicho en caso de que algo por el estilo ocurriera. *No te rebeles. Déjale hacer lo que le dé la gana. Dale el dinero, las joyas, aunque sea algo importante. Que haga lo que quiera.*

Lo que sea.

—Estás asustada, Samantha, ¿verdad? —preguntó el hombre con voz queda. Su mano seguía aferrando con firmeza su boca, y ella tenía los ojos abiertos de par en par.

Asintió.

—No te culpo. Yo también estaría asustado.

Samantha miró hacia fuera, rezando para que alguien se acercara. Pero era tarde, y estaba oscuro. El aparcamiento estaba desierto. Notó el cálido aliento del hombre en su nuca. Cerró los ojos. *Oh, Dios, me va a violar. O algo peor...*

—Pero hoy es tu día de suerte. No voy a hacerte daño, Samantha. Sólo quiero que entregues un mensaje a alguien. ¿Harás eso por mí?

Sí, asintió Samantha, sí. *Conserva la calma, conserva la calma,* suplicó. *Va a dejarte marchar.*

—A tu mamá.

A mi mamá... ¿Qué tenía que ver su madre con esto?

—Quiero que le digas, Sam, que la investigación va a empezar muy pronto. Y que va a ser muy personal. Ella lo entenderá. Y que no somos de los que esperan con paciencia... eternamente. Creo que ya te has dado cuenta, ¿verdad? ¿Lo comprendes, Samantha?

Cerró los ojos. Temblorosa. Asintió.

—Bien. No olvides decirle que el reloj no para. Y que no le hará gracia cuando el tiempo se acabe, lo prometo. ¿Me has oído, Sam?

Apartó un poco la mano de su boca.

—Sí —susurró Sam con voz ronca.

—No te vuelvas —dijo el hombre—. Voy a bajar. —Llevaba una sudadera con la capucha bajada sobre la cabeza—. Créeme, cuanto menos veas, mejor para ti.

Samantha se quedó inmóvil. Movió la cabeza de arriba abajo.

—Lo comprendo.

—Bien.

La puerta se abrió. El hombre bajó. Ella no miró. Ni se volvió para seguirle con los ojos. Continuó sentada con la vista clavada en el frente. Tal como le había ordenado.

—Eras la niña de los ojos de tu padre, ¿verdad, Samantha?

Sus ojos se abrieron de par en par.

—Recuerda la cantidad. Doscientos cincuenta millones de dólares. Dile a tu mamá que no esperaremos mucho.

20

Karen se abrazó a su hija en el sofá de la sala de estar. Samantha estaba llorando, con la cabeza sepultada en el hombro de su madre, sin poder hablar apenas. La había llamado después de que el hombre se marchara, y regresado a casa presa del pánico. Karen telefoneó de inmediato a la policía. La calle silenciosa estaba iluminada por las luces destellantes.

Karen se abalanzó sobre los primeros agentes que llegaron.

—¿Cómo es posible que no haya protección en el instituto? ¿Cómo permiten entrar a cualquiera? —Después se volvió hacia Sam frustrada—. Cariño, ¿por qué no cerraste el coche con llave?

—No lo sé, mamá.

Pero en el fondo sabía (los dedos de Samantha agarrotados y temblorosos, la cara surcada de lágrimas) que esto no estaba relacionado con su hija. Ni con la falta de protección del instituto. Ni con el hecho de que el coche no estuviera cerrado con llave.

Estaba relacionado con Charlie.

Estaba relacionado con algo que él había hecho. Algo que le había ocultado, y que cada vez la aterrorizaba más.

Habrían podido asaltar a Samantha en las galerías comerciales, en casa de alguien o en el club donde trabajaba. Pero sabía que su objetivo no era su hija.

El objetivo era ella.

Y lo más aterrador era que Karen no tenía ni idea de qué deseaba de ella aquella gente.

Cuando vio que el teniente Hauck entraba por la puerta principal, su cuerpo casi se desplomó. Se levantó de un salto y corrió hacia él. Tuvo que contenerse para no abrazarle.

Él apoyó una mano sobre su hombro.

—¿Se encuentra bien la chica?

—Sí —asintió Karen aliviada—. Creo que sí.

—Sé que ya lo ha repetido mil veces, pero yo también he de hablar con ella.

Ella le guió hacia su hija.

—De acuerdo.

Hauck se sentó a la mesita auxiliar delante de Samantha.

—Sam, soy el teniente Hauck. Soy el jefe de detectives de la policía de Greenwich. Conozco algo a tu madre desde que murió tu padre. Quiero que me cuentes exactamente lo sucedido.

Karen la animó con un cabeceo, al tiempo que se sentaba a su lado en el sofá y tomaba su mano.

Sam reprimió las lágrimas y volvió a contarlo todo. Salió del gimnasio después del entreno, subió a su coche, conectó el iPod. El hombre del asiento trasero la sorprendió por detrás. Le tapó la boca para que no pudiera gritar, con una voz tan escalofriante y cercana a su oído que las palabras parecían hormiguear en su columna vertebral.

—Fue espantoso, mamá.

Karen apretó su mano.

—Lo sé, cariño, lo sé…

Explicó a Hauck que no había conseguido verle bien.

—Me dijo que no le mirara.

Estaba segura de que iba a violarla o a asesinarla.

—Hiciste bien, cielo —dijo Hauck.

—Dijo que la investigación iba a empezar pronto. Y que iba a ser muy personal. Dijo algo acerca de doscientos cincuenta millones de dólares. —Samantha miró a su madre—. ¿Qué demonios quería decir con eso, mamá?

Sacudió la cabeza vacilante.

—No lo sé.

Cuando hubieron terminado, Karen se apartó de su hija. Preguntó a Hauck si podía acompañarla fuera. Aún no había subido el toldo del patio. Todavía hacía demasiado frío. En la oscuridad, se veían luces destellar en el estrecho.

—¿Tiene idea de qué está hablando? —preguntó Hauck.

Karen respiró hondo y asintió.

—Sí.

Y no…

Le contó la visita que había recibido. Los dos hombres de Archer & Bey, que la habían interrogado acerca del dinero desaparecido.

—Doscientos cincuenta millones de dólares —admitió.

Y ahora esto.

—No sé qué está pasando. —Meneó la cabeza con los ojos brillantes—. El fideicomisario de Charlie (es un amigo) me prometió que todo en la sociedad se ajustaba a las normas. Y estoy segura de que es así. Esa gente… —Karen miró a Hauck nerviosa—. Charlie era un buen hombre. No manejaba tanto dinero. Es como si se hubieran equivocado de persona, teniente. Mi marido tenía un puñado de clientes. Morgan Stanley, unas cuantas familias adineradas que conocía desde hacía mucho tiempo.

—Comprenderá que tendré que investigar eso —dijo Hauck.

Karen asintió.

—Pero debo decirle que, como su hija no ha podido proporcionarnos una descripción física del individuo, va a ser muy difícil. Hay cámaras en las entradas del instituto. Puede que alguien viera un coche. Pero estaba oscuro, y muy desierto a aquella hora. Fuera quien fuera el hombre, no cabe duda de que era un profesional.

Ella volvió a asentir.

—Lo sé.

Se inclinó hacia él, con tantas preguntas en la cabeza que se sintió mareada de repente, con las rodillas a punto de ceder.

El teniente apoyó una mano sobre su hombro. Ella no se apartó.

Había capeado bien la muerte de Charlie, los largos meses de incertidumbre y soledad, la desintegración de su negocio. Pero esto era demasiado. Acudieron lágrimas a sus ojos. Lágrimas de miedo y confusión. El miedo de que sus hijos se vieran implicados. El miedo de la ignorancia. Más lágrimas empezaron a manar. Odiaba esa sensación. Esa duda que había surgido tan de repente sobre su marido. Odiaba a esa gente que había invadido sus vidas.

—Me ocuparé de que tengan protección —dijo el teniente, y apretó el hombro de Karen—. Apostaré a alguien delante de la casa. Una persona seguirá a los chicos hasta el instituto durante un tiempo.

Ella le miró y respiró hondo.

—Tengo la sensación de que tal vez mi marido haya hecho algo, teniente. En sus negocios, Charlie siempre corría riesgos, y ahora uno de los inversores ha venido a atormentarnos. Pero él está muerto. No puede solucionarlo. —Se secó los ojos con el dorso de la mano—. Él se ha ido, y nosotros seguimos aquí.

—Necesitaré una lista de sus clientes —dijo Hauck, sin apartar la mano del hombro de Karen.

—De acuerdo.

—Y tendré que hablar con Lennick, el fideicomisario de su marido.

—Lo comprendo.

Karen se apartó, respiró hondo, intentó serenarse. Se le había corrido el rímel. Se secó los ojos.

—Descubriré algo, se lo prometo. Haré lo que pueda por protegerlos.

—Gracias, teniente. —Se apoyó contra él—. Por todo.

Hauck notó en la mano la estática de su jersey cuando la apartó.

—Escuche —sonrió—, no sé nada de Wall Street, pero creo que no es así como Morgan Stanley cobra sus deudas.

21

Recibió la llamada a las once y media de aquella noche. La limusina acababa de dejar a Saul Lennick ante su apartamento de Park Avenue, después de asistir a la ópera. Su esposa, Mimi, estaba en el cuarto de baño quitándose el maquillaje.

—¿Puedes ponerte, Saul?

Lennick acababa de quitarse los zapatos y la corbata. Ya sabía qué significaban estas llamadas a horas tan intempestivas. Descolgó frustrado. *¿No podían esperar a la mañana?*

—Hola.

—¿Saul?

Era Karen Friedman. Hablaba con voz quebradiza y preocupada. Comprendió que algo había ocurrido.

—¿Qué ha pasado, Karen?

Exasperada, le contó lo que le había sucedido a Samantha cuando salía del instituto.

Lennick se levantó. Sam era como una sobrina nieta para él. Había estado presente en su *bar mitzvah*. Había abierto cuentas para ella y para Alex en su firma. Todos los huesos de su fatigado cuerpo se pusieron rígidos.

—Jesús, Karen, ¿se encuentra bien?

—Está bien… —reprimió un sollozo, frustrada—. Pero…

Le contó lo que su atacante le había dicho acerca del dinero. Los mismos doscientos cincuenta millones de dólares que le mencionaron aquellos auditores. La frase de que ella era la niña de los ojos de su padre.

—¿Qué querían decir con eso, Saul? ¿Era una especie de amenaza?

Lennick, en calzoncillos y calcetines, se dejó caer sobre la cama. Pensó en Charles. En la avalancha que había dsencadenado.

Estúpido hijo de puta. Sacudió la cabeza y suspiró.

—Algo está pasando, Saul. Estuviste a punto de contármelo hace dos semanas. Dijiste que no era el momento adecuado… Bien, acabo de acostar a mi hija en mi cama —dijo Karen, y su voz se endureció—. Estuvo a un paso de perder la vida. ¿Qué opinas, Saul? ¿Crees que ya es el momento adecuado?

22

Resultó que Archer & Bey no existía.

Sólo era un nombre en una tarjeta. Una llamada a un antiguo contacto de la Interpol, más un rápido examen por Internet de las empresas registradas en Sudáfrica, lo certificó. Incluso la dirección y el número de teléfono de Johannesburgo eran ficticios.

Hauck sabía que alguien estaba intentando extorsionar a Karen. Alguien que conocía los trapicheos de su marido. Incluso su fideicomisario, Lennick, con quien había hablado antes, y que parecía ser un tipo recto, estaba de acuerdo.

—¡Llamada exterior, teniente!

La llamada sonó fuera de la sala de reuniones, seguida de la imitación del sonido de un mortero al estallar.

«Llamada exterior» significaba que su ex mujer estaba en la línea.

Hauck hizo una pausa, con el teléfono en la mano, antes de descolgar.

—Hola, Beth, ¿cómo va?

—Bien, Ty, bien. ¿Y tú?

—¿Cómo está Rick?

—Bien. Acaba de conseguir un aumento de territorio. Ahora también lleva Pensilvania y Maryland.

El nuevo marido de Beth era jefe de distrito de una firma de hipotecas.

—Eso es estupendo. Felicidades. Jess me dijo algo por el estilo.

—Por eso te llamo. Hemos pensado hacer ese viaje tantas veces aplazado. ¿Sabes que le prometimos a Jessie llevarla a Orlando? El rollo del parque temático.

Hauck se enderezó.

—Le había dicho que la llevaría yo, Beth.

—Sí, ya sé que siempre dices eso, Ty, pero, mmm… Este viaje va en serio.

La pulla se clavó entre sus costillas. Pero sabía que su ex mujer tenía razón.

—¿Cuándo pensáis iros?

Otra pausa.

—Estamos pensando que para Acción de Gracias, Ty.

—¿Acción de Gracias? —Esta vez, la pulla llegó hasta los intestinos—. Pensaba que habíamos acordado que este año Acción de Gracias me tocaba a mí, Beth. Iba a llevar a Jesse a Boston, a casa de mi hermana. A ver a sus primos. Hace tiempo que no vamos.

—Estoy segura de que le gustaría, pero las cosas han ido así. Y es Disneylandia.

Hauck resopló, irritado.

—¿Qué pasa? ¿Rick tiene una convención de ventas allí o qué?

Beth no contestó.

—Es Disneylandia, Ty. Ya la llevarás a casa de tu hermana por Navidad.

—No. —Tiró el bolígrafo sobre el escritorio—. No puedo llevarla por Navidad. Ya lo hablamos. Lo planeamos. En Navidad me marcho. —Había hecho planes para ir a pescar a las Bahamas con un grupo de compañeros del colegio, la primera vez que se iba lejos desde hacía mucho tiempo—. Ya hemos hablado de esto, Beth.

—Ah, sí. —Suspiró, como si lo hubiera olvidado—. Tienes razón. Ahora me acuerdo.

—¿Por qué no se lo preguntas a Jess?

—¿Preguntarle qué?

—Adónde quiere ir.

—No he de preguntárselo, Ty. Soy su madre.

Y yo su padre, Beth, maldita sea, estuvo a punto de replicar, pero sabía adónde conduciría eso.

—Ya hemos reservado los billetes. Lo siento. No he llamado para pelearme.

Hauck exhaló un largo suspiro de frustración.

—Sabes que a ella le gusta ir a ver a sus primos, Beth. Nos están esperando. Es bueno para ella ahora verles al menos una o dos veces al año.

—Lo sé, Ty. Tienes razón. La próxima vez, te prometo que irá. —Otra pausa—. Escucha, me alegro de que lo entiendas.

Colgaron. Giró en su silla, con los ojos clavados en la foto de Jessie y Norah que tenía sobre el aparador. Cinco y tres. Un año antes del accidente. Enormes sonrisas.

Costaba recordar que él y Beth habían estado enamorados.

Una llamada a la puerta de su despacho le sobresaltó.

—¡Hola, Loo!

Era Steve Christofel, quien se encargaba de fraudes y estafas.

—¿Qué quieres, Steve?

El detective se encogió de hombros, como disculpándose, libreta en ristre.

—Querías que volviera, ¿no? Tal vez no sea el mejor momento.

—No, tranquilo. Entra. —Hauck giró en la silla, furioso consigo mismo—. Lo siento. Ya conoces la rutina.

—Siempre pasa algo, ¿verdad? Teniente, ¿te importa que eche un vistazo al expediente del caso que siempre guardas ahí?

—¿Qué expediente?

—Ya sabes, ese que tienes escondido en tu escritorio. —El detective sonrió—. Ese antiguo atropello en que el conductor se dio a la fuga. Raymond.

—Ah, ése. —Hauck se encogió de hombros como si le hubieran pillado in fraganti. Siempre lo guardaba sepultado bajo una pila de casos abiertos. No lo había olvidado, ni por un segundo. Pero no lo había resuelto. Levantó la pila y extrajo el expediente amarillo del fondo—. ¿Qué pasa?

—La memoria me falla un poco, pero ¿no había un nombre relacionado con él? ¿Marty no sé qué?

Hauck asintió.

La persona que había llamado a AJ Raymond al taller, justo antes de que saliera para cruzar la calle. *Algo así como Marty*, había dicho su jefe. La pista no había conducido a nada.

—¿Por qué?

—Acaba de llegar este telegrama. —Christofel dejó su libreta sobre el escritorio de Hauck—. Un grupo de investigación de estafas con tarjetas de crédito ha intentado localizarlo después de todo este tiempo. Una tarjeta Amex perteneciente a un tal Thomas Mardy, M-A-R-D-Y, fue utilizada para pagar un trayecto en limusina hasta Greenwich. Le dejó delante del Fairfield Diner poco antes de mediodía, teniente. El nueve de abril.

Hauck levantó la vista y su pulso se aceleró.

9 de abril. Fue la mañana del atropello. *Mardy*, no Marty. ¡Encajaba! Habían dejado a un tal Thomas Mardy al otro lado de la calle donde asesinaron a AJ Raymond.

Todas las células del cuerpo de Hauck cobraron vida.

—Sólo hay un problema, teniente. —El detective se rascó la cabeza—. No se lo pierda… El Thomas Mardy al que pertenecía la tarjeta Amex murió ese nueve de abril. En el atentado de Grand Central. En las vías…

Hauck le miró fijamente.

—Y eso fue tres horas antes del atropello en Greenwich —concluyó el detective.

23

Aquella noche Hauck no pudo dormir. Pasaban unos minutos de las doce. Se levantó de la cama. Letterman salía en la tele, pero no lo había estado viendo. Fue a la ventana y miró el estrecho. Un testarudo frío acuchillaba el aire. Los pensamientos se agolpaban en su mente.

¿Cómo?

¿Cómo era posible que alguien hubiera muerto en las vías, y horas más tarde utilizaran su tarjeta para pagar un trayecto hasta el Fairfield Diner? El mismo lugar donde habían asesinado a Raymond.

Alguien le había llamado justo antes de que cruzara la calle. *Algo así como Marty...*

Mardy.

¿Cómo encajaban Charles y AJ Raymond? ¿Cómo?

Algo se le estaba escapando.

Se puso una sudadera, unos tejanos y unos viejos mocasines. El aire era frío y cortante. Subió a su Bronco. La manzana estaba a oscuras.

Condujo.

Hacía cuatro días que mantenían la protección. Había ordenado que un coche se apostara delante de la casa, y que otro siguiera a los chicos hasta el instituto. No había pasado nada. Cosa poco sorprendente. ¿Se habrían echado atrás? Hauck se desvió de la autopista en la salida 5. Old Greenwich. Como guiado por un GPS interno.

Tomó Sound Beach hasta entrar en la ciudad. Main Street estaba a oscuras y desierta. Giró a la derecha por Shore, en dirección al mar. Luego a la derecha por Sea Wall.

Hauck frenó a veinte metros de la casa. El novato, Stasio, estaba de servicio aquella noche. Hauck vio el coche patrulla, con los faros apagados, aparcado delante de la casa, en la acera de enfrente.

Se acercó y repiqueteó con los nudillos sobre la ventanilla. El joven agente la bajó sorprendido.

—Teniente.

—Pareces cansado, Stasio. ¿Estás casado, hijo?

—Sí, señor —contestó el novato—. Dos años.

—Vete a casa. Duerme un poco —dijo Hauck—. Yo te sustituiré.

—¿Usted? Me encuentro bien, teniente —protestó el muchacho.

—No pasa nada. Vete a casa. —Hauck le guiñó un ojo—. Te agradezco que cumplas con tu trabajo.

Stasio protestó un poco más, pero al final cedió ante su superior.

Ya solo, Hauck introdujo las manos en la sudadera para protegerse del frío.

La casa estaba completamente a oscuras, aparte de una tenue luz que se filtraba a través de una cortina en el piso de arriba. Consultó su reloj. Tenía una reunión con el jefe Fitzpatrick a las nueve de la mañana. No le sustituirían hasta las seis. Inhaló el aire frío y húmedo que llegaba desde el estrecho.

Estás loco, Ty.

Volvió a su Bronco y abrió la puerta. Cuando estaba a punto de subir, observó que las cortinas se habían apartado. Alguien miró. Por un momento, en la oscuridad, sus miradas se encontraron.

Hauck creyó distinguir el tenue perfil de una sonrisa.

Soy Ty, dijo moviendo la boca, con la vista clavada en la ventana. Se lo había querido decir cada vez que le llamaba «teniente».

Soy Ty.

Y en cuanto a tu marido. Lo que estás sintiendo, lo que estás padeciendo… *Sé de qué va.*

Lo sé muy bien.

Saludó, aunque no estaba seguro de que ella pudiera verle. Después subió al Bronco y cerró la puerta. Cuando volvió a mirar, las cortinas estaban corridas.

Pero así estaba bien.

Sabía que ella se sentía a salvo, sabiendo que él estaba allí. Él también.

Se acurrucó en el asiento y encendió la radio.

Soy Ty. Se rió. *Era lo único que quería decir.*

24

Abril

Y había transcurrido un año.

Un año sin su marido. Un año criando a sus hijos sin ayuda. Un año durmiendo sola en su cama. Un aniversario que Karen temía.

El tiempo lo cura todo, ¿verdad? Eso es lo que dice siempre todo el mundo. Al principio, ella se resistía a creerlo. Todo le recordaba a Charlie. Todo lo que tocaba en la casa. Cada vez que salía con sus amigas. La tele. Canciones. El dolor era todavía demasiado hondo.

Pero día a día, mes tras mes, daba la impresión de que el dolor se debilitaba cada mañana. Te acostumbrabas a ello. Casi contra tu voluntad.

La vida continuaba.

Sam fue a Acapulco con sus compañeros de clase y se lo pasó bomba. Alex marcó un tanto que determinó la victoria de su equipo de lacrosse, con el palo alzado en el aire. Era agradable ver que la vida había vuelto a sus rostros. Karen tenía que hacer algo. Decidió sacarse el permiso de agente de bienes raíces. Hasta salió con alguien una o dos veces. Un par de tiburones de los negocios de Greenwich, divorciados y adinerados. No eran exactamente su tipo. Uno quiso llevarla a París un fin de semana. En su avión privado. Después de conocerle, los chicos pusieron los ojos en blanco, declararon que era demasiado viejo y no le concedieron su beneplácito.

Era todavía demasiado pronto, demasiado escalofriante. No parecía correcto.

La buena noticia era que la situación con Archer había ido diluyéndose. Tal vez se habían pasado de rosca. Tal vez quien intentaba extorsionarla se había desanimado y tirado la toalla. Poco a poco, las cosas se tranquilizaron. Retiraron la protección, sus temores remitieron. Era como si aquel aterrador episodio se hubiera borrado de su vida.

Al menos, eso pedía siempre Karen en sus oraciones, cada noche cuando apagaba las luces.

El 8 de abril emitían un documental en la televisión sobre el atentado, la noche antes del primer aniversario. Rodado por un equipo de camarógrafos «empotrado» en una de las brigadas de bomberos que había acudido al lugar de los hechos, junto con imágenes tomadas por gente que se encontraba en Grand Central en aquel momento, o en la calle.

Karen aún no había visto imágenes de aquel día.

No podía. Para ella, no se trataba de un acontecimiento: era el día en que mataron a su marido. Y daba la impresión de que siempre hablaban de ello, en las noticias, en episodios de *Ley y orden*. Incluso en partidos de fútbol.

De modo que lo hablaron en familia. Hicieron planes para estar juntos la noche siguiente, solos, y aceptar así el verdadero aniversario de la muerte de Charlie. La noche anterior fue un simple trámite. Sam y Alex no quisieron verlo, de modo que salieron con amigos. Paula y Rick habían invitado a Karen a salir. Pero ella se negó.

Ni siquiera estaba segura del motivo.

Tal vez porque quería demostrar que era fuerte. Que no quería esconderse. Charlie lo había padecido. En sus propias carnes.

Ella también podía.

Tal vez existía un sutil deseo de participar. En algún momento tendría que hacerle frente. ¿Por qué no ahora?

Fuera lo que fuera, Karen se preparó una ensalada aquella noche. Leyó un par de revistas atrasadas, estudió unas ofertas muy competitivas de bienes raíces. Con una copa de vino. Todo el rato experimentó la sensación de que tenía un nervioso ojo interno pendiente del reloj.

Tú puedes hacerlo, Karen. No te escondas.

Cuando se acercaban las nueve, apagó el ordenador. Encendió la tele con el mando a distancia y sintonizó la NBC.

Cuando el programa empezó, Karen se sintió nerviosa. Se armó de valor. *Charlie pasó por esto*, se dijo. *Tú también puedes.*

Se encargó de la presentación uno de los locutores. El programa empezó siguiendo el trayecto del tren de las 7.51 hasta Grand Central, al estilo docudrama, empezando con su partida de la estación de Stamford. La gente leía el periódico, hacía crucigramas, hablaba del partido de los Knicks de la noche anterior.

Karen sintió que el corazón empezaba a martillear en su pecho.

Casi pudo ver a Charlie en el primer vagón, inmerso en el *Journal*. Después la cámara enfocó a dos individuos con pintas de ser árabes con mochilas, y uno de ellos guardó una maleta en la rejilla del equipaje. Karen abrazó a *Tobey* y le apretó contra ella. Notaba un hueco en el estómago. Tal vez no había sido una buena idea.

Entonces, en la pantalla, un reloj anunció las 8.41. La hora de la explosión. Karen desvió la vista. *Oh, Dios mío...*

Una cámara de seguridad colocada en las vías de Grand Central captó el momento. Un temblor, y después un destello de luz cegadora. Las luces del tren se apagaron. Los teléfonos provistos de cámara de los vagones anteriores lo grabaron. Un temblor. Oscuridad. Gente chillando.

El cemento que se derrumbaba debido a cuarenta kilos de hexageno y acelerador, el fuego que alcanzaba más de seiscientos grados, la nube de humo que invadía la principal explanada de la estación y la calle. Tomas aéreas de helicópteros de tráfico que daban vueltas. Las mismas imágenes que Karen vio aquella terrible mañana, y todo regresó al instante. La gente presa del pánico que salía dando tumbos de la estación, tosiendo. La mortífera columna de humo negro que se elevaba hacia el cielo.

No, esto ha sido un error. Karen apretó los puños y sacudió la cabeza. Abrazó a *Tobey*, con los ojos anegados en lágrimas. *Es una equivocación.* No podía ver aquello. Pensó en Charlie, atrapado allí. En sus padecimientos. Estaba petrificada, devuelta al horror de aquel primer día. Era casi insoportable. La gente agonizaba. Su marido agonizaba...

No. Lo siento, cariño. No puedo verlo.

Extendió la mano hacia el mando a distancia y se dispuso a apagar la televisión.

Fue entonces cuando las imágenes salieron a la calle. Una de las entradas alejadas, en la Cuarenta y ocho con Madison. Personas tambaleantes que salían a la calle, conmocionadas, con náuseas, cubiertas de carbonilla y ceniza, y se derrumbaban sobre la acera. Algunas lloraban, otras tenían los ojos vidriosos, contentas de estar vivas.

Horrible. No podía mirar.

Iba a apagar el televisor, cuando algo llamó su atención.

Parpadeó.

Fue sólo un instante, el más breve de los momentos. Sus ojos le estaban gastando una broma pesada. Muy crueles. *No podía ser...*

Karen apretó el botón de rebobinado con el pulgar y esperó unos segundos. Después oprimió el botón de reproducción y se acercó un poco más a la pantalla. La gente salía tambaleándose de la estación...

Todas las células de su cuerpo se paralizaron.

Karen rebobinó frenéticamente de nuevo, mientras su corazón amenazaba con detenerse. Cuando volvió al punto por tercera vez, contuvo el aliento y apretó la pausa.

Oh, Dios mío...

Sus ojos se abrieron de par en par, como si sus párpados hubieran estado sujetos con grapas. Una opresión paralizante estrujó su pecho. Karen se levantó, con la boca como papel de lija, y se acercó más a la pantalla. *No puede ser...*

Era un rostro.

Un rostro, y su mente le decía a gritos que no podía ser real.

Fuera de la estación. Entre el caos. Después de la explosión. Apartado de la cámara.

El rostro de Charlie.

Sintió náuseas.

Nadie se habría dado cuenta, excepto ella. Y si hubiera parpadeado, desviado la vista un solo instante, no lo habría visto.

Pero era real. Capturado en la imagen. ¡Por más que ella se empeñara en negarlo!

El rostro de Charlie.

Karen estaba mirando a su marido.

SEGUNDA PARTE

25

La mañana era despejada y luminosa, y la carretera de Nueva Jersey se hallaba prácticamente desierta, salvo por la treintena de ciclistas que la surcaban al unísono con maillots de alegres colores.

Jonathan Lauer, que se deslizaba sin esfuerzo cerca de la primera línea, dirigió una veloz mirada hacia atrás, en busca del maillot verde rabioso de su amigo Gary Eddings, un operador de bonos de Merrill. Le vio obstaculizado por otros. *¡La oportunidad perfecta!* Jonathan empezó a pedalear con decisión entre el laberinto de los primeros corredores del pelotón. Cuando se abrió un sendero ante él, los dejó atrás.

¡Lauer, una maniobra audaz y decidida!, exclamó el imaginario locutor en su cabeza.

Aunque casi todos eran papás treintañeros que iban a sudar unos cuantos hidratos de carbono un domingo por la mañana, Gary y él jugaban un juego particular. Más que un juego, un desafío. Siempre se provocaban mutuamente para llegar al límite. Competían en la última recta. Esperaban a que el otro moviera ficha. El ganador fanfarroneaba durante una semana y lucía el falso maillot amarillo. El perdedor invitaba a cervezas.

Pedaleando a todo trapo, inclinado sobre el manillar de su Le-Mond nueva de fibra de carbono, Jonathan consiguió una ventaja de unos veinte metros, y después entró en la curva sin el menor esfuerzo.

La línea de llegada, la curva posterior al cruce con la 287, se encontraba a un kilómetro de distancia.

Jonathan miró atrás y vio que Gary intentaba alejarse del pelotón. Su sangre empezó a bombear, se aceleró cuando la carretera rural desembocó en una recta perfecta en el último kilómetro. ¡Había actuado en el momento perfecto!

Los muslos de Jonathan echaban chispas. No pensaba en el nuevo empleo que había conseguido unas semanas antes, en el departamento del sector energético de Man Securities, una de las grandes, la posibilidad de ganar una buena pasta tras el fiasco de Harbor.

Tampoco estaba pensando en la declaración que debía prestar aquella semana. Con aquel auditor del Bank of Scotland y el abogado de Parker, Kegg, quien le obligaba a testificar contra su antigua organización, después de aceptar el generoso pacto de indemnización que le habían ofrecido cuando la empresa cerró.

No, lo único que obsesionaba a Jonathan aquella mañana era llegar a la línea de meta imaginaria antes que su amigo. Gary había logrado distanciarse del pelotón y acortar distancias. El cruce distaba unos cien metros. Jonathan se lanzó hacia él, con los cuádriceps doloridos y los pulmones a punto de estallar. Lanzó una última mirada hacia atrás. Gary había frenado. Final del juego. El resto del pelotón apenas se veía. Ya no podría alcanzarle.

Jonathan se deslizó sin pedalear bajo el paso elevado de la 287, dobló la curva y alzó los brazos con un grito de triunfo.

¡Le había dado una paliza!

Poco después, pedaleaba hacia casa por las calles residenciales de Upper Montclair.

El tráfico era escaso. Recordó una compleja jugada con el índice del sector energético que alguien le había explicado en el trabajo. Estaba gozando de su victoria, y de que podría contarle a su hijo de ocho años, Stevie, que su viejo papá había hecho trizas a todo el mundo hoy.

Cerca de su barrio, las calles eran un poco más sinuosas y con fuertes pendientes. Descendió la recta de Westerley, y después dobló hacia arriba, Mountain View, la última colina. Resolló cuando pensó que había prometido a Stevie comprarle unas botas de fútbol. Su casa estaba a medio kilómetro de distancia.

Fue entonces cuando vio el coche. Algo grande y negro, un Navigator, Escalade o lo que fuera, con una reluciente rejilla de cromo.

Iba en su dirección.

Por un segundo, Lauer se sintió irritado. Frena, idiota. Era una calle residencial. Había mucha distancia entre ellos. No se veía a nadie. Pensó que tal vez se había abierto demasiado al tomar la curva.

Pero Jonathan Lauer no oyó el sonido de los frenos.

Oyó otra cosa.

Algo demencial, y su irritación se transformó en otra cosa. Algo horripilante, mientras la rejilla del todoterreno se iba acercando cada vez más.

Oyó que aceleraba.

26

Durante los días siguientes, Karen debió de contemplar aquella imagen de dos segundos unas cien veces.

Horrorizada. Confusa. Incapaz de comprender lo que estaba viendo.

El rostro del hombre con el que había convivido durante dieciocho años. El hombre al que había echado de menos y llorado. Cuya almohada todavía abrazaba en ocasiones por la noche, cuyo nombre todavía susurraba.

Era Charlie, su marido, sorprendido en un inesperado congelamiento de imagen cuando una cámara pasaba por allí.

Delante de Grand Central. Después del atentado.

¿Cómo puedes ser tú, Charlie?

Karen no sabía qué hacer. ¿A quién se lo podía contar? Fue a correr con Paula a Tod's Point, y escuchó a su amiga perorar sobre una cena a la que Rick y ella habían asistido en aquella asombrosa casa de Stanwich, mientras todo el rato deseaba interrumpirla. Mirar a su amiga a la cara. Decirle: «He visto a Charlie, Paula».

¿A los chicos? Les destrozaría ver a su padre en la imagen. Les mataría. ¿A su familia? ¿Cómo lo iba a explicar? Hasta que lo averiguara.

¿A Saul? La persona a quien Charlie debía todo. No.

De modo que calló. Vio el momento capturado una y otra vez, hasta que empezó a volverse loca. La confusión se transformó en ira. La ira en sufrimiento y dolor.

¿Por qué? ¿Por qué, Charlie? ¿Cómo es posible que seas tú? ¿Cómo has podido hacernos esto?

Karen repasó lo que sabía. El nombre de Charlie constaba en la hoja de tránsito del concesionario Mercedes. Habían encontrado los restos del maletín, la hoja de papel chamuscada de su libreta que ella había recibido. ¡La había llamado! A las 8.34. Para Karen, todo resultaba absurdo.

¡Iba en aquel tren!

Al principio, intentó convencerse de que no podía ser él. Nunca, jamás le haría algo así. Ni a los chicos. Charlie no... ¿Y por qué? ¿Por qué? Le miró. Existen parecidos entre algunas personas. Los ojos, las esperanzas... pueden gastarnos malas pasadas. La imagen era un poco borrosa. Pero cada vez que volvía a aquella pantalla, cada vez que reproducía la imagen que había revisado quizá mil veces, allí estaba. Inconfundible. Le daban sudores fríos. Pensamientos acusadores acuchillaban su estómago. Sus piernas cedían como jalea.

¿Por qué?

Transcurrieron los días. Fingió ser la de siempre, pero la experiencia la había dejado tan enferma y confusa que sólo podía ocultarse en la cama. Dijo a los chicos que algo le había sentado mal. El aniversario de la muerte de Charlie. Revivir todas aquellas sensaciones. Una noche, hasta le llevaron cena. Sopa de pollo que habían comprado en la tienda, una taza de té verde. Karen les dio las gracias y escudriñó sus ojos.

—Vamos, mamá, te sentará bien.

En cuanto se marcharon, se puso a llorar.

Más adelante, mientras dormían o estaban en el instituto, deambulaba por la casa, examinaba la cara de su marido en las fotos diseminadas por todas partes. Las que significaban todo para Karen. Todo cuanto poseía. La de él con camiseta de manga corta y las Ray-Ban que habían ampliado para el funeral. La de él y Karen vestidos de etiqueta en la boda de su prima. Los objetos personales que nunca había sacado de su tocador: tarjetas, recibos, sus relojes.

No pudiste hacerme esto, ¿verdad, Charlie? Hacernos...

Tú no...

Tenía que ser una especie de coincidencia. Espeluznante. *Confío en ti, Charlie... Confié en ti cuando vivías, y voy a confiar en ti ahora, maldita sea.* Ni en un millón de años la heriría de esta manera.

Karen volvía siempre a lo único que le quedaba de él. La hoja rota de su libreta que alguien había encontrado en Grand Central. *Del despacho de Charlie Friedman.*

Le sentía en ella. La confianza tenía que imponerse. La confianza de dieciocho años. Viera lo que viera en aquella pantalla, en el fondo de su corazón sabía quién era su marido.

Por primera vez, Karen miró la nota. La miró de verdad. No sólo como un recuerdo. Megan Walsh. El nombre escrito con la letra casi ilegible de Charlie. El número de teléfono garabateado: 964-1650. Y otro número, subrayado con sus trazos anchos y enérgicos:

B1254.

Karen cerró los ojos.

Ni se te ocurra, se reprendió, asediada por las sospechas. *Charlie no era así. Imposible.*

Pero de repente miró los números escritos con los ojos abiertos de par en par. Las dudas continuaban atormentándola. Ver su cara en la pantalla. Era como un fragmento de su pasado, un vínculo con él… El único vínculo.

Por demencial que parezca, has de llamar, Karen.

Aunque sólo sea para no volverte loca del todo.

27

Karen tuvo que hacer acopio de todas sus fuerzas para conseguirlo.

En parte, se sentía como si le estuviera traicionando, traicionando su recuerdo. ¿Y si no era él quien aparecía en aquella pantalla? ¿Y si estaba montando todo este número por alguien que sólo se parecía a él?

¡Hacía más de un año que su marido había muerto!

Pero marcó el número, rezando en silencio para que no fuera el de un hotel y B1254 una habitación. Las dudas más extravagantes cruzaron por la mente de Karen.

—JP Morgan Chase, sucursal de la Cuarenta con la Tercera Avenida —contestó una mujer al otro lado de la línea.

Karen exhaló un suspiro de alivio, mezclado con algo de vergüenza. Pero como ya había ido tan lejos, llegaría hasta el final.

—Me gustaría hablar con Megan Walsh, por favor.

—Un momento, por favor.

Resultó que Megan Walsh era la responsable del Departamento de Banca Privada de la sucursal. Y después de que Karen hubiera explicado que su marido había fallecido y ella era la única beneficiaria de su herencia, resultó que B1254 era una caja de seguridad abierta en la sucursal un año antes.

A nombre de Charlie.

Karen fue a la ciudad a la mañana siguiente. La oficina era un edificio amplio de techo alto, a escasas manzanas de la oficina de Charlie. Megan Walsh era una atractiva mujer de unos treinta años, pelo oscuro largo y vestida con un traje de gusto excelente. Condujo a Karen a su cubículo, que estaba en la hilera de los demás directores.

—Me acuerdo del señor Friedman —dijo, con los labios apretados en señal de dolor—. Yo misma le abrí la cuenta. Le doy mi más sentido pésame.

—Estaba examinando algunas de sus cosas —dijo Karen—. Ésta ni siquiera constaba en la lista de sus propiedades. Ni siquiera conocía su existencia.

La directora examinó la copia del certificado de defunción de Charlie y la carta de ejecución de su herencia. Formuló a Karen un par de preguntas: primero, el nombre de su perra. Karen sonrió (Charlie había incluido en la lista a *Sasha*). El apellido de soltera de la madre de él. Después guió a Karen hasta una habitación privada cerca de la cámara acorazada.

—Abrió la cuenta hará unos dieciocho meses.

La señorita Walsh le entregó la documentación. No cabía duda de que la firma del recuadro era la de Charlie.

Asuntos de negocios, probablemente, supuso Karen. Echaría un vistazo al contenido y se lo entregaría a Saul.

Megan Walsh se excusó y regresó poco después con una caja metálica grande.

—Emplee todo el tiempo que necesite —explicó. La dejó sobre la mesa y abrió el cierre en presencia de Karen con su duplicado de la llave—. Si necesita algo, o si desea hacer alguna transferencia a una cuenta, será un placer ayudarla en cuanto haya terminado.

—Gracias —asintió Karen.

Vaciló unos momentos, después de que la puerta se cerrara y se quedara a solas con ese misterio que su marido nunca había compartido con ella.

Primero, la conmoción de ver su cara en aquella pantalla. Ahora esta caja, de la que no se hablaba ni en su testamento ni en los archivos de la empresa de Charlie. Pasó una mano con cautela sobre los costados de metal. *¿Qué le habría ocultado allí dentro?*

Karen abrió la caja y miró.

Sus ojos se abrieron de par en par.

La caja estaba llena de pulcros fajos de dinero. Paquetes de billetes de cien dólares. Bonos al portador sujetos con gomas elásticas y el valor garabateado en la hoja de encima con la letra de Charlie:

setenta y seis mil dólares, doscientos diez mil dólares. Karen levantó un par de paquetes y contuvo el aliento.

Aquí hay un par de millones de dólares, como mínimo.

Supo al instante que algo iba mal. ¿De dónde había sacado Charlie tanto dinero? Lo compartían todo. Atontada, dejó caer los paquetes dentro de la caja. ¿Por qué se lo habría ocultado?

Se le hizo un nudo en el estómago. Recordó a los dos hombres de Archer, dos meses antes. *Una considerable cantidad de dinero desaparecida.* Y el incidente en el coche de Samantha. Doscientos cincuenta millones de dólares. Aquí sólo había una ínfima parte de aquella suma.

Aún estaba contemplando boquiabierta el contenido de la caja. Empezaba a asustarla. *¿Qué está pasando, Charlie?*

Había algo más en el fondo de la caja. Karen extrajo un sobre de papel manila. Lo abrió y sacó lo que había dentro. No dio crédito a sus ojos.

Un pasaporte.

Nuevo, sin utilizar. Karen pasó las páginas. La cara de Charlie estaba dentro.

La cara de Charlie..., pero con un nombre diferente por completo. Un nombre falso.

Weitzman. Alan Weitzman.

Además, extrajo dos tarjetas de crédito, todas con el mismo nombre falso. Karen se quedó boquiabierta. Empezaba a dolerle la cabeza. *¿Qué me estás ocultando, Charlie?*

Confusa, se hundió en la silla. Tenía que existir una lógica en todo aquello. Tal vez el rostro que había visto en la pantalla no era el de su marido.

Pero aquí estaba... De pronto, se le antojó imposible fingir otra cosa. Recorrió con los ojos de nuevo la hoja de actividades. Habían abierto la caja dos años antes. 24 de octubre. Seis meses antes de su muerte. La firma de Charlie, tan clara como el agua. Todas las anotaciones eran de él. Un par poco después de abrir la caja. Después, una o dos veces al mes, puntual como un reloj, como si preparara algo. La mirada de Karen se deslizó hacia la anotación final.

Era la firma de Charlie. Su letra rápida e inclinada hacia adelante.

Pero la fecha... *9 de abril*. El día del atentado en Grand Central.

Sus ojos se clavaron en la hora: 13.35. Karen sintió sudores fríos.

Eso era una hora y media después de que su marido hubiera muerto, en teoría.

28

Karen reprimió las ansias de vomitar.

Se sentía aturdida. Mareada. Se agarró al borde de la mesa para no perder el equilibrio, incapaz de apartar la vista de lo que veía en aquella hoja.

13.35.

De pronto, pocas cosas tenían sentido para ella en aquel momento. Pero una sí, procedente de aquella imagen granulosa filmada cámara en mano.

Su marido estaba muy vivo.

Sin dejar de sufrir arcadas, Karen examinó de nuevo el contenido de la caja de seguridad, y aceptó en ese instante que todo cuanto había sentido y asumido durante el año transcurrido, cada estremecimiento de dolor y tristeza, cada vez que se había preguntado por los padecimientos de Charlie, cada vez que de noche había rodado hacia su lado de la cama y abrazado su almohada, mientras preguntaba «¿Por qué? ¿Por qué?», no había sido más que una mentira.

Se lo había ocultado todo. Lo había planeado así.

No murió aquel día. En la explosión. En las llamas infernales.

Estaba vivo.

La mente de Karen retrocedió hasta aquella mañana…, cuando Charlie gritó para hacerse oír por encima del ruido del secador, diciendo algo acerca de que iba a llevar el coche al taller. En sus prisas, palabras que apenas había escuchado.

Está vivo.

Después la conmoción que se había apoderado de ella en el estudio de yoga cuando, pegada a la pantalla, presa del pánico, se vio obligada a aceptar que él iba en aquel tren. Su llamada (el último sonido de su voz), diciendo que compraría algo para cenar aquella noche. Eran las 8.34. El fragmento del maletín desintegrado con sus iniciales en él. La hoja de su libreta que alguien había enviado.

Todo regresó de sopetón, con la fuerza de una tempestad que diera vueltas en su mente. Todo el dolor y la angustia que había experimentado, todas las lágrimas...

Iba en aquel tren.

Pero no había muerto.

Al principio, fue como si una gripe estomacal se estuviera manifestando. Reprimió las ansias de vomitar. Debería sentirse jubilosa. ¡Estaba vivo! Pero después miró sin ver el dinero y el pasaporte falso. No se lo había dicho. Había dejado que sufriera con aquella idea todo un año. Su confusión se transformó en ira. Se quedó contemplando la foto del pasaporte falsificado. Weitzman. *¿Por qué, Charlie, por qué? ¿Qué estabas tramando? ¿Cómo pudiste hacerme algo semejante?*

A los tres, Charlie.

Se habían amado. Tenían una vida en común. Una familia. Habían viajado. Habían hablado de lo que harían cuando los chicos se independizaran. Aún hacían el amor. *¿Cómo se finge eso? ¿Cómo pudiste hacer esto a alguien a quien amabas?*

De pronto, Karen sintió que le flaqueaban las piernas. Todo ese dinero, el pasaporte, ¿qué significaba? ¿Habría cometido Charlie algún delito? La habitación empezó a cerrarse sobre ella.

Necesitaba salir de allí. Ya.

Karen cerró la caja y llamó. Al cabo de un momento, Megan Walsh volvió a entrar.

—De momento, me gustaría dejarla aquí, si es posible —dijo al tiempo que se secaba el sudor de las mejillas.

—Por supuesto —contestó la señorita Walsh—. Le daré mi tarjeta.

—¿Alguien más ha tenido acceso a esta caja? —preguntó Karen.

—No, sólo su marido. —La mujer le miró con aire inquisitivo—. ¿Algún problema?

—No —mintió Karen. Cogió el bolso, pero antes de salir huyendo pidió una copia del listado de movimientos—. Volveré dentro de unos días para decidir qué hago.

—Como guste, señora Friedman. Avíseme cuando quiera.

Ya en la calle, Karen aspiró una bocanada de aire frío. Se apoyó contra un poste. Poco a poco, empezó a recuperar el equilibrio.

¿Qué demonios está pasando aquí, Charlie? Ocultó la cara a los transeúntes, por temor a que la consideraran una lunática.

¿Es que no me cuidaba de ti? ¿No era buena contigo, cielo? Te quería. Confiaba en ti. Te he llorado, Charlie. Me quedé destrozada cuando creí que habías muerto.

¿Cómo es posible que estés vivo?

29

La oficina de Saul Lennick estaba cerca, en el piso cuarenta y dos de una de esas altas torres de oficinas acristaladas de la Cuarenta y siete con Park.

Karen se fue hacia allí a toda prisa, sin ni siquiera llamar, rezando para encontrarle.

Su secretaria, Maureen, salió y advirtió al instante la agitación y los nervios en la cara de Karen.

—¿Le apetece algo, señora Friedman? —preguntó solícita—. ¿Un vaso de agua?

Karen negó con la cabeza.

—Venga conmigo, por favor. El señor Lennick no está ocupado en este momento. La recibirá enseguida.

—Gracias.

Karen exhaló un suspiro de alivio. *¡Gracias a Dios!*

La oficina de Saul Lennick era grande, de aspecto impresionante, decorada con una colección de máscaras africanas y objetos funerarios balineses, con una panorámica de los edificios más altos de Manhattan recortados en el horizonte y, hacia el norte, Central Park.

Acababa de colgar el teléfono, y se levantó con aire preocupado cuando Maureen entró con Karen.

—¿Karen?

—Algo está pasando, Saul. No sé qué es. Pero Charlie ha hecho algo… en sus negocios.

—¿Cómo? —inquirió Lennick. Colocó una silla para ella delante de su escritorio, y después volvió a sentarse.

Karen estaba a punto de soltar todo lo que sabía y había descubierto, empezando con el rostro de Charlie en el documental. ¡Estaba vivo!

Pero consiguió contenerse en el último segundo, preocupada

por si Saul pensaba que estaba hablando con una lunática, y decidió que sólo le hablaría de lo que había visto hoy.

—Encontré algo, Saul. Algo que Charlie escribió antes de morir. No sé ni cómo empezar a explicarlo, pero sé que encaja con todas esas cosas demenciales que han estado ocurriendo. La gente de Archer. Samantha. No sabía qué hacer al respecto, Saul.

—¿Con qué?

Karen, muy agitada, le habló del descubrimiento de la caja de seguridad. El dinero y los bonos. El pasaporte. La fotografía de Charlie al lado del nombre falso.

—Al principio pensé que se trataba de otra mujer, pero no era otra mujer. Es peor. Fíjate en mí, estoy hecha un lío. —Respiró hondo—. Charlie ha hecho algo. No sé qué. Era mi marido, Saul. Y estoy asustada. Creo que aquellos hombres volverán. Hay gente que nos persigue, y de repente encuentro una caja llena de dinero y una falsa identidad. No voy a poner en peligro a mis hijos, Saul. ¿Por qué Charlie me ocultó estas cosas? Sé que tú sabes algo. ¿Qué está pasando? Has de decírmelo. ¿Qué es?

Lennick se meció en su silla giratoria. Detrás de él, los edificios de Nueva York se desplegaban a lo largo de la línea del horizonte como una foto panorámica gigantesca.

Exhaló aire.

—De acuerdo, Karen. Esperaba que jamás tendría que hablar de esto. Que se hubiera arreglado.

—¿Qué, Saul? ¿Qué tendría que haberse arreglado?

Se inclinó hacia adelante.

—¿Alguna vez te habló Charlie de alguien llamado Coombs? ¿Ian Coombs?

—¿Coombs? —Karen sacudió la cabeza—. Creo que no. No me acuerdo.

—¿Y de un grupo inversor llamado Baltic Securities? ¿Te habló alguna vez de ellos?

—¿Por qué me preguntas esto, Saul? Yo no me metía en los negocios de mi marido. Lo sabes mejor que nadie.

—Lo sé, Karen, es que…

—¿Es que qué, Saul? Charlie no está aquí. De pronto, todo el mundo se pone a insinuar cosas sobre él. ¿Qué hizo mi marido?

Lennick se levantó, vestido con un traje de raya diplomática azul marino, y gemelos de oro en los puños de la camisa. Rodeó el escritorio y se sentó en una esquina del mueble.

—Karen, ¿por casualidad te habló Charlie de otras cuentas que estuviera gestionando?

—¿Otras cuentas?

Lennick asintió.

—Al margen de Harbor. En el extranjero, quizá, las Bahamas o las Caimán. Cosas que la SEC* o las leyes financieras estadounidenses no controlan.

Su mirada era seria y calculadora.

—Me estás asustando un poco, Saul. Charlie era un tipo legal. No ocultaba nada a nadie. Y mucho menos a ti.

—Lo sé, Karen. Y no habría hablado de ello. Pero…

Ella le miró fijamente.

—¿Pero…?

—Pero has descubierto lo que has descubierto. El dinero, el pasaporte. En conjunto, a mí no me parece tan legal.

Karen se sobresaltó. Sus pensamientos volaron hacia aquella cara en la pantalla. Su vida en común, lo habían compartido todo. Los chicos, las finanzas domésticas. Cuando se enfadaban mutuamente. Incluso los problemas de los perros. Así hacían las cosas. Era una cuestión de confianza. Ahora, en la boca del estómago, Karen sintió dudas. Escalofriantes. Acerca de Charlie. Una sensación que jamás había experimentado.

—¿De quién es ese dinero, Saul?

---

* Securities and Exchange Comission, agencia independiente del gobierno de Estados Unidos encargada de hacer cumplir las leyes federales de los valores y regular la industria de los mismos. *(N. del T.)*

El hombre no contestó. Se limitó a apretar los labios y a echarse hacia atrás su ralo pelo gris.

—¿De quién es el dinero?

Karen le miró fijamente.

El protector de su marido exhaló un suspiro. Sus dedos tamborilearon sobre su escritorio de nogal como un canto fúnebre.

Se encogió de hombros.

—Ése es el problema, Karen. Nadie lo sabe con seguridad.

30

Karen estaba frenética. Durante los días siguientes apenas consiguió levantarse de la cama, sin saber qué demonios hacer. Samantha estaba empezando a preocuparse. Había pasado casi una semana desde que Karen no era la misma, desde que había visto a Charlie en aquella pantalla. Los ojos de su hija reflejaban la certidumbre de que algo no iba bien.

—¿Qué pasa, mamá?

Por más que lo deseaba, ¿cómo podía decírselo?

Que la persona a la que más admiraba en el mundo, quien siempre le había proporcionado todo e inyectado fortaleza, las había engañado. ¿Qué había dicho Saul? Falsificar cuentas. Administrar dinero de gente a la que ella no conocía. ¿En el extranjero?

¿Qué clase de gente?

Todo aquel dinero aterrorizaba a Karen. ¿Para qué era? Empezó a pensar que tal vez Charlie había cometido algún delito. *¿Te habló Charlie de otras cuentas que estuviera gestionando?*

No, le había contestado. *Ya conoces a Charlie, era un tipo honrado. Se preocupaba hasta del último centavo de sus clientes.*

¿Se había autoengañado durante todos aquellos años?

Transcurrieron unos cuantos días más. Karen se estaba volviendo medio loca, pensando en que Charlie estaba en algún sitio, en el significado de todo aquello. Una noche, ya de madrugada, hacía rato que los chicos habían apagado sus luces. *Tobey* se había dormido en la cama de Karen. Bajó a la cocina y se preparó un té.

La foto de Charlie estaba sobre la encimera. La del funeral: con su polo blanco y los pantalones cortos caqui, náuticos y Ray-Ban de aviador. Siempre habían pensado que era cien por cien Charlie, relajado en un barco en mitad del Caribe, con un móvil pegado a la oreja.

Tú le conocías, Saul...

Karen la levantó, y por primera vez resistió la tentación de estampar la foto contra la pared. Pero entonces el recuerdo más extraño acudió a su mente. Desde las profundidades de la cripta de su vida en común.

Charlie, saludando.

Era el final de una gloriosa semana de navegación en el Caribe. Saint Bart's. Virgen Gorda. Acabaron en Tórtola. Los chicos tenían que volver al colegio al día siguiente.

Entonces, Charlie anunció que debía quedarse. Un cambio de planes. Tenía que ver a alguien.

¿Cuando nadie se lo esperaba?

Les acompañó hasta el aeropuerto, hasta el pequeño aparato de doce asientos que les devolvería a San Juan. A Karen siempre la ponía algo nerviosa volar en aquellos aviones diminutos. Al despegar y aterrizar, siempre estrujaba la mano de Charlie. Todo el mundo se burlaba un poco de ella...

¿Por qué recordaba todo aquello ahora?

Charlie se despidió de ellos en la puerta improvisada que daba acceso a la pista.

—No te pasará nada —dijo mientras la abrazaba—. Estaré de vuelta dentro de dos días.

Pero mientras se abrochaba el cinturón de seguridad en el avión de dos motores, Karen experimentó una inexplicable punzada de temor, como si no fuera a verle nunca más. Había pensado: *¿Por qué no estás conmigo, Charlie?*, un destello de soledad, mientras buscaba la mano de Alex.

Cuando las hélices del avión zumbaron, los ojos de Karen se desviaron hacia la ventana y le vio, en la galería de la diminuta terminal, con su camisa de manga corta y las Ray-Ban, que reflejaban el sol.

Saludando.

Saludando, con el móvil pegado a la oreja, mientras veía el avión despegar.

En el extranjero, había dicho Saul. En *Tortuga o las islas Caimán*.

Ahora, aquel mismo miedo se apoderó de Karen mientras contemplaba su foto. El miedo de que, en realidad, no le conocía. Al menos, tal como importaba. Sus ojos ahora oscuros, sin reflejar el sol, sino más profundos, desconocidos, como una cueva que conducía a muchos abismos. Abismos que ella no había explorado jamás.

La asustaba. Karen bajó la foto. Estaba pensando: *Anda por ahí.* Tal vez esté pensando en mí ahora. Tal vez se esté preguntando, en este preciso momento, si ella sabía, si sospechaba, si le sentía. Sintió un escalofrío. *¿Qué demonios has hecho, Charlie?*

Sabía que no podría guardar silencio eternamente. Se volvería loca. Tenía que saber. Por qué había hecho algo así. ¿Dónde estaba?

Karen se sentó en un taburete delante de la encimera. Apoyó la cabeza en las manos. Jamás se había sentido tan confusa y sola.

Sólo se le ocurrió acudir a un sitio.

31

Hauck subía a su oficina desde las celdas del sótano. Freddy Muñoz y él acababan de tomar declaración a un asustado muchacho latino, perteneciente a la banda de Norwalk que había estado robando coches elegantes de casas apartadas de Greenwich, una declaración capaz de resolver el caso de una vez. Joe Horner, un detective del departamento de policía de Norwalk, le estaba esperando al teléfono.

Cuando Hauck llegó desde el pasillo, Debbie, la secretaria de su unidad, le llamó.

—Alguien ha venido a verte, Ty.

Ella estaba sentada en un banco delante de la oficina, con un jersey de cuello cisne naranja y una chaqueta beige liviana, con el bolso a su lado. Hauck no intentó disimular que se alegraba de verla.

—Dile a Horner que le llamaré dentro de un momento, Debbie.

Karen se levantó. Sonrió, un poco nerviosa por estar allí. Hacía un par de meses que Hauck no la veía, desde que habían dejado de acosarla y, tras ver que todo se había tranquilizado, habían retirado la protección. La había llamado una o dos veces para asegurarse de que todo iba bien. Sonrió y se acercó a ella. Tenía la cara pálida y demacrada.

—Dijo que llamara. —Se encogió de hombros—. Si pasaba algo.

—Por supuesto.

Ella le miró.

—Pues ha pasado algo.

—Entre en mi oficina —dijo él, y la tomó del brazo.

Hauck llamó a Debbie para decirle que telefoneara al detective de Norwalk, y después guió a Karen ante la fila de escritorios de los detectives hasta el tabique de cristal que aislaba su despacho. Le ofreció una silla metálica barata de la mesa redonda de conferencias que había ante su escritorio.

—Siéntese.

No cabía duda de que estaba preocupada.

—¿Le apetece algo? ¿Agua? ¿Un café? —Karen negó con la cabeza. Hauck acercó otra silla y se sentó ante ella—. Cuénteme qué ha pasado.

Ella respiró hondo y apretó los labios con fuerza. Después introdujo la mano en su bolso con una expresión entre agradecida y aliviada.

—¿Tiene ordenador aquí, teniente?

—Claro.

Hauck asintió y giró en su silla hacia el aparador que había junto a su escritorio.

Ella le entregó un pequeño disco DVR.

—¿Puede poner esto?

Hauck introdujo el disco en el ordenador situado en el tablero del aparador. El disco cobró vida, un reportaje informativo televisivo que ya había empezado. Una masa de gente en las calles de Nueva York. Convulsa. Una grabación de aficionado, cámara en mano entre la muchedumbre. Pronto quedó claro que estaba viendo los momentos posteriores al atentado de Grand Central.

—¿Vio este documental, teniente? —preguntó Karen—. El miércoles por la noche.

Hauck negó con la cabeza.

—Estaba trabajando. No.

—Yo sí. —Le pidió que devolviera su atención al disco: gente salía corriendo a la calle desde el interior de la estación—. Fue muy duro para mí. Una equivocación. Fue como revivir todo otra vez.

—Lo entiendo.

Karen señaló.

—Aquí ya no pude continuar. Me dispuse a detenerlo. —Se levantó para pararse detrás de él, de cara a la pantalla—. Tuve la sensación de que me estaba volviendo loca. Viendo la muerte de Charlie. Otra vez.

Hauck no sabía adónde quería ir a parar. Karen extendió la mano hacia el ratón. Esperó, dejó que las imágenes continuaran, gente que salía tambaleante a la calle desde una entrada alejada de la estación, sintiendo náuseas, tosiendo a causa del humo, los rostros ennegrecidos. La cámara se movió.

—Fue entonces cuando lo vi —señaló Karen.

Situó el ratón sobre la barra de herramientas e hizo clic. La imagen se congeló. Eran las 9.16.

El fotograma capturaba a una mujer que extendía la mano para consolar a alguien que se había derrumbado en la calle. Delante de ella había otra persona, un hombre, con la chaqueta cubierta de polvo, la cara algo apartada de la cámara, que pasaba a toda prisa. Los ojos de Karen se clavaron en la pantalla con una mirada acerada, dura, pero al mismo tiempo, advirtió Hauck, triste.

—Ése es mi marido —dijo, intentando que su voz no se quebrara. Le miró a los ojos—. Ése es Charlie, teniente.

El pulso de Hauck se detuvo. Tardó un segundo en comprender el significado de sus palabras. Su marido había muerto en la estación. Había ido a su casa, al funeral. Eso estaba claro. Se volvió de nuevo hacia la pantalla. Las facciones se le antojaron algo familiares por las fotos que había visto en su casa. La miró.

—¿Qué quiere decir?

—No sé lo que quiero decir —respondió Karen—. Iba en aquel tren, de eso estoy segura. Me llamó desde el vagón, justo antes de la explosión. Encontraron restos de su maletín entre los cascotes… —Sacudió la cabeza—. Pero no murió.

Hauck se apartó del escritorio, con los ojos clavados en la pantalla.

—Podría haber cien personas parecidas. Está cubierto de ceniza. No hay forma de estar seguros.

—Eso fue lo que me dije —explicó Karen—. Al principio. Al

menos, eso esperaba. —Karen volvió hacia la mesa—. Durante la
semana pasada, debí mirar esa imagen mil veces.

Sacó una hoja de papel del bolso.

—Después encontré algo. Da igual qué sea. Lo único que importa es que me condujo hasta una caja de seguridad de un banco
de Manhattan cuya existencia desconocía.

Deslizó la hoja sobre la mesa en dirección a Hauck.

Era una fotocopia de un formulario de activación de cuenta del
Chase. Para una caja de seguridad y, anexo, lo que parecía un listado de movimientos. Reflejaba mucha actividad, que se remontaba a
un par de años atrás. Todas las anotaciones iban acompañadas de
la misma firma.

Charles Friedman.

Hauck examinó el listado.

—Mire la última fecha —le dijo Karen Friedman—. Y la hora.

Hauck obedeció, y notó una punzada de dolor en el pecho. Sus
ojos se desviaron hacia ella, sin comprender. *No puede ser...*

—Está vivo. —Karen Friedman le miró a los ojos. Sus pupilas
brillaban—. Estuvo en ese banco cuatro horas y media después del
atentado. Cuatro horas y media después de que yo pensara que había muerto.

—Ése es Charlie. —Karen cabeceó en dirección a Hauck y clavó
la vista en la pantalla—. Ése es mi marido, teniente.

32

—¿A quién se lo ha dicho?

—A nadie. —Karen le miró—. ¿Cómo iba a hacerlo? Mis hijos... Después de lo que han pasado, los mataría, teniente. Ni siquiera podrían comprenderlo. ¿A mis amigos? —Meneó la cabeza con ojos vidriosos—. ¿Qué puedo decirles? ¿Qué fue una especie de equivocación demencial? «Lo siento, Charlie no ha muerto. Me ha estado engañando durante todo el año pasado. ¡Engañándonos a todos!» Al principio pensé en esa gente que sale de estas situaciones escalofriantes, ya sabe, afectada... —Apoyó un dedo sobre los formularios bancarios—. Pero después encontré esto. Pensé en llevarlo todo a Saul Lennick. Charlie era como un hijo para él. Pero me asusté. Pensé: ¿y si de veras ha hecho algo? Ya sabe, algo malo. ¿Y si cometía una equivocación? Afectaría a todo el mundo. Me asusté. ¿Sabe a qué me refiero?

Hauck asintió. La voz de Karen transmitía la tensión que sentía.

—Por eso he venido aquí.

Él levantó los impresos bancarios. Como era policía, había aprendido a lo largo de los años a disimular sus reacciones. Reunir datos, ser un poco circunspecto, hasta que una imagen de la verdad empieza a tomar forma. Miró el formulario bancario. *Charles Friedman estuvo allí.*

—¿Qué quiere que haga?

—No lo sé. —Karen sacudió la cabeza consternada—. Ni siquiera sé qué ha hecho Charlie. Pero algo hay... Mi marido sería incapaz de hacernos esto. Le conocía. No era ese tipo de hombre, teniente. —Se apartó un mechón de pelo de la cara y se secó los ojos con el dorso de la mano—. La verdad es que no tengo ni puñetera idea de qué quiero que haga usted.

—Tranquila —dijo Hauck, y le dio un apretón en el brazo. Volvió a mirar la pantalla. Repasó las reacciones habituales. Algún tipo de reacción desquiciada (amnesia) provocada por el atentado. Pero el impreso bancario descartaba esa posibilidad. ¿Otra mujer? ¿Malversación de fondos? Recordó la escena del aparcamiento vivida por la hija de Karen. *Doscientos cincuenta millones de dólares.* Pero Saul Lennick le había asegurado que el fondo de inversión libre de Charles estaba intacto.

—Si no le importa que lo pregunte, ¿qué encontró allí? —preguntó Hauck, al tiempo que señalaba el registro de la caja de seguridad.

—Dinero. —Karen exhaló un suspiro—. Montones de dinero. Y un pasaporte. La foto de Charlie, con un nombre falso. Algunas tarjetas de crédito…

—¿Se dejó todo eso? —Hacía un año—. Debía de ser una especie de medida de seguridad. —Hauck se encogió de hombros—. Supongo que ya sabe que no puede ser casual. Lo había planificado todo.

Ella asintió y se mordisqueó el labio inferior.

—Me doy cuenta.

Pero lo que Charlie no había planeado, sabía Hauck, era cómo iba a llevarlo a cabo. Hasta que llegó el momento.

Sus pensamientos se desviaron hacia otro nombre. *Thomas Mardy.*

—Escuche. —Hauck giró en la silla hacia ella—. Debo preguntarlo, como comprenderá. ¿Su marido había tenido alguna historia…? Ya sabe.

—¿A qué se refiere? —Karen le miró fijamente—. ¿A si tenía aventuras? No lo sé. Hace una semana le habría dicho que era imposible. Ahora casi me alegraría saber que se trata de eso. Tenía ese pasaporte, las tarjetas… Lo había planificado todo. Mientras dormíamos en la misma cama. Mientras animaba a los chicos a estudiar. De alguna manera, consiguió salir de ese tren en medio del caos y se dijo: «Ha sucedido. Ha llegado el momento. Ha llegado el momento de decir adiós a mi vida anterior».

Durante algunos segundos, se hizo el silencio.

Hauck apretó los labios.

—¿Qué quiere que haga? —repitió.

—No lo sé. En parte, sólo deseo rodearle en mis brazos y decirle que me alegro de que esté vivo. Pero por otra parte… Abrí aquella caja y me di cuenta de que me había ocultado toda una faceta de su vida. A mí, a la persona que, en teoría, amaba. ¡No sé qué coño quiero que haga, teniente! Darle de bofetadas. Meterle en la cárcel. Ni siquiera sé si ha cometido un delito. Aparte de hacerme daño. Pero da igual. No he venido para eso.

Hauck se acercó un poco más.

—¿Para qué ha venido?

—¿Para qué he venido? —Las lágrimas anegaron sus ojos de nuevo. Cerró los puños y golpeó la mesa. Después le miró—. ¿No es evidente? ¡He venido por qué no sabía a qué otro lugar acudir!

Hauck se inclinó hacia ella cuando se desplomó en sus brazos. Sepultó la cabeza en su hombro y hundió los puños en su cuerpo. Él la sostuvo, notó sus temblores, y ella no se apartó.

—¡Estaba muerto! Había llorado su desaparición. Le echaba de menos. Me atormentaba ignorar si sus últimos pensamientos habían sido para nosotros. No había día en que no deseara haber hablado con él por última vez. Decirle que confiaba en que estuviera bien. Y ahora resulta que está vivo…

Contuvo el aliento y se secó las lágrimas de sus mejillas mojadas.

—No quiero que le persigan. Hizo lo que hizo, y debía tener algún motivo. No es un hijo de puta, teniente, opine lo que opine usted. Ni siquiera quiero que vuelva. Ya es demasiado tarde. Ni siquiera tengo idea de qué siento…

»Creo que sólo quiero saber… Sólo quiero saber por qué me hizo esto, teniente. Quiero saber qué ha hecho. Quiero ver su cara y obligarle a decírmelo. La verdad. Eso es todo.

Hauck asintió. Apretó sus brazos y la soltó. Guardaba una caja de pañuelos de papel en la mesa. Le dio un par.

Ella reprimió una sonrisa.

—Gracias.

—Forma parte de mi trabajo. Da la impresión de que la gente siempre se pone a llorar aquí.

Ella rió mientras se secaba los ojos y la nariz.

—Para usted debo ser como un tren descarrilado. Cada vez que me ve...

—No. —Hauck le guiñó un ojo—. Cualquier cosa, excepto eso. Sin embargo, sí que parece aparecer en situaciones misteriosas.

Karen intentó reír de nuevo.

—Ni siquiera sé qué demonios le estoy pidiendo que haga.

—Sé lo que quiere que haga —contestó él.

—No estoy segura de a quién más recurrir, teniente.

—Ty.

Lo que dijo pareció sorprenderla. Por un segundo se quedaron en silencio, atraídos mutuamente. Ella apartó un mechón de pelo rojo dorado de sus ojos enrojecidos.

—De acuerdo. —Respiró hondo y asintió—. Ty...

—Y la respuesta es sí. —Hauck se sentó en el borde de su escritorio y asintió—. Te ayudaré.

33

Había aceptado. Hauck repasó la escena de nuevo.

Sí, la ayudaría. Sí, sabía lo que ella quería que hiciera. Aunque supo en aquel mismo instante que no lo lograría desde su puesto oficial de trabajo.

Aquella noche salió con el *Merrily* al estrecho. Se sentó en la oscuridad con el motor apagado, el agua en calma, las luces del centro de Stamford destellando en la orilla.

¿Por qué?, se preguntó.

¿Por qué no podía quitarse aquella imagen de la cabeza? O su tacto suave cuando se apoyó contra él. Su dulce aroma todavía vibraba en su nariz, con el vello del brazo erizado, todos los nervios despiertos después de un largo sueño.

¿Fue eso lo que pasó, Ty? ¿Eso es todo?

O quizás era el rostro que aparecía en su mente cuando se sentaba con sus náuticos apoyados sobre la borda, bebiendo una Harpoon Ale. Un rostro que Hauck no había recreado en su mente durante meses, pero que una vez más cobraba vida, aterradoramente real.

Abel Raymond.

La sangre que manaba de debajo de su largo pelo rojo. Hauck arrodillado sobre él, prometiendo que encontraría al culpable.

Charles Friedman no había muerto.

Eso lo cambiaba todo.

Thomas Mardy. Era supervisor en un negocio de control de créditos. Aquel día había subido al tren de las 7.57 en Cos Cob y muerto en las vías de Grand Central debido a la explosión.

No obstante, una de sus tarjetas de crédito había sido utilizada para pagar el alquiler de una limusina con destino a Greenwich tres horas después.

Ahora Hauck sabía cómo.

Se preguntó si lo del Mustang sería una coincidencia. *La niña de los ojos de Charlie...* Le había despistado. Habría despistado a cualquiera.

Pero ahora, después de ver la cara de Charlie en la pantalla, sabía, con más claridad que Karen Friedman, a qué había dedicado su marido las horas transcurridas entre el momento en que aquella cámara le había captado al salir de la estación y el momento en que visitó la cámara acorazada de aquel banco.

El muy hijo de puta no había muerto.

Aquella tarde Hauck había pasado el nombre de Charlie por el sistema NCIC*. La habitual comprobación de haberes: tarjetas de crédito, cuentas bancarias, incluso inmigración. Freddy Muñoz le había devuelto a la realidad cuando llamó con los nudillos a la puerta, una expresión inquisitiva en el rostro.

—Ese tipo ha muerto, teniente. El nueve de abril. —Su expresión lo resumía todo—. En el atentado de Grand Central.

Nada. Pero Hauck no se sorprendió.

Charles Friedman y AJ Raymond estaban relacionados. Y no a causa del Mustang cobrizo. Eso ya lo sabía. Habían vivido de manera diferente, separados por un universo. Pero habían estado relacionados.

¿Cómo?

Hauck vació los restos de su IPA**. La respuesta no estaba allí. El chico tenía familia. En Pensacola, ¿verdad? Su hermano había aparecido para recoger sus cosas. Su padre era subcapitán de puerto. Recordaba la foto del viejo entre las pertenencias de AJ.

Sí, la ayudaría, había dicho. Se levantó de la silla. Encendió el motor. El *Merrily* tosió y cobró vida.

La ayudaría. Sólo esperaba que ella no lamentara lo que descubriera.

---

* National Crime Information Center, base central de datos relacionados con toda clase de delitos, dependiente del FBI. *(N. del T.)*
** India Pale Ale, una marca de cerveza. *(N. del T.)*

—Carl, voy a necesitar unas vacaciones. —Hauck llamó a la puerta de su jefe—. Estoy un poco agobiado.

Carl Fitzpatrick, el jefe de policía de Greenwich, estaba sentado a su mesa, preparándose para una reunión inminente.

—Claro, Ty. Entra y siéntate. —Dio la vuelta en su silla alrededor del escritorio y volvió con una carpeta de planificación—. ¿De qué estamos hablando, unos cuantos días?

—Un par de semanas —dijo Hauck, vacilante—. Quizá más.

—¿Un par de semanas? —Fitzpatrick le miró por encima de sus gafas de leer—. No puedo autorizar tanto tiempo.

Hauck se encogió de hombros.

—Quizá más.

—Jesús, Ty... —El jefe tiró las gafas sobre la mesa y le miró a los ojos—. ¿Qué pasa?

—No sé. Las cosas están tranquilas en este momento. Freddy y Zaro pueden encargarse de lo que surja. No me he tomado más de una semana en cinco años.

—¿Va todo bien, Ty? No le habrá pasado nada a Jess, ¿verdad?

—No, Carl, todo va bien. —Fitzpatrick y él eran amigos, y detestaba mostrarse vago—. Es que ha ocurrido algo y quiero investigarlo.

—Un par de semanas... —El jefe se rascó la nuca. Echó un vistazo el expediente—. Concédeme unos días. Veré qué puedo hacer. ¿Cuándo necesitas marcharte?

—Mañana.

—Mañana. —Los ojos de Ftizpatrick se abrieron de par en par—. Mañana es imposible, Ty. Esto es de lo más inesperado.

—Para ti, tal vez. —Hauck se levantó poco a poco—. Para mí, viene de lejos.

34

Sonó el timbre de la puerta. *Tobey* corrió ladrando hacia la puerta. Alex estaba en casa de un amigo, estudiando para un examen. Samantha estaba hablando por teléfono en el salón, con las piernas colgando sobre el respaldo del sofá. En la tele echaban *Héroes*.

—¿Puedes ir, mamá?

Karen acababa de lavar los platos en la cocina. Tiró el trapo y fue a abrir.

Cuando vio quién era, sonrió sorprendida.

—Hay un par de cosas que puedes hacer por mí —dijo el teniente, acurrucado con una chaqueta de nailon beige para defenderse de la lluvia.

—Mi hija está en casa —dijo Karen, al tiempo que miraba hacia el salón, pues no deseaba mezclarla. Cogió un impermeable del banco, se lo puso sobre los hombros y salió—. ¿Qué es?

—Registra los objetos personales de tu marido. Notas de su despacho. Cheques cancelados, recibos de tarjetas de crédito. Lo que encuentres. ¿Aún puedes acceder a su ordenador?

Karen asintió. Nunca había experimentado la necesidad de sacarlo de su estudio. Nunca había encontrado el momento.

—Creo que sí.

—Bien. Examina sus correos electrónicos antiguos, cualquier lugar al que haya viajado antes de desaparecer, facturas del teléfono. ¿Aún guardas los objetos relacionados con su trabajo?

—Tengo abajo una caja de cosas que me trajeron. No estoy segura de dónde acabó el ordenador de su oficina. ¿Qué debo buscar?

—Cualquier cosa que pueda ayudarnos a descubrir adónde pudo ir. Aunque no sea el lugar donde se encuentra ahora, podría ser un punto de partida. Algo que nos ayude a seguir adelante…

Karen se cubrió la cabeza para protegerse de la lluvia.

—Ha pasado más de un año.

—Sé que ha pasado un año, pero aún quedan registros. Ponte en contacto con su ex secretaria, o con la agencia de viajes que solía utilizar. Quizá le enviaron folletos o hizo reservas que nadie consideró importantes en aquel momento. Intenta pensar adónde pudo ir. Viviste con él durante dieciocho años.

—¿No cree que ya me he devanado bastante los sesos? —La lluvia aumentó de intensidad. Karen cruzó los brazos para protegerse del frío—. Volveré a mirar.

—Te ayudaré si es necesario —dijo Hauck— cuando vuelva.

—¿Cuándo vuelva? ¿De dónde?

—De Pensacola.

—¿Pensacola? —Karen le miró fijamente—. ¿Qué hay ahí? ¿Es por mí?

—Te informaré —dijo él con una sonrisa— en cuanto lo tenga claro. Entretanto, quiero que investigues todo cuanto puedas. Piensa. Tiene que haber alguna pista. Algo que se dejó. Me pondré en contacto contigo cuando vuelva.

—Gracias —dijo Karen. Apoyó la mano sobre su impermeable, mientras la lluvia resbalaba por su cara. Sus ojos se encendieron de repente.

Había pasado mucho tiempo desde que había sentido la presencia de alguien en su vida, y aquí tenía a este hombre, este hombre al que apenas conocía, que había entrado en su vida durante el caos posterior a la muerte de Charlie, y él la había visto, tan perdida como un barco a pique en las olas de una tormenta. Y ahora era la única persona a la que podía aferrarse en este mundo, el único asidero. Era extraño.

—Siento haberle arrastrado a esto, teniente. Estoy segura de que con su trabajo ya tiene bastante.

—Tú no me arrastraste a esto. —Hauck sacudió la cabeza—. En cualquier caso, no lo hago de manera oficial.

—¿Qué quiere decir?

—No querías hacerlo a la vista de todo el mundo, ¿verdad? No querías que me encargara de lo que descubriera. Nunca podría hacerlo de manera oficial.

Ella le miró confusa.

—No lo entiendo.

—Me he tomado unas semanas de vacaciones —dijo Hauck mientras la lluvia resbalaba por su cuello. Le guiñó un ojo—. No te preocupes. Tampoco sabía qué hacer con ese tiempo. Pero lo haré solo. Sin placa. Nadie más. —Una sonrisa se insinuó en sus ojos azules—. Espero que te parezca bien.

¿Le parecía bien? Karen no sabía qué esperaba cuando acudió a él. Tal vez sólo necesitaba a alguien que la escuchara. Pero ahora su corazón se derritió un poco por lo que iba a hacer.

—¿Por qué…?

Hauck se encogió de hombros.

—Los demás estaban muy ocupados o sólo necesitaban el cheque del sueldo.

Karen sonrió y le miró, mientras una cálida y agradable sensación la embargaba.

—Me refiero a por qué hace esto, teniente.

Hauck trasladó su peso de un pie al otro.

—La verdad es que no lo sé.

—Sí que lo sabe. —Karen le miró. Se echó hacia atrás un mechón de pelo que le había caído sobre los ojos—. Ya me lo dirá cuando llegue el momento, pero gracias de todos modos, teniente. Por lo que sea.

—Creo que ya habíamos quedado en tutearnos —dijo él—. Ty.

—De acuerdo, Ty.

Un cálido brillo de gratitud iluminó sus ojos. Karen extendió la mano. Él la estrechó. Se quedaron así, bajo la lluvia.

—Karen. —Le miró a los ojos—. Encantada de conocerte, Ty.

35

Gregory Khodoshevsky aceleró el motor de su T-Rex de tres ruedas de setenta mil dólares, y el vehículo de trescientos caballos saltó
sobre el circuito improvisado que había dispuesto en los terrenos
de su propiedad de ocho hectáreas situada en Greenwich.

Su hijo Pavel, de catorce años, que montaba en su propio T-
Rex rojo intenso, intentó alcanzarle.

—¡Venga, chico! —rió Khodoshevsky por el micro del casco,
mientras rodeaba un cono y rebasaba a su hijo por el otro lado—.
No vas a permitir que un viejo *starik* como yo te venza, ¿verdad?

Pavel tomó la curva muy cerrada y estuvo a punto de volcar.
Después se enderezó y aceleró hasta alcanzar casi noventa kilómetros por hora, al tiempo que saltaba sobre una loma.

—¡Te estoy pisando los talones, viejo!

Dieron la vuelta al estanque artificial, dejaron atrás el helipuer-
to, y después volvieron a la larga recta de la inmensa propiedad de
Khodoshevsky. En lo alto, su mansión estilo georgiano de ladrillo
rojo y dos mil metros cuadrados se alzaba como un castillo, con
su enorme patio en el que destacaban la fuente y un garaje con capacidad para ocho coches. Que Khodoshevsky había llenado con
un Lamborghini Murciélago, un Hummer amarillo que su esposa,
Ludmila, exhibía por la ciudad, y un Mercedes Maybach negro tuneado, con cristales a prueba de balas y un sistema de orientación
por satélite Bloomberg. Sólo eso costaba más de medio millón.

Aunque sólo tenía cuarenta y ocho años, el Oso Negro, como
algunos llamaban a Khodoshevsky, era uno de los hombres más poderosos del mundo, pero su nombre no aparecía en ninguna lista.
Durante la «cleptocracia» en que se convirtió la locura privatizadora
en la Rusia de la década de 1990, Khodoshevsky había convencido
a un banco inversor francés de que adquiriera una fábrica de piezas

de recambio para coches venida a menos de Irkutsk, lo que lo cata-
pultó a ocupar un puesto crucial de la junta directiva de Tazprost, el
fabricante de coches ruso más grande (y achacoso), el cual, después
del repentino fallecimiento de dos de sus miembros más rebeldes,
cayó en el regazo de Khodoshevsky cuando éste tenía treinta y seis
años. Desde allí obtuvo los derechos para abrir concesionarios Mercedes y Nissan en Estonia y Letonia, junto con cientos de estaciones
de servicio de Gaznost en toda Rusia para proveerlos.

Bajo Yeltsin, la economía rusa se repartió entre un puñado de
entusiastas *kapitalisti*. Una gigantesca tienda de golosinas, como decía siempre Khodoshevsky. Durante la refriega en que se convirtió
el sector económico público, abrió grandes almacenes al estilo Ha-
rrods que vendían marcas extranjeras caras. Compró distribuidoras
de bebidas alcohólicas con el fin de importar champán y vinos fran-
ceses de calidad. Después, bancos, emisoras de radio. Hasta una
línea aérea de bajo coste.

¡Hoy, por mediación de un *holding*, Khodoshevsky era el terra-
teniente privado más importante de los Campos Elíseos!

Durante la creación de su imperio, había hecho muchas cosas
discutibles. Ministros de Putin estaban en su nómina. Era cosa sabi-
da que muchos de sus rivales habían sido detenidos y encarcelados.
Más de unos cuantos habían sido eliminados, o habían padecido
imprevistas caídas desde ventanas de oficinas o inexplicables accidentes de tráfico camino de casa. En la actualidad, Khodoshevsky
generaba más movimiento de efectivo libre que una economía de
tamaño medio. En Rusia, hoy, lo que no podía comprar lo robaba.

Por suerte, su conciencia no le aguijoneaba ni despertaba por
las noches. Cada día mantenía contacto mediante emisarios con un
puñado de personas poderosas (europeas, árabes, sudamericanas),
cuyo capital había crecido hasta el punto de regir el mundo. Riqueza
que había creado el equivalente de una supraeconomía, que mantenía al alza los precios de la propiedad inmobiliaria, el florecimiento
de las marcas de lujo, ocupados a los constructores de yates y eleva-
dos los índices de Wall Street. Desarrollaban la economía tal como

el Fondo Monetario Internacional había desarrollado naciones en otro tiempo: compraban depósitos de carbón en Smolensk, campos de caña de azúcar para obtener etanol en Costa Rica, fábricas de acero en Vietnam. Fuera cual fuera el lado del que cayera la moneda, ellos siempre acababan ganando. Era el arbitraje definitivo que Khodoshevsky había creado. ¡Los fondos de inversión libre de los fondos de inversión libre! Perder era imposible.

Excepto hoy, cuando se relajaba con su hijo.

—Venga, Pavel, enséñame de qué estás hecho. ¡Dale fuerte!

Entraron riendo en la recta final, y después rodearon la enorme fuente del patio que se alzaba delante de la casa. Los motores recalentados de los T-Rex llevaron a cabo un postrer esfuerzo, como *karts* trucados. Rebotaron sobre los adoquines belgas en una carrera entre padre e hijo hacia la línea de meta.

—¡Ya te tengo, Pavel! —gritó Khodoshevsky cuando le alcanzó.

—¡Ni te lo creas, viejo!

Su decidido hijo aceleró y sonrió.

En la curva final, ambos salieron emparejados. Sus ruedas chocaron y se rozaron. Saltaron chispas, y Khodoshevsky salió lanzado hacia la taza de la gigantesca fuente barroca que habían traído de Francia. Los chasis de fibra de vidrio de los T-Rex cedieron como papel crepé. Pavel alzó las manos en señal de victoria cuando pasó a su lado.

—¡He ganado!

Khodoshevsky salió del vehículo destrozado. Una pérdida sin remisión, observó. Setenta mil dólares tirados.

Pavel saltó del suyo y se acercó corriendo.

—¿Te encuentras bien, padre?

—¿Si me encuentro bien? —Se quitó el casco y se dio palmadas para comprobarlo. Se había hecho un rasguño en el codo—. No me he roto nada. ¡Buena maniobra, muchacho! Ha sido divertido, ¿eh? Un día serás un buen piloto de carreras. Ayúdame a meter este montón de chatarra en el garaje antes de que tu madre vea lo que hemos hecho. —Revolvió el pelo de su hijo—. ¿Quién más tiene juguetes como éstos, eh?

Fue entonces cuando sonó su móvil. El ruso sacó el BlackBerry de los tejanos. Reconoció el número.

—Enseguida estoy contigo. —Agitó la mano en dirección a Pavel—. Temo que se trata de negocios, muchacho.

Se sentó en el borde de la fuente de piedra y abrió el teléfono. Se pasó una mano por el ondulado pelo negro.

—Al habla Khodo.

—Sólo quiero que sepas que los bienes de los que hablamos han sido transferidos —dijo quien llamaba, un banquero privado al que Khodoshevsky conocía—. Yo mismo le llevaré el envío final.

—Estupendo —resopló el ruso—. Debe de tener fotos de ti, amigo mío, para que confíes en él pese al lío que montó el año pasado. No te olvides de explicarle el precio de hacer negocios con nosotros. Esta vez has de conseguir que lo entienda a la perfección.

—No te quepa la menor duda de que será así —dijo el banquero alemán—. No olvidaré darle recuerdos de tu parte.

Khodoshevsky colgó. No sería la primera vez, pensó, que se ensuciaba las manos. Ni la última. El hombre era un buen amigo. Khodoshevsky había compartido muchas comidas con él, y vino excelente. Daba igual. Apretó la mandíbula. Nadie pierde tal cantidad de dinero que le pertenece a uno y vive para contarlo.

Nadie.

—Vamos, muchacho. —Se levantó y se acercó a Pavel para darle una palmada en la espalda—. Ayúdame a transportar este montón de mierda al garaje. Tengo uno nuevo dentro. ¿No te gustaría conceder otra oportunidad a tu viejo?

36

—¿Señor Raymond?

Hauck llamó a la puerta de una pequeña casa blanca con tejado de tablillas, provista de un barato toldo verde sobre la entrada, en un barrio de clase media de Pensacola. Había un pequeño terreno de hierba seca delante, y una furgoneta GMC, con una pegatina en el parachoques de INCLUSO A JESÚS LE GUSTABA UNA BUENA CERVEZA, aparcada en el garaje para un solo coche.

La puerta se abrió y se asomó un hombre moreno, curtido por el sol.

—¿Quién es usted?

—Me llamo Hauck. Soy teniente del departamento de policía de Greenwich, Connecticut. Me ocupé del caso de su hijo.

Raymond era corpulento, de estatura mediana, con barba gris de varios días. Hauck calculó que tendría unos sesenta años. Su piel nudosa color cedro parecía más un pellejo de cuero, y realzaba sus ojos azul claro. Exhibía un descolorido tatuaje azul y rojo militar en su grueso brazo derecho.

—Todo el mundo me conoce como Pappy —gruñó al tiempo que abría la puerta—. Sólo la gente que quiere dinero me llama señor Raymond. Por eso no estaba seguro.

Hauck franqueó la puerta mosquitera y entró en una sala de estar estrecha apenas amueblada. Había un sofá con pinta de llevar allí cuarenta años, una mesa de madera con un par de latas de Budweiser encima. La televisión estaba encendida, una reposición de *CSI*. Había un par de fotos enmarcadas en la pared. Críos. Con uniformes de béisbol y fútbol.

Hauck reconoció a uno.

—Siéntese —dijo Pappy Raymond—. Le ofrecería algo, pero mi mujer ha ido a casa de su hermana en Destin, de modo que no hay más que guiso de hace una semana y cerveza caliente. ¿Qué le trae por aquí, teniente Hauck?

—Su hijo.

—¿Mi hijo? —Raymond cogió el mando a distancia y apagó el televisor—. Mi hijo lleva muerto más de un año. Atropellado por un coche que se dio a la fuga. Caso sin resolver. Tengo entendido que cerraron el caso.

—Ha surgido una información que desconocíamos hasta ahora y que tal vez arroje nueva luz sobre los hechos —dijo Hauck, mientras pasaba por encima de una pila de periódicos.

—Nueva luz... —El hombre apretó los labios y fingió estar impresionado—. Justo a tiempo, joder.

Hauck le miró. Señaló la pared.

—Ése de ahí es AJ, ¿verdad?

—Ése es Abel.

Pappy cabeceó y exhaló un suspiro.

—Era defensa, ¿no?

El hombre tardó bastante en contestar.

—Escuche, hijo, sé que ha venido de muy lejos y que está intentando ayudar a mi chico... —Se interrumpió y miró a Hauck con los ojos entornados—. Pero ¿para qué coño ha venido?

—Charles Friedman —contestó Hauck. Apartó un montón de páginas deportivas locales de la silla y se sentó delante de Raymond—. ¿Le suena ese nombre?

—Friedman. No. Nunca lo había oído.

—¿Está seguro?

—He dicho que no, ¿vale? Mi mano derecha tiembla un poco, pero el cerebro no.

Hauck sonrió.

—¿AJ..., Abel lo mencionó alguna vez?

—A mí no. Después de que se trasladara al norte el año pasado, no hablábamos mucho, por supuesto. —Se masajeó la cara—. No sé si está usted enterado, pero trabajé treinta años en el puerto.

—Eso me han dicho, señor. Su otro hijo, el que vino a buscar las cosas de AJ.

—Una vida dura. —Pappy Raymond exhaló aire—. Fíjese. —Levantó una foto de él al timón de lo que parecía un remolcador y se la dio a Hauck—. De todos modos, nos dio para bastante. Abel logró lo que yo nunca pude, ir al colegio, aunque de bien poco le sirvió. Eligió seguir su propio camino... Todos tomamos decisiones, ¿verdad, teniente Hauck? —Dejó la foto en su sitio—. En cualquier caso, no, nunca mencionó delante de mí el nombre de Charles Friedman. ¿Por qué?

—Estaba relacionado con AJ.

—¿Y?

—Era administrador de fondos de inversión libre. Se creyó que había muerto en el atentado de la estación Grand Central el abril pasado. Pero no fue así. Después creo que fue a Greenwich y se puso en contacto con su hijo.

—¿Se puso en contacto con Abel? ¿Para qué?

—Para eso he venido. Para averiguarlo.

El padre entornó los ojos, circunspecto, una expresión que Hauck conocía. Rió.

—Menudo lío. Un hombre muerto va a reunirse con otro.

—Antes de que le mataran, ¿habló AJ de que estuviera metido en algo? ¿Drogas, juego..., tal vez incluso chantaje?

Raymond bajó los pies de la mesa y se incorporó.

—Sé que ha venido desde muy lejos, teniente, pero no entiendo cómo puede insinuar esas cosas de mi chico.

—No era mi intención —dijo Hauck—. Le pido disculpas. Mi único interés en lo que hacía su hijo es encontrar algo que arroje alguna luz sobre la persona que le asesinó. Quiero saber por qué un hombre que ha estado a punto de perder la vida, y cuyo mundo se encuentra a años luz del de su hijo, se desplaza hasta Greenwich y se pone en contacto con Abel.

Pappy Raymond se encogió de hombros.

—No soy policía. Supongo que lo normal sería preguntárselo a él.

—Ojalá pudiera —dijo Hauck—, pero ha desaparecido. Desde hace más de un año. Borrado de la faz de la tierra.

—A eso dedicaría yo todos mis esfuerzos, hijo, si estuviera en su lugar. Aquí está perdiendo el tiempo.

Hauck devolvió la foto a Pappy Raymond. Se levantó.

—¿Cree que ese hombre mató a Abel? —preguntó Pappy Raymond—. ¿Ese tal Charles Friedman? ¿Cree que fue el que le atropelló?

—No lo sé. Pero creo que sabe lo que pasó.

—Era un buen chico. —Raymond expulsó aire. Un destello apareció en sus ojos azul claro—. Testarudo. Hacía las cosas a su manera. Como ya sabe quién. Ojalá hubiéramos tenido más tiempo. —Respiró hondo—. Pero le diré una cosa: ese chico no habría hecho daño ni a una mosca, teniente. Es absurdo... —Sacudió la cabeza—. Es absurdo que muriera de esa forma.

—Tal vez podría hablar con alguien más —insistió Hauck—. Alguien más informado. Me gustaría ayudarle.

—¿Ayudarme?

—A resolver el asesinato de AJ, señor Raymond, porque estoy convencido de que fue un asesinato.

El hombre lanzó una risita.

—Usted parece un buen hombre, teniente, y ha venido desde muy lejos. ¿Cómo ha dicho que se llamaba?

—Hauck.

—Hauck. —Pappy Raymond encendió el televisor—. Regrese, teniente. Regrese al lugar de donde ha venido. Connecticut. Porque no existe la menor forma, sea cual sea la «nueva luz» que haya encontrado, de que pueda ayudarme.

37

Pappy Raymond ocultaba algo. ¿Por qué, si no, habría rechazado su ayuda de una forma tan tajante? Hauck también sabía que el hombre sería un hueso duro de roer.

Volvió al hotel Harbor Inn, que dominaba la bahía de Pensacola, donde se hospedaba, se detuvo en la tienda de artículos de regalo para comprar a Jess una camiseta que rezaba PENSACOLA ROCKS, sacó una cerveza Seminole del minibar y se tumbó sobre la cama, al tiempo que ponía la CNN.

Algo había pasado. Una explosión en una refinería de petróleo de Lagos, Nigeria. Más de cien personas muertas. El precio del crudo había ido en aumento durante todo el día.

Buscó el número de Pete, el hermano de AJ Raymond, quien había ido a Greenwich después del accidente para recoger sus pertenencias.

Hauck le llamó. Pete dijo que se reuniría con él en el bar al día siguiente, después de que acabara su turno.

El Bow Line estaba cerca del puerto, donde Pete, que había abandonado la Guardia Costera dos años antes, era práctico como su padre.

—Fue como si a Pop se le hubiera fundido un fusible —dijo Pete, mientras bebía una botella de Bud—. Habían matado a AJ. Mi padre nunca ha sido un blandengue, pero un día fue a trabajar, decidido a hacer todo cuanto fuera posible respecto a lo sucedido, y al día siguiente era como si la muerte de mi hermano perteneciera al pasado. Prohibido incluso hablar del tema. Nunca habla de sus sentimientos.

—¿Cree que es a causa de la culpa?

—¿Culpa?

Hauck tomó un sorbo de cerveza.

—He interrogado a muchas personas, Pete. Creo que su padre está ocultando algo.

—¿Sobre AJ? —Pete se encogió de hombros y se echó hacia atrás el pelo, cubierto con una gorra de los Jacksonville Jaguars—. Algo estaba pasando... La gente con la que hablaba me decía que mi padre estaba obsesionado con un asunto que había descubierto. Creía que algunos barcos estaban falsificando la declaración de su cargamento. Algo importante, relacionado con la seguridad nacional. Estaba muy exaltado.

»Después pasó lo de AJ. Y todo se acabó para él. —Chasqueó los dedos—. Apagón de luces. Fuera lo que fuera, nunca volví a oír ni una palabra sobre ello. Era como si lo hubiera enterrado todo de un día para otro.

—No quiero insistir —dijo Hauck mientras inclinaba su cerveza—. Sólo quiero encontrar al asesino de su hermano, porque creo que se trató de un asesinato. ¿Conoce a alguien que me pueda decir algo más al respecto?

Pete pensó un momento.

—Podría facilitarle unos cuantos nombres. Sus antiguos colegas. De todos modos, no estoy seguro de por qué cree que todo está relacionado.

Hauck tiró un par de billetes sobre el mostrador.

—Me sería de gran ayuda.

—Treinta años... —Pete se levantó y vació el resto de la cerveza—. Pop era como un dios en el puerto. Sabía todo lo que pasaba y dejaba de pasar. Ahora, mírele. Siempre fue un hombre duro, pero yo nunca le habría llamado amargado. Le cuesta aceptar la muerte de mi hermano. Más de lo que yo suponía. Teniendo en cuenta que nunca se miraron a la cara ni un maldito segundo en vida de Raymond.

Al día siguiente, Hauck hizo la ronda de los muelles. Un par de cargueros grandes habían atracado por la mañana. Silbaban grúas y montacargas hidráulicos, que descargaban enormes contenedores.

Encontró a Mack Tyler, el bronceado y fornido segundo de a bordo de un remolcador, en el puesto de prácticos. Acababa de llegar en una lancha.

Tyler se mostró reservado al principio. La gente protegía a lo suyos en esta tierra, y aquí estaba ese policía del norte haciendo toda clase de preguntas. Hauck recurrió a toda su diplomacia para lograr que se sincerara.

—Recuerdo que le acompañé un día —dijo Tyler. Se apoyó contra un muro de contención y encendió un cigarrillo—. Estaba a punto de subir a bordo de un petrolero que iba a entrar. Pappy siempre estaba hablando de estos barcos que había visto antes, los que presentaban declaraciones falsas. Por el nivel de la línea de flotación era imposible que estuvieran llenos como afirmaba la documentación. Creo que una vez llegó incluso a meterse en las bodegas.

»Sea como sea —Tyler expulsó humo—, esa vez nos pusimos al lado de un petrolero y bajaron la escalerilla, y Pappy se dispuso a subir a bordo. Y entonces le llamaron al móvil. A las cinco de la puta mañana. Lo abre, y de repente le fallan las piernas y se le pone la cara pálida, como si estuviera sufriendo un infarto. Llamamos a otra lancha. Tuve que subir al viejo. No aceptó atención médica. Un ataque de pánico, afirmó. Pero no dijo por qué. Un ataque de pánico, y una mierda.

—¿Recuerda cuándo fue eso? —preguntó Hauck.

—Claro que me acuerdo. —El marinero lanzó otra nube de humo—. Poco después de la muerte de su hijo.

Más tarde, Hauck se reunió con Ray Dubose, otro de los prácticos, en un café cercano al astillero.

—Era como una obsesión —dijo Dubose, un hombretón de pelo rizado canoso, mientras se rascaba la coronilla—. Pappy iba por ahí diciendo que una compañía petrolera falsificaba las declaraciones de sus cargamentos. Que esos barcos flotaban muy altos sobre el agua. Que ya los había visto antes. La misma empresa. El mismo logo, una especie de ballena o tiburón, tal vez. No me acuerdo.

—¿Qué pasó después?

—El capitán de puerto le dijo que lo dejara correr. —Dubose tomó un sorbo de café—. ¡Eso fue lo que pasó! Que era una cuestión de la aduana, no nuestra. «Nosotros sólo les facilitamos la entrada,

Pappy.» Pero Pappy, Dios le bendiga, continuó erre que erre. Montó un pollo a la gente de aduanas. Intentó ponerse en contacto con un reportero de asuntos económicos que conocía del bar, como si fuera a sacar a la luz una gran historia que implicara a la seguridad nacional, y Pappy fuera una especie de Bruce Willis o algo por el estilo.

—Continúe.

Dubose se encogió de hombros.

—Todo el mundo le decía que lo dejara correr, eso es todo. Pero Pappy nunca hace caso a nadie. Viejo idiota testarudo. ¿Conoce el tipo? Salen del útero así. De todos modos, echo en falta a ese hijo de puta. Poco después de fallecer su hijo, solicitó la jubilación. Le afectó muchísimo.

»Es curioso… —Dubose arrugó su vaso y lo tiró a la papelera apoyada contra la pared—. Después de lo sucedido, nunca le oí volver a hablar de aquellos estúpidos petroleros.

Hauck le dio las gracias y regresó al hotel. Durante el resto de la tarde estuvo sentado en el pequeño balcón que dominaba el hermoso azul de la bahía de Pensacola.

El viejo ocultaba algo. Hauck estaba seguro. Había visto muchas veces aquella expresión atormentada. *Porque no existe la menor forma de que pueda ayudarme…*

Tal vez era sólo la culpa de haber rechazado a su hijo menor. Y de lo que ocurrió después.

O podía ser algo más. Que el atropello no hubiera sido accidental. Que por ese motivo no hubieran podido localizar nada parecido al todoterreno que los testigos habían descrito. Por qué nadie más lo había presenciado. Tal vez alguien había matado de manera deliberada al hijo de Pappy Raymond.

Y Hauck estaba seguro de que aquellos petroleros estaban relacionados.

Acunó una cerveza. Pensó en llamar a Karen para contarle lo que había descubierto.

Pero continuaba pensando en la dura mirada de los ojos del viejo marinero.

38

Karen registró todas las pertenencias de Charlie, tal como Hauck le había pedido. Abrió las cajas de cartón que guardaba apiladas en el sótano, procurando que los chicos no se dieran cuenta. Pesados expedientes embutidos en cajas que Heather, la secretaria de Charlie, le había enviado con una nota: *Imposible saber qué contienen. Tal vez algo que usted desee guardar.* Folletos de viaje que habían hecho en familia. Recibos de la casa de montaña que habían alquilado un año en Whistler. Cartas. Innumerables cartas. Un montón de cosas relacionadas con el Mustang. Charlie le había pedido en su testamento que no lo vendiera.

En definitiva, el resumen de su vida en común. Cosas que Karen nunca había tenido valor para examinar. Pero nada útil. En un momento dado, se sentó frustrada con la espalda apoyada contra la pared de hormigón del sótano, y le insultó en silencio. *Charlie, ¿por qué coño nos has hecho esto?*

Después se dedicó a su ordenador, que todavía descansaba sobre su escritorio. Lo encendió por primera vez desde el atentado. Se le antojó extraño, como si le estuviera espiando. Su firma estaba por todas partes. Jamás lo habría hecho en vida de él, ni en un millón de años. Charlie nunca había tenido contraseña. Karen pudo entrar al instante. ¿Qué demonios podía ocultar?

Examinó sus documentos de Word guardados. En su mayor parte, cartas que había escrito desde casa, a gente del mundo de las finanzas, a revistas especializadas. El borrador de uno o dos discursos que había pronunciado. Investigó su correo electrónico. Los mensajes que había escrito antes de su desaparición ya habían sido borrados.

Una tarea inútil. Y sucia, eso de toquetear sus cosas. Estaba sentada ante su escritorio, en el desordenado estudio, que seguía tal como él lo había dejado un año antes, donde pagaba las facturas, leía revistas de economía, comprobaba el estado de sus acciones. El escritorio todavía estaba sembrado de periódicos de economía y prospectos.

No había nada. No quería que le encontraran. Podía estar en cualquier lugar del mundo.

Y la verdad era que Karen no tenía ni idea de qué iba a hacer si alguna vez le encontraba.

Se puso en contacto con Heather, quien ahora trabajaba para un pequeño bufete legal. Y con Linda Edelstein, cuya agencia de viajes Karen había utilizado en alguna ocasión. Preguntó a las dos que pensaran en si Charlie había llevado a cabo alguna adquisición poco usual («un apartamento, aunque suene raro, o un coche»), o reservado billetes para algún viaje durante las semanas previas a su muerte. Inventó la absurda historia de que había descubierto algo en su oficina sobre un viaje sorpresa que estaba planeando para celebrar su aniversario.

¿Cómo habría podido contarles la verdad?

Linda investigó en su ordenador.

—No lo creo, Kar. Me habría acordado. Lo siento, cariño. Aquí no hay nada.

Aquello era una locura. Karen se sentó entre las cosas de su marido, sin saber qué otra cosa hacer, cada vez más irritada, arrepentida de haber visto aquel documental. Lo había cambiado todo. *¿Por qué nos hiciste esto, Charlie? ¿Qué hiciste?*

¡Dímelo, Charlie!

Levantó una pila de papeles sueltos y se dispuso a arrojarlos contra la pared. Fue en ese momento cuando su vista cayó sobre una nota de Harbor que llevaba allí un año. Recorrió la lista de cargos de la oficina. Tal vez ellos lo sabrían. Distinguió un nombre, un nombre que no había acudido a su mente desde hacía meses.

Junto con una voz. Una voz a la que nunca había respondido, pero que ahora resonó de repente en sus oídos con el mismo mensaje:

Me gustaría hablar con usted, señora Friedman... Hay cosas que debería saber.

39

La dirección era Mountain View Drive, 3135, en una carretera residencial de la montaña. En Upper Montclair, Nueva Jersey.

Karen encontró la dirección de Jonathan Lauer en una de las carpetas de Charlie. Comprobó que todavía era válida. No quería hablar con él por teléfono. Era un sábado por la tarde.

Hay cosas que debería saber.

Saul había dicho que se trataba de asuntos personales, la indemnización. Karen nunca había vuelto a saber nada de él. Y no era que desconfiara de Saul. Era que, si no iban a dejar piedra sin levantar, tal como quería Ty, lo mejor sería ir a ver a Lauer. Nunca le había devuelto la llamada. Había pasado muchísimo tiempo.

Pero de repente las crípticas palabras de Lauer adquirían un significado importante.

Karen entró en el camino de acceso. Había un monovolumen blanco aparcado en el garaje de dos plazas abierto. La casa era de cedro y vidrio, al estilo contemporáneo, con un ventanal que abarcaba los dos pisos en la fachada. Había una bicicleta de niño tirada en el jardín delantero. Al lado de una portería de fútbol portátil. Hileras de boj flanqueaban el sendero de losas que conducía a la puerta principal.

Karen se sentía un poco nerviosa y avergonzada, después de tanto tiempo. Tocó el timbre.

—¡Ya voy, mami!

Una niña con trenzas que aparentaba cinco o seis años abrió la puerta.

—Hola —sonrió Karen—. ¿Están tu papá o tu mamá en casa?

Una voz de mujer llamó desde dentro.

—¿Quién es, Lucy?

Kathy Lauer acudió a la puerta, sujetando un rodillo de cocina. Karen la había visto una o dos veces, primero en una reunión de la oficina, y después en el funeral de Charlie. Era menuda, el pelo oscuro le caía sobre los hombros, y llevaba una sudadera verde de Nantucket. Miró a Karen sorprendida.

—No sé si se acuerda de mí... —empezó.

—Pues claro que me acuerdo de usted, señora Friedman —contestó Kathy Lauer, al tiempo que acunaba la cara de su hija contra su muslo.

—Karen —le pidió—. Siento molestarla. Sé que estará intrigada por esta repentina aparición. Me pregunto si su marido está en casa.

Kathy Lauer la miró de una forma extraña.

—¿Mi marido?

Siguió una pausa incómoda.

Karen asintió.

—Jon me llamó un par de veces, después de que Charlie... —Enmudeció antes de pronunciar la palabra—. Me siento un poco avergonzada. Nunca le devolví las llamadas. En aquel momento estaba agobiada. Sé que ha pasado bastante tiempo, pero habló de unas cosas...

—¿Unas cosas?

Kathy Lauer la miró fijamente. Karen no entendía su reacción, si se debía a nerviosismo o a irritación. Kathy pidió a su hija que volviera a la cocina, que iría dentro de un momento a terminar de amasar la pasta de las galletas con ella. La niña salió corriendo.

—Unas cosas relacionadas con los negocios de mi marido —aclaró Karen—. ¿Está en casa, por casualidad? Sé que es un poco raro venir ahora...

—Jon ha muerto —dijo Kathy Lauer—. Pensaba que ya lo sabía.

—¿Muerto? —Karen sintió que su corazón se paralizaba y la sangre se retiraba de su cara. Sacudió la cabeza aturdida—. Dios mío, lo siento muchísimo... No...

—Hará cosa de un mes —dijo su esposa—. Subía en su bicicleta por Mountain View hacia aquí. Un coche le atropelló. Tal cual. El tipo que le arrolló ni siquiera paró.

40

Dock 39 era un bar del puerto, lóbrego y de estilo marinero, no estaba lejos del astillero. Un letrero de Miller destellaba en una ventana, y el mascarón de proa de un barco colgaba sobre la entrada en la fachada de madera. Hauck vio desde la calle un televisor. Un partido de baloncesto. Una ruidosa multitud se agolpaba alrededor de la barra.

Hauck entró.

El lugar era oscuro, invadido de humo, lleno de cuerpos recién llegados de los muelles. Una ruidosa muchedumbre estaba siguiendo el partido. Los Pistons contra los Heat. La gente aún vestía su ropa de trabajo, se estaba desfogando. Trabajadores portuarios y marineros. Aquí no había oficinistas. Ray Dubose había dicho a Hauck que era el lugar donde podría encontrarle.

El teniente consiguió atraer la atención del camarero y pidió una Bass. Divisó a Pappy, bebiendo cerveza con unos tipos al final de la barra. El viejo no parecía interesado en el partido. Tenía la vista clavada al frente, sin hacer caso de los berridos ocasionales que se oían ni de los codazos que le daba su vecino cuando alguien hacía una jugada. En un momento dado, Pappy volvió la cabeza y reparó en Hauck, entornó los ojos en señal de hostilidad y tensó la mandíbula. Cogió su cerveza y se levantó, separándose de su pandilla.

Se abrió paso entre la multitud en dirección a él.

—Me han dicho que anda por ahí haciendo preguntas sobre mí. Creo haberle dicho que volviera por donde había venido.

—Estoy intentando aclarar un asesinato —replicó Hauck.

—No necesito que aclare ningún asesinato. Necesito que me deje en paz y vuelva a casa.

—¿Qué descubrió? —preguntó Hauck—. Por eso no quiere hablar conmigo, ¿verdad? Por eso dejó su trabajo, o le presionaron para que lo hiciera. Alguien le amenazó. No puede seguir fingiendo que no pasó nada. No lo conseguirá. Su hijo ha muerto. Ése fue el motivo del «accidente» de Greenwich, ¿verdad? El motivo del asesinato de AJ.

—Lárguese de aquí.

Pappy Raymond apartó de un empujón el brazo de Hauck. Éste advirtió que estaba borracho.

—Estoy intentando resolver el asesinato de su hijo, señor Raymond. Y lo haré, tanto si usted me ayuda como si no. ¿Por qué no me lo pone fácil y me cuenta lo que descubrió?

Cuanto más hablaba Hauck, más ira parecía concentrarse en los ojos de Pappy Raymond.

—No me ha escuchado, ¿verdad, hijo? —Le golpeó el pecho con la jarra de cerveza—. No quiero su ayuda. No la necesito. Váyase de aquí. Vuelva a casa.

Hauck le agarró el brazo.

—Yo no soy su enemigo, viejo. Su único enemigo es dejar que la muerte de su hijo le corroa por no hacer nada. Los documentos de carga de esos barcos eran falsos. No transportaban nada, ¿verdad? Se estaba produciendo algún tipo de estafa. Por eso mataron a AJ. No hubo «accidente». Yo lo sé, y usted también. Y no pienso echarme atrás. Si usted no me lo dice, alguien lo hará. Montaré una tienda en su maldito jardín hasta que lo averigüe.

Un rugido se elevó de la barra.

—¡Ven, Pappy! —gritó uno de sus colegas—. Wade acaba de anotar un triple. Perdemos sólo por seis puntos.

—Es la última vez que se lo digo. —Pappy le fulminó con la mirada—. Vuelva a casa.

—No. —Hauck sacudió la cabeza—. No pienso hacerlo.

Fue entonces cuando el viejo alzó el brazo y le lanzó un furioso puñetazo. El puño rozó el hombro de un tipo que estaba cerca, era el puñetazo de un hombre acostumbrado a propinarlos, y sorprendió a Hauck cuando le alcanzó en un lado de la cara. La jarra salió disparada de sus manos, cayó al suelo y la cerveza se derramó.

La gente se giró en redondo.

—¡Caramba!

—¿Qué quiere de mí, señor? —Pappy agarró a Hauck del cuello de la chaqueta. Volvió a levantar el puño—. ¿Es que no puede volver al infierno de donde ha salido y dejar que lo ocurrido aquí caiga en el olvido? Si quiere ser un héroe, resuelva otro crimen. Deje en paz a mi familia.

—¿Por qué protege a esa gente? Sean quienes sean, asesinaron a su hijo.

La cara de Pappy estaba apenas a dos centímetros de la de Hauck, y éste percibió el olor a cerveza y rabia. Levantó el puño de nuevo.

—¿Por qué? —Hauck le miró fijamente—. ¿Por qué?

—Porque tengo más hijos —dijo Pappy, con la angustia asomando a sus ojos. Su puño vaciló—. ¿No lo entiende? Y ellos tienen hijos también.

De repente, la ira de los ojos del viejo empezó a desvanecerse, y otra cosa apareció en sus iris temblorosos. Impotencia. La desesperación de alguien acorralado.

—Usted no sabe nada. —Pappy le traspasó con la mirada, bajó el puño y le soltó el cuello—. Usted no sabe…

—Sí que lo sé. —Hauck miró al viejo a los ojos—. Lo sé muy bien. Yo también perdí a un hijo.

Hauck apretó algo en la mano de Pappy cuando un par de sus amigos se acercaron por fin y le apartaron, mientras explicaban que el viejo había bebido una de más e invitaban a Hauck a otra cerveza. Se lo llevaron a rastras hasta la barra, donde se sentó, el rostro congestionado por el alcohol y la incoherencia, entre los aullidos y el humo.

Pappy, derrotado, abrió el puño y miró. Sus ojos se abrieron de par en par. Después miró a Hauck.

Por favor, decía su expresión, esta vez con desesperación. *Váyase*.

41

—¿Mamá?

Samantha llamó con los nudillos a la puerta del dormitorio.

Karen se volvió.

—Sí, cariño.

Estaba sentada en la cama con la televisión encendida. Ni siquiera sabía qué estaba viendo. El viaje de vuelta a Greenwich la había agotado. Jonathan estaba muerto. Atropellado por un coche que bajaba la colina mientras volvía en bicicleta a su casa. El operador de Charlie había intentado decirle algo. Tenía una familia, dos niños pequeños. Y había muerto de la misma manera que el chico que llevaba el nombre de su marido en el bolsillo y que había fallecido en Greenwich el mismo día de la desaparición de Charlie. Un atropello en que el coche se dio a la fuga. Si no se le hubiera ocurrido ir a verle, no se habría enterado nunca.

Samantha se sentó a su lado.

—¿Qué pasa, mamá?

Karen bajó el volumen.

—¿Qué quieres decir?

—Mamá, por favor, no somos idiotas. Hace más de una semana que estás rara. No hace falta ser médico para ver que no tienes la gripe. Algo está pasando. ¿Te encuentras bien?

—Pues claro que me encuentro bien, cariño.

Karen sabía que su rostro proclamaba algo diferente. *¿Cómo podía contarle a su hija todo aquello?*

Sam la miró fijamente.

—No te creo. Mírate. Hace días que apenas sales de casa. No has ido al gimnasio ni a yoga. Estás pálida como un fantasma. No puedes ocultarnos algo que sea importante. No estarás enferma, ¿verdad?

—No, cielo. —Karen tomó la mano de su hija—. No estoy enferma. Te lo prometo.

—Entonces, ¿qué pasa?

¿Qué podía decir? ¿Que las cosas que estaban empezando a adquirir sentido la asustaban? ¿Que había visto la cara de su marido después de que, en teoría, hubiera muerto? ¿Que había descubierto pasaportes falsos y dinero? ¿Que tal vez estaba metido en algo ilegal? ¿Que dos personas que tal vez hubieran podido arrojar un poco de luz sobre todo aquel misterio habían muerto? ¿Cómo les revelas a tus hijos que su padre les había engañado a todos de una forma tan monstruosa?, se preguntó Karen. ¿Cómo arrojas tanto dolor y sufrimiento sobre alguien a quien quieres?

—¿Estás embarazada? —insistió Sam con una sonrisa tímida.

—No, cariño —sonrió Karen—, no estoy embarazada

Una lágrima asomó a su ojo.

—¿Estás triste porque voy a ir a la universidad? Porque si es eso, no iré. Podría ir a algún sitio cercano. Me quedaré contigo y Alex…

—Oh, Samantha. —Karen atrajo a su hija y la abrazó—. Jamás te haría eso. Estoy muy orgullosa de ti, cariño. De cómo has asumido la situación. Sé lo difícil que ha sido para ti. Estoy orgullosa de los dos. Tenéis que vivir vuestra vida. Lo sucedido a tu padre no cambia eso.

—Entonces, ¿qué pasa, mamá? —Sam subió una rodilla—. La otra noche vi al detective aquí. El de Greenwich. Estabais bajo la lluvia. Puedes decírmelo, por favor. Siempre has querido que sea sincera. Ahora te toca a ti.

—Lo sé —dijo Karen. Apartó el pelo de los ojos de Samantha—. Siempre te lo he pedido, y tú lo has sido, ¿verdad?

—Bastante. —Samantha se encogió de hombros—. Me he callado algunas cosas.

—Bastante. —Karen sonrió de nuevo y miró a su hija a los ojos—. Es lo único que podía pedir, ¿verdad, cariño?

Samantha sonrió a su vez.

—Sé que me toca a mí, Sam, pero no puedo decírtelo, cariño. Todavía no. Lo siento. Hay cosas que...

—Es acerca de papá, ¿verdad? He visto que examinabas sus cosas.

—Samantha, por favor, has de confiar en mí. No puedo...

—Sé que te quería, mamá. —Los ojos de Samantha brillaron—. Nos quería a todos. Sólo espero encontrar a alguien que sea capaz de quererme de la misma forma.

—Sí, cielo. —Karen la abrazó. Las lágrimas rodaron por sus mejillas mientras ambas se abrazaban mutuamente—. Lo sé, cielo, lo sé...

Entonces enmudeció a mitad de la frase. Un pensamiento inquietante se había infiltrado en su mente.

Kathy Lauer había dicho que su marido estaba citado para testificar en relación con Harbor la semana que le mataron. Saul Lennick estaría enterado. *Deja que me ocupe yo, Karen...* Nunca le había dicho nada.

De repente, Karen se preguntó si lo sabía.

¿Sabía que Charlie estaba vivo?

—Sí, cielo... —Karen siguió acariciando el pelo de su hija—. Espero que algún día sea así.

42

Saul Lennick esperaba en el puente Carlos de Praga, que dominaba el Moldava.

El puente bullía de turistas y transeúntes vespertinos. Había artistas sentados en caballetes pintando la vista. Violinistas que interpretaban a Dvorak y Smetana. La primavera había prestado un aire festivo a la ciudad. Miró las agujas góticas de San Vito y el castillo de Praga. Era una de sus vistas favoritas.

Tres hombres vestidos de ejecutivo aparecieron por la entrada de Linhart Ulice y se detuvieron bajo la torre este.

El de pelo rubio, con abrigo y sombrero de fieltro marrón, gafas de montura metálica, y rostro jovial y rubicundo, se adelantó con un maletín metálico, mientras los demás esperaban a unos pasos de distancia.

Lennick le conocía bien.

Johann-Pieter Fichte era alemán. Había trabajado en el departamento de bancas privadas del Credit Suisse y el Bundesbank. Fichte se hallaba en posesión del título de doctor en Económicas por la Universidad de Basilea. Ahora era un banquero privado que ofrecía sus servicios a los círculos financieros más selectos.

También era representante de algunas de las personas más desagradables del mundo.

El banquero era lo que se conocía en el medio como «traficante de dinero». Su habilidad peculiar consistía en transformar bienes considerables de cualquier parte del mundo en la forma que fuera: dinero, piedras preciosas (incluso drogas si se terciaba), hasta que emergían en una divisa diferente por completo como fondos de inversión absolutamente limpios. Lo hacía por mediación de una red de operadores de divisas y corporaciones fantasma, una red laberíntica de relaciones que abarcaba desde las oscuras esquinas del hampa hasta salas de juntas de todo el mundo. Entre los clientes menos visibles de Fichte se hallaban clérigos iraquíes y caudillos afganos que habían saqueado los fondos de reconstrucción norteamericanos; un ministro del Petróleo kazako; un primo del presidente, que había desviado una décima parte de las reservas de su país; oligarcas rusos, que se dedicaban principalmente a las drogas y la prostitución, e incluso cárteles de la droga colombianos.

Fichte saludó al tiempo que se abría paso entre la muchedumbre. Sus dos acompañantes (guardaespaldas, supuso Lennick) se quedaron a unos pasos de distancia.

—¡Saul! —dijo mientras abrazaba a Lennick con una amplia sonrisa y dejaba el maletín metálico a sus pies—. Siempre es un placer verte, amigo mío. Te agradezco que hayas venido hasta aquí.

—Son los riesgos del oficio —sonrió Lennick, y estrechó la mano del banquero.

—Sí, no somos más que los carísimos chicos de los recados y contables de los ricos —el banquero se encogió de hombros—, siempre a su disposición. ¿Cómo está tu encantadora esposa? ¿Y tu hija? Aún vive en Boston, ¿verdad? Una ciudad preciosa.

—Todos bien, Johann, gracias por preguntarlo. ¿Procedemos?

—Ay, los negocios —suspiró Fichte, y se volvió hacia el río—. El estilo americano… Su Excelencia el general de división Mubuto te envía recuerdos.

—Es un honor —mintió Lennick—. Devuélveselos de mi parte.

—Por supuesto. —La sonrisa del banquero alemán se ensanchó todavía más. Después bajó la voz y clavó la vista al frente, como si su mirada estuviera siguiendo las evoluciones de un ave que se había posado sobre el Moldava—. Los fondos de los que hablamos se dispondrán en forma de cuatro entregas diferentes —explicó—. La primera ya se encuentra en una cuenta del Zurich Bank, preparada para ser transferida en cuanto tú lo digas a cualquier parte del mundo. La segunda se halla en estos momentos en el BalticBank de Estonia. Adopta la forma de una fundación benéfica destinada a patrocinar cargamentos de cereales de Naciones Unidas a poblaciones necesitadas de África Oriental.

Lennick sonrió. Fichte siempre exhibía un sentido de la ironía muy cultivado.

—Supuse que te gustaría. La tercera entrega no está transformada en dinero. Armamento militar. Me han dicho que eres propietario de una parte. Debería abandonar el país antes de una semana. El general ha insistido mucho en la elección del momento.

—¿A qué vienen tantas prisas?

—En función de la concentración de fuerzas militares etíopes en la frontera sudanesa, es concebible que su excelencia y su familia se vean obligados a abandonar el país sin apenas tiempo para hacer las maletas.

Guiñó un ojo.

—Me ocuparé de que los fondos no sean improductivos demasiado tiempo —prometió Lennick con una sonrisa.

—Sería muy de agradecer. —El alemán hizo una reverencia. Después volvió a adoptar un tono formal—. Tal como acordamos, cada una de las entregas alcanzará la cantidad de doscientos cincuenta millones de euros.

Más de mil millones de dólares. Hasta Lennick tuvo que maravillarse. Pensó en las cabezas que habían caído y las miles de fortunas que habían quedado arruinadas para reunir tal cantidad.

—Creo que ya hemos repasado el acuerdo general —dijo el banquero.

—La mezcla de productos es muy diversa y transparente por completo, en caso necesario —contestó Lennick—. Una combinación de acciones ordinarias, fondos fiduciarios de bienes raíces y fondos de inversión libre, tanto norteamericanos como de otras partes del mundo. Retendremos el veinte por ciento en nuestro fondo de acciones ordinarias privado. Como sabes, hemos podido obtener el veintidós y medio por ciento de beneficios de nuestra cartera de acciones durante los últimos siete años, sin contar fluctuaciones imprevistas, por supuesto.

—Fluctuaciones... —El alemán asintió, y la cordialidad de sus ojos azules se esfumó de repente—. Imagino que estás hablando de ese fondo de inversión libre del sector de la energía que se hundió el año pasado. Espero que no sea necesario recordar el desagrado de mis clientes por dicha circunstancia, ¿verdad, Saul?

—Como ya he dicho, una fluctuación imprevista, Johann. —Lennick tragó saliva y trató de desviarse del tema—. No volverá a pasar.

La verdad era que, con la cantidad de capital disponible en el mundo actual, Lennick había aprendido a ganar dinero en todos los entornos de mercado concebibles. En tiempos de fortaleza o estancamiento económico. Con buenos o malos mercados. Incluso después de actos terroristas. El pánico posterior al 11-S no volvería a suceder. Había invertido miles de millones en todas partes del libro mayor económico, indiferente a los caprichos de quién ganaba o perdía. Las tendencias y cambios geopolíticos de la actualidad eran simples hipidos en la transferencia global de capital. Sí, siempre había irregularidades momentáneas, como Charlie, que había apostado por el precio del petróleo con tanta tozudez y había sido incapaz de cubrir sus pérdidas cuando se produjeron. Pero, aparte de eso, bastaba con fijarse en los fondos de inversión saudíes y kuwaitíes, los mayores productores de petróleo del mundo, que compensaban los riesgos comprando todos los campos de caña de azúcar del mundo, con el fin de producir etanol.

Era la mayor máquina de engordar el capital del mundo.

—Así que no te molesta, ¿eh, amigo? —preguntó de repente el banquero alemán—. Eres judío, y no obstante sabes que este dinero que obtienes va a parar a las manos de intereses hostiles a tu raza.

—Sí, soy judío. —Lennick le miró y se encogió de hombros—. Pero aprendí hace mucho tiempo que el dinero es neutral, Johann.

—Sí, el dinero es neutral —admitió Fichte—. De todos modos, no lo es la paciencia de mis clientes. —Su expresión se endureció de nuevo—. La pérdida de más de quinientos mil millones de dólares de sus fondos no le sienta bien a esa clase de gente, Saul. Me han pedido que te recordara… Tu hija tiene hijos en Boston, ¿verdad? —Miró a Lennick a los ojos—. ¿De dos y cuatro años?

La sangre se retiró del rostro de Lennick.

—Pidieron que me interesara por su salud, Saul. Espero que se encuentren bien. Una simple ocurrencia, viejo amigo, de mis patronos. No te preocupes, por favor. De todos modos… —Su sonrisa regresó, al tiempo que palmeaba con cordialidad el brazo de Lennick—. Un pequeño incentivo para mantener esas…, ¿cómo lo has expresado?, fluctuaciones al mínimo.

Una gota de sudor frío resbaló por la espalda de Lennick bajo su camisa de raya diplomática Brioni de seiscientos dólares.

—Tu hombre perdió una cantidad de dinero considerable —dijo Fichte—. No deberías sorprenderte, Saul. Sabes lo que hay en juego. Nadie está por encima de la contabilidad, amigo mío… Ni siquiera tú.

Fichte se caló el sombrero.

Lennick sintió una opresión en el pecho. Las palmas de sus manos, de repente cubiertas de sudor, oprimieron la barandilla del puente. Asintió.

—Has hablado de cuatro nuevas entregas, Johann. De doscientos cincuenta millones de euros cada una. Hasta el momento sólo has mencionado tres.

—Ah, la cuarta…

El banquero alemán sonrió y palmeó la espalda de Lennick. Desvió la vista hacia el maletín metálico que había a sus pies.

—La cuarta te la voy a dar hoy, Herr Lennick. En títulos al portador. Será un placer para mis hombres acompañarte a donde quieras ingresarlos.

43

Por la mañana, el morado de la cara de Hauck había disminuido un poco. Había hecho el equipaje y se disponía a bajar para pagar la cuenta del hotel. Ya no era necesario continuar presionando al viejo. Tenía otros medios de averiguar lo que necesitaba saber. Consultó su reloj. Su avión despegaba a las diez.

Cuando abrió la puerta para marcharse, Pappy Raymond estaba apoyado en la barandilla de fuera.

El hombre tenía la cara demacrada, los ojos inyectados en sangre y ojerosos. Daba la impresión de que había pasado la noche aovillado en un callejón. O de que había tenido una pelea callejera con un hurón. ¡Y el hurón hubiera ganado!

—¿Cómo va el ojo?

Miró a Hauck. Un tono de disculpa se insinuaba en su voz.

—Funciona. —El teniente se encogió de hombros y se masajeó el lado de la cara—. Supongo que la cerveza me había afectado un poco.

—Sí. —Pappy sonrió con timidez—. Supongo que le debo una. —Sus ojos le traicionaron mirándolo con tristeza—. ¿Vuelve a casa?

—Tengo la sensación de que eso a usted le tranquiliza.

—Mmm —resopló el hombre—. ¿Cómo se le ha ocurrido semejante cosa?

Hauck esperó. Dejó las bolsas en el suelo.

—Toda mi vida he sido un idiota —dijo por fin Pappy. Se apartó de la barandilla—. Testarudo, en el mejor de los casos. El problema es que hay que llegar a la vejez para averiguarlo. Y entonces ya es demasiado tarde.

Sacó del bolsillo del mono el resguardo de la entrada de la Orange Bowl que Hauck le había metido en la mano la noche anterior. Apretó los labios.

—Viajamos en coche todo el día para ver ese partido. Para mi hijo, era como si se tratara de la Super Bowl. Los Seminoles siempre fueron su equipo. —Se rascó la cabeza, y sus ojos se nublaron de repente—. Supongo que debería darle las gracias. Recuerdo que anoche dijo...

—Mi hija tenía cuatro años. —Hauck le miró—. La arrolló nuestro coche en nuestro propio camino de entrada. Hace cinco años. Yo fui quien lo aparcó. Pensaba que lo había dejado con el freno de mano puesto. Durante mucho tiempo, después de que el dolor se calmara por fin, he vivido amargado. Mi ex mujer todavía no me puede mirar a los ojos sin verlo todo de nuevo. Así que sé lo que siente... Eso era lo que quería explicar.

—Nunca se cura, ¿verdad?

Raymond trasladó su peso de un pie al otro.

Hauck negó con la cabeza.

—Nunca.

El hombre exhaló un suspiro.

—Vi llegar aquellos malditos petroleros tres, cuatro veces. Desde Venezuela, Filipinas, Trinidad. En dos ocasiones, yo mismo los guié. Hasta un idiota podía darse cuenta de que aquellos barcos flotaban demasiado alto. No llevaban ni una gota de petróleo. Una vez, me colé en la bodega para comprobarlo con mis propios ojos. —Sacudió la cabeza—. Limpio como el culo de un bebé. Lo que intentaban hacer no era legal...

—¿Acudió a su jefe? —preguntó Hauck.

—A mi jefe, al capitán de puerto, a los tíos de aduanas... El petróleo no era su problema, de modo que les daba igual. Imposible saber a quién habían untado. No paraba de escuchar: «Tú limítate a guiarlos y a atracarlos, abuelo. No montes líos». Pero yo continué dale que dale. Después recibí aquella llamada.

—¿Para que lo dejara?

Pappy asintió.

—«No cause problemas, señor. Nunca se sabe qué pueden acarrear.» Por fin, también me vinieron a ver.

—¿Recuerda de parte de quién?

—Un tipo me abordó a la entrada del bar, como usted. Mandíbula cuadrada, pelo oscuro, bigote. El típico hijo de puta que anuncia problemas. Habló de mi hijo. Comprendí qué me estaba diciendo. Aun así, seguí en mis trece. Llamé a un reportero al que conocía. Dijo que le consiguiera pruebas. Fue entonces cuando subí a bordo. Una semana después me enviaron esto.

Pappy rebuscó en sus pantalones, el tipo de pantalones de trabajo azul marino que llevaba cuando ejercía su profesión, y sacó su móvil. Lo examinó hasta localizar una llamada guardada. Se lo entregó al teniente.

Una foto. Hauck exhaló aire. AJ Raymond tendido en la calle.

Pappy señaló.

—¿Ve la nota que me enviaron?

¿YA HAS VISTO BASTANTE?

La ira atenazó el pecho de Hauck.

—¿Quién le envió esto?

El hombre sacudió la cabeza.

—Nunca lo llegué a saber.

—¿Lo enseñó a la policía?

Otra negativa.

—Ellos ganaron. No.

—Me gustaría enviar esta foto a mi móvil, si le parece bien.

—Adelante. Ya no quiero continuar al margen. Ahora es suya.

Hauck se envió la imagen. Notó la vibración de su teléfono.

—Era un buen chico. —Pappy miró a Hauck a los ojos—. Le gustaba el surf y pescar. Los coches. Nunca habría hecho daño ni a una mosca. No merecía morir así…

Hauck le devolvió el teléfono y se acercó a él.

—Fue esta gente la que hizo daño a su hijo, no usted. Recuérdelo. Usted sólo intentaba hacer lo que consideraba correcto.

Pappy le miró.

—¿Por qué hace esto, señor? No me ha enseñado ninguna placa. No puede ser sólo por AJ.

—Mi hija —dijo Hauck, y se encogió de hombros—. También era pelirroja.

—Así que estamos empatados —sonrió Pappy—. Más o menos. Me equivoqué al tratarle de esa forma, teniente. Estaba asustado por Pete y mi otro chaval, Walker, y por sus familias. Sacar a la luz todo esto de nuevo. Pero cácelos. Cace a esos hijos de puta que mataron a mi crío. No sé por qué lo hicieron. No sé qué estaban protegiendo. Pero, sea lo que sea, no valía la vida de mi hijo. Cácelos, ¿me ha oído? Sean quienes sean. Y cuando lo haga —le guiñó un ojo, que había adquirido un súbito brillo—, no se moleste en meterlos en la cárcel, ¿me ha entendido?

Hauck sonrió. Apretó el brazo del hombre.

—¿Cuál era el nombre?

Pappy le miró fijamente.

—¿El nombre?

—Del petrolero —explicó Hauck.

—Era griego —resopló el viejo—. Lo busqué en la enciclopedia. La diosa del infierno. Se llamaba *Perséfone*.

44

Vito Collucci podía encontrar cualquier cosa, si el problema giraba en torno al dinero. Se ganaba la vida como contable forense, e investigaba los bienes que maridos mujeriegos intentaban ocultar a sus vengativas ex esposas. Los beneficios ocultos de grandes empresas que trataban de esquivar demandas colectivas. Antes de abrir el despacho, había sido detective del cuerpo de policía de Stamford durante quince años, y de eso le conocía Hauck.

Vito Collucci era capaz de descubrir una mala semilla en un banco de esperma, le gustaba decir.

—Vito, necesito un favor —dijo Hauck por teléfono, mientras se encaminaba al aeropuerto de Pensacola para tomar su avión.

En la actualidad, Vito se hallaba al frente de una empresa de tamaño mediano. Era un frecuente «invitado experto» en la MSNBC, pero nunca había olvidado que Hauck le había derivado casos en sus inicios.

—¿Cuándo? —preguntó. Cuando Hauck llamaba, Vito sabía que deseaba información. Información difícil de obtener.

—Hoy —dijo Hauck—. Mañana, como muy tarde.

—Hoy me va bien.

Hauck aterrizó a las dos y recogió su Bronco en La Guardia. Cuando atravesó Greenwich en dirección a Stamford, con la estación a kilómetro y medio de distancia, pensó que se estaba metiendo en algo un poco más al margen de la ley de lo que le gustaba. Pensó en llamar a Karen Friedman, pero decidió esperar. Había un mensaje de texto en su teléfono.

Lugar de costumbre. De Vito. A las tres iba bien.

El lugar de costumbre era el Stamford Restaurant & Pizzeria, un antro habitual de policías carente de lujos situado en Main Street, pasado el centro de la ciudad, cerca de la frontera con Darien.

Vito ya había llegado, y estaba sentado a una de las largas mesas cubiertas con manteles a cuadros. Era bajo, de pecho abombado, gruesos antebrazos de luchador y pelo gris áspero. Tenía delante un plato de *ziti* con salsa, acompañado de un cuenco de escarola y judías *cannelllini*.

—Yo me encargo de la cuenta —dijo cuando Hauck entró—, pero estás de suerte, porque Ellis me da la lata con el rollo del colesterol.

—No me extraña —sonrió el policía mientras se sentaba. Pidió lo mismo—. Bien, ¿cómo te va?

—Bien —contestó Vito—. Ocupado.

—En la tele pareces más delgado.

—Y tú no acusas el paso del tiempo —replicó Vito—. Salvo por ese ojo a la funerala. Has de darte cuenta, Ty, de que ya no puedes pelear con jovencitos.

—Procuraré recordarlo.

Vito tenía un sobre de papel manila a su lado, encima de la mesa. Lo empujó hacia Hauck.

—Echa un vistazo. Te informaré de lo que he descubierto.

El teniente contempló el contenido.

—El barco fue fácil. Lo busqué en Jane's*. *Perséfone*, ¿verdad? —Vito ensartó unos cuantos *ziti* con el tenedor—. Superpetrolero de clase ULCC. Construido en Alemania, 1978. Muy anticuado en estos momentos. ¿En qué estás pensando, en comprar algo más marinero, Ty?

—Quedaría bien en el estrecho —asintió Hauck—. Un poco difícil de atracar, no obstante.

Examinó una página fotocopiada del manual náutico que plasmaba la imagen de un barco. Sesenta y dos mil toneladas.

—Lo han vendido un par de veces a lo largo de los años —con-

---

* Editorial y empresa de consultoría que ofrece todo tipo de información, en especial de índole militar y de seguridad, tanto a gobiernos como a particulares. *(N. del T.)*

tinuó Vito—. La última vez a una compañía naviera griega, Argos Maritime. ¿Te dice algo eso?

Hauck sacudió la cabeza.

—Ya me lo imaginaba. Fingí que era ayudante de un abogado de la compañía y que investigaba una reclamación. Durante los últimos cuatro años este montón de chatarra ha estado alquilado a una empresa de prospecciones petrolíferas de la que no he podido averiguar nada. Dolphin Oil.

Hauck se rascó la cabeza.

—¿Quién es Dolphin?

—Que me aspen si lo sé. —Vito se encogió de hombros—. Lo investigué, créeme. Ni la menor mención en D&B*. Después miré una lista de empresas de prospecciones y explotaciones petrolíferas, y tampoco apareció. Si Dolphin tiene un papel en el negocio de petróleo y gas, lo mantienen muy en secreto.

—¿Crees que es una empresa real?

—Yo pensé lo mismo —dijo Vito al tiempo que apartaba su plato—. De modo que seguí escarbando. Probé un directorio de empresas extranjeras. Ninguna referencia en Europa y Asia. Me pregunté cómo una empresa sin el menor registro en el sector podía alquilar un maldito superpetrolero. ¿Adivinas qué salió? Pasa la página, por favor.

Hauck obedeció.

Vito sonrió.

—En Tórtola, en las Islas Vírgenes británicas. ¿Qué sabes de eso? ¡Dolphin Oil, joder!

—¿En Tórtola?

Vito asintió.

—Muchas empresas se han instalado allí. Son como unas islas Caimán en miniatura. Evaden impuestos. Mantienen los fondos lejos de la vista del gobierno estadounidense. Así como de la SEC,

---

* Dun & Bradstreet Corporation, proveedor de información sobre negocios y corporaciones. (N. del T.)

si cotizan en Bolsa. Por lo que yo sé, y sólo me he dedicado a ello un par de horas, Dolphin es básicamente un *holding*. Ni ingresos ni beneficios de ningún tipo. Nada de transacciones. Una empresa fantasma. Por lo visto, los directivos son un puñado de abogados de allí. Echa un vistazo a la junta directiva: todo el mundo lleva un SRL* detrás del nombre. A mí me parece que pertenece a esta empresa inversora ubicada allí. Falcon Partners.

—Falcon… No me suena de nada.

Hauck meneó la cabeza.

—No debería sonarte, Ty. ¡Por eso está allí! Es una especie de sociedad de inversiones privada. O lo era, al menos. El fondo fue disuelto y los bienes redistribuidos entre los socios limitados a principios de este año. Tardé un rato en descubrir por qué. Esperaba encontrar una lista de los socios, pero es absolutamente privado, secreto. Fueran quienes fueran, a estas alturas el dinero ya habrá vuelto a sus orígenes.

Hauck estudió el resumen de una página sobre Falcon. Sabía que se estaba acercando.

Los propietarios de Dolphin habían estado implicados en alguna especie de encubrimiento. Habían utilizado petroleros vacíos, pero, habían declarado que iban cargados de petróleo. Pappy lo había descubierto, ellos habían intentado cerrarle la boca, pero con independencia de lo que ocultaran, el hombre no era de los que se callaban con facilidad, lo cual le acabó costando la vida de su hijo. *¿Ya has visto bastante?* Doplhin conducía a Falcon.

Estaba muy cerca, intuyó Hauck, y el vello de sus brazos se erizó.

—¿Cómo coño accedemos a Falcon, Vito?

El detective le estaba mirando.

—¿Cuál es el objetivo de todo esto, Ty?

—¿El objetivo?

Vito se encogió de hombros.

---

* Sociedad de Responsabilidad Limitada. (*N. del T.*)

—Es la primera vez desde que te conozco que me ocultas algo. Mis espías me han dicho que estás de permiso.

—Puede que tus espías te dijeran por qué.

—Algo personal, eso es todo. Un caso que te está consumiendo.

—Se llama asesinato, Vito, con independencia de para quién esté trabajando. Y si hubiera sido algo estrictamente personal —Hauck le miró con una sonrisa—, habría acudido a Match.com*, no a ti.

Vito sonrió.

—Sólo estaba advirtiendo a un viejo amigo de que se mantuviera dentro de los límites.

El investigador privado sacó una hoja de papel doblada del bolsillo de la chaqueta y la empujó hacia el otro lado de la mesa.

—Fuera quien fuera Falcon, Ty, deseaba mantenerlo en secreto. La junta directiva está compuesta de los mismos funcionarios legales que Dolphin.

Hauck examinó la página. Nada. Tan cerca, joder.

—Pero hay una cosa —añadió Vito—. He dicho que Falcon estaba compuesto por un puñado de socios comanditarios que quieren permanecer en el anonimato. Pero el socio solidario sí que consta. En el acuerdo de inversiones, claro como el agua. Es la empresa que administra los fondos.

Hauck volvió la página. Un nombre le miró. Vito lo había subrayado en amarillo.

Cuando la mirada de Hauck cayó sobre él, su corazón dio un vuelco, en oposición al salto que siempre había imaginado. Sabía adónde conducía aquello.

Harbor Capital. El socio solidario.

Harbor era la firma que pertenecía al marido de Karen Friedman.

—¿Era eso lo que andabas buscando? —preguntó Vito, cuando vio que su amigo se demoraba en la página.

—Sí, esto es lo que andaba buscando, colega —suspiró Hauck.

---

* Sitio *on line* de encuentros. (*N. del T.*)

45

El hombre rompió la superficie de la centelleante agua azul turquesa en la remota ensenada del Caribe.

No había nadie cerca. El lugar ni siquiera tenía nombre, sólo era un punto en el mapa. Los únicos sonidos eran los graznidos de las fragatas cuando se lanzaban hacia el mar en busca de una presa. El hombre contempló el perfecto semicírculo de la playa de arena blanca, las palmeras que oscilaban con la lánguida brisa de la orilla.

Podía estar en cualquier parte del mundo.

¿Por qué había elegido este lugar?

A veinte metros de distancia, su barco se balanceaba sobre el tranquilo oleaje. Recordó que, hacía lo que se le antojaba toda una vida, había dicho a su mujer que podría pasar el resto de su vida en un lugar como aquél. Un lugar sin mercados ni índices bursátiles. Sin teléfonos móviles ni televisión. Un lugar en el que nadie te buscaría.

Y en el que nadie te podría encontrar.

Cada día, aquella parte de su vida se convertía en una parte más lejana de su mente. La idea le atraía de una manera extraña.

El resto de su vida.

Alzó la cara a los cálidos rayos del sol. Ahora llevaba el pelo corto, afeitado de una manera que a sus hijos les produciría escalofríos, un tipo mayor que intentaba aparentar ser guay. Su cuerpo estaba esbelto y en forma. Ya no utilizaba gafas. Su rostro estaba cubierto de barba. Estaba bronceado.

Y tenía dinero.

Dinero suficiente para vivir hasta el fin de sus días. Si lo administraba bien. Y un nuevo nombre. Hanson. Steve Hanson. Un nombre que había comprado. Un nombre que nadie conocía.

Ni su mujer, ni sus hijos.

Ni los que querían encontrarle.

En este complicado mundo de ordenadores e historias personales, él se había limitado a desaparecer, puf. Esfumado. Una vida
finalizada, con remordimientos, pesar por el dolor causado, la confianza traicionada. De todos modos, se había visto obligado a hacerlo. Había sido necesario. Para salvarlos. Para salvarse.

Una vida finalizada... y otra recién nacida.

Cuando el momento se había presentado, no pudo rechazarlo.

Ya apenas pensaba en ello. La explosión. Acababa de salir del
primer vagón para hacer una llamada, cuando ¡pum! Una nube negra y veloz, con un núcleo de calor naranja. Como un horno. La ropa
quemada en la espalda. Arrojado contra la pared. Entre una maraña
de gente que chillaba. Humo negro por todas partes, la ola negra
que se abalanzaba sobre él. Estaba seguro de haber muerto. Recordó
haber pensado, en la confusión, mejor así. Lo solucionaba todo.

Morir, así de sencillo.

Cuando recobró el conocimiento, miró el vagón destrozado.
Todo lo que existía un momento antes había desaparecido. Pulveri-
zado. El vagón en que iba sentado. La gente que le rodeaba, que leía
el periódico, escuchaba su iPod. Evaporado. En un océano de llamas horripilante. Tosió debido al humo. *He de salir de aquí*, pensó.
Su cerebro zumbaba. Aturdido. Salió dando tumbos al andén. Un
espectáculo espantoso: sangre por todas partes, el olor a cordita y
carne chamuscada. Gente que gemía y suplicaba ayuda. *¿Qué podía
hacer él?* Tenía que salir, informar a Karen de que estaba vivo.

Entonces lo vio todo muy claro.

Ésta era la forma. Se la habían servido en bandeja.

Podía morir.

Tropezó con algo. Un cadáver. El rostro casi irreconocible. En
medio del caos, sabía que debía adquirir otra personalidad. Buscó
en los pantalones del hombre. En la oscuridad invadida de humo,
toda la estación ennegrecida. Lo encontró. Ni siquiera miró el nombre. ¿Qué más daba? Entonces se puso a correr. Más lúcido que

nunca. ¡Ésta era la forma! Correr, saltar sobre el torrente humano, no hacia la entrada, sino hacia el otro extremo de las vías. Lejos de las llamas. Pasajeros de los vagones de atrás corrían hacia allí. Las entradas exteriores. Lejos de las llamas. Lo único que debía hacer resonaba en su mente. Abel Raymond. Lanzó una última mirada al vagón en llamas.

Podía morir.

—¡Señor Hanson! —Una voz le devolvió de repente a la realidad. Charles miró hacia el barco. Su capitán de las islas Trinidad estaba inclinado sobre la proa—. Señor Hanson, deberíamos marcharnos ya si queremos llegar allí por la noche.

Allí. Donde fuera. Otro punto en el mapa. Con un banco. Un comerciante de piedras exóticas. ¿Qué más daba?

—Voy enseguida —contestó.

Contempló la idílica ensenada por última vez.

¿Por qué vine aquí? Los recuerdos le dolían. Las voces felices y los recuerdos le llenaban de pesar y vergüenza. Rezó para que ella hubiera encontrado una nueva vida, alguien nuevo que la amara. Y Sam y Alex… Ésa era la única esperanza que le quedaba. *Podríamos pasar el resto de nuestras vidas aquí,* le había dicho una vez.

El resto de nuestras vidas.

Charles Friedman nadó hacia el barco anclado, cuyo nombre estaba pintado en la popa con letras doradas. El único vínculo que se había permitido, el único recordatorio.

Emberglow.

TERCERA PARTE

46

Dos veces a la semana, los martes y los jueves, Ronald Torbor comía en su casa. Esos días, el señor Carty, el director del banco, le sustituía de una a tres.

Como subdirector del First Caribbean Bank de la isla de Nevis, Ronald vivía en una cómoda casa de piedra de tres pisos, justo enfrente de la carretera del aeropuerto, lo bastante grande como para cobijar a su familia: su esposa, Edith, sus hijos Alya, Peter y Ezra, y la madre de su mujer. En el banco, la gente acudía a él para abrir cuentas, solicitar préstamos… El cargo, a los ojos de sus conciudadanos, le confería cierta importancia. También le gustaba atender las necesidades de algunos de los clientes más acaudalados de la isla. Aunque se había criado dando patadas a una pelota de fútbol en campos de tierra, ahora a Ronald le gustaba jugar al golf los fines de semana en Saint Kitts. Y cuando el director general, quien pronto sería trasladado, volviera a casa, estaba seguro de que él tenía bastantes probabilidades de convertirse en el primer director del banco nacido en la isla.

Aquel martes, Edith le había preparado su plato favorito: pollo guisado en salsa de curry verde. Era mayo. La actividad en la oficina era escasa. En cuanto finalizaba la temporada turística, Nevis se convertía en una pequeña isla dormida. En esos días, aparte de anunciar al señor Carty que ya había vuelto, no sentía la menor necesidad de regresar con prisas a su despacho.

Ronald se sentó a la mesa y echó un vistazo al periódico: los resultados del campeonato caribeño de críquet celebrado en Jamaica. Su hijo de seis años, Ezra, había llegado del colegio. Después de comer, Edith le llevaría al médico. El niño padecía lo que llamaban síndrome de Asperger, una forma leve de autismo. Y en Nevis, pese al aluvión de dinero e inmobiliarias nuevas, la asistencia sanitaria no era muy buena.

—Después de trabajar, podrías ir a ver el partido de fútbol de Peter —dijo Edith, sentada en la silla al lado de Ezra. El niño estaba jugando con un camión en miniatura, haciendo ruido.

—Sí, Edith —suspiró Ronald, disfrutando de la tranquilidad. Se concentró en la tabla de resultados. ¡Matson, de Barbados, le mete seis a Anguilla!

—Y tráeme un poco de redondo de ternera recién hecho de la señora Williams, por favor. —Su pastelería, la mejor de la isla, estaba justo enfrente del banco—. Ya sabes cómo me gusta, con cebolla y…

—Sí, mamá —murmuró él de nuevo.

—Y no me llames mamá delante del niño como si yo fuera una especie de institutriz, Ronald.

Él alzó la vista del periódico y guiñó un ojo a Ezra.

El niño se puso a reír.

Oyeron el crujido de la grava en el exterior cuando un coche se dirigió a su casa.

—Debe de ser el señor P. —dijo Edith. Paul Williams, su primo—. Dijo que pasaría a hablar sobre un préstamo.

—Jesús, Edith —gruñó Ronald—, ¿no podías decirle que se pasara por el banco?

Pero no era el señor P. Eran dos hombres blancos, que bajaron del todoterreno y caminaron hacia la puerta principal. Uno era bajo y corpulento, con gafas de sol envolventes y un poblado bigote. El otro era más alto e iba vestido con una chaqueta deportiva liviana, una camisa de manga corta de alegres colores y gorra de béisbol.

Ronald se encogió de hombros.

—¿Quiénes son ésos?

—No lo sé.

Edith abrió la puerta.

—Buenas tardes, señora. —El hombre del bigote se quitó cortésmente el sombrero. Miró a Ronald—. ¿Le importa que hable un momento con su marido? Ya veo que está en casa.

Ronald se levantó. Nunca les había visto.

—¿Qué desean?

—Negocios bancarios —dijo el hombre al tiempo que entraba en la casa.

—El banco está cerrado. Es hora de comer. —Ronald procuró no parecer grosero—. Estaré de vuelta a las tres.

—No. —El hombre del bigote se levantó las gafas y sonrió—. Temo que el banco está abierto, señor Torbor. Aquí mismo.

Cerró la puerta.

—Considérelo horas extras.

Un estremecimiento de miedo recorrió el cuerpo de Ronald. Edith le miró a los ojos como para preguntar qué estaba pasando, y después rodeó la mesa para sentarse al lado de su hijo.

El hombre del bigote movió la cabeza en dirección a Ronald.

—Siéntese.

Ronald obedeció y aquel desconocido tomó una silla y la acercó a él mientras sonreía de una manera extraña.

—Lamentamos mucho interrumpir su comida, señor Torbor. No obstante, podrá reanudarla en cuanto nos diga lo que necesitamos saber.

—¿Lo que necesitan...?

—Exacto, señor Torbor. —El hombre introdujo la mano en la chaqueta y extrajo una hoja doblada—. Éste es el número de una cuenta privada de su banco. Debería resultarle familiar. Una cantidad de dinero considerable fue ingresada en ella por giro telegráfico hace unas semanas, desde el Barclays de Tórtola.

Ronald contempló el número. Sus ojos se abrieron de par en par. Los números eran de su banco, el First Caribbean. El hombre más alto se había sentado al lado de Ezra. Le guiñaba el ojo y hacía muecas, cosa que hacía reír al niño. Ronald lanzó una mirada temerosa a Edith. *¿Qué coño están haciendo aquí?*

—Esta cuenta ya no está activa, señor Torbor —explicó el hombre del bigote—. Los fondos ya no se encuentran en su banco. Pero lo que queremos saber, y usted nos va a ayudar a averiguarlo, señor Torbor, si espera reanudar su comida y su placentera vida, es precisamente adónde fueron enviados los fondos por giro telegráfico una vez salieron de aquí. Y también bajo qué nombre.

El sudor estaba empezando a empapar la camisa blanca recién planchada de Ronald.

—Usted debe saber que no puedo proporcionar ese tipo de información. Es confidencial. Las normas del banco…

—Confidencial.

El hombre del bigote asintió y miró a su compañero.

—Normas —suspiró el hombre de la camiseta de manga corta—. Siempre un engorro. Menos mal que lo anticipamos.

Con un repentino movimiento levantó a Ezra de su silla. El niño, sorprendido, se puso a llorar. El hombre lo colocó sobre su regazo. Edith intentó detenerle, pero él le propinó un codazo y la tiró al suelo.

—¡Ezra! —gritó la mujer.

El niño continuó llorando. Ronald se puso en pie de un salto.

—¡Siéntese!

El hombre del bigote le agarró del brazo. También extrajo algo de la chaqueta y lo dejó sobre la mesa. Algo negro y metálico. Ronald sintió que su corazón se paralizaba al verlo.

—Siéntese.

Ronald, frenético, se sentó en la silla. Miró impotente a Edith.

—Lo que ustedes quieran. No hagan daño a Ezra, por favor.

—No hay motivos para ello, señor Torbor. —El hombre del bigote sonrió—. Pero es absurdo andarse por las ramas. Lo que va a hacer ahora es llamar a su oficina, y quiero que su secretaria o quien cojones se ponga examine esa cuenta. Invente la justificación o excusa que se le ocurra primero. Sabemos que no guardan en su pequeño y dormido banco esa cantidad de dinero muy a menudo. Quiero saber adónde fue, a qué país, a qué banco y bajo qué nombre. ¿Me ha entendido?

Ronald guardó silencio.

—Tu padre ha entendido lo que he dicho, ¿verdad, chaval? —Acarició la oreja de Ezra—. Porque en caso contrario —sus ojos adquirieron un brillo amenazador—, prometo que vuestras vidas no serán felices, y recordaréis este pequeño momento con angustia y remordimientos durante el resto de vuestros días. Me he expresado con claridad, ¿verdad, señor Torbor?

—Hazlo, Ronald, por favor, hazlo —suplicó Edith mientras se levantaba del suelo.

—No puedo. No puedo —dijo Ronald tembloroso—. Existen procedimientos para ese tipo de cosas. Incluso si accediera, hay normas bancarias internacionales... Leyes...

—Y dale con las normas.

El hombre del bigote sacudió la cabeza y suspiró.

El otro más alto que sujetaba a Ezra sacó algo del bolsillo de la chaqueta.

Los ojos de Ronald se abrieron de par en par.

Era una lata de líquido para encendedores.

Ronald saltó de la silla para detenerle, pero el hombre del bigote le golpeó en un lado de la cabeza con la pistola, y cayó de bruces al suelo.

—¡Oh, Santo Dios, no! —chilló Edith, mientras intentaba apoderarse de su hijo. El hombre la alejó de un codazo.

Después, sonriente, el que sujetaba a Ezra agarró al niño del cuello de la camisa y empezó a mojarlo con el líquido.

Ronald se lanzó contra él de nuevo, pero el del bigote había amartillado la pistola y la apuntó a su frente.

—Debo pedirle que continúe sentado.

Ezra estaba berreando.

—Aquí tiene su móvil, señor Torbor. Haga la llamada y nos iremos. Ya.

—No puedo. —Ronald extendió sus manos temblorosas—. Por Dios bendito, no puedo...

—Ya sé que está un poco tarado, señor Torbor. —El hombre sacudió la cabeza—. Pero el niño es inocente. Es una pena hacerle daño por nada. Por un montón de normas estúpidas... En cualquier caso, sería muy feo que su mujer lo presenciara, ¿verdad?

—¡Ronald!

El hombre que sujetaba a Ezra sacó un mechero de plástico. Lo encendió y produjo una llama potente. La acercó a la camisa empapada del niño.

—¡No! —chilló Edith—. ¡Ronald, por favor, no dejes que lo hagan! Por el amor de Dios, haz lo que te piden. Ronald, por favor…

Ezra estaba chillando. El hombre que le sujetaba acercó más la llama y el del bigote empujó el teléfono hacia Ronald y le miró fijamente.

—*Exactamente*, señor Torbor. A la mierda las normas. Es hora de hacer esa llamada.

47

Karen corrió para dejar a Alex delante del Centro Juvenil de Arch Street aquel martes por la tarde, donde se recaudarían fondos para el albergue de niños maltratados y abandonados de la ciudad.

Se sintió entusiasmada cuando Hauck la había llamado. Acordaron encontrarse en el bar L'Escale, que dominaba el puerto de Greenwich, muy cercano. Estaba ansiosa por contarle lo que había descubierto.

Él estaba sentado a una mesa cercana a la barra y la saludó con la mano cuando entró.

—Hola.

Ella le devolvió el saludo y dobló la chaqueta de cuero sobre el respaldo de la silla.

Se quejó un poco del tráfico enloquecido de la ciudad en aquel momento del día.

—Intenta encontrar aparcamiento en la avenida. —Puso los ojos en blanco—. ¡Has de ser policía!

—A mí me parece justo.

Hauck se encogió de hombros y reprimió una sonrisa.

—¡Olvidé con quién estaba hablando! —rió Karen—. ¿No puedes hacer nada al respecto?

—Estoy de permiso, ¿recuerdas? Cuando vuelva, prometo que eso será lo primero.

—¡Estupendo! —asintió enérgicamente, fingiendo estar complacida—. No me decepciones. Confío en ti.

La camarera se acercó y Karen tardó un segundo en pedir un *pinot grigio*. Hauck ya estaba tomando una cerveza. Ella se había maquillado un poco y llevaba un bonito jersey beis y unas mallas muy ceñidas. Quería estar guapa. Cuando llegó el vino, Hauck brindó con ella.

—Deberíamos pensar en algo —dijo Karen.

—Por tiempos menos complicados —propuso él.

—Amén —sonrió ella. Entrechocaron las copas.

Al principio fue un poco violento, y se limitaron a charlar. Ella le habló de que Alex era miembro de la junta del centro de acogida infantil. Hauck comentó impresionado que se trataba de «algo muy admirable».

Karen sonrió.

—Exigencias de los servicios comunitarios, teniente. Todos los chicos han de hacerlo. Es un rito de primavera que acompaña a la solicitud de ingreso en la universidad.

Le preguntó a qué colegio iba su hija.

—Brooklyn. —La versión abreviada, que dejaba fuera a Norah y Beth—. Se está haciendo mayor muy deprisa —dijo—. Seré yo el que muy pronto se apunte a los servicios comunitarios.

Los ojos de Karen se iluminaron.

—¡Espera a la reválida!

Hauck se relajó poco a poco, la tensión entre ellos se suavizó algo, y de repente se sintió vivo en el cálido resplandor de sus brillantes ojos color avellana, la mancha de pecas que cubría sus mejillas, el rastro de su acento, el grosor de sus labios, el color miel de su pelo. Decidió callar lo que había averiguado sobre la relación de Dolphin y Charles y sobre Thomas Mardy, que había estado presente en el atropello de AJ aquel día, hasta que no tuviera más información. Contarle todo eso ahora sólo serviría para que sufriera más, y él se arrepentiría luego de haberlo hecho. De todos modos, cuando miraba a Karen Friedman, se sentía transportado a aquella parte de su vida que no había resultado herida por la tragedia. Imaginó, por la espontaneidad de su risa, la segunda copa de vino, las carcajadas que lanzaba cuando él hacía alguna observación ingeniosa, que ella sentía lo mismo.

Durante una pausa, Karen dejó sobre la mesa su copa de vino.

—¿Dices que has averiguado algo?

Él asintió.

—¿Te acuerdas de aquel atropello que tuvo lugar el día del atentado?

—Claro que me acuerdo.

Hauck bajó su cerveza.

—Descubrí por qué murió aquel chico.

Los ojos de Karen se abrieron de par en par.

—¿Por qué?

Lo había meditado con detenimiento antes de que ella llegara, y se oyó repetir que una empresa estaba llevando a cabo un fraude, una empresa petrolífera, y que el padre del chico, un práctico de puerto, había descubierto el marrón.

—Fue una advertencia, aunque no te lo creas. —Hauck se encogió de hombros—. Para que se echara atrás.

—¿Fue un asesinato? —preguntó Karen estremecida.

Hauck asintió.

—Sí.

Ella se quedó estupefacta.

—Eso es terrible. Tú nunca pensaste que había sido un accidente. Dios mío…

—Y funcionó.

—¿Qué quieres decir?

—El viejo se echó atrás. Calló. Si no llego a ir a verle, nunca habría salido a la luz.

Karen palideció.

—Dijiste que ibas allí por mí. ¿Qué relación tiene el caso de ese chico con Charlie?

¿Cómo podía decírselo? Lo de Charles, lo de Dolphin, lo de los barcos vacíos. Lo de que Charles había estado en Greenwich aquel día. ¿Cómo podía hacerle más daño, más todavía del que había padecido, hasta saberlo con certeza?

Y como estaba con ella, supo el motivo.

—La empresa responsable estaba relacionada con Harbor.

El color abandonó la cara de Karen.

—¿Con Charlie?

Hauck asintió.

—Dolphin Petroleum. ¿Te suena el nombre?

Ella negó con la cabeza.

—Puede que formara parte de un grupo de inversiones propiedad de Charlie.

Karen vaciló.

—¿A qué te refieres con inversiones?

—En el extranjero.

Ella se llevó una mano a la boca y le miró. Era como un eco de lo que había dicho Saul.

—¿Crees que Charlie estuvo implicado en ese atropello?

—No quiero sacar conclusiones precipitadas, Karen.

—No me protejas, Ty, por favor. ¿Crees que estuvo implicado?

—No lo sé. —Hauck exhaló aire. Calló el hecho de que Charles había estado en Greenwich aquel día—. Hay que seguir todavía un montón de pistas.

—¿Pistas? —Karen se reclinó en su asiento. Había una mirada extraña y confusa en sus ojos. Apretó las palmas de las manos delante de sus labios y asintió—. Yo también he descubierto algo, Ty.

—¿Qué?

—No lo sé, pero estoy algo asustada..., como tú.

Explicó que había estado investigando las cosas de Charlie, como él le había pedido, sus antiguos archivos. Había hablado con su secretaria y la agente de viajes, pero sin encontrar nada.

Hasta que se topó con un nombre.

—El tipo me había llamado un par de veces, justo después de que Charles muriera. Alguien que trabajaba para él. —Explicó que Jonathan Lauer había intentado ponerse en contacto con ella y le habló de los mensajes crípticos que había dejado—. «Hay cosas que debería saber.» En aquel momento no podía asumirlo. Era demasiado. Se lo conté a Saul. Dijo que se trataba de cosas personales y que él se ocuparía de ello.

Hauck asintió.

—De acuerdo...

—Pero después pensé en ello a la luz de todo lo sucedido, y empezó a obsesionarme. Así que fui a verle mientras tú estabas fuera. A Nueva Jersey. No sabía dónde trabajaba ahora, y sólo contaba con su dirección de cuando trabajaba para Charles, con un número privado. Me arriesgué. Su mujer me abrió la puerta. —Los ojos de Karen se pusieron vidriosos—. Me dijo algo horrible.

—¿Qué?

—Ha muerto. Le mataron. En un accidente de bicicleta, hace unos meses. Lo más aterrador es que estaba citado para declarar sobre un asunto relacionado con Harbor a finales de aquella semana.

—¿Qué tipo de asunto?

—No lo sé. Pero no fue sólo eso. Fue la forma en que murió. Igual que ese tal Raymond, el que llevaba el nombre de Charlie encima.

Hauck bajó la jarra, y sus antenas especiales empezaron a zumbar.

—Un coche le arrolló —dijo Karen—. Igual que al chico. Se dio a la fuga.

Un grupo de oficinistas sentados a su lado se pusieron a hablar en voz más alta. Karen se inclinó hacia adelante, con las rodillas apretadas y la cara un poco demacrada.

—Hiciste bien —dijo Hauck, para demostrar que estaba satisfecho—. Muy bien.

Sus mejillas recobraron algo de color.

—¿Tienes hambre? —preguntó él para tentar su suerte.

Karen se encogió de hombros y consultó su reloj.

—Un vecino acompañará a casa a Alex. Supongo que tengo un poco de tiempo.

48

Camino de casa, Hauck telefoneó a Freddy Muñoz.

—¡Teniente! —exclamó sorprendido el detective—. Hace mucho tiempo que no sé nada de ti. ¿Cómo van las vacaciones?

—No estoy de vacaciones, Freddy. Escucha, necesito que me hagas un favor. Necesito que me consigas la copia del expediente de un caso sin resolver en Nueva Jersey. Upper Montclair. El apellido de la víctima es Lauer. L-A-U-E-R, como Matt*. Jonathan de nombre. Puede que se esté llevando a cabo una investigación paralela por parte de la policía estatal de Jersey.

Muñoz estaba tomando nota.

—Lauer. ¿Qué motivo esgrimo, teniente?

—Pauta similar a la de un caso que estamos investigando aquí.

—¿Y qué caso es ése, teniente?

—Un atropello en que el culpable se dio a la fuga.

Muñoz hizo una pausa. De fondo se oían gritos de niños, tal vez un partido de los Yankees en la tele.

—Jesús, Ty, esto se está convirtiendo en un modus operandi para ti, ¿verdad?

—Que alguien lo deje en mi casa mañana. Si estuviera en activo, lo haría yo mismo. Por cierto, Freddy... —Hauck oyó los vítores de Will, el hijo del detective—. Que quede entre nosotros, ¿vale?

—Sí, teniente. Claro.

Nuevas pistas, estaba pensando Hauck.

Una pasaba sin la menor duda por el fideicomisario de Charlie Friedman, Lennick. Karen confiaba en él. Casi como un miembro

---

* Presentador de la NBC. *(N. del T.)*

de la familia. Tendría que saber lo de Lauer. ¿También sabía lo de Falcon y Dolphin?

¿Habló alguna vez Charlie de que estaba gestionando cuentas en el extranjero?

La otra pasaba por Nueva Jersey, este segundo atropello. Hauck nunca había depositado excesiva fe en las coincidencias.

Mientras conducía, sus pensamientos derivaron hacia Karen. Había encontrado ya diez buenos y sólidos motivos para tirar la toalla en este momento, antes de que su relación fuera a más.

Empezando con el hecho de que su marido estaba vivo y Hauck había jurado encontrarle. Y además no quería causarle a Karen más pesares innecesarios.

Por otra parte, ella era rica. Estaba acostumbrada a otras cosas. Jugaba en una liga diferente por completo.

Jesús, Ty, digamos que tu juego no es el mejor.

De todos modos, no podía negar el hecho de que sentía algo por ella. La electricidad cuando sus manos se rozaron una o dos veces durante la cena. La misma sensación que corría ahora por sus venas.

Se desvió hacia Stamford por la salida 95. Pensó en el motivo de que no pudiera contarle todo lo que sabía, por qué le estaba ocultando parte de la verdad: que Charles había regresado a Greenwich después del atentado, que estaba implicado en el asesinato de aquel chico. Y quizá también en el de Jonathan Lauer.

Por qué no quería que la policía interviniera. Que otra gente interviniera.

Porque Hauck se había dado cuenta de que, durante los últimos cuatro años, había estado solo, desarraigado. Y de que ahora se sentía conectado con Karen Friedman.

49

Alguien llamó a la puerta a la tarde siguiente, y Hauck fue a abrirla.

Era Freddy Muñoz.

Entregó a Hauk uno de esos sobres grandes y gruesos de papel manila.

—Espero no molestarte. Se me ocurrió traértelo en persona. ¿Te parece bien, teniente?

Hauck acababa de llegar de correr. Estaba sudando. Llevaba una camiseta gris del Colby College y pantalones cortos de gimnasia. Había pasado casi toda la mañana trabajando en el ordenador.

—Perfecto, gracias.

—Es bonita la casa. —El detective cabeceó para expresar su aprobación—. Le hace falta un toque femenino, ¿no crees? Tal vez ordenar un poco la cocina.

Hauck echó un vistazo a los platos apilados en el fregadero, los contenedores de comida para llevar abiertos sobre la encimera.

—¿Te presentas voluntario?

—No puedo. —Muñoz chasqueó los dedos y fingió decepción—. Esta noche trabajo, teniente. Pero me quedaré un momento mientras tú miras eso, si te parece bien.

Hauck abrió el sobre y deslizó el contenido sobre la mesita auxiliar, mientras Muñoz se sentaba en una mullida butaca de la sala de estar.

Lo primero que encontró fue el informe del incidente. El informe del accidente redactado por el agente de mayor rango que estuvo en el lugar de los hechos. Del departamento de policía del condado de Essex. Detalles sobre el fallecido. Su apellido, Lauer. Dirección: Mountain View, 3135. Descripción: varón blanco, de unos treinta años, vestido con uniforme amarillo de ciclista, graves traumatismos corporales y hemorragia. El testigo ocular describió un todoterreno rojo, marca indeterminada, que huía a toda velocidad. Matrícula de Nueva Jersey, número indeterminado. Hora: 10.07. Informe del testigo ocular adjunto.

Todo tenía un aire familiar.

Hauck echó un vistazo a las fotos. Fotocopias. La víctima. Con su maillot de ciclista. Recibió un golpe en la cabeza. Graves traumatismos en la cabeza y el torso. Una foto de la bicicleta, aplastada. Un par de vistas en cada dirección. Colina arriba, colina abajo. El vehículo iba de bajada.

Marcas de neumáticos sólo después del punto de impacto.

Como con AJ Raymond.

A continuación, Hauck examinó el informe médico. Graves traumatismos, pelvis aplastada y vértebras fracturadas, traumatismo craneal. Hemorragia interna masiva. La muerte se produjo al recibir el impacto, suponía el médico forense.

Hauck echó un vistazo a los informes de los detectives. Habían tomado las mismas medidas que Hauck en Connecticut. Interrogaron a gente de la zona, avisaron a la policía estatal, investigaron los talleres de reparaciones, intentaron deducir la marca de los neumáticos a partir de las señales dejadas en la carretera. Entrevistaron a la esposa de la víctima, a su patrón. «No se ha descubierto móvil», en el caso de que no hubiera sido un accidente.

Sin sospechosos todavía.

Muñoz se había puesto en pie para acercarse al lienzo en el que Hauck estaba trabajando junto a la ventana. Lo alzó del caballete.

—¡Esto es muy bueno, teniente!

—Gracias, Freddy.

—Hasta es posible que te vea en el Bruce Museum. Y no tengo la intención de hacer cola para entrar.

—Puedes llevarte el que más te guste —murmuró Hauck mientras pasaba las páginas—. Un día valdrán millones.

Era frustrante, como su caso. La gente de Jersey no había podido encontrar ninguna pista sólida.

Se trataba de una coincidencia, una coincidencia a la que Hauck no concedía crédito, y que no conducía a ninguna parte.

—¿Te parece razonable, Freddy? —preguntó—. Dos 509 diferentes. En dos estados diferentes. Y los dos relacionados con Charles Friedman.

—No te rindas, teniente —dijo Muñoz al tiempo que se sentaba sobre el brazo de la pesada butaca.

Sólo quedaba el detalle de las declaraciones de los testigos. Declaración. Sólo había una.

Cuando Hauck la abrió, se quedó petrificado y boquiabierto, con los ojos atraídos como imanes hacia el nombre escrito en la primera página de la declaración.

—¿Ves lo que yo veo?

Freddy Muñoz se incorporó para mirar.

—Sí.

Hauck asintió y respiró hondo.

El único testigo ocular del asesinato de Jonathan Lauer había sido un policía jubilado de Nueva Jersey.

Se llamaba Phil Dietz.

El mismo testigo ocular del atropello mortal de AJ Raymond.

50

Había metido la pata. Hauck leyó el testimonio una, dos, tres veces. *¡Había metido la pata hasta el fondo!*

Al instante, recordó que Pappy Raymond había descrito al tipo que le había esperado delante del bar para presionarle. Robusto, con bigote. En el mismo momento, Hauck supo quién había tomado aquellas fotos del cadáver de AJ Raymond en la calle. Dietz.

Su corazón se detuvo.

Pensó en su propio caso. Dietz había dicho que se dedicaba al negocio de la seguridad. Dijo que había corrido al lugar de los hechos después del accidente. Que no había visto bien el coche, un todoterreno blanco, con matrícula de otro estado, cuando se alejó a toda velocidad.

No lo había visto bien, y una mierda.

Había estado plantado allí.

Por eso nunca habían podido localizar ningún todoterreno blanco con matrícula de Massachusetts o Nueva Hampshire. Por eso la policía de Nueva Jersey tampoco podía localizar un vehículo similar.

¡No existían! Todo había sido un montaje.

Existía una probabilidad entre mil de que alguien pudiera relacionar los dos incidentes, si Karen no hubiera visto la cara de su marido en aquel documental.

Hauck sonrió. Dietz estaba en los dos sitios. Dos estados diferentes, separados por más de un año.

Lo cual significaba, por supuesto, que Charles Friedman también estaba relacionado.

Miró a Freddy Muñoz con la sensación de que por fin iba bien encaminado.

—¿Alguien más está enterado de esto, Freddy?

—Dijiste que debía quedar entre nosotros, teniente. —El detective se encogió de hombros—. Yo he cumplido mi parte.

—Que siga así.

Muñoz asintió.

—Quiero examinar de nuevo el expediente de Raymond. Tráeme una copia.

—Sí, señor.

Hauck contempló la imagen de la cara sociable y bigotuda (un ex policía) metamorfoseada ahora en el semblante calculador de un asesino profesional.

Los dos casos no se habían fundido, se habían estrellado el uno contra el otro. De cabeza. Y esta vez más gente se daría cuenta. La sangre le hervía en las venas.

Has metido la pata, Dietz. Hasta el fondo.

Lo primero que hizo Hauck fue enviar una foto de Dietz a Pappy, quien al día siguiente confirmó que se trataba del mismo hombre que había estado en Pensacola. Eso sólo ya era suficiente para detener a Dietz en aquel mismo momento por conspiración para asesinar a AJ Raymond, y tal vez también a Jonathan Lauer.

Pero ello no facilitaría el camino hacia Charles Friedman.

La coincidencia no demostraba nada. Con un buen abogado, podría argumentar que haber estado presente en ambos atropellos no era más que una coincidencia. Había dado su palabra a Karen de que descubriría el paradero de su marido. Charles había estado en Greenwich. Lauer trabajaba para él. Ambos conducían a Dolphin. Dietz también estaba en el ajo. A Hauck no le hacía la menor gracia el sesgo que estaba tomando la situación. Relacionar a Charles con Dietz sería un buen principio. En este momento tenía miedo de cómo podía acabar el asunto si empezaba a desenterrar mierda.

Tendrías que decírselo a Fitzpatrick, le dijo una voz. Conseguir una orden de detención. Dejar que los federales se hicieran cargo del asunto. Había hecho un juramento. Lo había cumplido durante toda su vida. Karen había destapado una conspiración.

Pero algo le retenía.

¿Y si Charles era inocente? ¿Y si no podía relacionarlo con Dietz? ¿Y si perjudicaba a Karen, y a toda su familia, cuando había jurado ayudarla, si pensaba antes en él que en ella? Traer a Charles de vuelta. Presionar a Dietz. Poner la maquinaria en marcha.

¿O era por ella? Lo que sentía por Karen le estaba impidiendo hacer bien su trabajo. Quería protegerla un poco más hasta poder confirmar sus sospechas, y ello le revolvía la sangre y le mantenía despierto por las noches, desgarrándolo. Como policía, sabía que sus sentimientos le estaban apartando del camino recto.

La llamó aquel día, algo más tarde, mientras contemplaba el expediente de Dietz.

—Voy a pasar el día en Nueva Jersey. Puede que hayamos descubierto algo.

—¿El qué?

Karen parecía entusiasmada.

—He estado estudiando el expediente del atropello de Jonathan Lauer. El único testigo ocular, un hombre llamado Dietz, también fue uno de los dos testigos oculares de la muerte de AJ Raymond.

Ella lanzó una exclamación ahogada. En la pausa que siguió, Hauck supo que estaba deduciendo el significado de aquella circunstancia.

—Estaban preparados de antemano, Karen. Ese tipo, Dietz, estuvo presente en ambos accidentes. Sólo que no fueron accidentes. Fueron homicidios. Para encubrir algo. Hiciste bien. Nadie habría descubierto esto si no hubieras ido a ver a Lauer.

Ella no contestó. Sólo hubo silencio. Mientras intentaba decidir el significado de todo aquello. En relación con Charles. Por sus hijos. Por ella.

—¿Qué debo pensar, Ty?

—Escucha, Karen, antes de llegar a…

—Escucha, lo siento —dijo ella—. Siento lo de esas personas. Es terrible. Sé que sospechaste esto desde el principio, pero no puedo evitar pensar que algo está pasando, y está empezando a asustarme, Ty. ¿Qué tiene que ver todo esto con Charles?

—No lo sé. Es lo que pienso averiguar.

—¿Averiguar, cómo? ¿Qué vas a hacer?

Le había ocultado muchas cosas. Que Charles estaba relacionado con Falcon. Con Pappy Raymond. Que estaba seguro de que estaba implicado en la muerte de AJ Raymond, y tal vez también en la de Jonathan Lauer. Pero ¿cómo se lo podía decir?

—Iré a casa de Dietz —dijo—. Mañana.

—¿Para qué?

—Para ver qué coño puedo descubrir. Para decidir cuál será nuestro siguiente paso.

—¿Nuestro siguiente paso? Tú ocúpate de detenerle, Ty. Sabes que tendió una trampa a esos pobres chicos. ¡Es el responsable de sus muertes!

—¡Querías averiguar la relación de tu marido con todo esto, Karen! Por eso acudiste a mí. Querías saber qué había hecho.

—Ese hombre es un asesino. Dos personas han muerto.

—¡Sé que han muerto dos personas, Karen! No me lo tienes que recordar.

—¿Qué tratas de decirme, Ty?

Un silencio gélido se hizo entre ellos durante un segundo. De pronto, Hauck supo que, al admitir que no iba a detener a Dietz, estaba revelando todo cuanto anidaba en su corazón: los sentimientos que experimentaba por ella, las trenzas de pelo rojo que le habían empujado hasta aquí, el eco de un dolor lejano.

Por fin, Karen tragó saliva.

—No me vas a contar nada, ¿verdad? Charles está relacionado con todo esto, ¿no? Más de lo que me dices.

—Sí.

—Mi marido… —Karen lanzó una risita triste—. Siempre iba a contracorriente. Decía que era un inconformista. Un adjetivo curioso para alguien que se cree más listo que los demás. Será mejor que vayas con cuidado, Ty, hagas lo que hagas.

—Soy policía, Karen —dijo Hauck—. Esto es lo que hacen los policías.

—No, los policías detienen a la gente que está implicada en delitos. No sé qué vas a hacer mañana, pero lo que sí sé es que está relacionado conmigo. Y me está asustando, Ty. Procura hacer lo correcto, ¿de acuerdo?

Hauck abrió el expediente y contempló la cara de Dietz.

—De acuerdo.

51

Algo extraño invadió los pensamientos de Karen aquella noche, después de hablar con Ty.

Acerca de lo que había descubierto.

Al principio, le elevó el ánimo. La relación entre los accidentes. Su contribución.

Después no supo qué sentía. Inquietud por el hecho de que dos personas vinculadas con su marido hubieran sido asesinadas para encubrir algo, y la sospecha de que Ty no le estaba diciendo toda la verdad, no le estaba diciendo que Charlie estaba implicado.

Jonathan Lauer trabajaba para él. El tipo que fue atropellado en Greenwich el día de su desaparición llevaba el nombre de Charlie en el bolsillo. La caja de seguridad con todo aquel dinero y el pasaporte. El petrolero relacionado con la empresa de Charlie. Dolphin Oil...

No sabía adónde conducía todo aquello.

Sólo sabía que el hombre con quien había estado casada dieciocho años estaba implicado en algo que le había ocultado, y que Ty no le contaba todo lo que había averiguado.

Además, estaba el hecho de que casi todos aquellos dieciocho años de vida, todos aquellos mitos en los que había creído, eran una mentira.

Pero había algo más agazapado en su interior. Algo más, aparte del temor de que su familia corriera peligro y de la pena por las dos personas que habían muerto. Muertes, estaba empezando a creer Karen, inextricablemente relacionadas con Charlie.

Se dio cuenta de que estaba preocupada por él, por Hauck. Por lo que estaba a punto de hacer.

Hasta ahora no se había dado cuenta de que había llegado a depender de él, ni había sido consciente del significado de su mirada aquel día en el partido de fútbol, ni del brillo de sus ojos al verla esperando en la estación, ni del hecho de que hubiera cargado sobre sus hombros con sus problemas. Hauck se sentía atraído hacia ella.

Y de la forma más sutil e inadvertida, Karen estaba sintiendo lo mismo.

Pero había más.

Estaba convencida de que Hauck iba a hacer algo temerario, iba a saltarse las normas y a ponerse en peligro. Dietz era un asesino. Que callaba algo…, algo relacionado con Charlie.

Y lo haría por ella.

Después de su llamada, se quedó en la cocina calentando una pizza congelada de pan francés en el microondas para Alex, quien parecía alimentarse exclusivamente de esas cosas.

Cuando terminó, Karen le llamó para que bajara y se sentó con él ante la encimera, le escuchó perorar sobre su jornada en el instituto, que había sacado un notable en una presentación sobre historia de Europa, que valía por la mitad de su examen final, y que le habían nombrado copresidente del centro de acogida para niños. Se sentía muy orgullosa de él. Se habían citado para ver juntos aquella noche *Friday Night Lights* en el salón.

Pero cuando Alex volvió a subir, Karen se quedó delante de la encimera, algo alterada.

De una manera extraña e inexplicable, algo había nacido entre Hauck y ella.

Algo que no podía negar.

De modo que después del programa y de que Alex le diera las buenas noches antes de retirarse, Karen entró en el estudio y descolgó el teléfono. Notó un nudo en el estómago, como si fuera una colegiala, pero no le importó. Marcó su número con las palmas sudorosas. Él contestó al segundo timbrazo.

—¿Teniente? —dijo. Esperó sus protestas.

—¿Sí?

No hubo ninguna.

—Ve con cuidado —repitió.

Él intentó zafarse con una broma acerca de que había hecho aquello un millón de veces, pero Karen le interrumpió.

—No —suplicó—. No. No me hagas sentir así otra vez. Ve con cuidado, Ty, por favor. Es lo único que te pido. ¿Me has oído?

Se hizo el silencio durante un segundo.

—Sí, te he oído —contestó él por fin.

—Bien —dijo ella en voz queda, y colgó.

Karen estuvo sentada en el sofá mucho rato, con las rodillas apoyadas contra el pecho. Un presentimiento intentaba abrirse paso, como aquel día en Tórtola, mientras las hélices del pequeño avión zumbaban, Charlie la saludaba con la mano desde la terraza y el sol se reflejaba en sus gafas de aviador: una repentina sensación de pérdida. Un temblor de miedo.

—Ve con cuidado, Ty —susurró de nuevo a nadie, y cerró los ojos, aterrada. *No podría soportar perderte a ti también.*

52

La interestatal apenas a un kilómetro y medio de la casa de Hauck en Stamford desembocaba en la autopista de peaje de Nueva Jersey, al sur del puente George Washington.

La tomó, dejó atrás los pantanos de las Meadowlands, los inmensos enrejados eléctricos y los parques de almacenes del norte de Nueva Jersey, el aeropuerto de Newark, y al cabo de más de dos horas llegó a la parte sur del estado, al norte del desvío de Filadelfia.

Se dirigió al condado de Burlington por la salida 5, y se encontró en carreteras secundarias que atravesaban el sur del estado, Columbus, Mount Holly, ciudades dormidas comunicadas por la campiña, tierra de caballos, a un universo de distancia de la congestión industrial del norte.

Dietz había sido policía en la ciudad de Freehold. Hauck lo comprobó antes de irse. Había servido durante dieciséis años.

Dieciséis años interrumpidos en seco por un par de denuncias por acoso sexual y dos reprimendas por abuso de autoridad, así como por otra que no prosperó, en la cual estaba implicada una testigo menor de edad en un caso de metamfetamina, en el que Dietz había aplicado excesiva presión a la testigo, lo cual sonaba más a violación de una menor.

Hauck ignoraba todo esto. ¿Qué motivos existían para investigar?

Desde entonces Dietz era autónomo en una especie de empresa de seguridad, Dark Star. Hauck la había investigado. Costaba averiguar a qué se dedicaba. Guardaespaldas. Seguridad. No consistía exactamente en instalar sistemas de seguridad exclusivos, o lo que hubiera dicho que hacía en la zona cuando asesinaron a AJ Raymond.

Dietz era un mal bicho.

Mientras conducía por carreteras secundarias, la mente de Hauck divagaba. Había sido policía durante casi quince años. En resumen, era casi todo lo que sabía hacer. Había ascendido con rapidez a través de la burocracia que era el NYPD. Le habían nombrado detective. Le habían asignado a unidades especiales. Ahora dirigía su propio departamento en Greenwich. Siempre había respetado la ley.

¿Qué haría cuando llegara? Ni siquiera tenía un plan.

En las afueras de Medford, Hauck localizó la carretera rural 620.

Discurría entre campos ondulados y vallas blancas. Algunos letreros de establos y caballerizas. Merryvale Farms, hogar de Barrister, «récord mundial, a medio kilómetro». Cerca de Taunton Lake, Hauck consultó el GPS. La dirección de Dietz era Muncey Road, 733. Unos cinco kilómetros al sur de la ciudad. En el culo del mundo. Hauck la localizó, bordeando un campo vallado y un parque de bomberos. Bajó por la carretera. Su corazón se aceleró.

¿Qué estás haciendo aquí, Ty?

Muncey era una carretera asfaltada llena de baches que necesitaba ser pavimentada de nuevo con urgencia. Había algunas casas cerca del desvío, pequeñas granjas con camionetas o alguna furgoneta para transportar caballos, y patios invadidos de malas hierbas. Hauck descubrió un número en un buzón: 340. Aún le quedaba un trecho.

En un momento dado, la carretera de asfalto dio paso a otra de tierra. Hauck avanzó traqueteando en su Bronco. Las casas se fueron distanciando más. En una curva, se topó con un montón de buzones, con el 733 escrito en uno. El servicio postal no llegaba tan lejos. Un temblor se apoderó de él cuando comprendió que estaba cerca. Sabía que había dejado atrás su jurisdicción hacía mucho rato. No llevaba encima una orden de detención. No había ido de manera oficial. Dietz era un presunto cómplice de dos homicidios.

¿Qué coño estás haciendo aquí, Ty?

Pasó ante un rancho rojo estilo década de 1950: 650. Una película de sudor cubría sus muñecas y se colaba por debajo del cuello de su camisa. Se estaba acercando.

En esta zona las casas estaban muy distanciadas. Tal vez se hallaban a medio kilómetro unas de otras. No se oía nada, salvo el inquietante crujido de la grava bajo las ruedas del Bronco.

Por fin, apareció ante su vista. Al doblar una curva suave, agazapada bajo un bosquecillo de altos olmos, al final de la carretera. Una vieja granja blanca. La cerca necesitaba reparaciones urgentes. Una cañería suelta colgaba. Daba la impresión de que no habían segado la hierba desde hacía meses. Salvo por la presencia de un todoterreno de dos asientos, con un enganche para el arado, daba la impresión de que allí no vivía nadie. Hauck disminuyó la velocidad del Bronco cuando pasó por delante para no atraer la atención. En la parte posterior del todoterreno había una pegatina de la Freehold Township Police. Un número en la columna del porche delantero lo confirmaba:

733.

Bingo.

El destartalado garaje de dos plazas estaba cerrado. Hauck no vio luces en el interior de la casa. No habría muchos coches en los alrededores. No quería que le vieran pasando por delante otra vez. A unos cincuenta metros de distancia, reparó en un desvío, más una senda de caballos que una carretera, apenas lo bastante ancho para su coche, y lo tomó, traqueteando sobre el terreno irregular. A mitad de la senda se desvió a la izquierda y atravesó un campo de heno seco, oculto por los matorrales que le llegaban hasta la cintura. Desde un par de cientos de metros, gozaba de una buena panorámica de la casa.

Muy bien. ¿Y ahora qué hacemos?

Hauck sacó de una mochila unos prismáticos, bajó la ventanilla y contempló la casa. Ni el menor movimiento. Un postigo colgaba indolente de una ventana. Nada indicaba que hubiera alguien dentro.

Sacó de la misma mochila su Sig automática, quitó el seguro, comprobó que los dieciséis cartuchos de nueve milímetros estaban en el cargador. Hacía años que no desenfundaba su arma. Recordó haber corrido hasta un callejón, disparar tres balas contra un sospechoso que huía de un edificio, el cual había disparado su TEC-9 contra el compañero de Hauck mientras escapaba. Alcanzó al tipo en la pierna de un disparo. Le detuvo. Recibió una distinción por ello. Era la única vez que había disparado su pistola en el trabajo.

Dejó la pistola en el asiento de al lado. Después abrió la guantera y extrajo la pequeña carpeta de piel negra que contenía su placa de Greenwich. No sabía muy bien qué hacer con ella, de modo que la guardó en el bolsillo de la chaqueta, sacó una botella de agua de dos litros y dio un largo sorbo. Tenía la garganta seca. Decidió no pensar demasiado en lo que estaba haciendo allí. Volvió a observar la casa con los prismáticos.

Nada. Ni una mierda.

Después hizo lo que había hecho cien veces en diversas misiones de vigilancia a lo largo de los años.

Destapó una cerveza y vio cómo los segundos se desgranaban en el reloj.

Esperó.

53

Vigiló la casa toda la noche. No se encendió ninguna luz. Nadie salió ni entró.

En un momento dado, consultó el número de teléfono que Dietz le había dado, junto con la dirección de su casa, y lo marcó. Después de cuatro timbrazos, el contestador automático se conectó. «Ha llamado a Dark Star Security... Haga el favor de dejar su mensaje.» Hauck colgó. Encendió la radio, sintonizó el dial 104.3, Classic Rock, y encontró a los Who. *No one knows what it's like to be the bad man...* Los ojos empezaron a pesarle y se adormeció un rato.

Cuando despertó, había luz. Nada había cambiado.

Hauck encajó la pistola en su cinturón. Se calzó un par de guantes de látex. Después cogió una linterna Maglite y el móvil y bajó del Bronco. Se abrió paso entre el espeso campo de heno hasta encontrar la senda.

Decidió que, si Dietz estaba por allí, le detendría. Llamaría a la policía de Freehold y ya se ocuparía de los detalles después.

Si no estaba, echaría un vistazo.

Siguió la carretera de tierra hasta la fachada de la destartalada casa. Había un letrero en la hierba revuelta: PROPIEDAD PRIVADA. CUIDADO CON EL PERRO. Subió los escalones, mientras el corazón martilleaba en su pecho y las palmas de sus manos se cubrían de sudor. Se quedó a un lado de la puerta y miró a través de la ventana cubierta. Nada. Respiró hondo y se preguntó si estaba cometiendo una locura. *Allá vamos...* Apoyó una mano sobre la culata de su automática. Con la otra sacó su linterna y golpeó la puerta principal.

—¿Hay alguien en casa?

Nada.

Al cabo de unos momentos, volvió a llamar.

—Estoy buscando a alguien que me oriente… ¿Hay alguien en casa?

Sólo el silencio le respondió.

El porche daba la vuelta a la casa. Hauck decidió seguirlo hasta el otro lado. En la hierba, al lado del sendero de tierra, distinguió un transformador oculto en la maleza. Se acercó y levantó la tapa metálica. Era el alimentador eléctrico principal de la casa. Hauck dio un tirón y desconectó la línea telefónica y la alarma. Después regresó al porche. A través de la ventana vio un comedor con una sencilla mesa de madera. Más adelante llegó a la cocina. Era antigua, baldosas y linóleo de la década de 1950, y hacía años que no la remozaban. Probó la puerta posterior.

Estaba cerrada con llave.

De pronto, un perro ladró con un sonido penetrante. Hauck se puso tenso y tragó saliva. Se sentía indefenso. Después se dio cuenta de que el ladrido había llegado de una propiedad vecina, un ladrido lejano que estremeció sus huesos, a unos cientos de metros de distancia. Hauck miró hacia los campos que obstruían su vista. Se calmó. Nervios…

Continuó rodeando la casa. Pasó junto a un cobertizo cerrado con llave, un cortacésped cubierto con una tela impermeable, algunas herramientas oxidadas diseminadas. Había un peldaño que subía a un porche trasero de cedro. Una vieja parrilla Weber. Una mesa para el exterior estilo banco. En la parte posterior de la casa había dos puertas cristaleras. Las cortinas estaban corridas.

Hauck subió con cautela y se detuvo un momento, oculto por las cortinas, delante de la puerta. También estaba cerrada con llave. Paneles de cristal dividido. Un cerrojo pasado. Tomó la linterna y golpeó uno de los paneles cercano al pomo. Se movió en su marco. Suelto. Se arrodilló y golpeó el panel una vez más, con fuerza. El panel se astilló y cedió.

Con el arma en ristre, se quedó quieto un momento, a la espera de oír algún ruido. Nada. Dudaba que el sistema de seguridad de

Dietz estuviera conectado con la policía local. No querría correr el riesgo de que alguien viniera a husmear en su ausencia.

Pasó la mano a través del panel roto y buscó el pomo. Lo giró. La puerta se abrió.

No había alarma, ni el menor sonido. Hauck entró con cautela.

Se encontró en una especie de jardín de invierno andrajoso. Sillas tapizadas descoloridas, una mesa de madera. Algunas revistas esparcidas sobre la mesa. *Forbes. Outdoor. Life. Security Today.*

Con el corazón acelerado, sujetó su arma y cruzó la cocina, cuyas tablas crujían a cada paso. La casa estaba oscura y silenciosa. Echó un vistazo a la sala de estar y vio una pantalla plana Samsung nueva de trinca.

Ya estaba dentro. No tenía ni idea de qué estaba buscando.

Descubrió una pequeña habitación entre la sala de estar y la cocina, forrada de librerías. Una oficina. Había una pequeña chimenea de ladrillo, un escritorio con papeles diseminados, un ordenador. Un puñado de fotos en la pared. Hauck las miró. Reconoció a Dietz. De uniforme, junto con otros policías. En indumentaria de pesca, levantando un pez vela impresionante. En otra foto estaba en un velero grande de casco negro, con un hombre de pelo oscuro y el pecho desnudo.

Hauck inspeccionó los papeles de la mesa. Algunas facturas, un par de informes con el membrete de Dark Star. Nada que pudiera arrojar alguna luz. El ordenador estaba encendido. Vio un icono en la página digital de Gmail, pero cuando lo pinchó, salió un aviso pidiéndole la contraseña. Bloqueado. Se arriesgó y clicó el icono de Internet, y apareció la página de Google. Buscó con el ratón los sitios con los que Dietz se había conectado. El último era el de American Airlines. Viajes internacionales. Varios parecían sitios comerciales normales. Más abajo había algo llamado IAIM. Lo clicó: la International Association of Investment Managers.

Hauck sintió que le hervía la sangre.

Había entrado en Harbor Capital, la firma de Charles Friedman.

Se sentó en la silla de Dietz y trató de seguir la búsqueda. Apareció una web de la firma. Una descripción de sus negocios, carteras de acciones relacionadas con el sector de la energía. Bienes bajo administración, algunas gráficas de gestión. Una breve historia de la firma con una página biográfica del equipo dirigente. Una foto de Friedman.

Eso no era todo.

También había entrado en Falcon Partners, la sociedad inversora de las Islas Vírgenes.

Ahora la sangre de Hauck le hervía a borbotones. Comprendió que estaba siguiendo la pista correcta. La página de IAIM sólo le proporcionó la cotización de Falcon. No había información ni registros. Sólo un nombre de contacto y una dirección en Tórtola, que Hauck copió. Después se dedicó a los papeles esparcidos sobre el escritorio de Dietz. Mensajes, correspondencia, facturas.

Tenía que haber algo aquí.

En una bandeja de plástico encontró algo que reclamó su atención. Una fotocopia de una lista de nombres, de la Asociación Nacional de Agencias de Bolsa, de gente que había recibido permiso para negociar con valores con vistas a inversiones. La lista se prolongaba durante varias páginas, cientos de nombres y empresas de agencias de Bolsa de todos los puntos del globo. Hauck la examinó. ¿Qué estaría buscando Dietz?

Entonces, de repente, se fijó en la única coincidencia de la lista de permisos.

Todos habían sido adjudicados el año anterior.

Mientras pasaba las páginas, vio varios nombres rodeados por un círculo. Otros estaban tachados, con notas al margen escritas a mano. Había cientos. Una búsqueda larga y concienzuda para reducir la lista.

Entonces, una idea le golpeó como un puñetazo en el plexo solar.

¡Karen Friedman no era la única persona convencida de que su marido estaba vivo!

Había una impresora sobre la mesa contigua al escritorio, y Hauck dejó encima de ella la lista de agencias, junto con las notas de Dietz. Siguió mirando. Entre unas hojas sueltas, encontró una nota manuscrita en papel oficial de Dark Star.

El Barclays Bank. De Tórtola.

Había un número largo debajo, que debía ser un número de cuenta, y flechas que dirigían a otros bancos: el First Caribbean Bank, Nevis, Banc Domenica. Nombres: Thomas Smith, Ronald Torbor. Estaban subrayados tres veces.

¿Quién era esa gente? ¿Qué estaba buscando Dietz? Hauck siempre había dado por sentado que Charles y Dietz estaban relacionados. Los atropellos...

Fue entonces cuando lo comprendió. *Jesús...*

Dietz también le estaba buscando.

Hauck levantó una hoja de papel garabateada de la bandeja, una especie de itinerario de viaje. American Airlines. Tórtola. Nevis. Su piel empezó a erizarse.

Dietz le llevaba ventaja. *¿Conocía ya el paradero de Charles?*

Puso una copia de la misma hoja en la bandeja de imprimir y apretó el botón. La máquina empezó a calentarse.

Entonces, de pronto, se oyó un ruido fuera. El corazón de Hauck se paró.

Ruedas sobre la grava, seguidas por el ruido de la puerta de un coche al cerrarse.

Alguien había llegado.

54

La sangre de Hauck se convirtió en hielo. Se acercó a la ventana y miró a través de las cortinas corridas. La oficina de Dietz estaba orientada de tal forma que no podía ver quién era. Sacó la Sig 9 del cinturón y comprobó el cargador. Se hallaba en zona prohibida: ni orden de arresto, ni apoyo.

Rezó para que no fuera Dietz.

Oyó que alguien llamaba a la puerta. Alguien gritó: «¿Phil?» Después, tras una breve pausa, algo consiguió que su pulso se elevara como un cohete. El sonido de una llave al ser introducida en la puerta principal, y la cerradura al abrirse. Llamó la voz de un hombre.

—¿Phil?

Hauck se escondió detrás de la puerta de la oficina. Rodeó la culata de la Sig con los dedos y se apretó contra la puerta. No podía huir. El intruso ya estaba dentro.

Oyó el sonido de pasos que se acercaban, el crujido de la madera combada de las tablas del suelo.

—¿Estás aquí, Phil?

Su corazón se aceleró. Presa del pánico, pensó en si su Bronco estaba a la vista o no. Comprendió que, tarde o temprano, fuera quien fuera el recién llegado, si daba la vuelta a la casa, repararía en el cristal roto de la parte de atrás y ello le conduciría hasta la oficina. Fuera quien fuera, gozaba de acceso. Por otra parte, Hauck había entrado de manera ilegal. Carecía de orden de registro. No había avisado a la policía local. Sólo por ir armado ya le citarían. Los pasos se acercaron. No sabía muy bien qué hacer. Sólo sabía que se había metido en un montón de mierda, y se estaba hundiendo más a cada segundo que pasaba. El hombre estaba dando la vuelta a la casa. ¿Debía salir pitando?

Entonces sucedió algo que aportó un nuevo frenesí al pulso de Hauck.

La impresora se puso a imprimir.

Estaban saliendo las páginas que había puesto en la bandeja. El zumbido de la máquina fue como un timbre de alarma.

—¡Phil!

Los pasos se acercaron. Detrás de la puerta, Hauck apretó su Sig, con el cañón apoyado contra la mejilla. La máquina continuaba imprimiendo. ¡No podía pararla! *Piensa, piensa. ¿Qué debes hacer?*

Se quedó petrificado cuando el intruso dobló la esquina y una tabla cercana crujió bajo su peso. Echó un vistazo a la oficina. Hauck estaba rígido como una tabla.

—Phil, no sabía que estabas aquí…

El hombre se detuvo en el umbral. Las páginas continuaban alimentando la máquina una a una.

Hauck contuvo el aliento. *Mierda…*

Un segundo después, la pesada puerta de la oficina golpeó su pecho. Debido a la sorpresa, la Sig voló de su mano.

Los ojos de Hauck se desviaron hacia el arma, mientras la puerta le golpeaba de nuevo, esta vez en la cabeza. Quedó aturdido y vio cómo la pistola se deslizaba por el suelo.

El hombre le golpeó con la puerta por tercera vez, y en esa ocasión le machacó la mano con el gozne. El detective lanzó por fin su peso contra la puerta y envió al recién llegado dando vueltas al interior de la habitación.

Tenía el pelo corto y la nariz grande, y su mejilla estaba ensangrentada a causa del golpe. Miró a Hauck.

—¿Qué coño estás haciendo aquí? ¿Quién cojones eres?

Hauck le miró. Se dio cuenta de que le había visto antes.

El segundo testigo. El tipo con la chaqueta de chándal que había estado presente en el atropello de AJ Raymond. Entrenador de atletismo o algo por el estilo.

Hodges.

Sus ojos se encontraron en una mirada estupefacta y rabiosa.

Hodges también abrió los ojos de par en par.

—¡Tú!

La vista de Hauck se desvió hacia la pistola, mientras el hombre se apoderaba del objeto que tenía más a mano, un colmillo de morsa decorativo que Dietz guardaba sobre una mesa auxiliar, y se lo lanzaba. La punta afilada del colmillo atravesó la sudadera de Hauck y rasgó su piel.

Lanzó un grito. El colmillo perforó su pecho y sintió sus costillas en llamas.

Hodges le atacó de nuevo. Hauck manoteó con el fin de parar el golpe y aferró el brazo de su enemigo, mientras éste le estrujaba el cuello con la otra mano.

—¡Ayyyy!

—¿Qué estás haciendo aquí? —gritó Hodges de nuevo.

—Lo sé —gruñó Hauck—. Sé lo que pasó. —Manaba sangre a través de la tela desgarrada y húmeda de su sudadera—. Se acabó, Hodges. Sé lo de los atropellos.

Echó hacia atrás los dedos de su atacante, en busca del mango del colmillo, que cayó al suelo.

Hauck le plantó cara, mientras se aferraba el costado.

—Sé que fueron planeados. Sé que se llevaron a cabo para proteger a Charles Friedman y a la Dolphin Oil. La policía viene hacia aquí. —Todavía estaba aturdido por los primeros golpes, sin aliento. Le dolía el cuello donde Hodges lo había sujetado—. Estás acabado, tío.

—La policía... —repitió el hombre con escepticismo—. ¿Y quién coño eres tú, la avanzadilla?

Con los ojos encendidos, saltó hacia la chimenea, agarró un atizador de hierro y trató de golpear a Hauck. Falló por escasos centímetros y el instrumento se estrelló contra la pared. Fragmentos de yeso cayeron al suelo.

Hauck se lanzó de cabeza sobre Hodges y lo arrojó contra el escritorio, mientras libros pesados y fotos caían sobre ellos y la impresora acababa en el suelo.

Rodaron sobre la superficie de madera, con Hodges encima. Era fuerte. Tal vez unos años atrás Hauck le habría vencido, pero aún estaba aturdido a consecuencia de los golpes propinados con la puerta y el corte del costado. Hodges peleaba como si no tuviera nada que perder. Hundió la rodilla en la ingle de Hauck, que se quedó sin aliento, y agarró el atizador de hierro con ambas manos y lo apretó contra su cuello.

Hauck sufrió arcadas y aspiró aire con desesperación.

—¿Crees que lo hicimos para protegerle? —dijo Hodges al tiempo que seguía estrangulándole con el rostro congestionado—. No sabes una mierda.

Continuó apretando el atizador contra la cavidad del cuello de Hauck. Éste sintió que sus vías respiratorias se cerraban, una opresión que se apoderaba de sus pulmones. Cada vez más intensa. Intentó desembarazarse de su atacante, pegarle un rodillazo, pero estaba inmovilizado y el atizador de hierro le estaba robando la vida. Sintió que la sangre le subía a la cara, cada vez más desfallecido, con los pulmones a punto de estallar.

Hodges iba a matarle.

Intentó por todos los medios posibles alejar el atizador. Su respiración era desesperada, sus pulmones suplicaban aire. Su cabeza estaba a punto de estallar debido a la presión de la sangre.

Fue entonces cuando notó el bulto de la pistola contra la espalda. Hodges le tenía inmovilizado, pero Hauck logró levantar un hombro y echar el brazo hacia atrás, mientras con el otro intentaba en vano librarse de la presa que inmovilizaba su garganta. Palpó el acero cálido del cañón y buscó la culata.

—Basta —jadeó—, déjame hablar. Basta.

—¿Cómo has llegado hasta aquí? —le gritó Hodges—. ¿Cómo lo descubriste?

Era como si hubieran clavado una azada de hierro en la garganta de Hauck. Por fin, consiguió rodear con los dedos la culata de la Sig. Con la pistola todavía debajo del cuerpo, le dio la vuelta.

—¿Cómo? —preguntó Hodges, aprisionando las piernas de Hauck con sus muslos y asfixiándole todavía más.

Hauck alzó el cuerpo apenas, con el fin de crear un mínimo espacio para sacar el arma, y Hodges se dio cuenta de sus intenciones. Le inmovilizó el brazo con la rodilla y hundió el atizador en su laringe.

Los pulmones de Hauck estaban a punto de estallar.

La presión sobre el hombro era tan intensa que no podía apuntar. Consiguió curvar el dedo sobre el gatillo, pero el cañón estaba apretado contra su cuerpo. No tenía ni idea de adónde apuntaba, sólo sabía que se estaba quedando sin fuerzas, sin aire… El tiempo se acababa.

Se preparó para la explosión que iba a producirse a su lado.

Y disparó. Una detonación ahogada, muy cercana.

Hauck experimentó una sacudida. La conmoción pareció resonar en ambos cuerpos. Se puso tenso, a la espera de la oleada de dolor.

No se produjo.

Encima de él, Hodges hizo una mueca. La barra de hierro seguía apretando el cuello de Hauck.

Percibió un fuerte olor a cordita. Poco a poco, la presión sobre su garganta se fue relajando.

Hodges desvió los ojos hacia su costado. Hauck vio una flor roja que se iba ensanchando debajo de su camisa. Hodges se enderezó, llevó la mano al costado, y después la alzó, manchada de sangre.

—Hijodelagranputa… —gruñó.

Hauck empujó con las piernas y Hodges, con los ojos vidriosos, cayó a un lado. El policía inhaló aire con desesperación, varias veces. Notaba un ardor en el costado. Estaba cubierto de sangre, pero no sabía de quién. Hodges gateaba hacia la puerta.

—Se acabó —jadeó Hauck, casi incapaz de apuntar su arma.

El hombre se levantó con movimientos torpes. Una mancha escarlata húmeda florecía bajo su camisa. La aferró con ambas manos.

—No tienes ni una puta pista —dijo, y lanzó una ronca carcajada.

Se encogió. Esperó a que Hauck apretara el gatillo. Pero, agotado, éste apenas podía levantar la pistola.

—¡Estás muerto! Todavía no lo sabes, pero ya estás muerto. —Hodges le fulminó con la mirada—. ¡No tienes ni puta idea de en qué te has metido!

Salió dando tumbos de la habitación, encorvado. Hauck no pudo hacer nada por detenerle. Necesitaba todas sus fuerzas para mantenerse en pie, introducir aire en sus pulmones, la ropa empapada en sudor. Salió tras Hodges, aferrando sus costillas. Todo había salido mal. Oyó el motor de la furgoneta del hombre, y vio gotas de sangre que iban desde el porche hasta el camino de entrada.

—¡Hodges! —Hauck bajó los peldaños y apuntó su arma a la furgoneta, que salió marcha atrás del camino de entrada y se alejó por la carretera. Apuntó a los neumáticos posteriores y su dedo se curvó—. ¡Alto! —gritó. *Alto*. Ni siquiera oyó su voz.

Y se quedó allí, viendo a la furgoneta alejarse por la carretera, la pistola apuntada a la nube de polvo.

Se concentró con todas sus fuerzas en un solo pensamiento.

Estaba involucrado en algo…, algo que le había estallado en la cara.

Y ya no representaba a nada. Ni a los juramentos, ni a la verdad, ni siquiera a Karen.

Sólo lo denominaba el deseo de saber adónde conducía todo aquello.

55

Le ardía el costado.

Tenía el cuello hinchado y ahora era el doble de su tamaño normal. Apenas podía tragar saliva.

Cada vez que respiraba, las costillas le dolían como si hubiera peleado diez asaltos con un peso pesado. Tenía el pecho cubierto de verdugones rojos.

No sabía qué había hecho.

Había vuelto a entrar y recogido los papeles que había impreso. Después había caminado hasta su coche.

Mientras regresaba, los primeros pensamientos de Hauck se concentraron en Jessica. Qué suerte tenía de estar vivo.

Estúpido, Ty, eres un estúpido. Intentó analizar la situación. Había actuado fuera de su jurisdicción. Había entrado por la fuerza en casa de Dietz. Con su pistola reglamentaria. Sin informar a las autoridades locales. Y Hodges... Viviría. Pero, comprendió Hauck, eso no era ni la mitad del problema. Dietz se enteraría y, por lo tanto, también las personas para las que trabajaba. Esto podía estallar. Claro, no sabían que lo estaba haciendo solo. Ni que Karen estaba implicada, idea que le calmó un tanto.

Era lo único bueno de aquel jodido asunto.

Tardó tres horas en regresar a casa. Llegó a primera hora de la tarde. Se tumbó agotado en el sofá y examinó su costado, con la cabeza echada hacia atrás, mientras intentaba reflexionar sobre lo que había hecho. Había infringido leyes. Un montón. Había puesto en peligro a Karen. Aquellos juramentos de defender la ley y el orden, de hacer lo correcto, estaban hechos trizas.

Hauck se quitó las ropas manchadas de sangre y las tiró hechas una bola en la despensa. Sólo levantar los brazos le dolió una barbaridad. El corte del costado formaba una costra sangrienta, con la piel desgarrada donde Hodges le había alcanzado. Tenía verdugones rojos en el cuello y el pecho. Se miró en el espejo y se encogió. No sabía si necesitaba atención médica. Le dolía la cabeza. Sólo quería dormir. Se sentía solo. Por primera vez en su vida, no sabía qué hacer.

Volvió al sofá. Sólo había una persona a la que podía llamar.

—¿Ty?

—Escucha, Karen, te necesito —resolló—. En casa.

Era más una súplica que una afirmación. Contuvo el aliento y aspiró aire.

—¿Te encuentras bien? —preguntó ella alarmada—. Estaba preocupada. Intenté llamarte. No contestabas.

—Ha pasado algo, Karen… Ven, por favor.

A punto de perder el conocimiento, le dijo dónde vivía.

—Ya salgo. No parece que te encuentres bien. Me estás asustando. Dime, ¿necesitas algo?

—Sí. —Exhaló aire y echó la cabeza hacia atrás—. Desinfectante. Y muchas gasas.

Hauck caminó tambaleante hacia la puerta cuando oyó la llamada. En pantalones cortos de gimnasia y con un albornoz para ocultar sus heridas. Sonrió, pálido, con una expresión como diciendo *Siento mucho haberte metido en esto*. Después se inclinó hacia ella.

Ella le miró horrorizada.

—¿Qué te ha pasado, Ty?

—Encontré la casa de Dietz. Estuve al acecho toda la noche. Pensé que no había nadie. Esta mañana entré.

—¿Él estaba allí?

—No.

Hauck tomó la bolsa de suministros médicos: desinfectante, esparadrapo, gasas. Volvió cojeando al sofá y se acomodó.

—Pero estaba Hodges.

Ella arrugó el entrecejo.

—¿Hodges?

—Fue el otro testigo del atropello de AJ Raymond. Supongo que ambos eran cómplices.

—¿De qué?

Fue entonces cuando la mirada de Karen se concentró en los verdugones del cuello de Hauck, y lanzó una exclamación ahogada.

—Dios mío, Ty, ¿qué has hecho? .

Abrió el cuello de su albornoz y quedó horrorizada. Pasó con delicadeza los dedos sobre la piel contusionada, inspeccionó los nudillos en carne viva y tomó sus manos entre las de ella.

—Este lado está peor.

Hauck se encogió de hombros con expresión de culpabilidad, y dejó que su albornoz se abriera para revelar la piel desgarrada y apelmazada por la sangre de debajo del brazo.

—¡Oh, Dios mío!

—Todo estaba amañado —dijo, con la intención de explicarse—. Abel Raymond. Lauer. No fueron accidentes, sino asesinatos. Dietz y Hodges los mataron a ambos. Para encubrirlo todo.

—¿Qué?

El rostro de Karen expresaba confusión, pero también algo más profundo: miedo, pues sabía que cuanto él callaba estaba relacionado con ella. Y que Charlie estaba implicado.

—¿Qué fue de Hodges? —preguntó mientras cogía el desinfectante y abría la caja de gasas.

La expresión de Hauck no se alteró.

—Hodges recibió un disparo, Karen.

—¿Un disparo? —Dejó las cosas, pálida—. ¿Muerto?

—No. Al menos, creo que no.

Se lo contó todo. Que había entrado en la casa creyendo que no existía peligro, y que Hodges había llegado y le había sorprendido en la oficina de Dietz. Que habían luchado y Hodges le había atacado con el colmillo y había intentado estrangularlo con el atizador de hierro. Le dijo que él estuvo convencido de que iba a morir y había disparado a Hodges.

—Oh, Dios mío, Ty... —Los ojos como platos de Karen expresaban empatía. La consternación de su rostro se convirtió en verdadero miedo—. ¿Qué dijo la policía? Fue en defensa propia, ¿no? Intentaba matarte.

Hauck mantuvo la mirada clavada en ella.

—No llamé a la policía, Karen.

Ella parpadeó.

—¿Qué?

—No tenía derecho a estar allí. Todo era ilegal desde el principio. No llevaba orden de detención. No hay ningún caso abierto contra ellos. Ni siquiera estaba de servicio, Karen.

—Ty... —la mujer se llevó la mano a la boca y empezó a comprender la situación—. No puedes fingir que esto no ha sucedido. Disparaste contra alguien.

—¡Ese hombre intentaba matarme! ¿Quieres que llame a la policía? ¿Es que no lo entiendes? Tu marido estaba conchabado con esa gente. Con Dietz, con Hodges. Cuando Charlie salió de Grand Central aquella mañana, se fue a Greenwich. Robó la tarjeta de crédito de alguien que murió en las vías. AJ Raymond recibió una llamada desde el restaurante de la acera de enfrente, Karen. Charlie hizo esa llamada. Tu marido. O estuvo implicado directamente en el asesinato de AJ Raymond, o ayudó a planificarlo.

—¿Charlie? —Ella sacudió la cabeza—. No puedes pensar que Charlie es un asesino, Ty. No. ¿Por qué?

—Para encubrir lo que el padre de Raymond descubrió en Pensacola. Que estaban falsificando cargamentos de petróleo de una de las empresas que Charlie controlaba.

Karen sacudió la cabeza de nuevo en plan desafiante.

—Es verdad. ¿Has oído hablar alguna vez de Doplhin Oil? ¿O de algo llamado Falcon Partners?

—No.

—Son compañías subsidiarias, propiedad de su empresa, Harbor. En el extranjero. ¿Quieres que llame a la policía, Karen? Si lo hago, ordenarán de inmediato que sea detenido. Hay suficientes motivos: estafa, blanqueo de dinero, conspiración para cometer asesinato. ¿Es eso lo que quieres que te haga a ti y a tu familia? ¿Llamar a la policía? Porque eso será lo que ocurra.

Karen apoyó una mano sobre la frente y meneó la cabeza con aire pensativo.

—No lo sé.

—Charlie estaba relacionado con ellos. Mediante las compañías de inversión que controlaba. A través de Dietz. Está relacionado con ambos asesinatos, Karen...

—¡No lo creo! ¡No puedes esperar que crea que mi marido es un asesino, Ty!

—¡Mira! —Hauck agarró los papeles que había sacado de la oficina de Dietz y los agitó delante de su cara—. Su nombre sale por todas partes. Dos personas han muerto, Karen. Y ahora has de escucharme y tomar una decisión, porque puede que haya más. Este tal Dietz también está buscando a Charlie. No sé quién coño es o para quién trabaja, pero anda suelto por ahí y sabe que tu marido está vivo, al igual que nosotros, y también le está buscando. ¡Yo encontré la pista! Tal vez quieran cerrarle la boca, no lo sé, pero te garantizo que si Dietz le encuentra antes que nosotros no será para mirarle a los ojos entre lágrimas y preguntarle cómo te ha podido hacer esto.

Ella asintió vacilante, sacudida por un temblor de confusión. Hauck tomó su mano. Rodeó con los dedos su puño cerrado.

—Así que dime, Karen, ¿es eso lo que quieres que haga? ¿Llamar a la policía? Porque la policía está metida en el ajo. Yo estoy metido en el ajo. Y después de hoy, después de lo que ha pasado, ya no puedo retroceder en el tiempo y volver con las manos vacías.

Los ojos de Karen estaban anegados en lágrimas.

—Es el padre de mis hijos. No sabes cuántas veces he deseado matarle yo misma, pero lo que me estás diciendo... ¿Un asesino? No, no lo creeré hasta que lo oiga de sus propios labios.

—Le encontraré, te lo prometo. Pero no dudes que, después de lo sucedido, esa gente sabe que les estoy pisando los talones. Los dos estamos en ello. Si se trata de algo que eres incapaz de afrontar, cosa que yo entendería, es el momento de decirlo.

Karen bajó la vista. Hauck sintió que su dedo meñique, precavido y tembloroso, rodeaba su mano. La apretó. Había una mirada atemorizada en sus ojos, pero también había algo más, cierta determinación. Le miró y volvió a sacudir la cabeza.

—Quiero que le encuentres, Ty.

Acercó la cara a él y su pelo le rozó la mejilla. Su respiración era vacilante, cercana. Sus rodillas se tocaron. Hauck sintió que su sangre se revolvía cuando le rozó el brazo con un pecho. Sus labios habrían podido tocarse en aquel momento. Sólo habría hecho falta un pequeño empujón, y ella habría caído en sus brazos…, y en parte lo deseaba con todas sus fuerzas, pero en parte no. Se le erizó el vello de los brazos cuando escuchó su respiración.

—Lo sabías desde el principio —dijo ella—. Sabías que todo esto conducía a él. Me lo ocultaste.

—No quería que sufrieras más hasta estar seguro.

Ella asintió. Cerró los dedos dentro de su mano.

—Él no mató a nadie, Ty. Me da igual que parezca ridícula. Le conozco. Viví con él cerca de veinte años. Es el padre de mis hijos. Lo sé.

—¿Qué quieres que haga?

Karen abrió con delicadeza el albornoz de Hauck. Éste se puso tenso. Acarició su pecho con los dedos. Levantó la caja de linimento que había traído.

—Quiero echar un vistazo a esa herida.

—No —dijo él, y aferró su mano—. Ya sabes a qué me refería.

Ella permaneció inmóvil un momento, con sus manos todavía tocándose.

—Quiero oír de sus propios labios lo que ha hecho, por qué dejó plantada, después de casi veinte años de matrimonio, a su familia. Quiero que le encuentres, Ty. Encuentra a Charles. Algo ha sucedido durante tu ausencia. Creo que tal vez yo podría averiguar cómo dar con él.

56

Era el coche.

Ya lo había registrado todo dos veces, tal como Ty le había pedido. De todos modos, mientras él estaba en Jersey, consideró que debía hacer algo. Para dejar de preocuparse.

De modo que Karen volvió a examinar las cosas de Charlie: las antiguas facturas, las pilas de recibos que había dejado en su armario, los papeles diseminados sobre su escritorio. Hasta los lugares que había visitado en su ordenador antes de «morir».

Una tarea inútil, se dijo. Como la anterior.

Excepto que esta vez aparecieron algunas cosas. Una carpeta sepultada en su escritorio, escondida bajo una pila de documentos legales. Una carpeta en la que Karen nunca se había fijado. Desde la muerte de Charlie. Cosas que ella no entendía.

Una pequeña tarjeta todavía en su sobre, dirigido a Charles. Como los utilizadas cuando se regalan ramos de flores. Karen lo abrió, un poco vacilante, y vio que estaba escrita con una letra que no reconoció.

Se quedó paralizada.

Siento lo del chucho, Charles. ¿Podrían ser tus chicos los siguientes?

Siento lo del chucho. Karen vio que sus manos temblaban. Quien había escrito la nota estaba hablando de *Sasha.* ¿Qué significaba que los chicos podían ser los siguientes?

Sus chicos...

De pronto sintió una opresión en el pecho. *¿Qué había hecho esa gente?*

Y entonces, en aquella misma carpeta escondida, se topó con

una de las felicitaciones de Navidad que habían enviado antes de que Charlie muriera. Los cuatro sentados sobre una valla de madera en un campo cercano a su casa de Vermont. Tiempos felices.

La abrió.

Estuvo a punto de vomitar.

Los rostros de los chicos, Samantha y Alexander... Los habían recortado.

Karen se cubrió la cara con las manos y notó las mejillas encendidas.

¿Qué está pasando aquí, Charlie?

Contempló la tarjeta. *¿En qué estabas metido? ¿Qué nos estabas haciendo?* De repente, recordó el incidente en el coche de Samantha y su corazón se aceleró. Se levantó del escritorio. Tenía ganas de golpear algo. Se tocó la cara con la mano. Paseó la vista alrededor de la habitación.

La habitación de él.

¡Háblame, Charlie, hijo de puta, háblame!

Y entonces sus ojos se posaron sobre algo.

Algo que estaba entre el montón de papeles, folletos y revistas deportivas que ella nunca había sacado de su oficina.

La pila. La pulcra pila que Charlie guardaba en la estantería. Todos los números. Capaz de provocar un incendio pavoroso, decía ella siempre. Su pequeña colección soñada, que databa del momento en que había comprado su juguete, ocho años antes.

Mustang World.

Se acercó a la pila. Levantó uno o dos números mientras una idea se formaba en su cabeza.

¡Eso era! Lo único que él jamás cambiaría. Aunque fuera con otro nombre. O con su nueva personalidad.

Daba igual dónde.

Su estúpido coche. *La niña de los ojos de Charlie.* Leía sobre los malditos trastos en su tiempo libre, comprobaba los precios, chateaba en Internet. Siempre decían en broma que era consustancial a él. La amante que Karen tenía que aguantar. Ella lo llamaba Camilla, como Camilla y Carlos. Mejor que Camilla, bromeaba siempre Charlie. «Y más presentable.»

Mustang World.

Siempre ponía en venta el coche, pero luego no lo vendía. En verano lo llevaba a las carreras. Ella no entendía de qué iban aquellas tarjetas que había encontrado. La asustaban. No sabía con seguridad qué había hecho Charlie.

—Pero ésa es la forma —dijo Karen a Hauck mientras le curaba sus heridas.

Introdujo la mano en el bolso y dejó caer un ejemplar de la revista sobre la mesa. *Mustang World.*

—Así le encontraremos, Ty. *La niña de los ojos de Charlie.*

57

El número 1 de Police Plaza era la sede de las oficinas administrativas del NYDP, en el bajo Manhattan, así como del Destacamento Especial Conjunto Interagencias que velaba por la seguridad de la ciudad.

Hauck esperó en la plazuela situada delante del edificio, que daba a Frankfort Street, desde donde se accedía al puente de Brooklyn. Era una calurosa tarde de mayo. Transeúntes y ciclistas estaban cruzando la mole de acero, así como oficinistas en mangas de camisa durante su hora de comida. Años atrás, Hauck trabajaba en este edificio. Hacía largo tiempo que no lo pisaba.

Un hombre calvo y delgado, vestido con un jersey de la policía azul marino, saludó a un compañero y se acercó a él, con su placa de identificación sujeta en la pechera.

—Lo mejor de Nueva York.

El hombre guiñó un ojo cuando se detuvo ante Hauck. Se sentó a su lado y le dio un puñetazo cariñoso.

—¡Adelante, policías! —sonrió Hauck.

El teniente Joe Velko había sido un joven jefe de detectives en la comisaría 105, y después había obtenido un máster en informática forense por la Universidad de Nueva York. Durante años, Hauck y él habían sido compañeros en el equipo de hockey del departamento; Hauck un defensa de rodillas renqueantes, Joe un enérgico delantero que había aprendido a utilizar el palo en las calles de Elmhurst, Queens. Su esposa, Marilyn, secretaria en Cantor Fitzgerald, había muerto el 11-S. Fue Hauck quien había organizado un partido a beneficio de los hijos de Joe. El capitán Joe Velko dirigía ahora uno de los departamentos más importantes de todo el NYPD.

Watchdog era un programa de software de alta tecnología desarrollado por el NCSA*, alimentado por nueve superordenadores en un centro de mando subterráneo al otro lado del río, en Brooklyn. En síntesis, lo que hacía Watchdog era controlar miles de millones de bits de datos en todo Internet, en busca de relaciones aleatorias que pudieran ser útiles a efectos de seguridad. Blogs, mensajes de correo electrónico, sitios web, páginas de MySpace, miles de millones de bits de tráfico de la Red. Buscaba relaciones inusuales entre nombres, fechas, acontecimientos públicos programados, incluso frases coloquiales repetidas, y las escupía al mando central en «alertas» diarias, donde un grupo de analistas las examinaba y decidía si eran lo bastante importantes para actuar o pasarlas a otros equipos de seguridad. Un par de años antes, un complot para atentar contra el Citigroup Center, tramado por un grupo antiglobalización, fue descubierto por Watchdog, sólo porque relacionó una frase en apariencia inocente pero repetida, «Renovar nuestro permiso de conducir», con una fecha aleatoria, el 24 de junio, el día de un acontecimiento en la sede al que iba a asistir el presidente del Banco Mundial. La pista condujo a un miembro del equipo de *catering*, cómplice en el interior.

—¿A qué debo el honor de esta visita? —Velko se volvió hacia Hauck—. Sé que éste no es exactamente tu lugar favorito.

—He de pedirte un favor, Joe.

Velko, un policía veterano, vio algo en la expresión de su amigo que le hizo callar.

—Intento localizar a alguien —explicó Hauck. Extrajo un delgado sobre de papel manila de debajo de su chaqueta deportiva—. No tengo ni idea de en dónde está. Ni de qué nombre puede estar utilizando. Es muy posible que se encuentre fuera del país.

Dejó el sobre encima del regazo de Velko.

—Pensaba que me lo ibas a poner difícil.

El capitán lanzó una risita y abrió el sobre.

Sacó el contenido: una fotocopia de la foto del pasaporte de

---

* National Center for Supercomputing Applications. *(N. del T.)*

Charles Friedman, junto con algunas cosas que Karen le había facilitado. Las frases «Mustang Emberglow 1966. GT. Interior poni. Greenwich, Connecticut». Un lugar llamado Ragtops, en Florida, donde Charles lo había comprado. El Greenwich Concours Rallye, donde a veces exhibía su coche. Algunas de las páginas web de coches que Karen recordaba como favoritas de su marido. Y al final, algunas de sus frases favoritas, como «Apaguen las luces» o «Es un jonrón, nena».

—Debes pensar que, debido a que me sacaste de encima a algunos bomberos que querían darme una buena, estoy en deuda contigo, ¿eh?

—Eran más de algunos, Joe —sonrió Hauck.

—Un Mustang del 66. Interior pony. ¿No puedes conectarte a eBay para esto? —sonrió Velko.

—Sí, pero así es mucho más sexy —replicó Hauck—. Escucha, puede que ese tipo esté en el Caribe, o quizás en Centroamérica. Y, Joe…, esto te saldrá en la investigación, de modo que te lo diré ahora mismo: la persona que busco está muerta, en teoría. En el atentado de Grand Central.

—¿Muerta en teoría, no en la realidad?

—No entraré en detalles, socio. Intento localizarle para hacer un favor a un amigo.

Velko metió el papel dentro del sobre.

—Trescientos mil millones de datos recorren Internet cada día, la seguridad de la ciudad se halla en nuestras manos, y yo he de montar una Alerta Ámbar para encontrar un Mustang del 66 de un muerto.

—Gracias, tío. Te lo agradezco, salga lo que salga.

—Un buen agujero en el Acta Patriótica. —Velko carraspeó—. Eso es lo que vamos a obtener. Esto no es exactamente un sistema de búsqueda de personas desaparecidas.

Miró a Hauck, examinó las marcas en su cara y cuello, la rigidez de su porte.

—¿Aún juegas?

Hauck asintió.

—Con el equipo local. Ahora, en la liga de mayores de cuarenta años. En su mayoría, un puñado de tipos de Wall Street y vendedores de bienes raíces. ¿Y tú?

—No. —Velko se dio unos golpecitos en la cabeza—. Ya no me dejan. Por lo visto, creen que mi cerebro es apto para algo más que recibir puñetazos. Demasiado peligroso para el nuevo trabajo. Pero Michelle sí. Deberías verla. Es buenísima. Juega en el equipo de chicos de su instituto.

—Me gustaría —dijo Hauck con una sonrisa de afecto. Cuando Marilyn murió, Michelle tenía nueve años y Bonnie seis. Hauck había organizado un partido benéfico contra un equipo de celebridades locales. Cuando finalizó, la familia de Joe salió a la pista y recibió un jersey del equipo firmado por los Rangers y los Islanders.

—Sé que me repito, Ty, pero siempre agradecí lo que hiciste.

Hauck le guiñó un ojo.

—En cualquier caso, será mejor que ponga manos a la obra, ¿eh? Máximo secreto, especializado y confidencial. —Joe se levantó—. ¿Va todo bien?

Hauck asintió. El costado todavía le dolía una barbaridad.

—Todo bien.

—¿Todavía puedo localizarte en tu oficina de Greenwich? —preguntó Joe.

Hauck negó con la cabeza.

—Me he tomado un permiso. Mi número de móvil está en el paquete. Por cierto..., me gustaría que esto quedara entre los dos.

—Oh, no has de preocuparte por eso. —Joe levantó el sobre y puso los ojos en blanco—. Un permiso...

Mientras Velko caminaba hacia el edificio de la policía, volvió la cabeza y dedicó a Hauck una sonrisa irónica.

—¿En qué coño te has metido, Ty?

58

Después de su encuentro con Velko, Hauck se dirigió a la oficina de Media Publishing, situada en el decimotercer piso de un alto edificio de cristal en la Cuarenta y seis con la Tercera Avenida.

Los editores de *Mustang World*.

Hauck tuvo que exhibir su placa, primero a la recepcionista, y después a un par de jovencitos de *marketing*, que por fin le condujeron hasta la persona adecuada. Aquí carecía de autoridad. Lo último que deseaba era tener que llamar a otro viejo amigo del NYPD. Por suerte, el tipo de *marketing* parecía ansioso por colaborar y no le pidió que volviera con una orden.

—Tenemos doscientos treinta y dos mil suscriptores —dijo el gerente, como abrumado—. ¿No podría reducir la lista?

—Sólo necesito la lista de los que se suscribieron el año pasado —le dijo Hauck.

Entregó una tarjeta al tipo. El director prometió que se pondría en contacto con él en cuanto pudiera, y que enviaría el resultado por correo electrónico a la dirección del departamento de Hauck.

Mientras volvía a casa, pensó en lo que iba a hacer. Por suerte, esta búsqueda entre los suscriptores recientes daría algún resultado. Si no, aún le quedaban las pistas que se había llevado de la oficina de Dietz.

La autopista Major Deegan iba lenta, y Hauck encontró un embotellamiento cerca del estadio de los Yankees.

Guiado por un presentimiento, buscó en el bolsillo el número del banco caribeño que había encontrado en casa de Dietz. En Saint Kitts. Mientras tecleaba el número en su móvil, dudó que fuera prudente. Por lo que él sabía, el tipo podía estar a sueldo de Dietz. Pero él siempre se había dejado llevar por corazonadas…

Al cabo de un rato, se oyó un agudo timbrazo.

—First Caribbean —respondió una mujer con pronunciado acento de las islas.

—¿Thomas Smith? —preguntó Hauck.

—Espere un momento, por favor.

Al cabo de una breve pausa, contestó un hombre.

—Al habla Thomas Smith.

—Me llamo Hauck. Soy detective de policía del cuerpo de Greenwich, Connecticut. Estados Unidos.

—Conozco Greenwich —respondió el hombre con viveza—. Fui a una universidad cercana a la de Bridgeport. ¿En qué puedo ayudarle, detective?

—Intento localizar a alguien —explicó Hauck—. Un ciudadano estadounidense. El único nombre que conozco de él es Charles Friedman. Puede que tenga una cuenta ahí.

—No conozco a nadie llamado Charles Friedman que tenga una cuenta aquí —replicó el director del banco.

—Escuche, ya sé que esto no es muy ortodoxo. Medirá un metro setenta y cinco. Cabello castaño. Lleva gafas. Es posible que haya transferido dinero a su banco desde una sucursal de Tórtola. Es posible que no esté utilizando en este momento el apellido Friedman.

—Como ya he dicho, señor, aquí no tenemos a ningún titular de cuenta con ese nombre. Y no he visto a nadie que encaje con esa descripción. Nevis es una isla pequeña. Así que espero que comprenderá por qué me resistiría a proporcionarle dicha información, aunque la tuviera.

—Lo comprendo muy bien, señor Smith, pero es un asunto policial. Si pudiera preguntar y comprobar…

—No necesito comprobar nada —contestó el director—. Ya lo he hecho. —Lo que dijo a continuación hizo que Hauck se estremeciera—. Es usted la segunda persona de Estados Unidos que pregunta por ese hombre esta semana.

59

Michel Issa examinó la piedra centelleante a través de la lente. Era una auténtica belleza. Un brillante amarillo canario, maravillosa luminiscencia, de clase C sin la menor duda. Había formado parte de un lote más grande que había comprado, y era la joya de la corona. Mientras la contemplaba con la lupa, Michel supo que conseguiría un precio formidable del comprador que la mereciera.

Su especialidad.

La familia de Issa se dedicaba al negocio de los diamantes desde hacía más de cincuenta años, tras emigrar desde Bélgica al Caribe y abrir la tienda en Mast Street, en el lado holandés de Saint Maarten, cuando Michel era joven. Durante décadas, Issa et Fils habían comprado piedras de gran calidad directamente a Amberes y a algunos mercados «grises». Les llegaba gente de todas partes del mundo, y no sólo parejas recién desembarcadas de cruceros que deseaban comprometerse, aunque también las atendían para mantener la fachada. A ellos acudía gente importante, gente que tenía algo que ocultar. En su ramo, Michel Issa era conocido, como su padre y su abuelo antes que él, como el tipo de *négociant* que sabía mantener la boca cerrada, lo bastante discreto para encargarse de una transacción privada, fuera cual fuera su magnitud.

Con el movimiento del dinero entre bancos tan transparente después del 11-S, transformar bienes en algo tangible (y transportable) era un negocio floreciente en estos tiempos. Sobre todo si alguien tenía algo que ocultar.

Michel bajó la lupa y trasladó la piedra a la bandeja, con las demás. Las guardó en su cajón y giró la llave en la cerradura. El reloj anunciaba las siete de la tarde. Hora de cerrar. Su esposa, Marte, le había preparado una cena al viejo estilo belga; salchicha con repollo. Más tarde, como todos los martes por la noche, jugarían al *euchre* con una pareja de amigos ingleses.

Michel oyó la campanilla de la puerta. Suspiró. Demasiado tarde. El personal se acababa de marchar. Ni se inmutó. En la isla no existía el delito. Este tipo de delito no. Todo el mundo le conocía y, además, estaban rodeados de agua. No había ningún lugar adonde ir. De todos modos, se reprendió por tener que ser grosero. Tendría que haber cerrado la puerta con llave.

—¿Monsieur Issa?

—Estoy con usted en un momento —contestó Michel. Miró por la ventana la sala de exposición y vio a un hombre corpulento y bigotudo con gafas de sol que esperaba junto a la puerta.

Giró por segunda vez la llave de la cerradura del cajón de seguridad. Cuando entró en la tienda, había dos personas. El sujeto que le había llamado, con una sonrisa circunspecta en sus facciones morenas, se acercó al mostrador. El otro, alto, con camisa de manga corta y gorra de béisbol, se quedó de pie junto a la puerta.

—Soy Issa —dijo Michel—. ¿En qué puedo ayudarles?

Acercó el pie izquierdo a la alarma que había detrás del mostrador, al observar que el hombre alto seguía de manera sospechosa junto a la puerta.

—Me gustaría que echara un vistazo a algo, monsieur Issa —dijo el hombre del bigote. Introdujo la mano en el bolsillo de la camisa.

—¿Piedras? —suspiró Issa—. ¿Tan tarde? Me iba a marchar ya. ¿Podemos dejarlo para mañana?

—No son piedras. —El hombre del bigote negó con la cabeza—. Son fotografías.

Fotografías. Issa le miró fijamente. El del bigote dejó la instantánea de un hombre vestido con traje sobre el mostrador. Pelo corto, veteado de gris. Gafas. Daba la impresión de que habían recortado la foto de algún folleto de empresa.

Issa se puso sus gafas de leer y miró.

—No lo conozco.

El hombre se inclinó hacia delante.

—Fue tomada hace algún tiempo. Puede que hoy su aspecto sea diferente. Puede que lleve el pelo más corto y que ya no utilice gafas. Tengo la sospecha de que quizá haya venido aquí en algún momento, con la intención de llevar a cabo una transacción. Una transacción que usted recordaría, monsieur Issa, no me cabe duda. Habría sido una venta importante.

Michel no contestó enseguida. Intentaba adivinar quiénes eran sus interrogadores. Trató de desechar la pregunta con una sonrisa humilde.

El hombre del bigote le dedicó una sonrisa de complicidad. Pero ocultaba algo que a Issa no le gustaba.

—¿Policía? —preguntó. Había cerrado acuerdos con casi todas las policías. La local, incluso la Interpol. Le dejaban en paz. Pero estos hombres no parecían agentes.

—No, policía no. —El hombre sonrió con frialdad—. Particulares. Un asunto personal.

—Lo siento. —Michel se encogió de hombros—. No le he visto por aquí.

—¿Está seguro? Debió de pagar en metálico. O tal vez mediante una transferencia del First Caribbean Bank o el MaartensBank de la isla. Hará unos cinco o seis meses, digamos. Quién sabe, hasta es posible que vuelva.

—Lo siento —repitió Michel. Los datos específicos estaban empezando a alarmarle—. No le reconozco. Y lo habría hecho, si hubiera pasado por aquí, claro está. Ahora, si no les importa, he de…

—Permítame que le enseñe ésta, pues —dijo el hombre del bigote con más firmeza—. Otra foto. Ya sabe cómo funcionan estas cosas a veces. Puede que le refresque la memoria por completo.

El hombre sacó una segunda foto del bolsillo de la camisa y la dejó sobre el mostrador, al lado de la primera.

Michel se quedó petrificado. Notó la boca seca.

Esa segunda foto era de su hija.

Juliette, que vivía en Estados Unidos. En Washington. Se había casado con un profesor de la Universidad George Washington. Acababan de tener una hija, Danielle, la primera nieta de Issa.

El hombre observó que la compostura del comerciante empezaba a flaquear. Daba la impresión de que se lo estaba pasando en grande.

—Me estaba preguntando si le ha refrescado la memoria. —Sonrió—. Si ahora reconoce a ese hombre. Es una mujer muy bonita, su hija. Mis amigos me han dicho que acaba de tener un hijo. Esto es motivo de celebración, monsieur Issa. Su hija no debería estar involucrada en un asunto sórdido como éste, si sabe a qué me refiero.

Issa sintió un nudo en el estómago. Sabía muy bien qué quería decir el hombre. Sus ojos se encontraron. Michel se sentó en su taburete, pálido.

Asintió.

—Es norteamericano. —Michel bajó la vista y se humedeció los labios—. Como usted ha dicho, ahora no parece el mismo. Se ha rapado el pelo, como los jóvenes de hoy. Lleva gafas de sol. Vino aquí dos veces, ambas con contactos bancarios locales. Hará unos seis o siete meses, como usted ha dicho.

—¿Y cuál fue la naturaleza del negocio, monsieur Issa? —preguntó el hombre del bigote.

—Compró piedras de la mejor calidad en ambas ocasiones. Parecía interesado en convertir el dinero en algo más transportable. Grandes cantidades, como dice usted. No sé dónde está ahora. Ni cómo localizarle. Me llamó una vez con su móvil. No apunté la dirección. Creo que dijo que vivía en un barco. Sólo fueron esas dos veces. —Michel le miró—. No volví a verle.

—¿Nombre? —preguntó el hombre del bigote, con sus pupilas oscuras perentorias y sonrientes al mismo tiempo.

—Yo no pregunto los nombres —respondió Michel.

—¿Su nombre? —preguntó de nuevo aquel desconocido. Esta vez, su mano aplicó presión sobre el antebrazo de Michel—. Llevaba un talón bancario. Tenía que estar extendido a nombre de alguien. Usted llevó a cabo una transacción importante. Tuvo que guardar un recibo.

Michel Issa cerró los ojos. No le gustaba hacer esto. Violaba todas las normas que regían su vida. Cincuenta años. Imaginaba quiénes eran aquellas personas y qué querían. Y sabía, a juzgar por la intensidad de la mirada de aquel hombre, lo que vendría a continuación. *¿Qué alternativa le quedaba?*

—Hanson. —Issa se humedeció los labios y exhaló aire—. Steven Hanson, o algo por el estilo.

—¿Algo por el estilo? —El hombre rodeó el puño de Issa con sus fuertes dedos y apretó. Estaba empezando a hacerle daño. Por primera vez, Michel sintió miedo.

—No —dijo mirándole—. Hanson. No sé cómo ponerme en contacto con él, lo juro. Creo que vivía en un barco. Podría mirar la fecha. Habrá algún registro en el puerto.

El hombre del bigote miró a su amigo. Guiñó el ojo, como satisfecho.

—Eso estaría bien —dijo.

—Así quedamos en paz, ¿no? —preguntó Michel nervioso—. No existen motivos para volver a molestarnos. Ni a mí, ni a mi hija.

—¿Para qué lo íbamos a hacer? —El hombre del bigote sonrió a su socio—. Sólo hemos venido a por un nombre.

Todavía tembloroso, Michel cerró la tienda y salió poco después. Cerró con llave la entrada posterior de la tienda. Allí guardaba su pequeño Renault, en un diminuto aparcamiento privado.

Abrió la puerta del coche. No le gustaba lo que acababa de hacer. Aquellas normas habían mantenido a su familia en el negocio durante generaciones. Él las había roto. Si se corría la voz, todo aquello por lo que había trabajado durante años se iría al traste.

Cuando subió al coche y estaba a punto de cerrar la puerta, sintió que una poderosa fuerza le empujaba desde atrás. Fue arrojado al asiento del pasajero. Una fuerte mano aplastó su cara contra la piel.

—Les he dicho su nombre —lloriqueó Michel, con el corazón

acelerado—. Les dije lo que querían saber. Usted dijo que no volverían a molestarme.

Issa sintió un duro objeto metálico contra la nuca y oyó el doble clic de un arma al ser amartillada. Presa del pánico, pensó en Marte, que le estaría esperando para cenar. Cerró los ojos.

—Por favor, se lo ruego, no…

—Lo siento, viejo. —El motor en marcha del Renault ahogó el sonido del disparo—. Cambiamos de opinión.

60

Lo primero que recibió fueron los datos de *Mustang World*. La lista de los nuevos suscriptores que Hauck había pedido.

De nuevo en casa, repasó la larga lista de nombres. Mil seiscientos setenta y cinco. Varias páginas. Estaba organizada por código postal, empezando con Alabama. Entusiastas de los Mustang de todas partes del globo.

Por la pista bancaria que había descubierto en casa de Dietz, cabía pensar que Charlie se encontraba en el Caribe o en Centroamérica. Karen le había dicho que hacía años habían ido a navegar a la zona. El director del banco de Saint Kitts le había dicho que alguien más estaba buscando a Charles.

También tendría que ponerse en contacto con esos bancos más adelante.

Pero mientras pasaba las páginas de la larga lista, Hauck comprendió que Charles podía estar en cualquier parte. Si apareciera en la lista...

Empezó a examinar minuciosamente el documento.

Lo siguiente fue una llamada de Joe Velko.

El agente del Destacamento Especial Conjunto Interagencias localizó a Hauck un sábado por la mañana, justo cuando acababa de preparar un puñado de tortitas para Jessie, que pasaba el fin de semana con él. Cuando la niña le preguntó sobre las marcas rojas del cuello y la rigidez de sus movimientos, Hauck le explicó que había resbalado en el barco.

—He obtenido algunos datos—le informó Joe—. Poca cosa. Te los enviaré por fax, si quieres.

Hauck, en pantalones cortos y camiseta, se acercó a su escritorio. Se sentó sosteniendo una espátula, mientras llegaban doce páginas de datos.

—Escucha —le dijo Joe—, nada prometedor. Por lo general, podemos encontrar mil resultados positivos a partir de cualquier dato que pueda conducirnos a algún sitio, y eso se refiere tan sólo a lo que podríamos traspasar a un analista. Cualquier correlación la clasificamos como «alerta» y las ordenamos por magnitud. Baja, moderada, alta. La mayoría se clasifican en la horquilla inferior. Te he ahorrado casi toda la metodología y el lenguaje burocrático. ¿Por qué no vas directamente a la página tres?

Hauck cogió un bolígrafo y localizó la página. Había una casilla sombreada con el encabezamiento «Búsqueda AF12987543. ALERTA».

—Son resultados aleatorios de un boletín informativo *on line* que el ordenador recogió. Es sobre algo llamado la Subasta de Coches Antiguos de Carlyle, en Pensilvania. —Joe lanzó una risita—. En plan espías, Ty. Mira lo que pone: «Mustang Emberglow 1966. Estado: excelente. Escaso kilometraje, 130.000. ¡*Un primor!* Frank Bottomley, Westport, Ct.»

—Ya veo.

—El ordenador detectó el coche y la relación con Connecticut. Esta comunicación tuvo lugar el año pasado; en síntesis, alguien que se interesaba por comprar uno. Verás que el programa le asignó una magnitud BAJA. Hay montones de cosas similares. Cotilleos. Ya puedes continuar.

Hauck pasó las siguientes páginas. Varios correos electrónicos. El programa estaba controlando interacciones privadas. Toneladas de conversaciones sobre sitios de coches clásicos, blogs, eBay, Yahoo.com. Lo que recogía utilizando los puntos de referencia que Hauck había proporcionado. Algunos resultados en el sitio web de Concours d'Elegance, en Greenwich. Todos calificados de BAJO. Incluso había un grupo de rock en Texas llamado Ember Glow, debido a que el cantante se llamaba Kinky Friedman. La prioridad de ese resultado era CERO.

Había doce páginas iguales. Un correo electrónico era de un tipo que hablaba de una chica llamada Amber, con el comentario de «Brilla como un ángel».

Ningún Charles Friedman. Nada del Caribe.

Hauck se sentía frustrado. Nada que añadir a la lista de *Mustang World*.

—¿Papá?

Un olor acre llegó a la nariz de Hauck. Jessie estaba al lado del horno, y sus tortitas echaban humo.

—¡Oh, mierda! Espera, Joe.

Hauck corrió a la cocina, retiró la sartén del fuego con las tortitas ennegrecidas y las dejó sobre una bandeja. Su hija arrugó la nariz en señal de decepción.

—Gracias.

—Prepararé más.

—¿Alguna emergencia? —preguntó Joe.

—Sí, una emergencia de trece años. Papá ha echado a perder el desayuno.

—Eso tiene prioridad. Échale un vistazo luego a esa lista. No es más que un primer paso. Sólo quería que supieras que estoy en ello. Llamaré si aparece algo más.

—Te lo agradezco, Joe.

61

Karen entró con su Lexus en el camino de acceso. Se detuvo ante el buzón y bajó la ventanilla para recoger el correo. Samantha estaba en casa. Su Acura estaba aparcado delante del garaje.

Sam iba a graduarse dentro de una semana. Después Alex y ella se irían a África de safari con los padres de Karen. A ésta le habría encantado acompañarles, pero cuando habían planificado el viaje, meses antes, había empezado a trabajar en la agencia inmobiliaria, y ahora, con todo lo que estaba pasando, ¿cómo podía largarse y dejar plantado a Ty? De todos modos, razonó, ¿no era mejor que los chicos se fueran con sus abuelos en esa aventura?

Como decían los anuncios publicitarios, *¡Para morirse de risa!*

Karen sacó el correo. El cargamento habitual de publicaciones y facturas, ofrecimientos de tarjetas de crédito. Un par de cartas de asociaciones culturales. Una invitación del Bruce Museum era una de ellas. Poseía una fabulosa colección de cuadros europeos y americanos, y estaba en Greenwich. El año anterior, Charlie había sido nombrado miembro de la junta directiva.

Mientras contemplaba el sobre, pensó en un acontecimiento del año anterior. Cayó en la cuenta de que había tenido lugar dos meses antes de la desaparición de Charlie. Era una cena de etiqueta, una fiesta de carnaval, y su marido había conseguido una mesa. Habían invitado a Rick y Paula. Y también a la madre de Charlie, que vino desde Pensilvania, y a Saul y Mimi Lemmick (Charlie había arrancado a Saul la promesa de un sustancioso donativo). Karen recordaba que había tenido que ponerse esmoquin y pronunciar un discurso aquella noche. Se había sentido muy orgullosa de él.

Un personaje de aquella velada se infiltró también en sus pensamientos. Un ruso de la ciudad, a quien nunca había visto, pero

Charlie parecía conocerle muy bien. Su marido había conseguido que donara cincuenta mil dólares.

Un hombre encantador, recordó Karen, moreno y fuerte como un toro, de espeso pelo oscuro. Palmeó a Charlie en la cara como si fueran viejos amigos, aunque ella nunca había oído su nombre. El ruso había comentado que, de haber sabido que Charlie tenía una esposa tan atractiva, su donativo habría sido mucho más generoso. En la pista de baile, Charlie mencionó que el tipo era propietario del velero privado más grande del mundo. Del mundo de las finanzas, por supuesto, había dicho; un pez gordo, amigo de Saul. La esposa del hombre llevaba un diamante del tamaño del reloj de Karen. Les había invitado a todos a su casa de campo. Más bien un palacio, dijo Charlie, lo cual Karen consideró extraño. «¿Has estado allí?», preguntó. «Me lo han dicho.» Se encogió de hombros y continuó bailando. Recordaba haber pensado que ni siquiera sabía dónde había conocido Charlie a ese hombre.

Después, en casa, pasearon hasta la playa alrededor de la medianoche, todavía vestidos de etiqueta. Llevaron consigo una botella de champán medio llena que habían birlado de la mesa. Mientras iban dando sorbos como adolescentes, se quitaron los zapatos y Charlie se subió los pantalones. Luego se sentaron sobre las rocas y contemplaron las lejanas luces de Long Island, al otro lado del estrecho.

—Estoy muy orgullosa de ti, cariño —dijo Karen, un poco achispada a causa de tanto vino y champán, pero con la cabeza muy despejada. Pasó un brazo alrededor de su cuello y le dio un largo y cariñoso beso, con los pies apenas tocando la arena.

—Dentro de uno o dos años, podré retirarme —contestó él, con la corbata aflojada—. Iremos a algún sitio.

—Lo creeré cuando ocurra —rió Karen—. Venga, Charlie, a ti te gusta lo que haces. Además…

—No, lo digo en serio. —Cuando se volvió, su rostro estaba tenso y demacrado. Una resignación en los ojos que Karen no había visto nunca—. Tú no lo entiendes…

Ella se acercó más y le apartó el pelo de la frente.

—¿Entender qué, Charlie?

Le besó de nuevo.

Un mes después, desapareció en la explosión.

Karen aparcó el coche y se quedó sentada delante de su casa, mientras intentaba reprimir un repentino torrente de lágrimas.

¿Entender qué, Charlie?

¿Que me ocultaste cosas durante toda nuestra vida en común, quién eras en realidad y que, mientras ibas a la oficina cada día, me acompañabas a Costco todos los fines de semana, animabas a Alex y Sam en sus partidos, estabas planeando en todo momento una forma de desaparecer? ¿Que es posible que participaras en el asesinato de personas inocentes? ¿Por qué, Charlie? ¿Cuándo empezó? ¿Cuándo la persona a la que me había dedicado en cuerpo y alma, con la que dormí tantos años, con la que hice el amor, a la que amé con todo mi corazón, empezó a darme miedo? ¿Cuándo cambió?

¿Entender qué?

Se secó los ojos con el dorso de la mano y amontonó la pila de cartas y revistas sobre su regazo. Puso el coche de nuevo en marcha y se dirigió hacia el garaje. Fue entonces cuando se fijó en algo que destacaba del montón, un sobre gris grande dirigido a ella. Se detuvo delante del garaje y lo abrió antes de bajar.

Era de Tufts, la universidad de Samantha, adonde iría en agosto. Ningún logo identificador en el sobre, sólo un folleto, del tipo que enviaban en los inicios del proceso de solicitud para presentarles la institución.

Había un par de palabras escritas delante. Con pluma.

Cuando las leyó, su corazón se paralizó.

62

Un día después, Hauck y Karen acordaron encontrarse. Se decidieron por el Arcadia Coffee House, situado en una calle tranquila de la ciudad, no muy lejos. Él ya estaba sentado a una mesa cuando ella llegó. Le saludó con la mano, fue a la barra y pidió un café con leche. Luego se reunió con él junto al ventanal de atrás.

—¿Cómo va el costado?

Él levantó el brazo.

—Ni daño, ni infección. Hiciste un buen trabajo.

Ella sonrió por el cumplido, pero al mismo tiempo le miró con aire de reprobación.

—De todos modos, deberías dejar que alguien le echara un vistazo, Ty.

—He conseguido algunas cosas —contestó Hauck para cambiar de tema. Empujó hacia ella una copia de la lista de suscriptores de *Mustang World*. Karen pasó un par de páginas y bufó, abrumada por el número.

—Pude reducirla. Creo que lo mejor es dar por sentado que Charles está fuera del país. Si tiene fondos guardados en el Caribe, en algún momento tuvo que ponerse en contacto con esos bancos. Hay sesenta y cinco nombres nuevos sólo en Florida, y otros sesenta y ocho internacionales. Treinta son de Canadá, cuatro de Europa, dos de Asia, cuatro de Sudamérica, así que olvidémoslos. Veintiocho estaban en México, el Caribe o Centroamérica.

Hauck los había subrayado con un rotulador amarillo.

Karen rodeó la taza con las manos.

—De acuerdo.

—Tengo un amigo que es investigador privado. Fui a verle por la información que te enseñé relacionada con la empresa de Charles en Tórtola. Eliminamos cuatro nombres al instante. Hispanos.

Seis más eran comerciales, concesionarios de automóviles o suministradores de piezas. Le pedí que hiciera una rápida investigación financiera del resto.

—¿Y qué encontraste?

—Eliminamos seis más por asuntos como la prolongación de la estancia en su residencia y material que podíamos extraer de tarjetas de crédito. Cinco más constaban como casados, de manera que, a menos que Charles haya estado muy ocupado durante el último año, creo que también podemos borrarlos.

Karen asintió y sonrió.

—Quedan once.

Los había subrayado página por página. Robert Hopewell, que vivía en Shady Lane, en las Bahamas. Un tal F. March, en Costa Rica. Karen se detuvo. Ella, Charles Paula y Rick habían estado una vez allí. Un tal Dennis Camp, que vivía en Caracas, Venezuela. Un tal Steve Hanson, con un apartado de correos en Saint Kitts. Alan O'Shea, de Honduras.

Cinco más.

—¿Te suena alguno de esos nombres? —preguntó Hauck.

Karen repasó toda la lista y negó con la cabeza.

—No.

—De algunos también consta el número de teléfono, pero no creo que alguien empeñado en hacerse invisible vaya dejando constancia por ahí de su teléfono. La mayoría sólo da un apartado de correos.

—¿Podemos asumir que Charlie está entre ellos?

—Sí. —Hauck asintió con un suspiro—. La única ventaja con la que contamos es que él ignora que existen motivos para que alguien suponga que está vivo. —La miró—. Pero tengo un par más de posibilidades, antes de que tengas que hacer alguna llamada.

—Espera. Tengo que decirte algo.

Karen asintió, nerviosa, y se masajeó la frente.

—¿Qué pasa?

—Quiero enseñarte algo, Ty.

Introdujo la mano en el bolso.

—Encontré un par de cosas la semana pasada, enterradas en el cajón del escritorio de Charles, cuando me pediste que registrara sus pertenencias. Tendría que habértelas enseñado entonces, pero eran antiguas y me asustaron. No sabía qué hacer. Son de antes del atentado.

—Déjame ver.

Karen las sacó del bolso. Una era una pequeña tarjeta, todavía dentro de su diminuto sobre, dirigida a Charles. Hauck la abrió. Era una de esas tarjetas que se envían junto con un ramo de flores.

Siento lo del chucho, Charles. ¿Podrían ser tus chicos los siguientes?

Miró a Karen.

—No estoy seguro de entenderlo.

—Antes de morir… —Karen se humedeció los labios—, de marcharse, teníamos otro perro. *Sasha*. La atropelló un coche, justo en nuestra calle. Delante de nuestra casa. Fue horrible. Charlie fue quien la encontró. Un par de semanas antes del atentado…

Hauck volvió a mirar la nota. *Le estaban amenazando.*

—Y esto…

Karen sacó otra cosa. Se masajeó la frente con mirada tensa.

Era una felicitación de Navidad. Con una foto de la familia. Tiempos más felices. *De los Friedman.* Charlie, con chaleco azul de lana y camisa de punto, el brazo alrededor de Karen, que llevaba una cazadora y tejanos, sentados en la valla de algún lugar en el campo. Tenía los ojos brillantes y parecía orgullosa. Hermosa. *Os deseamos lo mejor para el año que viene…*

Hauck se encogió, como si le hubieran dado un puñetazo en el estómago.

Los rostros de Alex y Samantha habían desaparecido. Recortados.

La miró.

—Alguien estaba amenazando a Charles, Ty. Hace un año. Antes de que se marchara. Mi marido guardaba estas cosas escondidas. No sé qué hizo, pero sé que está relacionado con la gente de Archer y todo ese dinero en el extranjero.

Alguien le estaba amenazando, pensó Hauck, al tiempo que ponía una tarjeta sobre la otra y se las devolvía a Karen.

—Ayer recibí esto.

Introdujo la mano en el bolso y extrajo algo más, un sobre grande gris.

—En el buzón.

Sus ojos expresaban preocupación. Hauck abrió el sobre y sacó un folleto. Tufts. El lugar al que Sam iría en otoño, recordó.

Había algo escrito en él. La misma letra inclinada hacia adelante de la otra nota.

Aún nos debes algunas respuestas, Karen. Nadie se ha marchado. Seguimos aquí.

—Están amenazando a mis hijos, Ty. No puedo permitir que eso ocurra.

Hauck apoyó una mano sobre la de ella.

—No. No lo permitiremos.

63

Hauck recibió la llamada de móvil cuando estaba a punto de ir a ver al jefe Fitzpatrick, con el fin de solicitar que enviaran de nuevo un coche patrulla a casa de Karen.

—¿Joe?

—Escucha —dijo el hombre del JIATF—, tengo algo importante. Te lo voy a enviar por fax ahora.

El fax empezó a imprimir las páginas antes de que Hauck hubiera llegado a su escritorio.

—Lo que te envío es una transcripción de una serie de conversaciones *on line*, extraídas de un sitio de fanáticos de los coches —explicó Velko—. El primer intercambio tuvo lugar en febrero.

—Tres meses antes. Joe parecía muy animado—. Creo que tenemos algo.

Hauck empezó a leer la transcripción lo más rápido posible. El encabezado de la primera página rezaba ALERTA. En la casilla sombreada, había un número de transcripción y una fecha, 24 de febrero. También había una lista de «frases desencadenates» clave. Hauck había entregado a Joe: «Ford Mustang 1966. Emberglow. Greenwich, Ct. Concours d'Elégance. *La niña de los ojos de Charlie*». Algunas de las frases favoritas del marido de Karen.

La casilla de alerta estaba marcada «ALTA».

Hauck se sentó a su escritorio y leyó, mientras su pulso se aceleraba.

KlassicKarMania.com:

Mal784: Eh, cambio 'Stang Ember Glow 66 por un Merc 230 descapotable 69. ¿Alguien interesado?

DragsterB: Vi uno en una película el año pasado. Sandra Bullock. Estaba bien.

Xpgma: ¿La chica o el coche?

Dragster B: Muy gracioso, tío.

Mal784: *La casa del lago*. Sí, pero el mío es descapotable, GT. 93.000 kilómetros. 280 CV. En estado casi perfecto. ¿Alguien interesado? Acepto $38,5.

Dragster B: Conozco a alguien que tal vez estaría interesado.

SunDog: ¿Dónde está?

Mal784: Florida. Boynton Beach. Raras veces ve la luz del día.

SunDog: Tal vez. Yo tenía uno. En el norte. ¿Cuál es el número de chasis? ¿C o K?

Mal784: K. Alto rendimiento. En todo.

SunDog: ¿Cómo está el interior?

Mal784: Piel de poni Orig. Radio Orig. Ni un rasguño. Esos cabrones se te meten dentro, ¿verdad?

SunDog: Tuve que vender. Traslado. Me paseaba con él.

Mal784: ¿Dónde?

Dragster B: ¿Esto es una conversación privada? ¿Alguien sabe dónde se puede adquirir un juego de llantas Crager de 16"????

SunDog: Pocos lugares. Stockbridge, Mass. The Concours, en Greenwich. Un poco más abajo de donde estás, en Palm Beach.

Mal784: Oye, ¿no habías visitado este lugar hace un tiempo? Pero con nombre diferente. CharlieBoy o algo por el estilo, ¿verdad?

SunDog: Cambio de vida, tío. Déjame ver el coche. Envía una foto.

Mal784: Dame tu dirección.

SunDog: Ponla en este sitio, Mal. La miraré.

Eso era todo. Hauck volvió a leer la conversación. Su instinto le decía que iba por buen camino. Pasó la página. Había otra conversación. Ésta era de dos semanas después, del 10 de marzo.

Mal784: No tienes ni puta idea de Mustangs, hermano. Mira el VIN#*. Los K tienen más caballos de potencia. Exige un precio más alto. El tuyo es un J. 27-28K, máximo.

Opie$: De acuerdo, lo miraré.

Mal784: Aprenderás algo. Hay personas que no saben lo que tienen.

SunDog: ¿Aún tienes ese Ember Glow, Mal?

Mal784: ¡Eh! Mira lo que ha arrastrado la marea. ¿Qué te ha pasado, tío? Puse una foto, como dijiste. No me contestaste.

SunDog: La vi. Una máquina estupenda, sin duda. No hubo suerte, ¿eh? De todos modos, no encaja en mi vida de ahora.

Mal784: Puedo negociar. Soy la negociación personificada.

SunDog: No. Ahora estoy más en el agua que en tierra firme. Además, he de encontrar una forma de pasarlo por la aduana.

Mal784: ¿Dónde?

SunDog: Caribe. Da igual. Se pudriría bajo este sol. Pero puede que vuelva a ponerme en contacto contigo. Grs.

Mal784: Llegas tarde, tío, espera. Lo tengo en subastas.

SunDog: La mejor de las suertes. Seguiré mirando.

Opie$: Oye, acabo de mirar. ¿Qué sabes de los VIN que empiezan por N?

—¿Ya lo has leído, Ty? —preguntó Joe.

Hauck pasó las páginas.

—Sí. Creo que nos ha tocado el gordo. ¿Cómo localizamos a ese tal SunDog?

—Ya he puesto un seguidor de usuario IP en el servidor del sitio web, Ty. Comprenderás que no lo habría hecho si no se tratara de ti.

—Lo sé, amigo.

—Así que fui al sitio del blog. No opusieron mucha resistencia.

---

* Número de identificación de vehículos. *(N. del T.)*

Es sorprendente lo que puede llegar a conseguir una agencia gubernamental desde el 11-S, incluso sin una citación. ¿Tienes un boli a mano?

Hauck buscó en el escritorio.

—Ya me siento más seguro, Joe. Dispara.

—SunDog no es más que un nombre de usuario. Seguimos su pista hasta una dirección web, que ellos nos proporcionaron. Oilman0716@hotmail.com.

64

Hauck se fijó en el nombre. *Oilman*. Sabía, sin necesidad de mirar nada más, que le habían encontrado. Todo le decía que se trataba de Charles.

—¿Es posible localizarlo, Joe?

—Sí... y no. Como ya sabes, Hotmail es un sitio de Internet gratuito. Por lo tanto, sólo necesitas dar un nombre para registrarte, y ni siquiera hace falta que sea verdadero. Ni tan sólo la dirección ha de ser real. Pero podemos preguntarles qué ponía en la solicitud de alta. Y hay un historial de comunicaciones en el que nos podemos basar. Lo que no puedo hacer, sin embargo, es reducir los datos a un lugar concreto.

El optimismo corría por la sangre de Hauck.

—De acuerdo...

—Da la impresión de que la actividad procede de la región del Caribe. No de un lugar específico, sino de una red de área local inalámbrica. Se ha detectado actividad en los alrededores de Saint Maarten, las Islas Vírgenes. Incluso en Panamá.

—¿Ese tipo viaja?

—Tal vez, o se desplaza en barco.

Un barco. Hauck lo consideró lógico.

—¿Podemos reducir eso?

—Con tiempo —explicó el hombre del JIATF—. Podemos montar vigilancia, controlar la actividad futura y triangular un punto de origen. Pero eso exige personal. Y papeleo. Además de implicar a otros países. Ya sabes a qué me refiero. Y sospecho que eso no te interesa demasiado, ¿verdad, Ty?

—No —admitió—. No si puedo evitarlo, Joe.

—Eso pensaba. Pues ése será nuestro siguiente paso. Conseguimos la información de la solicitud a través de la gente de Hotmail. Hasta aquí he llegado, pero a partir de ahora estás solo.

—¡Eso es fantástico!

—La dirección de la cuenta es un apartado de correos de la oficina central de correos de la isla de Saint Maarten, en el Caribe. Llegué lo más lejos posible sin implicar a nadie más y lo investigué. Está registrado a nombre de Steven Hanson, Ty. ¿Te dice algo ese nombre?

—¿Hanson? —Al principio, se quedó en blanco, pero después algo se disparó en su interior—. Espera un segundo, Joe…

Dio la vuelta al escritorio y miró en un montón de papeles. Hasta que la encontró.

La lista de nuevos suscriptores de *Mustang World*.

La había reducido a un puñado de nombres. De toda la región: Panamá. Honduras. Las Bahamas. Las Islas Vírgenes… Tardó unos pocos segundos en examinar la lista. Hopewell, March, Camp, O'Shea.

¡Pero allí estaba!

S. Hanson. Fecha de suscripción: 17/1. *¡Este año!* La única dirección era un apartado de correos de Saint Kitts.

Steven Hanson.

Una oleada de alegría recorrió las venas de Hauck.

Steven Hanson era Oilman0716. Y Oilman0716 tenía que ser Charles. Demasiadas coincidencias.

El coche. El Concours. Las frasecitas. Karen estaba en lo cierto. Se trataba de algo que era incapaz de cambiar. *La niña de sus ojos.*

¡Le habían encontrado!

65

Sonó el timbre de la puerta, y cuando Karen fue a abrir, se quedó sorprendida.

—Ty...

Samantha estaba en la cocina dando cuenta de un yogur, mientras miraba la tele. Alex tenía los pies colgados por encima del sofá del salón, mientras gruñía y gritaba de alegría, absorto en el ultimísimo videojuego Wii.

En el rostro de Hauck se reflejaba la esperanza.

—He de enseñarte algo.

—Entra.

Karen había intentado proteger a los chicos de todo lo que estaba sucediendo: sus cambios de humor, la preocupación que parecía eternamente grabada en su cara. Sus frustrados registros de medianoche de las cosas de Charles.

Pero era una batalla perdida. No eran estúpidos. Observaban su circunspección inhabitual, la tensión, su nerviosismo más pronunciado que antes. El que Ty apareciera sin avisar sólo sirvió para aumentar sus sospechas todavía más.

—Entra aquí —dijo Karen al tiempo que le conducía a la cocina—. Sam, ¿te acuerdas del detective Hauck?

Su hija levantó la vista con una expresión entre confusa y sorprendida. Tenía las rodillas dobladas sobre el taburete e iba vestida con pantalón de chándal y camiseta de los Greenwich Huskies.

—Hola.

—Me alegro de volver a verte —dijo Hauck—. He oído que vas a graduarte.

—Sí. La semana que viene.

Asintió. Lanzó una mirada a Karen.

—Tufts, ¿verdad?

—Sí —repitió la muchacha—. Ya estoy impaciente. ¿Qué pasa?

—He de hablar un momento con el detective, cariño. Mejor vamos a otro...

—Tranquila. —Se levantó del taburete—. Ya me voy. —Tiró el contenedor del yogur a la basura y la cuchara al fregadero—. Me alegro de volver a verle —dijo a Hauck, al tiempo que ladeaba la cabeza y desviaba los ojos hacia Karen, como diciendo *¿Qué pasa?*

Él saludó con la mano.

—Yo también.

Karen apagó la televisión y le condujo hasta el jardín de invierno.

—Nos quedaremos aquí.

Se sentó en una esquina del sofá floreado. Ty se acomodó en la butaca tapizada que había a su lado. Ella llevaba el pelo recogido en una coleta y una camiseta vieja gris brezo de los Texas Longhorns. Sin maquillaje. Sabía que estaba hecha un desastre. De todos modos, sabía que él no se presentaría en plena noche así a menos que se tratara de algo importante.

—¿Lo saben? —preguntó él.

—¿Lo que encontré en el correo? —Karen negó con la cabeza—. No. No quiero preocuparles. Mis padres vendrán la semana que viene para la graduación. La madre de Charlie vendrá desde Pensilvania. Se irán a África de safari con mis padres unos días después. Una vez que Sam se haya graduado. Me sentiré mucho mejor cuando hayan subido al avión.

Ty asintió.

—Estoy seguro. Escucha... —Sacó unos papeles de su chaqueta—. Siento molestarte así en tu casa. —Los dejó caer sobre la mesa delante de ella—. Será mejor que los leas tú misma.

Karen los levantó con cautela.

—¿Qué es?

—Una transcripción de dos conversaciones por Internet. De uno de los sitios de coches a los que se conecta tu marido. Tuvieron lugar en febrero y marzo. Uno de los equipos a quienes entregué la información que tú encontraste consiguió captarlas.

El vello de los brazos de Karen se erizó.

Leyó las transcripciones. *Emberglow. Concours. Greenwich*. Su corazón se aceleraba un poco cada vez que topaba con una frase familiar. De pronto, Karen comprendió de qué se trataba. *SunDog*. La mención de un cambio de vida, el Caribe. Una referencia al antiguo seudónimo de Charlie para navegar por Internet. *CharlieBoy*.

Dio la impresión de que una mano invisible estrujaba su corazón con un puño helado y no lo soltaba. Se concentró en el nombre durante mucho rato. Después alzó la vista.

—Crees que es Charlie, ¿verdad?

—Lo que creo es que aquí hay un montón de cosas que suenan muy familiares —replicó él.

Karen se levantó, hecha un manojo de nervios. Hasta ahora se había sentido segura con la idea de que se trataba de un rompecabezas abstracto. Ver su cara en la pantalla. Descubrir la caja de seguridad en Nueva York. Hasta la horrible muerte de uno de sus empleados, Jonathan… Todo conducía hacia algo nebuloso, algo que jamás había creído que debería afrontar.

Pero ahora… Su corazón se aceleró. SunDog. Karen era capaz de imaginar a Charlie inventando algo por el estilo. Ahora existía la posibilidad de que todo lo sucedido fuera real. Ahora podía leer palabras y frases que tal vez él hubiera pronunciado, y casi oía su voz, viva, familiar. En algún lugar, haciendo las mismas cosas, teniendo las mismas conversaciones que había tenido con ella.

Karen sintió una presión en la frente.

—No sé qué hacer con esto, Ty.

—Mis contactos localizaron el nombre —dijo él—. Es un sitio gratuito de Internet. Hotmail. No hay nombre registrado, sólo un apartado de correos en Saint Maarten. En el Caribe.

Ella contuvo el aliento y asintió.

—El apartado de correos estaba registrado a nombre de Steven Hanson.

—¿Hanson?

Karen parecía angustiada.

—¿Te dice algo eso?

—No.

Hauck se encogió de hombros.

—Tampoco debería. Pero a mí me llamó la atención. Miré la lista que obtuvimos de *Mustang World*. —Le entregó otra hoja—. Mira, ahí hay un S. Hanson. Sin dirección, sólo un apartado de correos. Está en Saint Kitts.

—Eso no demuestra que es él —dijo ella—. Sólo alguien que se interesa por el mismo tipo de coches. Podría haber montones.

—Y que actúa con la mayor discreción, Karen. Apartados de correos, nombres falsos. Investigué el nombre del titular de la cuenta, ¿y sabes lo que obtuve? Nada.

—¡Pero eso no significa que sea Charlie! —repitió ella en tono de desesperación—. ¿Por qué? ¿Por qué estás haciendo esto, Ty? ¿Por qué abandonaste tu trabajo? —Volvió al sofá y se sentó sobre el brazo al tiempo que le miraba—. ¿Qué piensas sacar de todo esto? ¿Por qué me obligas a afrontar esto?

—Karen...

Apoyó una mano sobre su rodilla y apretó con suavidad.

—¡No!

Ella le apartó la mano.

Los ojos hundidos de Hauck no se inmutaron, y por un momento pensó que Karen se iba a poner a llorar. Tuvo ganas de abrazarla.

—¿Dijiste que había una dirección de correo electrónico?

—Sí. Aquí está.

Le tendió una hoja de papel. Karen la tomó con dedos temblorosos.

Oilman0716@hotmail.com.

La leyó un par de veces, y poco a poco fue asimilando la verdad. Después le miró con una leve sonrisa, como herida, acorralada.

—Oilman...

Sorbió por la nariz, y por un segundo se sintió jubilosa, pero al mismo tiempo defraudada.

Una película húmeda entelaba sus ojos.

—Es él. —Asintió—. Es Charlie.

—¿Estás segura?

—Sí, estoy segura. —Expulsó aire, como si tomara fuerzas para defenderse del estallido de lágrimas que estaba a punto de producirse—. El número, cero siete dieciséis, lo utilizábamos siempre para nuestras contraseñas. Es nuestro aniversario, dieciséis de julio… La fecha en que nos casamos. En 1989. Es Charlie, Ty.

66

La oscuridad reinaba en la casa. Karen estaba sentada en la oficina de Charlie. Hacía mucho rato que los chicos se habían ido a dormir.

Karen miraba una y otra vez la dirección de correo electrónico. Oilman0716.

Oleadas de ira e incertidumbre recorrían sus venas. Ira mezclada con acusaciones, incertidumbre por lo que debía hacer. No estaba segura ni siquiera de lo que sentía en su interior, pero cuanto más miraba aquel número tan familiar, más dudas se disipaban. Sabía que tenía que ser Charlie.

Y eso le robaba algo. Los últimos rescoldos de fe que aún tenía en él. En su vida en común. Su última esperanza.

Charlie, hijo de puta…

¿Ponerse en contacto con él? Ni siquiera sabía qué podía decirle.

¿Cómo pudiste hacerlo, Charlie? ¿Cómo pudiste abandonarnos de esa forma? Éramos un equipo. Éramos almas gemelas, ¿verdad? ¿No decíamos siempre que nos complementábamos mutuamente? ¿Cómo pudiste hacer esas cosas horribles?

Karen experimentaba la sensación de que la cabeza le pesaba media tonelada. Pensó en AJ Raymond y en Jonathan Lauer. Muertes con las que su marido estaba relacionado. Se sintió asqueada, le daban ganas de vomitar.

¿Es todo cierto?

Durante el año anterior, había aprendido a aceptar el hecho de que su marido había muerto. Había hecho todo lo posible. Y ahora él volvía. Vivo, tan vivo como ella.

Podía plantarle cara.

Oilman0716.

¿Qué podía decir?

¿Estás vivo, Charlie? ¿Estás leyendo esto? ¿Sabes cómo me siento? ¿Cómo nos sentiríamos todos si los chicos se enteraran? ¿Sabes hasta qué punto me has herido? ¿Sabes que has degradado todos esos años que pasamos juntos? Charlie, ¿cómo…?

Accedió a su cuenta AOL. KFried111. Dos veces había reunido fuerzas para teclear la dirección de él. *Oilman.*

Entonces, se detuvo.

¿Qué ganaría si lo hacía? Obligarle a decir que lo sentía. Obligarle a admitir que no era la persona que ella creía. Que había hecho todas aquellas cosas mientras vivía con ella, se acostaba con ella. Que había estado todo ese tiempo planeando su huida. ¿Quería oír la mentira de que la había querido, de que les había querido…?

¿Por qué? ¿Qué iba a ganar? Arrastrar a su familia de nuevo a la pesadilla. Esta vez, sería mucho peor.

Una lágrima quemó la mejilla de Karen. Una lágrima henchida de duda y acusaciones. Contempló la dirección de la pantalla y se puso a llorar.

—¿Mamá?

Alzó la vista. Samantha estaba en la puerta. Sólo llevaba su camiseta de Michigan y unas bragas.

—¿Qué pasa, mamá? ¿Qué estás haciendo aquí, sentada a oscuras?

Karen secó la lágrima.

—No lo sé, cariño.

—¿Qué está pasando, mamá? —Sam se acercó a la mesa y se arrodilló a su lado—. ¿Qué estás haciendo en el escritorio de papá? No puedes decirme que no pasa nada. Hay algo que te preocupa desde hace dos semanas. —Apoyó una mano sobre el hombro de Karen—. Es acerca de papá, ¿verdad? Lo sé. El detective volvió. Ahora hay un coche aparcado en la calle. ¿Qué está pasando? Mírate, aquí sola llorando. Esa gente nos está molestando de nuevo, ¿verdad, mamá?

Karen asintió y respiró hondo.

—Me enviaron otra nota —dijo mientras se secaba las lágrimas de los ojos—. Sólo quiero que disfrutes de un día en el cual nos sentiremos todos orgullosos, cielo. Te lo mereces. Y después, el viaje.

—¿Y qué pasará después del viaje, mamá? ¿Qué ha hecho papá? Puedes decírmelo. No tengo seis años.

¿Cómo? ¿Cómo podía decírselo? En cierto sentido, sería como robarle la inocencia a su hija, el cálido recuerdo de su padre. Le habían llorado y enterrado. Habían aprendido a vivir sin él. *Maldito seas, Charlie*, se encrespó Karen. *¿Por qué me haces esto?*

Rodeó la cintura de Sam y tomó aliento.

—Es posible que papá haya hecho muchas cosas, Sam. Puede que haya administrado dinero de una gente. Gente mala, cariño. En el extranjero. Ilegalmente. No sé quiénes eran. Sólo sé que ahora lo quieren.

—¿Qué quieren, mamá?

—El dinero desaparecido, cielo. Un dinero que papá tal vez perdiera. Ése es el mensaje que querían comunicarme.

—¿Qué quiere decir que lo quieren? Papá ha muerto.

Karen acercó a Sam a su regazo y la abrazó, como hacía cuando era pequeña, y hasta percibió su aroma a recién bañada. Se estremeció y calló lo que iba a decir.

—Sí, cariño, ha muerto.

Karen cabeceó.

—Hay cosas que no me dices, ¿verdad? Lo sé, mamá. Siempre estás registrando sus cosas. Ahora estás aquí, en plena noche, en su estudio, delante de su ordenador. Papá no haría nada malo. Era un buen hombre. Vi cómo trabajaba. Vi lo que significabais el uno para el otro. No está aquí para defenderse, de modo que nos toca a nosotras defenderlo. Nunca habría hecho nada que pudiera perjudicarnos. Puede que haya sido tu marido, mamá, pero era nuestro padre. Yo también le conocía.

—Sí, cariño, tienes razón. —Karen la abrazó—. Nos toca a nosotros defenderlo.

Acarició el pelo de Sam mientras su hija la abrazaba.

Nos toca a nosotros poner fin a esto. Con independencia de lo que esa gente quiera. Sam tenía una vida por delante. Todos la tenían. ¿Acaso aquella pesadilla iba a perseguirles eternamente?

¿De veras quieres saber lo que tu padre ha hecho, cielo? ¿De veras quieres que destruya sus recuerdos y su amor? *Como se han destruido los míos.* ¿No sería mejor quererle y recordarle como haces tú? Recordar cuando te llevaba a patinar, cuando te ayudaba con los problemas de matemáticas. ¿No sería mejor que perdurara en tu corazón?

—Esto me está asustando un poco, mamá —dijo Sam.

—No lo permitas, cariño.

Karen le besó el pelo. Pero no pudo evitar pensar: *A mí también me asusta.*

Maldito seas, Charlie. ¿Por qué tuve que ver tu cara en aquella pantalla?

Mira lo que has hecho.

67

Llegó por fin el día de la partida de los chicos. Karen les ayudó a hacer las maletas y les acompañó en coche al JFK, donde se reunieron con los padres de ella, que habían llegado el día anterior, en la terminal de British Air.

Aparcó el coche y entró con sus hijos para facturar el equipaje, y allí se encontró con Sid y Joan. Todo el mundo estaba muy emocionado. Karen abrazó a Sam con todas sus fuerzas y le dijo que cuidara de su hermano.

—No quiero que se ponga a escuchar su iPod y se lo lleve una manada de leones.

—Es un DVR portátil, mamá. Y en su caso, lo más probable es que se lo lleve una partida de babuinos.

—Muy graciosa.

Alex hizo una mueca y le dio un codazo. Casi habían tenido que llevarle a rastras al aeropuerto, e iba con la cara mustia, preocupado por los insectos grandes y por contraer la malaria.

—Vamos, chicos. —Karen les dio un fuerte abrazo—. Os quiero a los dos. Ya lo sabéis. Que os lo paséis muy bien, y no dejéis de llamarme.

—No podemos llamarte, mamá —le recordó Alex—. Estaremos en la selva. De safari.

—Pues fotos —dijo Karen—. Espero muchas fotos. ¿Me habéis oído?

—Sí, te hemos oído —sonrió Alex avergonzado.

Los chicos le dieron un abrazo muy fuerte. Karen no pudo evitarlo, y las lágrimas se agolparon en sus ojos.

Alex resopló.

—Ya está mamá otra vez.

Karen se las secó.

—Corta el rollo.

También abrazó a sus padres, y después les vio alejarse a todos, saludando con la mano mientras se dirigían a pasar el control de seguridad, Alex con una gorra de béisbol de Syracuse y la mochila llena de revistas de coches, y Sam con pantalones de chándal y su iPod. Karen apenas pudo conservar la entereza.

Pensó en la advertencia que acababa de recibir y en el correo electrónico de Charles. No quería que sus chicos corrieran el menor peligro ¿y por eso los enviaba a África? De vuelta en el coche, estuvo sentada un momento en el garaje antes de encender el motor. Apretó la cara contra el volante y lloró, contenta de que sus hijos se hubieran marchado, pero al mismo tiempo con una enorme sensación de soledad; sabía que por fin había llegado el momento.

El momento de plantarle cara.

Nos toca a nosotros, ¿verdad?

Aquella noche, Karen se sentó ante el ordenador de Charles.

Ya no sentía miedo, ni dudas sobre lo que debía hacer. Sólo la determinación de hacer lo que debía.

Le pasó por la cabeza la idea de que debería llamar a Ty. Durante las últimas semanas, se había sentido muy cerca de él, se agitaban sentimientos en su interior, sentimientos mezclados con la confusión por lo que estaba pasando con Charles, y que parecía mejor negar. Además, nunca había dado una respuesta a Ty sobre lo que estaba dispuesta a hacer con el resultado de sus investigaciones.

Se conectó con su cuenta de correo electrónico.

KFried111. Un nombre que Charlie reconocería al instante.

Iba a darle su respuesta.

Solos tú y yo, Charlie. Y la verdad.

¿Qué podía decir? Cada vez que lo pensaba, todo regresaba. La angustia de perderle. La sorpresa de verle de nuevo en la pantalla. El descubrimiento del pasaporte, del dinero. La confirmación de que no estaba muerto, sino que la había abandonado. El miedo de su hija después de que la asaltaran en su coche.

Todo regresó, pero Ty tenía razón. No iba a desaparecer.

Había muerto gente.

Tecleó vacilante la dirección. Oilman0716. Karen ya lo había hecho varias veces, pero en esta ocasión no pensaba echarse atrás. Se preguntó, con una leve sonrisa, qué pensaría él, cómo cambiaría su mundo, qué puerta estaba abriendo, una puerta que quizá sería mejor dejar cerrada.

Ya no, Charlie.

Karen tecleó dos palabras. Las releyó y tragó saliva. Dos palabras que cambiarían su vida por segunda vez, reabrirían heridas que apenas habían cicatrizado.

Clicó enviar.

Hola, Charlie.

68

En un lugar llamado Little Water Cay, cerca de las islas Turks y Caicos, Charles Friedman abrió su ordenador portátil.

Un miedo inquietante se había apoderado de él.

Primero, hacía una semana, en Domenica. Una cajera con la que flirteaba en ocasiones le había dicho que alguien había ido al banco la semana anterior, un hombre bajo con bigote, y había preguntado a uno de los directores por un norteamericano que había hecho una transferencia. Describió a una persona similar a él. El hombre hasta había mostrado una foto.

Después el artículo que tenía desplegado sobre su regazo.

Del *Caribbean Times*. Sección de Noticias Regionales. Sobre un asesinato en la isla de Saint Maarten. Habían disparado en su coche a un comerciante de diamantes de la vieja escuela. No habían robado en la tienda. El nombre del asesinado era Issa. Llevaba en la isla cincuenta años.

Su proveedor de diamantes. Su contacto. Durante el año anterior, había efectuado dos transacciones con Issa. Los ojos de Charles se clavaron en el titular. Un crimen de esa índole no había sucedido en diez años.

Lo sabían. Se estaban acercando. Tendría que trasladarse a otro lugar. Le habrían seguido a través de su red de bancos y habrían descubierto que había vaciado su cuenta de honorarios de Falcon. Ahora el asesinato del comerciante. Charles se sintió entristecido por haber provocado la muerte del viejo. Issa le había caído bien. Él no tardaría en necesitar fondos, pero exhibir su cara se había convertido en algo demasiado peligroso. Incluso aquí.

Siempre había sabido que algún día seguirían el rastro del dinero.

Había llovido mucho durante la noche. Algunas nubes de tormenta acechaban todavía en el límpido cielo azul. Se sentó en la cubierta de su barco con una taza de café y se conectó su cuenta Bloomberg, su ritual de todas las mañanas. Examinó la evolución de las cotizaciones al finalizar la jornada bursátil, como había hecho durante veinte años, aunque ahora sólo operaba para él. También tendría que dejar de hacer eso pronto. Quizá podían seguir el rastro de su actividad, pues participaba en todas las operaciones. No obstante, lo necesitaba para no perder la cordura. Ahora también iba a perder eso.

Su ordenador portátil cobró vida. Su servidor anunció que tenía cuatro mensajes nuevos.

No recibía muchos correos electrónicos en su nueva cuenta. La mayoría era correo basura que conseguía acceder a su ordenador, solicitudes de hipotecas y anuncios de Viagra. Una ocasional actualización bursátil electrónica. No quería atraer la atención hacia su nueva identidad. Así debía ser.

Y en eso estaba pensando, en correo basura, mientras bebía su café y examinaba la lista de mensajes.

Hasta que sus ojos se detuvieron.

No se detuvieron: se estrellaron contra la dirección del tercer mensaje, y notó un nudo en el estómago.

KFried111.

Su columna vertebral se arqueó, como si una corriente de alto voltaje la hubiera recorrido. Se concentró en el nombre de nuevo y parpadeó, como si sus ojos le estuvieran gastando una broma.

Karen.

Con el corazón acelerado, volvió a comprobar que no hubiera conectado por error con su antigua dirección de correo electrónico, aunque sabía que eso era imposible. Pero ¿qué otra cosa podía ser?

No, estaba correcto. *Oilman.*

Notó la garganta seca. Peor aún, comprendió que, en un abrir y cerrar de ojos, todo había vuelto. Su pasado. Sus engaños. Lo que había hecho. *¿Cómo era posible? ¿Cómo podía ella haber descubierto su nombre? ¿Su dirección?* No, comprendió que aquéllas no eran las preguntas pertinentes.

¿Cómo era posible que supiera que estaba vivo?

Había transcurrido un año. Había ocultado su rastro a la perfección. No mantenía la menor relación con su antigua vida. Jamás se había topado con algún conocido, su gran temor. Los dedos de Charles estaban temblando. *KFried111.* Karen. *¿Cómo había podido localizarle aquí?*

Una mezcla de emociones se apoderó de él: pánico, miedo, nostalgia. Recuerdos. Vio sus caras, les echó de menos en aquel momento tanto como les había echado de menos durante aquellos terribles primeros meses.

Por fin, Charles se serenó. Hizo clic sobre el nombre. Sólo vio dos palabras escuetas. Las leyó, el color se retiró de su cara, las lágrimas se agolparon en sus ojos, notó un escozor de culpa y vergüenza.

Hola, Charlie.

69

Cuando sonó el telérono, Saul Lennick acababa de meterse en la cama embutido en su pijama Sulka de seda. Estaba ojeando un prospecto financiero para una reunión que tenía por la mañana, su atención distraída por el telediario de la noche.

Mimi, que estaba a mitad de una novela de Alan Furst a su lado, suspiró molesta y echó un vistazo al móvil.

—Saul, son más de las once.

Lennick buscó su móvil en la mesita de noche. No reconoció el número, pero la llamada procedía del extranjero. *Barbados*. Su corazón se aceleró.

—Lo siento, querida.

Se quitó las gafas de leer y abrió el móvil.

—¿No puede esperar a mañana?

—De haber podido, lo habría hecho —contestó Dietz—. Tranquilo, llamo desde un teléfono con tarjeta prepago. No pueden localizar la llamada.

Lennick se incorporó y se puso las zapatillas. Dedicó a su esposa un suspiro de culpabilidad, fingiendo que era una llamada de negocios. Se encerró en el cuarto de baño.

—Muy bien, adelante.

—Tenemos problemas —anunció Dietz—. Hay un detective de homicidios de Greenwich que se encargó de lo que hicimos allí. El que me interrogó. Puede que ya le haya hablado de él.

—¿Y?

—Lo sabe.

—¿Sabe qué?

Lennick se miró en el espejo y se pellizcó un barro que tenía en la mejilla.

—Sabe lo del accidente. También sabe lo del otro asunto de

Nueva Jersey. Consiguió entrar en mi casa. Me ha relacionado con uno de los otros testigos. ¿Empieza a hacerse una idea de lo que le estoy diciendo?

Lennick lanzó una exclamación ahogada.

—¡Dios mío!

Ya no estaba examinando el barro de su cara, que había palidecido.

—Siéntese. No le he contado lo peor.

—¿Peor aún, Dietz?

—¿Se acuerda de Hodges? Uno de mis hombres.

—Continúe.

—Le han disparado.

Lennick empezó a experimentar la sensación de que iba a sufrir un infarto. Dietz le contó que Hodges había ido a su casa y había encontrado allí al policía. Dentro. Los dos se habían peleado.

—Ahora, escuche, antes de que le estalle una arteria, Saul. Hay una buena noticia.

—¿Qué puede haber de bueno en todo esto?

Lennick se sentó.

—El policía de Greenwich no tiene en qué basarse. Está actuando solo. No se trata de ninguna investigación oficial. Entró por la fuerza en mi casa. Provisto de un arma, y la utilizó. No hizo nada por detener a Hodges. ¿Entiende lo que quiero decir?

—No —dijo Saul, presa del pánico—. No entiendo lo que quiere decir.

—Significa que está fuera de su jurisdicción, Saul. Estaba husmeando, nada más. Antes de llamarle a usted, llamé a la comisaría de Greenwich. ¡Está de permiso! Está actuando por cuenta propia, Saul. Ni siquiera está en activo. Si se supiera lo que hizo, le quitarían la placa. Le detendrían a él, no a mí.

Un dolor sordo alumbró en el pecho de Lennick. Se mesó su cabello blanco y una capa de sudor apareció bajo la chaqueta del pijama. Se preguntó si alguien habría podido seguir la pista hasta llegar a él.

Exhaló un suspiro. Sólo lo sabía Dietz.

—Ahora viene lo bueno —continuó Dietz—. Le dije a un conocido que le siguiera. Por la noche se dedica a vigilar una casa de Greenwich en su propio coche.

—¿De quién?

—De una mujer. Alguien a quien usted conoce bien, Saul.

Lennick palideció.

—¿Karen?

Intentó ordenar las piezas del rompecabezas. *¿Lo sabría Karen?* Aunque se hubiera enterado del incidente de Lauer, ¿cómo lo habría podido relacionar con el otro accidente? Hacía un año. Había descubierto la caja de seguridad, el pasaporte, el dinero.

¿Sabía Karen que Charles estaba vivo?

Lennick se humedeció los labios. Tenían que acelerarlo todo. Apremió a Dietz.

—¿Cómo van las cosas por ahí?

—Estamos haciendo progresos. He tenido que «apretar algunas tuercas», ya sabe a qué me refiero. Pero eso no parece haberle molestado nunca. Creo que vive en un barco. Pero cerca. Le he seguido el rastro a través de tres de sus bancos. Necesitará dinero. Pronto le echaré el guante. El cerco se está cerrando.

»Pero en relación al detective… Puede que haya encontrado ciertas cosas en mi oficina…, relacionadas con lo que estoy haciendo aquí. Tal vez incluso con usted. No estoy seguro.

¿Un policía? La situación se estaba complicando demasiado para Lennick. De todos modos, ¿qué alternativa le quedaba?

—Usted sabe encargarse de esas cosas, Phil. He de colgar.

—Una cosa más —dijo Dietz—. Si el detective lo sabe, siempre existe la posibilidad de que esa mujer también lo sepa. Sé que usted y ella son amigos. Que usted siente afecto hacia sus críos.

—Sí —murmuró Lennick. Apreciaba a Karen. Y había sido una especie de tío para Sam y Alex desde que eran pequeños; además se había hecho cargo de los fideicomisos de la familia. Desde luego se podía decir que sentía afecto hacia esos críos.

Pero era una cuestión de negocios. Lauer había sido una cuestión de negocios, y también Raymond. Las arrugas de su rostro se acentuaron. Le hacían sentir más viejo, más viejo de lo que se había sentido en años.

—Haga lo que tenga que hacer.

Lennick cortó. Se mojó la cara, alisó su pelo. Volvió a la cama.

El telediario de la noche había terminado. Mimi había apagado la luz. David Letterman estaba en pantalla. Lennick se volvió para ver si su mujer estaba despierta.

—¿Vemos el monólogo, querida?

70

Karen esperó dos días. Charles no contestó.

No estaba segura de que fuera a hacerlo.

Conocía a Charles. Intentó imaginar la sorpresa y la consternación que le habría causado su correo electrónico.

La misma sorpresa que había experimentado ella cuando vio su cara en la pantalla.

Karen comprobaba si tenía correos electrónicos varias veces al día. Sabía cómo se sentiría él. Sentado en algún apartado rincón del globo, todo el cuidadoso edificio de su nueva vida se había venido abajo. Le debía estar matando el tener que volver sobre sus pasos y examinar un millar de posibilidades.

¿Cómo podía saberlo ella?

Cuántas veces habría releído aquellas dos palabras, imaginó Karen. Repasaría mentalmente todo lo que había hecho, se estaría devanando los sesos recordando todos los preparativos que había llevado a cabo. Tendría las tripas revueltas. Y no podría dormir. Las cosas siempre afectaban a Charles de esa manera. *Me la debías*, le dijo en silencio, complacida con aquella imagen de Charlie, presa del pánico, conmocionado. *Me la debías por el dolor que me has causado. Las mentiras...*

Aun así, no podía perdonarle. No por lo que le había hecho a ella, sino a los chicos. Ya no sabía si era amor lo que existía entre ellos. Si aún existía algo entre ellos, aparte del recuerdo de una vida en común. De todos modos, daba igual. Sólo quería saber de él. Quería verle cara a cara.

Contéstame, Charlie...

Por fin, al cabo de tres días, Karen tecleó otro mensaje. Cerró los ojos y le suplicó.

Por favor, Charlie, por favor... Sé que eres tú. Sé que estás ahí.
Contéstame, Charlie. Ya no puedes esconderte más. Sé lo que has hecho.

71

¡Sé lo que has hecho!

Charles estaba sentado en un rincón de un tranquilo cibercafé del puerto de Mustique, donde se había conectado y estaba contemplando horrorizado el último mensaje de Karen.

Había un grupo de parroquianos con rastas que bebían cerveza jamaicana, y otro de surferos alemanes itinerantes, con tatuajes y pañuelos. Sentía un miedo opresivo, incluso aquí, debido a que el cerco se estaba estrechando.

¡Sé lo que has hecho!

¿Qué? ¿Que sabes de lo que he hecho, Karen? ¿Y cómo? Parapetado tras sus gafas de sol, tomó un sorbo de un Caribe y leyó el mensaje por décima vez. Sabía que ella persistiría. La conocía. Ya no podía seguir haciendo caso omiso de aquellos mensajes.

¿Y cómo demonios me has encontrado?

¿Qué quieres que te diga, Karen? ¿Que soy un hijo de puta? ¿Que te traicioné? Charles percibía la rabia que vibraba en sus palabras. Y no la culpaba. Se lo merecía. Abandonarlos así. Arrojar aquella angustia sobre ellos. La pérdida de un marido, de un padre. ¡Para después, cuando la pena había menguado, descubrir que estaba vivo!

Contéstame, Charlie.

¿Qué sabes, Karen?
Si supieras, lo comprenderías. Un poco, al menos. No lo hice para herirte. Eso era lo último que deseaba.

Sino para protegerte. Para mantenerte a salvo. Para mantener a salvo a Alex y Sam. No tienes ni idea de por qué tuve que poner tierra de por medio. Pero cuando la puerta se abrió y apareció el camino, tuve que «morir».

Por favor, Charlie, por favor… Contéstame, Charlie.

Los surferos reían a carcajada limpia de algo que habían encontrado en YouTube. Una corpulenta mujer de las islas con un vestido de colores se sentó frente a él, con su hija pequeña que bebía una Fanta. Charles se dio cuenta de que había pasado la mayor parte del año escondido, en la sombra, huyendo de la persona que había sido. De todo lo que había amado.

Pero, de repente, era como si se sintiera vivo de nuevo. ¡Por primera vez en un año! Nunca podías matar del todo lo que había en tu interior. La persona que eras.

Y ahora Charles comprendió que, con sólo tocar una tecla, con sólo un movimiento de su mano, enviaría este mensaje, contestaría y todo se abriría de nuevo. El mundo cambiado otra vez.

Sé lo que has hecho.

Tomó un sorbo de cerveza. Tal vez había llegado el momento de trasladarse de nuevo. A Vanuatu, en el océano Índico. O podría volver a Panamá. Nadie le encontraría. Tenía dinero allí.

Se levantó las gafas de sol. Miró con detenimiento las palabras que había escrito. La caja de Pandora estaba a punto de abrirse de nuevo. Para ella y para él. Y esta vez nadie la cerraría. Ningún estallido de bomba se interpondría. Ningún lugar donde ocultarse.

A la mierda, dijo. Terminó la cerveza. Ella le había encontrado. *El puño de hierro en guante de terciopelo…*, recordó enternecido.

Ella nunca tiraría la toalla.

Sí, estoy aquí. Sí, soy yo, dijo. Con un último momento de duda, pulsó la tecla de envío y su mundo se puso a dar vueltas de nuevo.

Hola, cariño…

72

Hauck había salido una noche a dar una vuelta por la ensenada. Había estado sentado en casa un par de días, y Karen aún no había dado señales de vida. La noche era calurosa, pegajosa. Las cigarras no paraban de zumbar. Por fin, tuvo que calmar la frustración que amenazaba con estallar en su pecho.

Sabía que no era correcto insistir. Sabía que la situación debía ser muy dura para ella. Sería como si Nora se le volviera a aparecer. Abrir viejas heridas que aún no han cicatrizado. No estaba seguro de si debía esperar a ver si ella todavía quería encontrar a Charles o, ahora que sabía la verdad, al menos una parte, dejarlo correr todo. Tampoco sabía si debía explicar a Fitzpatrick lo que habían descubierto.

Tendría que reabrir el caso. El atropello mortal de AJ Raymond. Eso era lo que le había impulsado en un principio, ¿no?

Ante su sorpresa, cuando bajaba por Euclid hacia su casa, divisó el Lexus conocido aparcado en la calle. Karen estaba sentada en la escalera de delante. Cuando Hauck se detuvo, ella se levantó.

Una leve sonrisa desmañada.

—Hola...

Iba vestida con una blusa negra entallada sobre unos bonitos tejanos, con el pelo color caramelo algo alborotado y un grueso brazalete de cuarzo colgando de la muñeca. Era una calurosa noche de verano. Pensó que estaba guapísima.

—Siento molestar —dijo, con una mirada casi melancólica, infantil, en su cara—. Necesitaba hablar con alguien. Probé suerte.

Hauck sacudió la cabeza.

—No molestas.

Subió la escalera y abrió la puerta. Cogió una toalla de la encimera de la cocina y se secó la cara. Le preguntó si quería una cerveza de la nevera.

—No, gracias.

Karen era un manojo de nervios, y paseaba de un lado a otro como si algo la royera por dentro. Se acercó al caballete que había junto la ventana. Él la siguió y se sentó en el taburete.

—No sabía que pintabas.

Hauck se encogió de hombros.

—Será mejor que lo mires con detenimiento antes de utilizar esa palabra.

Karen se acercó al caballete. Tan cerca que Hauck pudo percibir su aroma (dulce, floral), y su pulso se aceleró. Contuvo el ansia de tocarla.

—Es bonito —dijo ella—. Eres un saco de sorpresas, ¿verdad, teniente?

—Es el halago más agradable que me han dedicado jamás —sonrió Hauck.

—También debes cocinar. Apuesto…

—Karen…

Nunca la había visto tan alterada. Giró en el taburete y se dispuso a aferrar su brazo.

Ella le rechazó.

—Era él —dijo. Sus ojos líquidos, iracundos, casi le fulminaron—. Me contestó. Tardó tres días. Tuve que escribirle dos veces. —Se llevó la mano a la nuca—. No sabía qué decirle, Ty. ¿Qué coño podía decir? ¿«Sé que eres tú, Charlie. Contéstame, por favor»? Al final, lo hizo.

—¿Qué dijo?

—¿Qué dijo? —resopló con desdén—. «Hola, cariño.»

—¿Eso fue todo?

—Sí. —Sonrió, herida—. Eso fue todo.

Paseó por la sala, como si estuviera conteniendo un torrente, y miró la vista de la ensenada. Se acercó a la consola apoyada contra la pared. Hauck tenía un par de fotos encima. Las levantó, una por una. Una foto de dos niñas cuando eran bebés. Él vio que las examinaba. Otra de su barco, el *Merrily*.

—¿Tuyo?

—Mío —asintió Hauck. Se levantó—. No es como el del sultán de Brunei, pero a Jessie le gusta. En verano navegamos a Newington o a Shelter Island. Pescamos. Cuando hace buen tiempo, soy famoso por...

—Tú lo haces todo, ¿verdad, Ty? —Sus ojos lanzaban chispas—. Eres lo que se dice un buen hombre.

Él no estaba seguro de que fuera un cumplido. Karen apretó los labios, se pasó una mano por el pelo alborotado. Era como si estuviera a punto de estallar.

Hauck avanzó.

—Karen...

—«Hola, cariño» —repitió con voz quebradiza—. Eso fue lo único que me dijo, Ty. Algo así como «¿Qué has estado haciendo, cielo? ¿Los chicos están bien?» ¡Era Charles! ¡El hombre que enterré. ¡El hombre con el que dormí durante dieciocho años! «Hola, cariño.» ¿Qué le digo ahora, Ty? ¿Qué va a pasar?

Hauck la tomó en sus brazos. Como siempre había soñado, apretándola contra su pecho. La sangre casi le estalló en las venas.

Al principio, ella intentó soltarse, presa de la ira. Después se abandonó, y sus lágrimas cayeron sobre la camisa de Hauck, el pelo alborotado que olía a miel, sus senos aplastados contra su pecho.

Hauck la besó. Karen no se resistió. Abrió los labios en respuesta, con la lengua ansiosa por encontrar la de él. Algo incontrolable se había apoderado de los dos; el olor que él percibía (una embriaguez, un aroma dulce como el del jazmín) le volvía loco.

Bajó la mano por la curva de la espalda, deslizó los dedos bajo el cinturón de sus tejanos. Eso le excitó. Le soltó la blusa, descubrió el calor de la carne desnuda de su estómago, subió las manos sobre el suspiro sin aliento de sus senos y tomó su cara.

—No has de hacer nada —dijo.

—No puedo. —Karen le miró y brillaron lágrimas sobre sus mejillas—. No puedo estar sola.

Él la besó de nuevo. Esta vez sus lenguas se unieron en una danza dulce y lenta.

—No puedo…

Hauck secó las lágrimas de su cara.

—No es necesario —repitió—. No has de hacer nada.

Entonces, la levantó en brazos.

Hicieron el amor en el dormitorio.

Le desabotonó la camisa con parsimonia, pasó las manos sobre el encaje negro de su sujetador, descendió con ternura hacia su ingle, y ella se encogió un poco, algo asustada, pues hacía un año que nadie la tocaba así.

Con la respiración agitada, Karen apoyó la cabeza sobre el pecho desnudo de Hauck.

—Ty, hace mucho tiempo que no hago esto.

—Lo sé —dijo él, y tiró de las mangas de la blusa para sacársela por los brazos, deslizó las manos a lo largo de su muslo, por debajo de los tejanos.

Ella se puso en tensión, impaciente.

—Quiero decir que sólo lo he hecho… —dijo—. He vivido con Charles veinte años.

—Tranquila —dijo Hauck—. Lo sé.

La tendió en la cama, le quitó los tejanos, una pernera cada vez, deslizó las manos debajo de sus bragas, sintió el temblor de la impaciencia. Los latidos de su vagina estaban enloqueciendo a Karen. Miró a Ty. Él había estado a su lado, la había apoyado, cuando todo era pura locura. Era lo único en lo que podía creer. Alzó la mano y tocó con delicadeza su costado, las marcas de las heridas, y las besó. Notó que su sudor era dulce. Hauck se puso tenso y se quitó el cinturón de los pantalones cortos. Él era lo único que la sostenía. Sin él, Karen no sabía qué habría hecho.

Acercó su cara a la de él.

—Ty…

Hauck apoyó su cuerpo con determinación sobre el de ella, las nalgas firmes, los brazos fuertes y atléticos. Sus cuerpos se encontraron como una ola cálida, y una corriente eléctrica recorrió la columna vertebral de Karen. Arqueó la espalda. Sus senos y el pecho de Hauck se reunieron a cuarenta y cinco grados.

De repente, ya no había nada que les contuviera. Ella sintió aquel anhelo que nacía de lo más profundo de su ser. Dejó caer la cabeza, la movió de un lado a otro cuando él la penetró, un temblor la recorrió desde la cabeza a los pies, como una corriente, un premio largo tiempo esperado. Aferró sus nalgas y le empujó hacia dentro. La locura se apoderó de ellos. Jadeantes, sus cuerpos se convirtieron en un amasijo de pelvis y muslos. Ella se apretó contra él. Este hombre lo había arriesgado todo por ella. No quería reprimir nada. Se mecieron. Quería dárselo todo. Una parte de ella que jamás había entregado a nadie. Ni siquiera a Charles. Una parte de ella que siempre había reprimido.

Todo.

73

Después se quedaron tumbados en la cama, agotados, el cuerpo de Karen resbaladizo a causa de su adorable sudor, todavía irradiando fuego. Hauck sopló sobre su pecho y cuello para refrescarla. Su pelo era un revoltijo enmarañado.

—Debe ser tu día de suerte —musitó ella, mientras ponía los ojos en blanco—. Por lo general, no me acuesto con nadie hasta la tercera cita. Es una norma irrevocable de Match.com.

Él se rió y apoyó una pierna sobre la otra rodilla.

—Escucha, por si sirve de algo, prometo que me recuperaré con un par de comidas.

—¡Caramba! —Karen exhaló el aliento—. Eso me quita un peso de encima.

Paseó la vista alrededor de la estrecha habitación, en busca de cosas de él que desconociera. Una sencilla cama con armazón de madera, una mesita de noche con un par de libros apilados (una biografía de Einstein, una novela de Dennis Lehane), unos tejanos tirados sobre una silla en el rincón. Una televisión pequeña.

—¿Qué es eso? —preguntó Karen al tiempo que señalaba algo apoyado contra la pared.

—Un palo de hockey —dijo Hauck mientras se dejaba caer sobre la cama.

Ella se incorporó sobre un codo.

—Dime que no me acabo de acostar con un hombre que guarda un palo de hockey en su dormitorio.

Hauck se encogió de hombros.

—Liga de invierno. Supongo que nunca lo he cambiado de sitio.

—Pero, Ty, estamos en junio.

Él asintió como un niño descubierto con una provisión de galletas debajo de la cama.

—Tienes suerte de no haber venido la semana pasada. También tenía aquí mis patines.

Karen le acarició la mejilla.

—Me alegro de verte reír, teniente.

—Supongo que podríamos decir que los dos estábamos un poco necesitados.

Permanecieron un rato como dos estrellas de mar sobre la amplia cama, apenas cubiertos por las sábanas. Sólo se tocaban las yemas de los dedos, que seguían explorando.

—Ty... —Karen se incorporó—. He de preguntarte una cosa. Aquel día, cuando fui a tu oficina, vi algo. Tenías una foto sobre el escritorio. Dos niñas pequeñas. Cuando te vi en el partido aquel día, conocí a tu hija y me dijiste que no tenías más. Esta noche he visto otra foto de esa niña, fuera. —Se acercó más a él—. No es mi intención meterme en...

—No. —Hauck meneó la cabeza—. No te estás metiendo en nada.

Se lo contó con la vista clavada en el techo. Lo de Norah. Por fin.

—Ahora tendría nueve años.

Karen experimentó una punzada de tristeza.

Le contó que acababan de llegar del súper, habían olvidado algo y tenía prisa por volver. Iba a llegar tarde a su turno. Beth estaba muy enfadada con él. Entonces vivían en Queens. Se había equivocado de postre.

—Pudding Snacks...

Había salido del coche a toda prisa, su turno empezaba dentro de media hora, entró corriendo en casa para recuperar el comprobante de caja.

—Pudding Snacks —repitió Hauck.

Se encogió de hombros y dedicó a Karen una sonrisa vacía.

—Estaban jugando en el bordillo. A Tugboat Annie, nos dijo Jessie más tarde. Ya conoces la canción, «*Merrily, merrily, merrily...*» —Respiró hondo—. El coche se deslizó hacia atrás. No había puesto el freno de mano. Sólo oímos a Jessie. Y a Beth. Recuerdo la mirada que me dirigió. «¡Oh, Ty, oh, Dios mío!» Todo sucedió de repente. —La miró y se humedeció los labios—. Tenía cuatro años.

Karen se incorporó y acarició su rostro húmedo.

—Aún no te has podido quitar ese peso de encima, ¿verdad? Lo leo en tus ojos. Lo vi el día que nos conocimos.

—Eras tú la que estabas pasando por un mal trago entonces.

—Sí, pero aun así lo vi. Creo que por eso te di las gracias. Por lo que dijiste. Me dio la sensación de que me comprendías. Creo que nunca lo superarás.

—¿Cómo se supera eso?

—Lo sé —asintió Karen—. Lo sé… ¿Y tu mujer? Beth, ¿verdad?

Hauck se apoyó sobre su costado y hundió los hombros como abrumado.

—Creo que nunca me ha perdonado. La ironía reside en que fue por culpa de ella que salí corriendo hacia el súper. —Se volvió hacia Karen—. Siempre me has preguntado por qué estoy haciendo esto.

Ella cabeceó de nuevo.

—Sí.

—Un motivo es que creo que me sentí atraído por ti el día que nos conocimos. No podía expulsarte de mis pensamientos.

Ella tomó su mano.

—Pero el otro motivo —continuó Hauck, al tiempo que sacudía la cabeza—, fue Raymond tendido en el asfalto. Supe que había algo raro desde el primer momento. Algo en él me recordó a Norah. No podía olvidar… su imagen. Aún no puedo.

—Su pelo —dijo Karen, y acercó la mano de Hauck a sus senos—. Ambos tenían el pelo rojo. Has estado intentando compensar aquel accidente todo este tiempo. Resolviendo el misterio de este atropello intencionado. Interpretando el papel de héroe para mí.

—No, eso sólo formaba parte de mi plan para bajarte las bragas —bromeó él, muy serio.

—Ty. —Miró sus ojos afligidos—. Eres un buen hombre. De

eso me di cuenta en cuanto nos conocimos. Cualquiera puede darse cuenta de ello. Cada día hacemos cosas: arrancar el coche sin mirar si viene alguien, conducir cuando hemos bebido demasiado, olvidarnos de apagar una vela cuando nos vamos a dormir. Y la vida continúa, como siempre. Hasta que llega un momento en que todo se para. Pero no puedes continuar juzgándote. Eso ocurrió hace mucho tiempo. Fue un accidente. Tú querías a tu hija. Aún la quieres. No has de seguir esforzándote en compensar nada.

Hauck sonrió. Apoyó la mano sobre su mejilla y le acarició la cara.

—Esto lo dice una mujer que entró aquí anoche tras haber descubierto que su marido presuntamente fallecido era su nuevo colega de chateo.

—Anoche, sí —rió Karen—. Mañana... ¿Quién lo sabe?

Se dejó caer sobre la cama. De pronto, recordó por qué había ido a casa de Ty. La frustración que hervía en su sangre. *Hola, cariño...* Todo la agobiaba un poco. Agarró su mano.

—¿Qué demonios vamos a hacer ahora, Ty?

—Vamos a dejarlo correr —dijo él, al tiempo que deslizaba el dedo sobre la loma de su espalda y se demoraba en su nalga—. En cualquier caso, no es exactamente conveniente, Karen.

—¿Conveniente? ¿Conveniente para qué? —preguntó ella, consciente de que algo se agitaba en su estómago.

Él se volvió hacia ella y se encogió de hombros.

—Hacerlo otra vez.

—¿Hacerlo otra vez? —Hauck acomodó a Karen encima de él y sus cuerpos cobraron vida. Ella rozó con su nariz la de él, mientras su pelo caía sobre el rostro de Hauck como una cascada, y rió—. ¿Sabes cuánto hacía que no oía esas palabras?

74

Por la mañana, Hauck preparó café. Ya estaba en la terraza cuando Karen salió pasadas las nueve, con una camiseta de la Fairfield University demasiado grande que había cogido del cajón, mientras se frotaba los ojos para eliminar los últimos restos de sueño.

—Buenos días.

Él levantó la vista y le acarició el muslo con la mano.

Karen se recostó contra él y apoyó la cabeza sobre su hombro.

—Hola.

Era una cálida y luminosa mañana de principios de verano. Karen miró hacia el estrecho. Los patrones ya estaban preparando sus embarcaciones en el puerto deportivo. Una lancha estaba zarpando hacia Cove Island. Algunas gaviotas grises aleteaban en el cielo.

Se acercó a la barandilla.

—Es bonito esto. —Cabeceó en dirección a la pintura, que seguía en su caballete—. Me suena.

Hauck señaló una hilera de lienzos apoyados contra la pared.

—Siempre es el mismo paisaje.

Karen alzó la cara al sol y se pasó una mano por el pelo enmarañado, que la brisa acariciaba. Después se sentó a su lado y rodeó el tazón con las manos.

—Escucha, acerca de lo ocurrido esta noche… —empezó él.

Ella extendió una mano para interrumpirle.

—Yo primero. No era mi intención arrojarme sobre ti. No soportaba estar sola. Yo…

—Estaba a punto de decir que lo ocurrido esta noche ha sido un sueño —dijo Hauck, y le guiñó un ojo.

—Yo iba a decir algo parecido. —Karen sonrió con timidez—. No había estado con otro hombre desde hacía casi veinte años.

—Fue una locura. Tanta energía contenida…

—Sí, ya lo creo.

Karen puso los ojos en blanco.

Hauck se acercó a ella.

—¿Conoces esa postura de yoga, cuando arqueas la columna vertebral así y…?

Ella le dio una palmada en la muñeca.

—¡Eres terrible!

Ty tomó su mano. La miró a los ojos.

—Lo dije en serio, Karen. Me metí en esto por ti. Pero tú ya lo sabías. Como jugador de póquer soy un desastre.

Ella volvió a apoyarse contra su hombro.

—Escucha, Ty, no sé si es una buena idea en este momento.

—Tendré que correr ese riesgo.

—He de pensar en muchas cosas. ¿Qué hacemos con Charlie, con mis hijos? ¡Mi marido anda suelto por ahí!

—¿Has tomado una decisión?

—¿Sobre qué? Échame una mano. Estoy hecha un lío.

—Sobre Charles —dijo Hauck—. Sobre lo que quieres que yo haga.

Karen respiró hondo. Había firmeza en su mirada, en lugar de la angustia de la noche anterior. Asintió.

—He tomado una decisión. Me debe respuestas, y las quiero. Cuándo empezó a mentirme. Cuándo sus objetivos se convirtieron en algo más importante que yo o los chicos. Y no pienso pasar página, casi en la mitad de mi vida, sin oírlas. De sus labios. Quiero encontrarlo, Ty.

Después de llegar a casa, darse una ducha y cepillarse el pelo, Karen se sentó ante el ordenador. Toda la angustia que había sentido por la noche había dado paso a una resolución inédita.

Se conectó a su proveedor de correo y encontró la respuesta de Charlie. La leyó una vez más.

Hola, cariño…

Se puso a teclear.

No soy tu «cariño», Charles. Ya no. Soy alguien a quien has herido de una forma terrible, más de lo que puedas llegar a imaginar. Alguien muy confuso. Pero eso ya lo sabes, ¿verdad?
   Lo sabías cuando me contestaste. Debes saberlo desde el día en que te fuiste. De modo que éste es el trato: quiero verte, Charles. Quiero que me expliques por qué hiciste esto. Por qué utilizaste a la gente a la que en teoría amabas. No por Internet. Así no. Quiero oírlo de tus labios. Cara a cara. Quién eres en realidad, Charlie.

Tuvo que contenerse.

De modo que dime dónde puedo reunirme contigo, Charlie. Hazlo, para que pueda seguir con mi vida, si aún te interesa en algo. Ni se te ocurra negarte. Ni se te ocurra esconderte, Charlie. Dime dónde.
   Karen

75

Charles estaba en el South Island Bank de Santa Lucía cuando el mensaje de Karen llegó a su BlackBerry.

Sus palabras le paralizaron como una inyección de epinefrina en el corazón.

No. No podía hacerlo. No podía verla. No saldría bien. Había abierto la puerta, pero en un momento de debilidad y estupidez. Ahora tenía que cerrarla de golpe.

Había rellenado un formulario de transferencia de cuenta. Anotó los números que conocía de memoria y las nuevas cuentas. Estaba limpiando la casa, transfiriendo los fondos que guardaba al Banco Nacional de Panamá, en Ciudad de Panamá, y al Seitzenbank de Luxemburgo, y desde allí a territorios más seguros.

Había llegado el momento de largarse.

Charles esperó a que una mujer nativa, vestida con alegres colores, terminara y se sentó ante el escritorio del director. Éste era un cordial isleño con el que ya había tratado antes, y parecía contento de verlo, cosa que ocurría cada pocos meses.

Y se mostró decepcionado por el hecho de que cerrara sus cuentas.

—Señor Hanson —dijo mientras cumplimentaba su solicitud—, parece que ya no volveremos a verle.

—Tal vez durante un tiempo —dijo Charles al tiempo que se levantaba—. Gracias.

Se estrecharon las manos.

Cuando salió, mientras meditaba sobre el mensaje urgente de Karen, tras decidir que su respuesta sería negativa y que le prohibiría ponerse en contacto de nuevo con él, Charles no se dio cuenta de que el director sacaba una hoja de papel que guardaba escondida en su escritorio. Ni de que descolgaba el teléfono antes incluso de que Charles hubiera salido por la puerta.

Karen continuaba sentada ante el ordenador cuando llegó la respuesta de Charlie.

No, Karen. Es demasiado peligroso. No puedo permitir que eso ocurra. Tal vez creas saber lo que he hecho…, pero no es así. Acéptalo sin más. Sé cómo debes sentirte, pero por favor, te lo ruego, sigue adelante con tu vida. No le digas a nadie que me has localizado. ¡A nadie, Karen! Te quería. Nunca quise hacerte daño. Pero ahora es demasiado tarde. Lo acepto. Pero, por favor, sientas lo que sientas, no me vuelvas a escribir.

La sangre de Karen hirvió de ira. Contestó:

¡Sí, Charlie, temo que VAS a tener que permitir que eso ocurra! Cuando digo que sé lo que has hecho, no me refiero sólo a que sigas con vida. Sé cosas… Sé lo de Falcon y todo el dinero que estabas administrando en el extranjero. Cosa que me ocultaste durante tantos años. Y lo de Dolphin. Aquellos petroleros vacíos. Aquella persona de Pensacola que descubrió tu estafa. ¿Qué intentaste hacerle, Charlie?

La respuesta llegó al cabo de pocos segundos, con un tono de pánico:

¿Con quién has estado hablando, Karen?

¿Qué más da con quién haya estado hablando, Charlie?

Ahora el intercambio era fluido y continuado. Entre Karen y el hombre al que había considerado un fantasma.

No lo entiendes. Lo único que importa es que lo sé. Sé lo del chico al que asesinaron en Greenwich el día que tú desapareciste. El día que te estábamos llorando, Charlie. Y sé que estuviste allí. ¿Te parece suficiente? Sé que viniste aquí después del atentado. El atentado en el que, en teoría, pereciste, Charlie. Sé que le llamaste bajo un nombre falso.

¿Cómo, Karen, cómo?

Y sé quién era él, Charlie. Sé que era el hijo del hombre de Pensacola. Eso era lo que tu operador, Jonathan Lauer, descubrió y quería decirme. ¿Te parece suficiente ya, Charlie? Estafa. Asesinato. Encubrimiento.

Segundos después, él escribió:

Karen, por favor…

Ella se secó los ojos.

No he contado nada de esto a los chicos. Si lo hiciera, les mataría, Charlie. Como me ha estado jodiendo a mí. Ahora están fuera. De safari con mis padres. El regalo de graduación de Sam. Pero hay gente que nos ha estado amenazando. ¡Gente que ha estado amenazando a nuestros hijos! ¿Era eso lo que querías, Charlie? ¿Era eso lo que querías dejar atrás?

Respiró hondo y continuó escribiendo.

Sé que existen peligros. Pero los aceptaremos. De lo contrario, se lo contaré a la policía. Serás acusado, Charlie. Estamos hablando de asesinato. Te encontrarán. Si yo he podido, ellos también, créeme. Y eso será lo que pensarán tus hijos, Charlie. Que eres un asesino. No la persona que admiran ahora.

Karen estaba a punto de pulsar la tecla de ENVIAR, pero vaciló.

Ése es el precio de mi silencio, Charlie. De callar todo esto.
Siempre te gustaron los intercambios justos. No quiero que
vuelvas. Ya no te quiero. No sé si siento algo por ti. Pero
voy a verte, Charlie. Voy a escuchar de tus labios por qué
nos hiciste esto, quiero que me lo digas cara a cara. Dime
cómo vamos a hacerlo. Nada más. Ni disculpas, ni aflicción.
Después podrás sentirte libre para desaparecer durante
el resto de tu miserable vida.

Pulsó ENVIAR. Y esperó. Varios minutos. No hubo respuesta. Karen empezó a preocuparse. ¿Y si había divulgado demasiadas cosas? ¿Y si le había asustado? Ahora que por fin le había encontrado.

Esperó lo que se le antojó una eternidad. Con la vista clavada en la pantalla. *No me vuelvas a hacer esto, Charlie. Ahora no. Venga, Charlie, finge que me quisiste. No me hagas sufrir de nuevo.*

Cerró los ojos. Tal vez incluso se durmió un rato, sin fuerzas, agotada.

Oyó un sonido. Cuando abrió los ojos, vio que había llegado un correo electrónico. Lo abrió.

Sola. No habrá otra forma.

Karen lo miró. Una levísima sonrisa de satisfacción se insinuó en sus labios.

De acuerdo, Charles. Sola.

76

Transcurrió otro día, mientras Karen aguardaba las instrucciones de Charlie. Esta vez no se sentía nerviosa ni asustada. Tampoco se sorprendió cuando las recibió.

Sólo aliviada.

Ve al Saint James's Club de Saint Hubert, en las Islas Vírgenes.

Karen conocía el lugar. Habían navegado por la zona un par de veces. Era un hermoso local en una ensenada en forma de herradura, un puñado de casitas con techo de paja en la playa. Un lugar remoto.

Charles añadía:

Pronto. Días, no semanas, Karen. Me pondré en contacto contigo allí.

A ella se le ocurrieron muchas cosas que decirle, pero lo único que escribió fue:

Allí estaré.

Ronald Torbor no sabía qué hacer. Aquella mañana había alzado los ojos y visto a Steve Hanson, el norteamericano, de pie ante su escritorio.

Venía a cerrar sus cuentas.

El director del banco intentó disimular su sorpresa. Desde que los dos norteamericanos habían ido a su casa, había rezado para no volver a ver a aquel hombre. Pero aquí estaba. Hablaron de negocios todo el rato, mientras el corazón de Ronald martilleaba en su pecho. En cuanto el hombre se marchó, corrió al cuarto de baño de la oficina. Se mojó la cara con agua fría.

¿Qué debía hacer?

Sabía que estaba mal hacer lo que aquellos hombres le habían pedido. Sabía que violaba todos los juramentos de su profesión. Que le despedirían si alguien se enteraba. Perdería todo aquello por lo que había trabajado durante años.

Además, le caía bien el señor Steven Hanson. Siempre era jovial y educado. Siempre tenía algo bueno que decir sobre Ezra, cuya foto estaba encima de la mesa de Ronald, y a quien Hanson había visto en una ocasión en que Ezra y Edith le habían ido a ver al banco.

Pero ¿qué alternativa le quedaba?

Lo hacía por su hijo.

El hombre del bigote había prometido que, si alguna vez descubría que Ronald le engañaba, volverían. Y si habían seguido el rastro de Hanson hasta aquí, podrían seguirlo adonde fuera. Y si descubrían que había transferido sus cuentas, sería peor para ellos. Para Edith y Ezra.

Muchísimo peor.

Ronald comprendió que se jugaba algo más que su trabajo. Su familia. Habían amenazado con matar a Ezra. Y él había jurado que nunca más volvería a ver aquella mirada de miedo en los ojos de su esposa.

Compréndalo, por favor, señor Hanson. ¿Qué otra alternativa me queda?

Había una cabina telefónica al otro lado de la plaza en la que se encontraba el banco. Al lado de un banco, con un cartel electoral encima, una foto del ministro de Nevis acusado de corrupción, sobre el lema ES HORA DE QUE SE VAYAN.

Introdujo una tarjeta prepago en la ranura y marcó el número internacional que le habían facilitado. *No olvides ponerte en contacto con nosotros, Ronald*, había dicho el hombre del bigote antes de marcharse, mientras palmeaba la cabeza de Ezra.

—Guapo chico. —Le guiñó un ojo—. Estoy seguro de que le aguarda un gran futuro en la vida.

La llamada se estableció. Ronald tragó saliva, junto con su miedo.

—Hola —contestó una voz. Ronald reconoció el tono. Oírla de nuevo provocó que un escalofrío de vergüenza y asco recorriera su espina dorsal.

—Soy Ronald Torbor. De Nevis. Dijo que llamara.

—Ronald. Me alegro de oírte —contestó el hombre del bigote—. ¿Cómo está Ezra? ¿Todo bien?

—Le he visto —dijo Ronald sin contestar a su pregunta—. He visto al hombre que andan buscando. Estuvo aquí hoy.

77

—Iré sola —le explicó a Hauck.

Se habían citado en el Arcadia para tomar un café. Karen le dijo que Charlie se había puesto en contacto con ella al fin, y le habló de sus instrucciones.

—Dijo que debía ir sola. Eso fue lo que acordamos. He de hacerlo, Ty.

—No. —Hauck dejó la taza en el plato y sacudió la cabeza—. Ni pensarlo, Karen. No tienes ni idea de quién más puede estar implicado. No voy a permitir que corras ese riesgo.

—Ése fue el trato y accedí.

—Karen. —Hauck se acercó más y bajó la voz para que la gente de las mesas cercanas no le oyeran—. Ese hombre te abandonó a ti y a tu familia. Sabes muy bien lo que ha hecho. También sabes lo que ha de proteger. Esto es peligroso. No es un jueguecito de instituto. Le contaste a Charlie lo que habías descubierto sobre él. Ha muerto gente. No voy a permitir que vayas sola.

—No hace falta que me recuerdes lo que hay en juego, Ty —dijo Karen con voz tensa y algo más alta. Le dirigió una mirada suplicante—. Cuando te pedí ayuda, deposité mi confianza en ti. Te dije cosas que no habría podido decir a nadie más.

—Creo que me he ganado esa confianza, Karen.

—Sí —asintió ella—. Lo sé. Pero ahora has de confiar un poco en mí. Me voy —dijo con mirada lúcida y resuelta—. Se trata de mi marido. Le conozco, con independencia de lo que haya hecho. Y sé que jamás me haría daño. Le dije que sí, Ty. No voy a dejar pasar esta oportunidad.

Hauck exhaló un profundo suspiro, con una mirada severa que transmitía su resistencia. Sabía que se lo podía impedir. Podía revelarlo todo. Quitarse de encima la responsabilidad que se había impuesto. Pero se trataba de lo que le había prometido. Desde el primer momento. Encontrar a Charles. Y mientras repasaba las opciones que le quedaban, se dio cuenta de que, en muchos sentidos, estaba metido hasta el cuello.

—Tiene que ser en un lugar muy público —dijo por fin—. He de poder vigilarte. Sólo lo harás así.

Los ojos de ella se abrieron de par en par.

—Ty...

—Esto no es negociable, Karen. Si la situación parece exenta de peligro, una vez que conozcamos todos los detalles, podrás ir a verle. Sola. Te doy mi palabra. Pero yo estaré cerca. Éste es el trato.

Ella le dirigió una mirada de censura.

—No puedes utilizarme para detenerle, Ty. Me lo has de prometer.

—¿Crees que voy a ir a detenerle, Karen? ¿Qué piensas, que voy a llamar a la Interpol y tenderle una celada estilo *Corrupción en Miami*? —La miró fijamente—. La razón por la que voy a ir es que, probablemente, estoy enamorado de ti, ¿lo entiendes?, o algo parecido. Voy a ir porque no pienso permitir que caigas en una trampa y te maten.

Su mirada era decidida e inflexible. El azul de sus ojos se había endurecido hasta mostrar una férrea determinación grisácea. Guardaron silencio unos momentos.

Después Karen sonrió poco a poco.

—Has dicho «probablemente».

—Sí, probablemente —asintió Hauck—. Y ya que estamos en ello, también un poco celoso, probablemente.

—¿De Charles?

—De dieciocho años, Karen. Él es la persona con la que construiste tu vida, haya hecho lo que haya hecho.

—Esa parte ha terminado, Ty.

—No sé lo que ha terminado. —Apartó la vista un momento, y después respiró hondo frustrado—. En cualquier caso, ya lo he dicho, por estúpido que parezca, qué coño.

Karen tomó su mano. Acarició su palma entre las de ella. Por fin, él la miró a los ojos.

—Es probable que yo también te quiera. —Se encogió de hombros—. O algo parecido.

—Me siento abrumado.

—Pero si lo hacemos, Ty, no podemos hacerlo así. Por favor. En este momento, es lo más importante para mí. Por eso voy a ir allí. Después... —Karen hundió el pulgar en su palma—. Después ya veremos. ¿Trato hecho?

Hauck enlazó su pulgar con el de él y accedió a regañadientes.

—¿Conoces el lugar?

—¿El Saint James Club? Estuvimos una vez. Comimos en la terraza. —Leyó la preocupación en los ojos de Hauck—. Parece salido de *Condé Nast Traveler*. No es el lugar más apropiado para tender una emboscada.

—¿Cuándo te vas?

—Nos vamos, Ty. Nos vamos. Mañana —dijo Karen—. Ya he reservado los billetes.

—¿Billetes?

—Sí, claro, billetes. —Karen sonrió—. ¿De veras crees que pensaba que me ibas a dejar ir sola?

78

Rick y Paula estaban de viaje. Como los hijos de Karen. Envió un correo electrónico al hotel donde se alojaban Sam y Alex y les dijo que estaría ausente unos días. Comprendió que debía informar a alguien de a dónde iba. Marcó un número y contestó una voz familiar.

—¿Saul?

—¿Karen? —Lennick parecía sorprendido, pero complacido—. ¿Cómo estás? ¿Cómo están tus hijos?

—Todos bien. Por eso te llamo. Estaré ausente de la ciudad unos días. Los chicos están en África. De safari. El regalo de graduación de Sam. Se han ido con mis padres.

—Sí, recuerdo que me hablaste de ello —dijo Lennick en tono jovial—. Ser joven ahora sale a cuenta, ¿verdad?

—Sí, Saul —dijo Karen—, creo que sí. Escucha, es un poco difícil ponerse en contacto con ellos, así que les he dado el número de tu oficina. Por si pasara algo. No estaba segura de a quién más llamar.

—Por supuesto. Es un placer, Karen. Haré lo que pueda. ¿Adónde vas? Por si necesitara ponerme en contacto contigo —explicó.

—Al Caribe. A las Islas Vírgenes…

—Excelente. Las islas son muy bonitas en esta época del año. ¿Algún lugar en concreto?

—Te daré mi número de móvil, Saul. —Decidió ocultar el resto—. Si me necesitas, llamas.

Saul era el protector de su marido. Había supervisado el cierre de la firma de Charlie. Había averiguado cosas sobre él. Archer. Las cuentas en el extranjero. Nunca le había dicho nada al respecto. Karen se preguntó con un súbito escalofrío: *¿Lo sabrá todo?*

—Sé que Charlie estaba metido en algo, Saul.

El hombre hizo una pausa.

—¿A qué te refieres, Karen?

—Sé que estaba administrando un montón de dinero. Aquellas cuentas en el extranjero de las que hablamos. Los pasaportes y el dinero estaban relacionados con ello, ¿verdad? Nunca me dijiste nada, pero yo sé que lo sabes. Le conocías mejor que yo. Y le protegerías si pasara algo, incluso ahora, ¿verdad, Saul?

—Nunca quise preocuparte, Karen. Es parte de mi trabajo. También te protegería a ti.

—¿De veras, Saul? —De pronto pensó que había comprendido algo—. ¿Aunque fuera algo amenazador para ti?

—¿Amenazador para mí? ¿Cómo sería eso posible? ¿Qué quieres decir?

Tenía ganas de presionarle, preguntarle si lo sabía. ¿Sabía que su marido estaba vivo? ¿Estaba implicado en lo que había motivado la desaparición de Charlie? ¿Tenía algo que ver con la persona de la que su marido estaba huyendo? Tendría que haberse enterado de lo de Jonathan Lauer. Nunca le había dicho nada. Karen sintió que un nerviosismo repentino la invadía, como si hubiera entrado a hurtadillas en un espacio prohibido, una cripta cerrada a cal y canto.

Saul carraspeó.

—Claro que lo haría.

—¿Harías qué, Saul?

—Protegerte, Karen. Y a los chicos. ¿No es eso lo que me has preguntado?

De pronto, se sintió segura. Saul sabía. Mucho, muchísimo más de lo que le estaba diciendo. Lo percibió en el temblor de su voz. Era el protector de Charlie.

Lo sabía. Tenía que saberlo.

Y ahora Saul también sabía que ella lo sabía.

—Nunca me dijiste nada. —Karen se humedeció los labios—. Sabías que Jonathan Lauer había muerto. Sabías que había intentado ponerse en contacto conmigo. Sabías que Charlie estaba administrando ese dinero. Charlie ha muerto, ¿verdad, Saul? Está muerto.... y aún continúas protegiéndole.

Siguió una pausa.

—Pues claro que está muerto, Karen. Él te quería. Es lo único en lo que deberías pensar ahora. Creo que es mejor así.

—¿Qué hizo mi marido, Saul? ¿Qué te pasa? ¿Por qué me ocultas cosas?

—Diviértete, Karen. Dondequiera que vayas. Yo me haré cargo de lo que sea necesario. Lo sabes, ¿verdad, querida?

—Sí —dijo ella. Sintió la garganta seca. Un escalofrío de incertidumbre recorrió su cuerpo, una ventana abierta a un mundo en el que antes había confiado—. Lo sé, Saul.

CUARTA PARTE

79

El Cessna de Island Air con capacidad para doce pasajeros aterrizó en la pista de la isla, una estrecha franja de tierra en mitad del Caribe turquesa. El pequeño avión se detuvo en la terminal, poco más que una cabaña prefabricada con una torre y un indicador de vientos.

Hauck guiñó un ojo a Karen, sentada al otro lado del pasillo.

—¿Preparada?

Dos maleteros en camiseta y pantalones cortos salieron corriendo en cuanto las hélices se detuvieron.

El joven piloto con gafas de sol envolventes ayudó a los pasajeros a bajar a la pista.

—Bonito vuelo —comentó Hauck.

—Bienvenido al paraíso —sonrió el piloto.

Habían tomado el avión de la mañana a San Juan en el JFK. En Tórtola trasbordaron al aparato de American Eagle, y después volaron en el Cessna hasta Saint Hubert. Karen había guardado silencio durante la mayor parte del viaje. Durmió, manoseó un libro de bolsillo que había llevado. Angustiada. Para Hauck, no habría podido estar más guapa, con su ceñida blusa sin mangas marrón y los pantalones piratas blancos, un colgante de ónice alrededor del cuello y las gafas de sol de carey sobre la cabeza.

La ayudó a bajar la escalera y se puso las gafas de sol. Con independencia del motivo de su viaje, aquél era un lugar hermoso. El sol deslumbraba. Un viento fresco procedente del mar les acarició.

—¿Friedman? ¿Hauck?

Un representante del complejo turístico, vestido con camisa blanca provista de charreteras y que sujetaba una tablilla, les llamó.

Hauck le saludó con un gesto de la mano.

—Bienvenidos a Saint Hubert. —El joven negro sonrió cordialmente—. Les acompañaré al complejo.

Cargaron las maletas en el Land Cruiser del hotel. La isla parecía poco más que una ancha franja de arena y vegetación en mitad del mar. Unos cuantos kilómetros de un extremo a otro. Había una pequeña montaña que partía en dos el paradisiaco lugar, algunos puestos de comida improvisados, nativos que vendían fruta y ron casero, algunas cabras. Un par de letreros chillones anunciaban un servicio de alquiler de coches y cerveza Caribe.

El trayecto hasta el hotel duró poco más de quince minutos de traqueteos por una carretera irregular. No tardaron en entrar en el complejo turístico de Saint Hubert.

El lugar era hermoso, de exuberante vegetación y palmeras altas. Hauck tardó dos segundos en comprender que no era el tipo de sitio que podía permitirse. Una semana aquí debía costar más que su paga de un mes. En el mostrador de recepción al aire libre situado bajo un techo de paja, Karen pidió las dos habitaciones contiguas que había reservado en el hotel del complejo. Ya lo habían hablado. Hauck aceptó. No estaban de vacaciones. Era importante recordar para qué habían venido.

—¿Algún mensaje? —preguntó Karen mientras se registraban.

La bonita empleada de recepción miró el ordenador.

—Ninguno, señora Friedman, lo siento.

Un botones les condujo a sus habitaciones, espléndidamente decoradas, con una gran cama de dosel y caros muebles de junco. Un amplio cuarto de baño de mármol con una gran bañera. Fuera, las palmeras se elevaban hasta la terraza, que dominaba la perfecta playa de arena blanca.

Se encontraron en las terrazas contiguas y contemplaron el mar. La playa estaba sembrada de algunas cabañas, y había un espléndido yate de nueve metros de eslora amarrado en el muelle.

—Es bonito —dijo él, mientras paseaba la vista a su alrededor.

—Sí —admitió Karen al tiempo que inhalaba la brisa del mar—. Lo es.

—Sería absurdo quedarnos sentados a esperar su llamada. —Hauck se encogió de hombros—. ¿Vamos a nadar?

—¿Por qué no? —sonrió ella—. Vamos.

Poco rato después, Karen bajó con un elegante traje de baño color bronce y un pareo. Iba con el pelo recogido. Hauck llevaba un bañador de «diseño» del Colby College.

El agua estaba tibia y espumosa. Diminutas olas blancas lamieron sus pies. No había casi nadie en la playa. Era junio, y el complejo de ocio no parecía muy concurrido. Había un pequeño arrecife a unos doscientos metros de distancia, con un puñado de personas que tomaban el sol. Una pareja joven estaba jugando a paddle. El mar estaba tan calmo como un espejo.

—Dios, es maravilloso —suspiró Karen cuando entró en el agua; tuvo la sensación de estar en el paraíso.

—Ya lo creo —coreó Hauck, y se zambulló. Cuando emergió, señaló con el dedo—. ¿Quieres nadar hasta aquel arrecife?

—¿Nadar? ¿Quieres competir? —sonrió Karen.

—¿Me reta a mí? ¿Sabe con quién está hablando, señora? —rió Hauck—. Todavía soy el tercer mejor nadador del equipo de natación de Greenwich High de todos los tiempos.

—Oh, ya tiemblo. —Ella puso los ojos en blanco, indiferente—. Cuidado con los tiburones.

Se zambulló con elegancia delante de él. Hauck le concedió una ventaja de dos brazadas y salió tras ella. Nadó con vigor, mientras pequeñas olas se estrellaban contra él. Karen hendía las olas sin esfuerzo aparente. Él no la alcanzaba. Por más que se esforzaba, daba la impresión de que no reducía distancias. Una o dos veces intentó agarrarle las piernas. Tardó unos tres minutos. Karen le ganó. Ya estaba esperando en el arrecife cuando él subió jadeante.

—Me has vencido.

Ella le guiñó un ojo.

—Campeona de cien metros libres de la AAU de Atlanta para menores de doce años. —Se sacudió el agua del pelo—. ¿Qué demonios te ha retrasado tanto?

—Me topé con un tiburón —resopló Hauck, y le sonrió con timidez.

Karen se tendió sobre la arena fina. Él se sentó con los brazos alrededor de las rodillas, mientras contemplaba los techos de paja y las palmeras oscilantes de la hermosa isla tropical.

—¿Qué más haces bien? —preguntó, fingiendo abatimiento—. Sólo para saberlo.

—Chile con carne. Tenis. Donaciones generosas. —Sonrió—. En mis buenos tiempos, era famosa por mi capacidad para recaudar unos cuantos pavos. ¿Y tú?

—Despejar la zona de defensa de hockey. Bajar gatos de los árboles. Comer donuts —contestó Hauck—. Deprimirme de vez en cuando.

—Pintas —dijo Karen para animarle.

—Ya lo viste.

—Es verdad. —Le empujó con el pie, juguetona—. ¡Podría decirse así!

Hauck contempló las gotas de agua que se estaban secando sobre su piel mojada.

—¿Qué pasará? —preguntó Karen en un tono sugerente de que había cambiado de tema—. Después.

—¿Después?

—Después de que vea a Charles. ¿Qué será de él, Ty? Todo eso que ha hecho…

—No lo sé. —Hauck exhaló aire. Se protegió los ojos del sol—. Tal vez puedas convencerle de que se entregue. Si nosotros le hemos encontrado, alguien más podría hacerlo. No puede huir eternamente.

—Quieres decir que irá a la cárcel, ¿verdad?

Él se encogió de hombros.

—No creo que eso llegue a ocurrir. No me lo imagino, Ty.

Hauck tiró una piedra al agua.

—Primero, oigamos lo que tiene que decir.

Ella asintió. Se miraron unos segundos, sin querer verbalizar su miedo a un futuro desconocido. Después Karen volvió a empujarle con el pie, sonriente.

—De manera que... Mmm, ¿doble o nada cuando volvamos?

—Ni por asomo. Deberías saber que no me tomo muy bien la derrota.

—¡Tu derrota! —gorjeó Karen con una sonrisa de complicidad, y le miró antes de lanzarse de nuevo a las olas.

Él saltó tras ella.

—¡Por otra parte, tampoco llevo muy bien que me dejen en ridículo!

Más tarde, se encontraron para cenar. La terraza que dominaba la ensenada estaba medio llena. Unas cuantas parejas en luna de miel y un par de familias europeas.

Hauck pidió un plato de pescado de la zona. Ella se decantó por la langosta. Él insistió en pagar y pidió una botella de Meursault. Karen, que ya estaba un poco bronceada, se había puesto un vestido de encaje negro. Hauck conocía las reglas básicas, pero apenas podía apartar su mirada de ella.

Después regresaron juntos por el sendero hasta el mostrador de recepción. Ella consultó su BlackBerry, decepcionada. Luego preguntó en recepción si tenía mensajes.

Nada.

—Ha sido un bonito día —dijo Hauck.

Karen sonrió con dulzura.

—Sí.

Ya arriba, él la acompañó hasta su puerta. Se produjo un momento incómodo, cuando ella se inclinó hacia él y le dio un beso en la mejilla.

Le sonrió de nuevo, con un brillo malicioso en los ojos, mientras movía un dedo de un lado a otro y cerraba la puerta. Pero Hauck leyó preocupación en sus ojos.

Seguían sin saber nada de Charles.

80

Al día siguiente tampoco hubo noticias. Karen estaba cada vez más tensa.

Hauck también. Por la mañana fue a correr por los terrenos del complejo, y cuando volvió, alzó pesas en el gimnasio. Más tarde, intentó distraerse con algunas revistas que había llevado.

En su habitación, Karen consultó su BlackBerry en busca de mensajes un centenar de veces.

¿Y si le había asustado?, se preguntaba. ¿Y si Charles había vuelto a esconderse? Podría estar a un millón de kilómetros de distancia.

Por la tarde, Hauck volvió a nadar hasta el arrecife y flotó de espaldas durante lo que se le antojó una hora. Pensó en lo que Karen había dicho, en lo que haría en relación con Charles... después. En su país.

Sabía que tendría que explicarlo todo. Dietz. Hodges. El dinero ingresado en el extranjero. Los petroleros vacíos. Pappy Raymond. Los atropellos intencionados.

Todo.

Aunque ella le suplicara que no lo hiciera. Habría una investigación. Del comportamiento de Hauck. Le suspenderían, sin duda. Hasta cabía la posibilidad de que perdiera su empleo.

Desechó tales pensamientos, volvió a la habitación y se tumbó en la cama. Experimentaba la sensación de que le habían desgarrado las entrañas con un alambre dentado. El silencio de Charles les estaba matando a los dos. Y la incertidumbre de qué pasaría «después». De repente, el futuro, todo cuanto deparaba, se le antojó muy cercano.

Tiró la pila de revistas sobre la cama, abrió la puerta deslizante y salió a la terraza.

Vio a Karen en su terraza. Estaba haciendo yoga de cara al mar, con mallas ceñidas y un *top* de algodón corto.

La observó.

Se movía con gracia, pasando de una postura a otra como si bailara. La curva de sus esbeltos brazos, los dedos alzados hacia el cielo. El ritmo constante de su respiración, el pecho que se expandía y contraía, el delicado arco de la columna que seguía el movimiento de los brazos.

Su sangre se agitó.

Sabía que estaba enamorado de ella. No probablemente, como había dicho en broma, sino completamente. Sabía que ella le había despertado de un sueño profundo, la dulce seducción de algo que había estado muerto en su interior durante mucho tiempo.

Ahora estaba a punto de estallar.

Ella no reparó en su presencia al principio, tan concentrada se hallaba en la precisión de sus movimientos. El arco de su pierna, la elevación de la pelvis, los miembros extendidos. El pelo ceñido en una coleta, caída hacia adelante. El brillo de su estómago desnudo.

Maldita sea, Ty...

Echó los brazos hacia atrás en un amplio semicírculo y abrió los ojos. Sus miradas se encontraron.

Al principio, Karen se limitó a sonreír, como si la hubiera sorprendido en un ritual privado, como tomando un baño.

Hauck vio la mancha de sudor en el *top*, el tirante caído del hombro, la mecha de pelo color miel que había resbalado sobre sus ojos.

Ya no podía aguantar más. Era como si estuviera ardiendo. No se dijeron ni una palabra, pero algo mudo y sin aliento se comunicó entre ambos.

—Karen...

Se plantó en su puerta justo cuando se abría de par en par, la tomó entre sus brazos, entró en la habitación y la apoyó contra la pared antes de que ella susurrara:

—¿Qué demonios quieres de mí, Ty?

Hauck apretó la boca contra la de ella, para acallar toda protesta, y saboreó la dulzura de su aliento. Karen le quitó la camisa, acuciada por la misma necesidad, y tiró de sus pantalones cortos. Él rodeó con la mano la curva de su piel por debajo de las mallas, incapaz de refrenarse. Cada poro irradiaba calor.

El pecho de Karen subía y bajaba.

—Jesús, Ty...

Le arrancó las mallas. Tenía la piel resbaladiza y sudorosa. La levantó, apoyándola contra el peso de la butaca de rota de respaldo alto, oyó sus murmullos, sintió los brazos de ella alrededor de su cuello, la levantó hasta alojarse en su interior, como dos personas muertas de hambre y ansiosas de comer, los muslos de Karen a horcajadas sobre sus piernas.

Esta vez no hubo suavidad ni ternura. Sólo un deseo que surgía del núcleo de ambos. Ella sepultó la cara en su pecho y se meció en sus brazos. Él la aferró como si le fuera la vida en ello. Y cuando todo terminó, con un último jadeo desatado, continuó sujetándola, apretando su cuerpo contra el de ella, mientras la dejaba caer en la gran butaca. Hauck se apoyó contra la pared y resbaló hasta el suelo, exhausto.

—Menos mal que habíamos puesto condiciones —gimió Karen al tiempo que se apartaba el pelo húmedo de la cara.

—No han funcionado demasiado bien... —suspiró él, mientras levantaba una rodilla del suelo—. Podríamos irnos —dijo—. No tenemos por qué esperarle, Karen. Sé que quieres que te diga unas cuantas cosas, pero a la mierda... Lo único que conseguirás será hacerte daño. Podríamos marcharnos. Que Charles vaya a donde le dé la gana.

Ella asintió. Forzó una sonrisa.

—Viniendo de ti, eso no parece muy propio de un policía, Ty.

—Quizá porque no me siento como un policía. Quizá porque por primera vez en cinco años me siento realizado. Me he pasado toda la puta vida intentando hacer lo correcto, y estoy asustado, por primera vez estoy asustado, de las consecuencias de que le veas. Puede que lo que estemos haciendo aquí sea la mayor mentira del mundo, Karen. Y sea cual sea, es una mentira que no quiero llevar hasta el final.

—Yo tampoco quiero llevarla hasta el final, Ty...

Un timbrazo agudo la interrumpió. Procedía de la mesa donde estaba el bolso de Karen. Ambos lo miraron. Ella se puso el *top* y corrió para sacar el BlackBerry.

Estaba vibrando.

Alzó la vista angustiada.

—Es él.

Karen abrió el mensaje.

—«Una barca estará en el muelle de Saint James a las ocho de la mañana —leyó—. El capitán se llama Neville. Te conducirá hasta mí. Tú sola, Karen. Es la única manera. Nadie más. Charles.»

Entregó el teléfono a Hauck. Éste leyó el mensaje. Experimentó la sensación de que se le escapaba todo.

—Es mi marido —dijo ella. Se sentó a su lado—. Lo siento, Ty, he de ir.

81

A sesenta kilómetros de distancia, Phil Dietz estaba bebiendo un margarita *black cactus* en el Black Hat Bar de Tórtola. Había una orquesta que tocaba temas de Jimmy Buffett y Wyclef Jean, un puñado de gente joven que bailaba y derramaba cervezas, con el cerebro desamueblado empapado en ron. Dietz se fijó en una bonita chica escotada sentada al otro extremo de la barra y pensó que quizá podría intentarlo una vez avanzada la velada, aunque, a juzgar por su aspecto, tuviera que pagar. Se lo había ganado. Lo cargaría a la cuenta de Lennick, decidió. A modo de celebración, porque mañana terminaría la diversión. Se adaptaría de nuevo a las costumbres del lugar.

Había encontrado a su hombre.

Seguir el itinerario de Karen Friedman había sido coser y cantar. Lennick le había puesto sobre aviso. Sabía que el pez había picado. Si se dirigía a las Islas Vírgenes, lo más probable sería que pasara por San Juan, de modo que llamó para preguntar acerca de la reserva. Las líneas aéreas todavía desembuchaban esa mierda. Facilitaban su trabajo. De modo que ordenó a Lenz, quien había conducido el coche del atropello de Greenwich, pero cuya cara desconocían, que la vigilara en Tórtola. Había seguido la pista de la avioneta de un solo motor de Island Air hasta Saint Hubert. Sólo había un lugar allí al que podían ir.

Lo que no había tenido en cuenta era al policía. Dietz sabía que no se trataba de una escapada de amantes. Charles no estaría muy lejos.

Él les había conducido hasta allí.

Pasara lo que pasara después, esa parte le iba de perlas a Dietz. Charles no tardaría en hacer acto de presencia. Tenía a Lenz instalado en el club, vigilándoles. Dietz había alquilado un pequeño avión. El resto era rutina. Para eso le habían pagado. El tipo de talento que había ido perfeccionando a lo largo de toda su vida.

Tomó otro sorbo de su margarita. La chica de las tetas le sonrió. Se sintió excitado.

Sabía que no era exactamente guapo. Era bajo y corpulento, con tatuajes militares en ambos brazos. Pero las mujeres siempre lograban fijarse en él, y se sentían atraídas por su rudeza.

Pensó en el policía. Complicaba las cosas. Si sabían lo de Dolphin, tal vez habrían localizado al viejo pedorro de Pensacola. Y en tal caso, combinado con lo de Lauer, tal vez la incursión en su casa no había sido tan improvisada como él había pensado.

Charles sabía cosas. Más de las que podían permitir que divulgara. Había sido descuidado, pero el descuido iba a terminar.

Dietz se rascó el bigote y sacó un puro. *Es hora de pagar, Charles.*

Pero entretanto había surgido esta pequeña diversión. Lanzó otra mirada a la chica y terminó su bebida. Abrió el móvil. Una última llamada.

Marcó el número que sabía de memoria. Contestó una voz áspera de fuerte acento. *Siempre hay que enfrentar a ambas partes para obtener ganancias*, pensó Dietz. Le habían dicho que informara sobre sus progresos, que se mantuviera en contacto.

—Buenas noticias —dijo sin dejar de mirar a la chica—. Creo que le hemos encontrado.

—Excelente —contestó la voz—. ¿Fue la pista de las cuentas?

Los bancos, las transferencias electrónicas. El comerciante en diamantes que les había costado tanto localizar.

—No fue necesario —dijo Dietz—. Al final, encontré otra forma. Su mujer nos condujo hasta él.

Se levantó y tiró un billete de veinte sobre la barra. Mañana… Mañana volvería a los negocios. Se ocuparía de Hodges también. Pero esta noche… La chica estaba hablando con un surfero alto y rubio. Pasó junto a un grupo de pescadores que se jactaban de su pesca. Cuando llegó delante de ella, la joven levantó la vista.

—¿Dónde está? —preguntó Dietz por el teléfono.

—No te preocupes —replicó la voz ronca—. Ando por aquí.

82

La mañana amaneció brumosa y cálida.

Karen despertó temprano y tomó un desayuno ligero en su habitación. Se sentó en el balcón y bebió café, mientras veía el sol elevarse sobre el mar en calma. Intentó serenar sus nervios. Una bandada de pájaros volaba en círculos cerca del arrecife, graznaban y se lanzaban en picado en busca de su desayuno.

A eso de las siete y media vio que una lancha blanca amarraba en el muelle de Saint James. Bajó un capitán. Karen se levantó y trató de relajar su estómago revuelto. *Allá vamos...*

Se puso un vestido de playa estampado y unas alpargatas. Se ciñó el pelo en la nuca y se aplicó un toque de colorete en las mejillas y brillo en los labios, sólo para ponerse guapa. Después metió en la bolsa crema bronceadora, bálsamo labial y un par de botellas de agua. Se llevó unas fotos de los chicos que había traído.

Ty la estaba esperando abajo, en la pasarela que conducía a la playa. Le guiñó un ojo en señal de apoyo. ¿Qué más se podía decir?

—Tengo algo para ti —dijo al tiempo que la guiaba bajo la logia hasta un lugar discreto donde la sentó en una silla de madera. Apretó un pequeño disco en la palma de su mano—. Es un receptor GPS de alta potencia. Escóndelo en tu bolso. Así podré localizarte. Quiero que me llames dentro de una hora. Cada hora. Sólo para saber que estás bien. ¿Me prometes que lo harás, Karen?

—No pasará nada, Ty. Estaré con Charles.

—Quiero que me lo prometas —dijo, y esta vez no era una pregunta, sino más bien una orden.

—De acuerdo. —Ella se ablandó y sonrió—. Lo prometo.

Hauck sacó del bolsillo algo (un objeto metálico duro, lo bastante pequeño para caber en la palma de su mano) que le provocó un escalofrío.

—Quiero que te lleves esto también, Karen.

—No.

—Lo digo en serio. —La apretó en su mano—. Sólo por si pasa algo. Es una Beretta del 22. El seguro está quitado. Puede que no pase nada, pero no sabes en lo que te vas a meter. Tú misma lo dijiste: ha muerto gente. De modo que llévatela. Por favor. Por si acaso.

Ella miró el arma y su corazón se aceleró. Intentó rechazarla.

—Ty, por favor, voy a ver a Charles…

—Vas a ver a Charles —dijo él—, y no tienes ni idea de en qué te estás metiendo. Cógela, Karen. No es una petición, es una orden. Ya me la devolverás esta tarde.

Ella miró la pistola, la cual le recordó que, pese a sus intentos de disimular, él tenía razón: estaba un poco asustada.

—Me resisto a llevarla porque podría utilizarla contra él —rió. Pero la guardó en el bolso.

—Escucha, Karen. —Ty se levantó las gafas de sol—. Te quiero. Creo que te quiero desde el primer día que fui a tu casa. Ya lo sabes. No sé qué pasará después de esto, entre tú y yo. Ya lo hablaremos. Pero ahora me toca a mí, y quiero que me escuches. Ten cuidado. Quiero que te muestres en público lo máximo posible. No vayas a ningún sitio con él… después. No corras el menor riesgo, ¿entendido?

—Sí, señor —asintió ella, y una leve sonrisa se insinuó en su rostro, pese a los nervios.

—¿Qué quieres que diga, Karen? Soy policía.

El capitán del barco, un hombre negro de unos treinta años con pantalones cortos y gorra de béisbol, saltó de la *Sea Angel*. Dio la impresión de que consultaba su reloj.

—Creo que he de irme —dijo ella.

Se acercó más a él y Hauck la abrazó. Ella le dio un beso en la mejilla y le apretó con fuerza.

—No te preocupes por mí, Ty. —Se levantó y forzó una sonrisa—. Se trata de Charlie. Lo más probable es que tomemos una cerveza en algún bar a eso de las diez.

Corrió hacia el muelle, se volvió una vez y saludó con la mano, con el corazón acelerado. Ty salió y la siguió unos pasos sobre la arena, al tiempo que le devolvía el saludo. Después ella corrió hacia el capitán de la *Sea Angel*, un hombre de aspecto afable.

—¿Es usted Neville?

—Sí, señora —dijo. Le cogió la bolsa—. Deberíamos irnos. —Reparó en Ty, que había avanzado uno o dos pasos hacia ellos—. Dijo que usted sola, señora. Usted sola o no vamos.

Karen tomó su mano y saltó a bordo.

—Sólo yo. ¿Adónde vamos?

Neville subió y tiró el cabo de atraque al muelle.

—Dijo que usted lo sabría.

83

Lo sabía. En el fondo de su corazón. Lo supo al surcar el agua, las islas cada vez más familiares. Con creciente impaciencia en la sangre.

Se dirigieron hacia el oeste. Cuando dejaron atrás el arrecife, la lancha de dos motores aceleró. Karen se encaminó a la popa de la embarcación. Saludó a Hauck, que estaba en el muelle. Un momento después, la barca dobló una curva y él desapareció.

Ahora estaba en manos de Charlie.

Fue una travesía hermosa. Innumerables islas de arena blanca, gajos pequeños y deshabitados de arena y palmeras. El agua era de color turquesa suave, salpicada de cabrillas. El sol caía sobre ellos. La embarcación saltaba sobre las olas, dejando una ancha estela. La brisa salada agitaba el pelo de Karen.

—¿Conoce a Charles? —gritó a Neville por encima del ruido de los motores.

—¿Se refiere al señor Hanson? —preguntó el hombre—. Sí. Yo piloto su barco.

—¿Éste?

—No, señora. —Neville sonrió, como divertido—. En absoluto.

La barca pasó ante playas habitadas. Algunos pueblos escondidos en ensenadas. Lugares que habían visitado. De repente supo por qué Charles le había pedido que viniera aquí. De vez en cuando divisaban algún bonito yate en mar abierto. O pequeños esquifes de pesca, pilotados por pescadores descamisados. En una ocasión, Neville sonrió y señaló hacia el horizonte.

—Peces vela.

Los nervios de Karen empezaron a calmarse.

El viaje duró cincuenta minutos. La lancha comenzó a acercarse a diminutas islas deshabitadas.

De pronto comprendió que Neville estaba en lo cierto. Una peculiar familiaridad empezó a apoderarse de ella. Karen reconoció el restaurante de una playa en el que habían estado una vez, apenas una cabaña de techo de paja con una parrilla al aire libre, donde habían tomado langostas y pollo. Había amarrados algunos barcos pequeños. Más adelante, un faro que reconoció, a franjas azules y blancas. Karen recordó el nombre.

Bertram's Cay.

Ahora sabía adónde la estaban llevando. Un último golfo de mar azul y la vio.

Su corazón se ensanchó.

La cala aislada a la que habían ido una vez, donde los dos habían echado el ancla. Pensó en Charlie al timón, con el pelo alborotado y las Ray-Ban. Tuvieron que nadar hasta la playa, provistos de una cesta con comida y cervezas, se tumbaron como vagabundos sobre la fina arena blanca, protegidos por las palmeras onduladas.

Su cala privada. ¿Cómo la habían llamado? La Laguna de la Despreocupación.

¿Adónde han ido Charlie y Karen?, se preguntó todo el mundo.

Se dirigió a la proa cuando la barca aminoró la velocidad y se protegió los ojos. Con el pulso acelerado, examinó la pequeña playa en forma de herradura. Neville guió la lancha hasta escasos metros de la playa.

Estaba igual. Igual que cuando la habían descubierto ocho años antes. Había una balsa hinchable amarilla en la arena. El corazón de Karen se aceleró. Paseó la vista a su alrededor. No vio a nadie. Sólo oyó un graznido, algunas gaviotas y pelícanos que volaban sobre los árboles.

Charlie...

No sabía qué sentía. No sabía cuál sería su reacción. Karen se quitó las sandalias, subió a la proa y se apoyó sobre la barandilla. Miró a Neville, quien le indicó con un gesto que esperara, mientras se acercaba un poco más y se colocaba de costado. Después asintió.
Ahora...

Karen saltó con la bolsa colgada del hombro. El agua era tibia y espumeante, le llegaba a mitad de los muslos y empapaba la parte inferior del vestido. Caminó hasta la playa. No vio a nadie. Se volvió y vio que Neville empezaba a alejar la *Sea Angel* de la orilla. La saludó con la mano. Ella dio media vuelta y por primera vez empezó a tener miedo.

Estaba sola en esta playa desierta por completo. Ni siquiera salía en los mapas.

¿Y si nadie iba a buscarla?

Se dio cuenta de que no había llamado a Ty. *Quiero que te muestres en público*, había insistido. ¿En público? Era el lugar más desierto del mundo.

Empezó a subir vacilante la duna baja. El sol de la mañana había quemado la arena, que sintió caliente y fina bajo los pies descalzos. No se oía el menor sonido, salvo el canto de los pájaros posados en los árboles y el suave chapoteo del oleaje.

Se dispuso a sacar el móvil del bolso, mientras un escalofrío de miedo recorría la superficie de su piel.

Oyó el movimiento de los matorrales y su voz antes de ver su forma.

Suave, extrañamente familiar. La dejó helada.

—Karen.

Sintió una tirantez en el pecho, y se volvió.

84

Como un fantasma, Charles salió de entre los espesos matorrales.

El corazón de Karen se detuvo.

Había una extraña sonrisa vacilante en sus labios. La miró y se quitó las gafas de sol.

—Hola, cariño.

Ella experimentó la sensación de que la habían apuñalado.

—¿Charles...?

Él asintió, sin dejar de mirarla.

Karen se llevó la mano a la boca. Al principio, no supo qué hacer. Se quedó sin aliento. Se limitó a mirarle. Parecía diferente. Cambiado por completo. No le habría reconocido si se hubiera cruzado con él en la calle. Llevaba una gorra de béisbol caqui, pero vio que se había afeitado el pelo. Lucía una barba de varios días y tenía los ojos hundidos. Su cuerpo parecía más esbelto, más en forma. Y bronceado. Llevaba pantalones de playa rosa y verde floreados, chanclas y una camiseta blanca. No sabía si parecía más joven o más viejo. Sólo diferente.

—¿Charles?

Él avanzó unos pasos.

—Hola, Karen.

Ella retrocedió. No sabía lo que sentía. Era un manojo de emociones confusas, tras ver de repente al hombre con quien había compartido todas las alegrías y momentos importantes de su vida adulta, al que había llorado como muerto, y al sentir la repulsión que ahora ardía en su interior hacia el extraño que la había abandonado a ella y a sus hijos. Notó que se estaba enfureciendo. Sólo de oír su voz. La voz de alguien a quien había enterrado. Su marido.

Entonces Charles se detuvo. Ella avanzó un par de pasos para acortar distancias, con movimientos torpes. La mirada de él era huidiza, inquieta. Karen lo miró como si tuviera rayos X en los ojos.

—Estás muy diferente, Charles.

—Va incluido en el lote.

Se encogió de hombros, con una leve sonrisa.

—Apuesto a que sí. Bonito detalle citarme en este lugar.

Continuó avanzando hacia él, absorbiendo su imagen, como una luz áspera e incontrolable que poco a poco fuera dando paso a la sombra.

Él le guiñó un ojo.

—Pensé que te gustaría.

—Sí. —Ella se acercó más—. Siempre fuiste propenso a la ironía, ¿verdad? Ahora te has superado a ti mismo.

—Karen… —Su expresión cambió—. Lo siento muchísimo…

—¡No! —Sacudió la cabeza—. No digas eso, Charles. —Le hervía la sangre en las venas, una vez superada la sorpresa. Recordó la verdad, el motivo de su presencia en aquel lugar—. No me digas que lo sientes. Ni siquiera comprendes dónde empieza el dolor.

Una poderosa corriente de ira e incredulidad atravesó todo su ser. Notó que sus puños se cerraban. Charles asintió, como aceptando el golpe, y se quitó las gafas de sol. Karen le miró con los dientes apretados y entornó los ojos, clavados en los de él, grises, tan familiares.

Le abofeteó. En la cara, con fuerza. Él se encogió, retrocedió un paso, pero no intentó protegerse.

Karen le abofeteó de nuevo, con más fuerza, la confusión convertida en rabia desencadenada.

—¿Cómo pudiste? ¡Maldito seas, Charles! ¿Cómo puedes presentarte así delante de mí? —Le golpeó de nuevo, esta vez en el pecho, con el puño, de forma que él retrocedió—. ¡Vete a la mierda! ¿Cómo pudiste hacerme esto? A todos. A Alex y a Sam; a tu familia. Nos mató. Te llevaste contigo una parte de nosotros. Jamás podremos recuperarla. Pero tú, tú estás aquí… Nunca lo sabrás. Te lloramos, Charles, como si hubiera muerto una parte de nosotros. —Le golpeó en el pecho de nuevo, mientras lágrimas de ira brillaban en sus ojos y él paraba los golpes que le llovían, pero sin apartarse—. Lloramos por ti cada día de un jodido año. Encendimos velas en tu recuerdo. ¿Cómo puedes estar aquí, Charles?

—Lo sé, Karen —suspiró él, e inclinó la cabeza—. Lo sé.

—No, no lo sabes, Charles. —Le fulminó con la mirada—. No tienes ni puñetera idea de lo que nos has robado. A mí, a Sam y a Alex. ¿Y para qué? Pero yo lo sé. Sé exactamente lo que has hecho. Sé la mentira que has vivido. Sé lo que me has ocultado. Dolphin. Falcon. Aquellos petroleros, Charles. Aquel viejo de Pensacola…

Él clavó los ojos en ella.

—¿Con quién has estado hablando, Karen?

Ella le golpeó de nuevo.

—Vete a la mierda, Charles. ¿Para eso querías que viniera aquí? ¿Para contarme lo que ya sé?

Él agarró al fin su brazo y rodeó su muñeca con los dedos.

—Dices que sabes. No, Karen. Has de escucharme, y con atención. Nunca quise hacerte daño. Bien lo sabe Dios, no quería que descubrieras nada. Lo que hice, lo hice para protegerte. Para protegeros a todos. Sé cómo debes odiarme. Sé lo que debes sentir al verme aquí. Pero has de hacer algo por mí. Por favor, escúchame. Porque lo que hice, y el hecho de que esté aquí, depositando mi vida en tus manos, lo hice por ti.

—¿Por mí?

—Sí, Karen, por ti. Y por los chicos.

—De acuerdo, Charles. —Ella reprimió las lágrimas. Se alejaron del sol hacia los arbustos. Se sentaron en la arena, en un lugar más fresco—. Siempre supiste engatusarme, ¿verdad? Voy a escuchar tu verdad.

Él tragó saliva.

—Dices que sabes lo que he hecho. Las operaciones en el extranjero, Falcon, Dolphin Oil… Todo eso es cierto. Soy culpable de todo. Durante años administré dinero del que no te hablé. Me metí en algunos problemas. Problemas de liquidez. Gordos, Karen. Tenía que protegerme. El pánico se apoderó de mí. Tramé esta farsa tan complicada.

—Aquellos petroleros vacíos... Estabas falsificando la documentación de cargamentos de petróleo.

Charles asintió y respiró hondo.

—Era necesario. Mis reservas estaban muy bajas, y si los bancos lo descubrían, exigirían el pago de mis préstamos. Tenía que ofrecer garantías. Sí.

—¿Por qué, Charlie, por qué? ¿Por qué tuviste que hacer esas cosas? ¿No te quería yo bastante? ¿No te apoyaba siempre? ¿No vivíamos bien juntos? Los chicos...

—No, no era eso, Karen. No tenía nada que ver con vosotros. —Meneó la cabeza—. ¿Recuerdas, hace unos años, cuando me endeudé más de la cuenta y Harbor estuvo a punto de irse a pique?

Ella asintió.

—Nos habríamos hundido por completo. Me habría quedado sin nada, Karen. Habría terminado en un departamento de operaciones, con el rabo entre las piernas, intentando recuperarme. Habría dedicado años a enjugar esa deuda. Pero todo tiene un precio.

—¿Un precio?

—Sí. —Le habló de los fondos que había supervisado—. No aquellas cuentas de mierda que tenía en Harbor. —Las sociedades privadas. Falcon. Administradas en el extranjero—. Miles de millones, Karen.

—Pero era dinero negro, Charles. Te dedicas a blanquear dinero. ¿Por qué no lo llamas por su nombre? ¿Por qué hiciste algo así?

—Yo no blanqueo dinero, Karen. No lo entiendes... Ese tipo de fondos no se juzgan. Los pones a trabajar. Administras el dinero. Eso es lo que yo hago, Karen. Era nuestra única salida. Y la aproveché durante los últimos diez putos años de mi vida. No sabía de dónde coño venía ni a quién lo robaban. Lo teníamos, punto. ¿Y sabes una cosa? Me daba igual. Para mí, eran cuentas. Invertía para ellas. Era lo mismo, lo mismo que hacían los Levinson, los Coumier y los putos Smith Barney. Ni siquiera conocía en persona a esa gente, Karen. Saul me los encontraba. ¿Crees que éramos los únicos? ¡Hay gente que hace eso cada día, gente respetable que llega a casa por la noche, juega a pelota con los chicos, ve *Urgencias* y lleva a su mujer al Met! ¡Gente como yo! Está al alcance de la mano, ¿sabes? Financieros de la droga, mafiosos, gente que roba petróleo de los oleoductos de sus países. De modo que aproveché la ocasión. Como cualquier otro habría hecho. Era la solución a nuestros problemas. Jamás he blanqueado ni un centavo, Karen. Sólo administraba sus cuentas.

Ella le miró, lo atravesó como un láser. La verdad, disolviéndose como niebla en el cielo.

—No sólo administrabas sus cuentas, Charlie. Eso suena bien, ¿verdad? Pero te equivocas. Lo sé… Eso era lo que Jonathan Lauer quería decirme. Después de tu tan oportuna «muerte». Pero ahora está muerto, Charlie. De verdad. No aparecerá por sorpresa en alguna isla. Como tú… Le citaron para testificar en una vista hace unas semanas, pero le mataron, le atropellaron, como a aquel chico inocente de Greenwich, ¿te acuerdas de él?

Charles esquivó su mirada.

—Ese chico al que fuiste a ver después del atentado en Grand Central, cuando robaste la identidad de aquella persona. El chico al que ayudaste a asesinar. O al que asesinaste, por lo que yo sé. No tengo ni idea.

»¿Qué iba a hacer, Charlie, denunciarte? ¿Sacar a la luz tu pequeña estafa? Tú no blanqueas dinero, no. Haces cosas mucho peores. Esa gente no volverá. Y no hablemos ya de los miles a los que arruinaste o fueron asesinados en nombre de todo el dinero que invertías con tal dedicación. Oh, Charlie… ¿Qué hiciste? ¿Cómo pudiste llegar a hacer algo así? Era tu gran oportunidad, ¿eh, cariño? ¡Bien, pues mírate! ¡Piensa en lo que has hecho!

Charles la miró con ojos suplicantes. Sacudió la cabeza y se humedeció los labios resecos.

—Yo no hice eso, Karen. Te lo juro. Puedes odiarme si quieres, odiarme por lo que he hecho. —Se quitó la gorra y se pasó la mano por el cráneo rasurado—. Yo no maté a aquel chico, pienses lo que pienses. Fui a Greenwich para intentar salvarle.

85

—¿Salvarle? —Una oleada de ira invadió a Karen—. ¿De la misma forma que ibas a salvarme a mí, Charlie?

—¡Fui a detenerle! Sabía lo que amenazaban con hacer.

—¿Quiénes, Charles? —Ella sacudió la cabeza frustrada—. Dime quiénes.

—No puedo explicártelo, Karen. Ni siquiera quiero que lo sepas. —El rostro de Charles se ensombreció. Respiró hondo, hinchó las mejillas y exhaló aire poco a poco—. Me había encontrado con él una vez. Cerca del taller. Intenté convencerle de que persuadiera a su tozudo padre de que dejara correr todo el asunto de los petroleros. Si se descubría lo que hacíamos con ellos, todo saldría a la luz. No tienes idea de lo que podía ocurrir. De modo que fui a Greenwich después del atentado. Estaba muy nervioso. En parte, comprendía que tenía la oportunidad de desaparecer. De todos modos, tendría que haber muerto en la estación. Esa gente me había amenazado, Karen. No tienes ni idea. Por otra parte, sólo deseaba que todo terminara.

»De modo que llamé a Raymond para reunirnos. Le telefoneé desde la acera de enfrente, utilizando el nombre del tipo muerto. Me quedé sentado en el puto reservado, sin saber qué iba a hacer o decir. Sólo pensaba, esto ha de terminar. Ya. Esta gente es mala. No quiero mancharme las manos con la sangre de este chico.

»Y entonces le vi. —Charles clavó la vista en la lejanía—. Vi al chico a través de la puta ventana, que venía hacia mí, cruzando la calle, mientras abría su teléfono... Vi el coche, un todoterreno negro, que bajaba desde Post Road y aceleraba.

»El vehículo dobló la esquina. El chico, con aquellos mechones de pelo rojo ceñidos en una coleta, se dio cuenta de lo que iba a pasar. En aquel momento supe que la puerta se me había cerrado en las narices, Karen. Había perdido un montón de dinero. Mentido sobre mis reservas. Aquellos hijos de puta querían sangre. Y ahora me había manchado las manos con la sangre de aquel chico. —La miró—. Has de comprenderlo, Karen. Estaba en peligro. Tú estabas en peligro, y también los chicos... No había vuelta atrás. No quería pasar diez años en la cárcel. Habría sido mejor perecer en aquel tren. De modo que lo hice.

—¿Por qué, Charlie? ¿Para proteger a esos monstruos?

—No lo entiendes. —Él meneó la cabeza—. ¡Perdí más de quinientos mil millones de dólares! Agoté mis reservas. Nuestra vida se estaba yendo al carajo. Ya no podía cubrir mis préstamos. Iban a matarme, Karen. Necesitaba tiempo. Así que empecé a falsificar cosas. Ordené que aquellos putos petroleros cruzaran el globo. Indonesia. Jamaica, Pensacola... ¡Todos vacíos! Y aquel cabrón de Pensacola empeñado en averiguar qué estaba pasando...

Karen tocó su brazo. Él se encogió un poco.

—Podrías habérmelo dicho, Charles. Era tu mujer. Éramos una familia. Podrías haberlo compartido conmigo.

—¿Cómo podría haberlo compartido contigo, Karen? Me enviaron una felicitación de Navidad con las caras de los chicos recortadas. ¿Te habría gustado compartir eso? Mataron a *Sasha*. Me enviaron una nota diciendo que los chicos serían los siguientes. ¿Qué te parece? A esta clase de gente no le envías un informe diciendo que lo vas a solucionar el trimestre que viene. Nuestra casa, nuestra buena vida... Todo tenía un precio. ¿Tendría que haber compartido eso contigo? ¿Quién era yo? ¿Qué había hecho? Son asesinos, Karen. Ése fue el trato que hice.

—¿El trato que hiciste? Maldita sea, Charlie, mírate ahora. Míranos a los dos. ¿Eres feliz?

Él respiró hondo.

—Pensé en dejarlo cientos de veces. Marcharnos todos. Hasta conseguí pasaportes falsos. ¿Recuerdas cuando hice que nos tomaran aquellas fotos? Dije que eran para los visados del viaje a Europa, un viaje que nunca hicimos.

Karen parpadeó y reprimió las lágrimas.

—Oh, Charlie…

—Así que, dime —continuó él—, ¿tendría que haber acudido a ti, Karen? ¿Ésa es la vida que te habría gustado? Si te hubiera confesado lo que yo era y lo que debíamos hacer: desaparecer un día de la noche a la mañana, sacar a los chicos del instituto a escondidas, alejarles de todo cuanto conocían, poneros a todos en peligro, convertirte en cómplice de esto, ¿qué me habrías dicho? Dime, cariño, ¿habrías secundado mis planes?

Charles la miró, y su mirada reflejó un rayo de comprensión hecho añicos, que contestó a la pregunta por ella.

—Esa gente tiene medios de seguir el rastro a cualquiera, Karen. Tú y los chicos siempre habríais estado en peligro… Cuando ocurrió el atentado, fue casi un regalo. De pronto tuve clara la solución. Ya sé que no puedes opinar lo mismo. Sé que crees que había otros medios de lidiar con esto, y puede que tengas razón. Pero ninguno más seguro, Karen. Para vosotros no.

—Pero también hemos estado amenazados, Charlie.

Le contó a toda prisa la visita de la gente de Archer que tanto la asustó, el hombre que había asaltado a Sam en su coche. Y hacía poco, el folleto de Tufts que le habían enviado, con las palabras *Seguimos aquí.* Continuaban exigiendo aquel dinero.

—¿Con quién has estado hablando, Karen?

—Con nadie, Charlie. Hay un detective que me ha echado una mano. Y también Saul. Eso es todo.

Él apretó la mandíbula. Tomó su mano.

—¿Cómo supiste que estaba aquí? ¿Cómo supieste que estaba vivo?

—¡Vi tu cara!

Los ojos de Karen estaban húmedos, y reprimió las lágrimas.

—¿Mi cara?

—Sí. —Le habló del documental. Le contó que durante un año le había llorado, había mantenido intactas partes de su vida que no podía olvidar y había intentado curar la herida de su corazón—. No sabes lo que es eso, Charlie.

Y después el documental, el día del aniversario del atentado. Se había obligado a verlo, pero era demasiado, y se dispuso a apagar el televisor.

Y entonces, la imagen de él. En la calle. Después de la explosión. Apartando la cara de la cámara.

—Te vi. Caminabas deprisa entre la multitud. Debí de verlo miles de veces. Pero eras tú. Me resultaba imposible creerlo. Supe que estabas vivo.

Charles se inclinó hacia atrás, con las manos extendidas a su espalda. Lanzó una risita, casi jovial, incrédulo. Sus vidas, separadas por la muerte, se cruzaban en un momento capturado, pese a las mil precauciones.

—Me viste.

—No sabía qué hacer. Me estaba volviendo loca, Charlie. No se lo dije a los chicos. ¿Cómo iba a hacerlo? Te quieren. Se morirían.

Él se humedeció los labios y asintió.

—Después descubrí tu caja de seguridad.

Los ojos de Charlie se abrieron de par en par.

—Y tu pasaporte con un nombre diferente. Y todo aquel dinero.

—¿Cómo la descubriste?

Karen le habló del fragmento de página enmarcado. Después de la explosión. Alguien la había encontrado en Grand Central. Con aquella nota garabateada.

—Una parte era información sobre la caja. No tenía nada más para seguir adelante, Charlie.

Él la miró. Conmocionado. Casi ceniciento. Una libreta. Que la había conducido hasta él. Algo que la explosión no había destruido. Después se puso tenso. Sus ojos se ensombrecieron. Apretó su mano, pero esta vez con frialdad, con una firmeza que comunicaba algo más que simple consuelo.

—¿Quién más está enterado de esto, Karen?

86

Hauck, nervioso, decidió ir a correr. Abandonó el recinto del hotel y siguió la carretera de la costa con un ritmo constante. Tenía que hacer algo. Iba a volverse loco, sentado mirando el GPS, mientras su mente llegaba a conclusiones inevitables.

El GPS se había detenido hacía un rato. Clavado. 18,50° N, 68,53° O. Un diminuto arrecife de arena en mitad del Caribe. A veinte millas de distancia. El lugar más solitario posible. Le había dicho que le llamara para saber que todo iba bien.

Eso había sido dos horas antes.

En su trabajo, Hauck había participado en docenas de misiones de vigilancia. Había esperado nervioso en el coche, mientras sus compañeros se ponían en peligro. Siempre era mejor entrar en acción. De todos modos, nunca se había sentido más impotente o responsable que ahora. Corrió por la carretera pavimentada irregular que seguía la circunferencia de la diminuta isla. Tenía que hacer algo.

Moverse.

Sus poderosos muslos aceleraron el paso. Tenía delante una amplia elevación, cubierta de vegetación y bastante empinada, que sobresalía del mar. Hauck subió hacia ella, con el corazón acelerado y un manto de sudor que cubría la espalda de su camiseta y se agolpaba sobre su piel. El sol le estaba abrasando. Si soplaba brisa, se había quedado en la playa.

Cada tanto, se detenía y consultaba la pantalla del GPS, que llevaba ceñido a la cintura. Todavía 18,50 y 68,53 grados. Todavía el mismo punto. Todavía sin noticias. Ya habían transcurrido dos horas. Había intentado llamar. Sólo su buzón de voz. Tal vez no había cobertura donde estaba. ¿Qué podía hacer, ir a buscarla en barco? Le había dado su palabra.

De modo que siguió corriendo. Los paisajes eran hermosos, vistas de amplias extensiones de agua turquesa, algunos montículos cubiertos de verde que se alzaban de las playas, un ocasional barco blanco en el mar, la silueta brumosa de una isla lejana en el horizonte.

Pero Hauck no veía nada. Estaba enfadado consigo mismo por haberla dejado marchar. Por ceder. Los músculos de sus muslos ardieron cuando la topografía se elevó. Se quitó la camiseta y la enrolló alrededor de su cintura mientras el sudor cubría su piel. *Vamos, Karen, llama... ¡Llama!* Sintió una opresión en los pulmones.

Otros cien metros...

Por fin llegó a la cumbre de la elevación. Hauck paró, se dobló en dos. Se sentía irritado, impotente, responsable.

—¡Maldita sea! —gritó al vacío.

Se mojó con agua. Daba la impresión de que había llegado al punto más alto. Miró en la dirección de la que había venido y vio el complejo turístico, diminuto, lejano, como a kilómetros de distancia.

Algo llamó su atención desde el mar.

Frente al lado opuesto de la isla. Hauck se protegió los ojos del sol.

Era un enorme barco negro. Un velero. Jamás había visto algo semejante. Inmenso. Debía ser tan largo como un campo de fútbol, ultramoderno, con tres centelleantes mástiles metálicos que reflejaban el sol. Se quedó hipnotizado.

Introdujo la mano en la bolsa y sacó los prismáticos que había cogido. Los enfocó en la dirección del velero.

Espectacular. Esbelto, de un negro reluciente. El nombre estaba en la popa. Enfocó.

El *Oso negro*.

El barco llenó de admiración a Hauck, pero acompañada de una sensación de inquietud. Sabía que lo había visto antes.

Sacó el móvil y tomó una foto.

Lo había visto. Intentó recordar.

No podía determinar dónde.

87

—Escucha, Charlie, esto es importante. —Karen tocó su brazo—. No somos las únicas personas que sabemos que estás vivo.

Él arrugó el entrecejo.

—¿Somos?

Ella asintió.

—Sí, «somos». —Karen le habló de Hauck—. Es detective. De Greenwich. Estaba intentando solucionar el atropello de Raymond que ocurrió el mismo día de tu desaparición. El chico llevaba tu nombre y tu número en el bolsillo. Se ocupó un poco de mí los días en que no estábamos seguros de que habías muerto. Después empezaron a suceder todas aquellas cosas demenciales.

—¿Qué clase de cosas demenciales?

—De pronto apareció gente que intentaba encontrarte, Charles. A ti o al dinero, al menos. Ya te lo he dicho, hablaban de millones. Vinieron a casa. Amenazaron a Samantha en el instituto. No sabía a quién pedir ayuda, Charles.

—¿Quiénes eran? —preguntó él con semblante preocupado.

—No lo sé. No lo averiguamos. Ni la policía, ni Saul. Pero eso no importa ahora. Lo que importa es que el detective, Hauck, lo descubrió. Escucha, Charles, da la impresión de que también te están buscando a ti. No sólo quieren el dinero. ¡Te quieren a ti! Han seguido tu rastro hasta aquí mediante esas cuentas bancarias. Esa persona se llama Dietz... ¿Le conoces?

—¿Dietz?

Él negó con la cabeza.

—Participó en el atropello de Raymond. Fue testigo en Greenwich. ¡Pero lo curioso es que también estuvo presente en el atropello de Jonathan Lauer! No fueron accidentes, Charles, sino asesinatos premeditados. Pero tú ya lo sabes, ¿verdad? Sabes lo que estaban intentando proteger. Y ahora creo que están aquí, intentan encontrarte. Lo saben, Charles. Estás en peligro.

Él empujó hacia arriba la gorra y se masajeó la frente, como si repasara en su mente una serie de acontecimientos, y la conclusión a la que pareció llegar le alarmó.

—Saben lo de los honorarios —dijo, y la miró con aire sombrío.

—¿Qué honorarios, Charles?

—Un montón de dinero, Karen. Dinero que me gané —dijo—. No lo robé. Un uno coma veinticinco por ciento de dos mil millones de dólares. Acumulados durante los últimos ocho años. Siempre los guardé en el extranjero. Era para nuestra isla. ¿Te acuerdas? Estamos hablando de más de sesenta millones de dólares.

Los ojos de Karen se abrieron como platos.

—Nunca me importó el dinero, Charlie. Nunca me importó tu estúpida isla. Eso nunca iba a ocurrir. Era tan sólo nuestro estúpido sueño. —Le miró—. Lo que me importaba eras tú. Me importaba nuestra familia. Esa gente te pisa los talones. Como tú has dicho, pueden seguir cualquier rastro. ¿Qué vas a hacer, huir de ellos el resto de tu vida?

Él inclinó la cabeza y se pasó una mano temblorosa por el cráneo. Una sonrisa melancólica se insinuó en sus ojos grises.

—Volví una vez, Karen. Para la graduación de Sam. Consulté la fecha en la web del instituto.

—¿Estuviste allí?

Él asintió.

—En cierto modo. Alquilé un coche y os vi salir de la ceremonia desde la acera de enfrente. Llevabas un vestido amarillo corto. Sam se había puesto una flor en la oreja. Vi a mis padres. Alex... Qué alto está...

—¡Estuviste allí! —Karen sintió una punzada de dolor en el corazón—. Oh, Charlie, ¿hasta cuándo permitirás que se prolongue este desastre?

—No lo sé. No lo sé. Dime —continuó con ojos brillantes—, ¿cómo le va en el lacrosse?

—¿El lacrosse? —Lágrimas de confusión se formaron en los ojos de Karen—. No lo sé, Charlie, es delantero. Casi siempre está sentado en el banquillo. Sam tuvo un buen año. Marcó el tanto de la victoria contra Greenwich Academy. Ella... —Se contuvo—. Oh, Charlie, ¿por qué estamos haciendo esto? ¿Quieres saber cómo fue? Fue duro. Fue muy duro. ¿Sabes cómo se sentirían si pudieran verte ahora? Les mataría. Sam y Alex se morirían.

—Karen...

Una fuerza extraña la impulsó a inclinarse hacia él, hacia un Charlie asustado y confuso, y ambos se abrazaron. Resultó muy extraño para ella encontrarse de nuevo entre sus brazos. Muy familiar, pero al mismo tiempo muy raro. Como si fuera un fantasma.

—Ha sido un infierno, Charlie. Primero cuando desapareciste, y después... Me has hecho mucho daño. —Se soltó, y algo a mitad de camino entre el dolor y la acusación brilló en sus ojos—. No puedo perdonarte. No estoy segura de que alguna vez pueda hacerlo. ¡Teníamos una vida en común!

—Sé que ha sido duro, Karen. —Charles cabeceó y tragó saliva—. Sé lo que he hecho.

Ella reprimió las lágrimas y se secó los ojos con el dorso de las manos.

—No —dijo—, no lo sabes. Ni siquiera tienes idea de lo que has hecho.

Él la miró. Por primera vez, dio la impresión de que la miraba de arriba abajo. Su cara. Su figura. Cómo le quedaba el vestido. Una tenue sonrisa alumbró sus ojos.

—Aún estás de buen ver, Karen.

—Sí, y tú ya no llevas gafas.

—Cirugía LASIK. —Se encogió de hombros—. Gajes del oficio.

Ella sonrió.

—Al final te armaste de valor, ¿eh?

—Tú lo has dicho.

La sonrisa de Karen se ensanchó, y un rayo de sol se reflejó un momento en sus pecas.

—Quiero que seas feliz, cariño. Quiero que continúes con tu vida. Aprende a querer a alguien. Deberías ser feliz.

—Sí, bien, has escogido un momento maravilloso para preocuparte tanto por mí, Charlie.

Él sonrió con timidez.

—Escucha, no tiene por qué ser así. Puedes entregarte. Este detective, Hauck, ha venido conmigo.

Él la miró preocupado.

—Puedes confiar en él, Charlie. Te lo prometo. Es amigo mío. No ha venido para detenerte. Explica lo que hiciste. No mataste a nadie. Falsificaste garantías. Mentiste. Devuelve el dinero. Paga una multa. Aunque tengas que pasar un tiempo en la cárcel, podrás reanudar tu vida. Los chicos necesitan a su padre. Aunque no vuelva a ser como antes, te perdonarán. Lo harán. Puedes hacerlo, Charlie.

—No. —Meneó la cabeza—. No puedo.

—Sí que puedes. Te conozco.

—No puedo hacerlo, Karen. Me caerán veinte años. No puedo. Además, nunca estaría a salvo. Y tú tampoco. Así es mejor, aunque no lo parezca. —La miró y sonrió—. Para ser sinceros, a ninguno de los dos le haría gracia contar esto a los chicos.

—Quieren a su padre, Charlie. —Ella respiró hondo—. ¿Qué vas a hacer, huir el resto de tu vida?

—No. —Charles sacudió la cabeza. Después dio la impresión de que un brillo de comprensión iluminaba sus ojos—. Escucha, Karen, hay algunas cosas. Dices que esa gente me anda buscando. Si algo me ocurre, tengo cajas de seguridad en diferentes lugares. Saint Kitts, Panamá, Tórtola...

—No quiero tu dinero, Charles. Lo que quiero es que tú...

—Chisss. —Tomó su mano para silenciarla. La apretó—. Aún conservas el Mustang, ¿verdad?

—Claro, Charlie. Lo pedías en tu testamento.

—Bien. Hay cosas que debes saber. Cosas importantes, Karen. Si algo me ocurriera... Debes saber la verdad. La verdad siempre ha estado en mi corazón. Has de entenderlo. Prométeme que buscarás. Si lo haces, encontrarás respuestas a un montón de cosas.

—¿De qué estás hablando, Charlie? Has de venir conmigo. Puedes testificar contra esa gente. Si es necesario, puedes pedir que te detengan. Pero te van a encontrar. No puedes continuar huyendo.

—No voy a continuar huyendo, Karen.

—¿Qué quieres decir?

Él consultó su reloj.

—Es hora de regresar. Pensaré en lo que has dicho. No prometo nada. —Se levantó, miró hacia el agua y agitó la mano. Neville le devolvió la señal desde la *Sea Angel*. Karen oyó que el motor se ponía en marcha. Más a lo lejos se divisaba un barco más grande—. Ése es mío —señaló Charles—. Ha sido mi hogar durante el último año. Échale un vistazo cuando regreses. El nombre te hará gracia.

El corazón de Karen se aceleró, preocupada, mientras veía acercarse la lancha. Estaba segura de que se le había olvidado decir algo.

—Prométeme lo del coche.

—¿Qué he de prometerte, Charlie?

—Tendrás que buscar. —La tomó por los hombros y apoyó una mano sobre su mejilla—. Siempre pensé que eras hermosa, Karen. Lo más hermoso del mundo. Salvo tal vez el color de los ojos de mi niña.

—No puedo abandonarte aquí.

Él alzó la vista hacia el cielo.

—Has de hacerlo, Karen.

Neville acercó la *Sea Angel* a la orilla. Charles tomó a Karen del brazo, la condujo hacia el agua tibia de la ensenada. Ella caminó entre el oleaje hacia la proa. El capitán, sonriente, la ayudó a subir. Se volvió hacia Charlie. La pequeña barca empezó a alejarse. Una oleada de tristeza la invadió al verle en la orilla. Experimentó la sensación de que estaba abandonando algo de ella. Parecía muy solo. Estaba segura de que era la última vez que le vería.

—¡Charlie! —gritó por encima del ruido del motor.

—Me lo pensaré. —El hombre saludó con la mano—. Te lo prometo. Si cambio de idea, Neville te irá a buscar mañana. —Se adentró en las aguas poco profundas y saludó de nuevo—. El Mustang, Karen…

Entonces se bajó las Ray-Ban sobre los ojos.

Ella aferró la barandilla, mientras los motores gemelos de la *Sea Angel* aceleraban y creaban una estela. Neville hizo virar la embarcación, y Karen corrió a la popa mientras la velocidad de la barca aumentaba. La figura de Charlie iba disminuyendo de tamaño en la playa. Agitó la mano por última vez. Ella cedió por fin a las ansias de llorar.

—Te eché de menos —dijo en voz baja—. Te eché mucho de menos, Charlie.

Mientras la lancha se alejaba de la ensenada, pasó a escasa distancia del barco de Charlie, más grande, del tipo con el que siempre había soñado. Cuando estuvieron cerca, Karen pudo ver el nombre, escrito con letras doradas en el casco de madera.

Emberglow.

Casi tuvo ganas de reír, mientras cálidas lágrimas de afecto anegaban sus ojos. Sacó el móvil y tomó una foto para recordar, sin saber qué haría con ella, ni a quién se la enseñaría.

En ningún momento reparó en el pequeño avión que daba vueltas en el cielo.

88

Karen no regresó al hotel hasta bien entrada la tarde. Hauck ya estaba en su habitación, sentado en una silla de mimbre y con los pies apoyados sobre la cama, trabajando un poco para distraerse. Sus peores temores se habían desvanecido. Karen había llamado en cuanto salió a mar abierto para informarle de que se encontraba bien. Habló de una manera imprecisa, con cierto distanciamiento emocional, pero dijo que le contaría más cosas en cuanto llegara al hotel.

Llamaron a la puerta.

—Está abierto —dijo.

Karen entró en la habitación. Parecía un poco cansada y confusa. Tenía el cabello desordenado. Dejó la bolsa que cargaba sobre la mesa contigua a la puerta.

—¿Cómo ha ido? —preguntó él.

Ella intentó sonreír.

—¿Cómo ha ido?

Sabía lo que estaba preguntando en realidad, cualquiera habría podido adivinarlo. *¿Ha cambiado algo?*

—Toma —dijo, y dejó la pistola que le había prestado sobre la mesita de noche—. Charlie no mató a esas personas, Ty. Cometió una estafa con esos petroleros para cubrir sus pérdidas, y admitió que fue a Greenwich después del atentado, como tú dijiste, con la identidad del fallecido. Quería encontrarse con Raymond, pero no para asesinarle. Para intentar que convenciera a su padre de una vez por todas de que dejara correr lo de los petroleros.

Hauck asintió.

Ella se sentó frente a él en el borde de la cama.

—Yo le creo, Ty. Dijo que presenció el accidente, y que se dio cuenta de que no había vuelta atrás. Esa gente le había amenazado.

Te enseñé la felicitación de Navidad. La nota sobre lo que le hicieron a nuestra perra. Pensó que nos iba a salvar, aunque parezca extraño. Pero todo lo que dijo encaja.

—Lo que encaja es que está hundido hasta las cejas en un montón de mierda, Karen.

—Eso también lo sabe. Intenté convencerle de que se entregara. Hasta le hablé de ti. Le dije que no había matado a nadie, que tan sólo había cometido una estafa, que podía devolver el dinero, pagar una multa, lo que fuera. Testificar.

—¿Y?

—Dijo que se lo pensaría. Pero no estoy segura. Está asustado. Asustado de afrontar lo que ha hecho. De dar la cara ante nuestra familia. Creo que es más fácil huir. Cuando la barca se alejó, se despidió con la mano. Tengo la sensación de que ésa fue su respuesta. Creo que no le volveré a ver.

Hauck bajó las piernas y tiró los papeles sobre la mesa.

—¿Quieres que vuelva, Karen?

—¿Quiero que vuelva? —Le miró y sacudió la cabeza con un brillo en los ojos—. No de la forma que estás pensando, Ty. Todo ha terminado entre nosotros. Yo nunca podría volver atrás. Ni él tampoco. Pero me he dado cuenta de algo. Al verle, al escucharle…

—¿Y qué es?

—Mis hijos. Se merecen la verdad. Se merecen a su padre, pese a lo que haya hecho, mientras esté vivo.

Hauck asintió. Lo comprendía. Él tenía a Jessie. Pese a lo que había hecho. Respiró hondo.

Karen le miró angustiada.

—¿Sabes lo duro que ha sido para mí hacer esto, Ty?

Algo le contuvo.

—Sí, lo sé.

—Verle. —Sus ojos se humedecieron—. Ver a mi marido delante de mí otra vez. Escucharle. Después de lo que hizo…

—Lo sé, Karen.

—¿Cómo? ¿Cómo lo sabes, Ty?

—¿Qué quieres que haga, Karen?

—¡Quiero que me abraces, maldita sea! Quiero que me digas que hice lo que debía. ¿No lo entiendes? —Apoyó la mano sobre su pierna—. De todos modos, también me di cuenta de otra cosa.

—¿De qué?

Karen se levantó y se sentó sobre su regazo.

—Me di cuenta de que te quiero, Ty; te quiero de verdad. —Sonrió y reprimió una lágrima—. Ya sabes... y toda la pesca.

—¿Y toda la pesca?

—Sí. —Karen asintió y se reclinó sobre su pecho—. Toda la pesca.

Él la abrazó, mientras ella apoyaba la cara contra su hombro. Hauck se dio cuenta de que estaba llorando. No pudo contenerse. La abrazó, sintió su cuerpo cálido y los latidos de su corazón, mientras el de ella se acomodaba al mismo ritmo. La humedad de sus lágrimas sobre el cuello.

—Sí —susurró ella, acuclillada contra él—. Por imposible que pueda parecer.

Hauck se encogió de hombros y apoyó el rostro de Karen sobre su pecho.

—No tan imposible.

—Sí que lo es. Total y absolutamente imposible. ¿Crees que no soy capaz de ver tus intenciones, caballero? Para mí eres como un libro abierto. —Se soltó—. Pero no puedo permitir que Charles desaparezca de nuevo. Quiero que vuelva a casa con los chicos. Pese a lo que haya hecho. Su padre está vivo.

Hauck secó una lágrima de su mejilla pecosa con el pulgar.

—Encontraremos una forma —dijo—. Lo conseguiremos.

Ella le dio un beso fugaz en los labios y apoyó la frente contra la de él.

—Gracias, Ty.

—Para mí no es tan imposible —repitió él—. Puede que para los chicos sí, tal vez...

—¡Caramba! —Karen sacudió la cabeza y se apartó un mechón de pelo de la cara—. ¿Tendré que darles un montón de explicaciones cuando regresen, o qué?

Aquella noche la pasaron juntos en la habitación de Ty. No hicieron el amor. Se quedaron tumbados, la mano de él alrededor de la cintura de Karen, cuyo cuerpo estaba pegado al suyo, mientras la sombra de su marido flotaba ominosa sobre ellos, como un frente procedente del mar, llegado para perturbar su calma.

A eso de la una, Hauck se levantó. Karen estaba aovillada en la cama y dormía profundamente. Apartó las sábanas, se puso los pantalones cortos y se acercó a la ventana para mirar el mar iluminado por la luna. Algo le atormentaba.

El *Oso Negro*.

El barco que había visto. Se materializó en sus sueños. Una presencia oscura. Y, en el sueño, había descubierto dónde lo había visto antes.

En la oficina de Dietz. Una foto clavada con chinchetas.

Los brazos de Dietz alrededor de los hombros de un par de amigotes, con un pez vela colgando entre ellos.

Dietz había estado a bordo de aquel barco.

89

Charles Friedman estaba sentado solo en el *Emberglow*, que ahora estaba anclado cerca de Gavin's Cay. La noche era silenciosa. Tenía las piernas apoyadas sobre la borda, y se había bebido media botella de ron Pyrat xo Reserva, que le estaba ayudando a tomar una decisión.

Debería largarse. Esta noche. Lo que Karen había dicho sobre la gente que seguía su pista le había preocupado. Había comprado una casa en Bocas del Toro, Panamá. Nadie lo sabía. Nadie le localizaría allí. Después, en caso necesario, podría huir al Pacífico…

La forma en que le había mirado. *¿Qué vas a hacer, Charles, huir el resto de tu vida…?*

En este momento, no debería implicarles.

No obstante, una nueva sensación despertó en él. La sensación de quién era, quién había sido. Ver a Karen la había despertado. No por ella. Eso había terminado. Jamás volvería a recuperar su confianza. Y tampoco la merecía. Lo sabía.

Sino por los chicos. Alex y Sam.

Sus palabras resonaron en su cabeza: *Te perdonarán, Charles…*

¿Lo harían?

Pensó en cuando les había visto al terminar la ceremonia de graduación de Sam. Cuánto le había costado mirar, el dolor, y después marcharse. Hasta qué punto la imagen de los dos se había grabado en su memoria, y el anhelo en su sangre. Sería agradable recuperar su vida. ¿Era una fantasía? ¿Una esperanza inducida por el alcohol? Recuperarla, costara lo que costara. Lo que él era. Arrebatarlo a esa gente.

¿Por qué han de ganar?

¿Qué había hecho él? No había matado a nadie. Podría explicarlo. Cumplir condena un tiempo. Pagar su deuda. Recobrar su vida.

Ver lo que había perdido logró que Charles comprendiera cuánto lo lamentaba.

Neville estaba en tierra. En una fiesta de marineros. Por la mañana, zarparían hacia Barbados. Allí abandonaría el barco y volaría a Panamá.

Ver a Karen le había puesto las cosas difíciles.

Un año antes había tenido que tomar una decisión similar. Había presenciado el asesinato del chico. Atropellado delante de sus propios ojos. Vio horrorizado que el todoterreno negro huía. Algo en su interior le dijo que no había vuelta atrás. Que el mundo se había cerrado para él. La tumba ya había sido cavada. *¿Por qué no la utilizas?* Por un momento, había pensado en llamar un taxi. Indicar al chófer que subiera por Post Road. Hasta su ciudad, Old Greenwich. Después por Soundview hasta Shore, en dirección al mar. A su casa. Karen estaría allí. Estaría preocupada, asustada tras haberse enterado de la explosión. Porque él no había llamado. Diría que se había quedado aturdido. Se lo confesaría todo. Dolphin. Falcon. Nadie tendría que saber dónde había estado. Su hogar era aquél.

En cambio, había huido.

La pregunta continuaba atormentándole. *¿Por qué han de ganar?*

La imagen de Sam y Alex destelló en la mente de Charles con la respuesta: *No lo conseguirán.* Pensó en la alegría que había sentido al ver a Karen, al oírla pronunciar su nombre.

No lo harán. Charles dejó el ron. De repente, tuvo clara la respuesta en su cabeza.

Descendió corriendo a la cabina. Localizó el móvil en su camarote y dejó un mensaje detallado a Neville, explicándole lo que necesitaba que hiciera. Las palabras continuaban resonando: *No lo conseguirán.* Se acercó al pequeño mostrador extensible que utilizaba a modo de escritorio y encendió su ordenador portátil. Buscó la dirección de correo electrónico de Karen y tecleó a toda prisa las sentidas palabras.

Leyó el mensaje. Sí. Se sintió animado. Se sintió vivo de nuevo en su propio cuerpo por primera vez en un año. *No lo conseguirán.* Pensó en verla otra vez. Abrazar a sus hijos otra vez. Recuperaría su vida.

Clicó con el puntero del ratón sobre ENVIAR.

Oyó un ruido en la cubierta, como si estuvieran amarrando una barca. Neville, que volvía de su juerga. Charles llamó al capitán. Nervioso, subió a cubierta. Tenía el corazón acelerado.

—Cambio de planes...

Vio a dos hombres. Uno alto, larguirucho, con camisa de manga corta y pantalones cortos, que blandía una pistola. El otro era más bajo, de pecho fuerte y grueso, con un bigotillo.

Los dos parecían muy satisfechos, como si una larga búsqueda hubiera terminado y estuvieran contemplando un trofeo ansiado durante mucho tiempo. El hombre del bigote sonrió.

—Hola, Charles.

90

—¡Despierta, Ty! ¡Mira!

Karen estaba al lado de la cama, sacudiéndole.

Hauck se incorporó. Había sido incapaz de dormir durante gran parte de la noche, preocupado por su descubrimiento acerca del *Oso Negro*.

—Hay un mensaje de Charlie —dijo nerviosa—. Quiere que vayamos.

Él consultó el reloj. Eran casi las ocho. Nunca dormía hasta tan tarde.

—¿Ir adónde?

Karen, con el albornoz del hotel, recién salida de la ducha, le plantó delante de las narices su BlackBerry, mientras Hauck intentaba sacudirse el sueño de los ojos.

Karen, he estado pensando en lo que dijiste. No te conté todo lo que sabía. Neville estará en el muelle a las diez y te acompañará. Puedes venir con quien quieras. Ch.

Asió la mano de Hauck en señal de victoria.

—Vendrá con nosotros, Ty.

Se vistieron a toda prisa y se encontraron en el comedor. Hauck informó a Karen, temeroso de coartar su entusiasmo, de que sería preciso detener a su marido. Mientras se afeitaba, había decidido que la única manera de hacer bien las cosas era conseguir que Charles volviera con ellos a Estados Unidos por voluntad propia. Le detendría al llegar. Aquí, Charles tendría que quedarse encarcelado a la espera de la extradición. Tendrían que conseguir una orden de detención, lo cual significaba confesar todo a las autoridades estadounidenses, incluida la participación de Hauck y sus actividades.

Eso podría tardar días, semanas. Podrían denegar la extradición. Charles podía echarse atrás. Y Dietz y su gente no andaban lejos.

Poco antes de las diez, Karen y él se dirigieron al muelle. Neville, al timón de *Sea Angel*, se acercaba en aquel momento.

Karen le saludó desde el muelle.

—Hola, señora.

El capitán le devolvió el saludo cuando la embarcación estuvo más cerca. Un empleado del hotel agarró el cabo que lanzó el patrón. Ayudó a Karen a subir a bordo, seguida de Hauck.

—¿Nos va a llevar con el señor Friedman?

—Con el señó Hon-son, señora. Eso me pidió —contestó Neville.

—¿Volveremos al mismo sitio?

—No, señora. Esta vez no. El barco está en alta mar. No muy lejos.

Hauck se sentó en popa con Karen, mientras el empleado del hotel arrojaba el cabo a Neville, y palmeó en el bolsillo la Beretta que había traído. Podía suceder cualquier cosa.

Se dirigieron hacia el oeste, sin separarse de la costa más de un cuarto de milla, y contornearon las orillas de islas diminutas. El cielo era azul, pero soplaba una leve brisa y la barca brincaba sobre el oleaje. Los motores gemelos dibujaban una gruesa estela.

Ninguno de los tres dijo gran cosa durante la travesía. Una nueva inquietud se había apoderado de ellos. Charles podía proporcionar a Hauck la pista del asesino de AJ Raymond, motivo por el cual había iniciado sus pesquisas. Karen también guardaba silencio, tal vez porque estaba pensando en cómo iba a explicar todo esto a sus hijos.

Unas cuatro islas al este de Saint Hubert, Neville disminuyó la velocidad de los motores. Hauck consultó el mapa. Era una franja de tierra llamada Gavin's Cay. Había un pueblo en la parte norte de la isla, Amysville. Se encontraban en una parte apenas habitada, al sur. Neville señaló.

—¡Allí está!

Un barco blanco estaba anclado en una ensenada aislada.

Hauck se apoyó en la barandilla y caminó hacia la proa. Karen le siguió. El barco debía medir unos dieciocho metros de eslora. Con capacidad para ocho pasajeros, calculó. Una bandera panameña ondeaba en la popa.

Neville redujo la velocidad a menos de diez nudos. Rodeó un arrecife con mano experta. Era evidente que conocía la ruta. Después levantó un *walkie-talkie*.

—*Sea Angel* acercándose, señó Hon-son.

No hubo respuesta.

El barco de Charlie se hallaba a un cuarto de milla de distancia. Anclado. Hauck no distinguió a nadie en la cubierta. Neville levantó de nuevo el *walkie-talkie*. El tono era irregular.

—¿Qué pasa? —le preguntó Hauck.

El capitán consultó su reloj y se encogió de hombros.

—No hay nadie.

—¿Qué ocurre, Ty? —preguntó Karen, preocupada de repente.

Él meneó la cabeza.

—No lo sé.

Se acercaron al barco por babor, a escasa velocidad. El cable del ancla desaparecía bajo el agua. No había señales de vida en cubierta. Nada.

—¿Cuándo fue la última vez que habló con él? —preguntó Hauck a Neville.

—No hablé. —El capitán se encogió de hombros—. Me dejó un mensaje en el móvil anoche. Dijo que les recogiera a las diez y les trajera aquí.

Acercó la *Sea Angel* a unos quince metros.

No se veía a nadie.

Hauck se subió a la barandilla y miró.

Neville se acercó más.

—¿Señó Hon-son? —llamó.

Sólo silencio. Un silencio preocupante.

Karen apoyó una mano sobre el hombro de Hauck.

—Esto no me gusta, Ty.

—Ni a mí. —Sacó la Beretta del bolsillo. Sujetó la barandilla del *Emberglow* cuando la lancha se colocó al lado—. Quédate donde estás —advirtió a Karen.

Saltó a bordo.

—¿Hola?

La cubierta principal del barco de Charlie estaba desierta, pero desordenada. Los almohadones de los asientos estaban volcados. Los cajones de los compartimientos, abiertos. Hauck observó una botella de ron vacía sobre la cubierta. Se agachó y tocó con el dedo una pequeña mancha que había visto en uno de los almohadones cambiados de lugar, y no le gustó lo que vio.

Rastros de sangre.

Se volvió hacia Karen, que seguía en la *Sea Angel* con expresión preocupada.

—Quédate a bordo.

Quitó el seguro de la pistola y bajó a la cabina. Lo primero que encontró fue una amplia cocina. Alguien había estado allí. El fregadero estaba lleno de tazones y potes. Los armaritos estaban abiertos, registrados, los condimentos esparcidos sobre el suelo. Más adelante, hacia la popa, se topó con tres camarotes. En los dos primeros, habían volcado las camas y vaciado los cajones. En el más grande, daba la impresión de que había pasado la Tormenta Perfecta. El colchón estaba torcido, las sábanas desgarradas, los cajones abiertos, ropa tirada por todas partes.

Hauck se arrodilló. Sus ojos distinguieron los mismos rastros de sangre en el suelo.

Volvió a subir a cubierta.

—No hay nadie —dijo a Karen. Neville la ayudó a subir a bordo.

—¿Qué quieres decir? ¿Dónde está Charlie, Ty? —preguntó ella nerviosa.

—La zódiac sigue en su sitio —dijo Neville, y señaló la balsa hinchable amarilla, la que Karen había visto el día anterior, lo cual significaba que Charlie no había ido en ella a la orilla.

—¿Quién sabía que él estaba aquí? —preguntó Hauck a Neville.

—Nadie. El señor Hanson no se lo comunicó a nadie. Cambiamos de posición ayer por la tarde.

El rostro de Karen se puso tirante.

—Esto no me gusta, Ty. Él quería que viniéramos a buscarle.

Hauck miró hacia la isla, que se hallaba a unos doscientos o trescientos metros de distancia. Charles podía estar en cualquier parte. Muerto. Secuestrado. En otro barco. No quiso hablar a Karen de la sangre, que complicaba la situación.

—¿Dónde está la comisaría de policía más cercana? —preguntó a Neville.

—En Amysville —contestó el capitán—. A unas seis millas. Al norte.

Hauck asintió.

—Póngase en contacto por radio.

—Oh, Charlie…

Karen sacudió la cabeza y exhaló un suspiro de preocupación.

Hauck se acercó a la proa y examinó los almohadones de los asientos volcados. Examinó las gotas de sangre. Daba la impresión de que llegaban hasta el mismo borde. Se inclinó sobre la borda. El cable del ancla desaparecía bajo el agua. Pasó la mano por el cable.

—¡Espere, Neville!

El capitán se volvió, con la radio en la mano.

—¿Sabe dónde está el interruptor del ancla? —preguntó Hauck.

—Por supuesto.

—Álcela.

Karen inhaló aire, nerviosa.

—¿Qué?

Neville le miró con aire inquisitivo, y después accionó un interruptor del timón. Al instante, el cable del ancla empezó a subir poco a poco. Hauck se inclinó lo máximo posible, aferrado a la barandilla.

—Quédate ahí —ordenó a Karen.

—¿Qué crees que está pasando, Ty? —preguntó ella en tono angustiado.

—¡Quédate ahí!

El motor del ancla zumbó. El tenso cable se iba rebobinando. Por fin, algo asomó a la superficie. Una especie de cuerda. Un sedal. Envuelto en algas.

—¿Ty?

Un escalofrío recorrió a Hauck cuando lo miró.

El sedal se enroscaba alderedor de una mano.

—¡Pare, Neville! —gritó, al tiempo que alzaba la mano. Hauck se volvió hacia Karen. Su mirada solemne lo comunicaba todo.

—Oh, Jesús, Ty, no...

Corrió hacia la borda para mirar, presa del pánico. Hauck la agarró y le apretó la cara contra su pecho para evitarle la desagradable visión.

—No...

La sujetó mientras ella se revolvía para soltarse. Indicó a Neville con un ademán que subiera el ancla un poco más.

El cable dio unos cuantos giros más. La mano que sobresalía del agua estaba cerrada con fuerza alrededor del cable. Poco a poco, empezó a emerger el resto del cuerpo.

El corazón de Hauck dio un vuelco.

Nunca había visto a Charles, salvo en las fotos de Karen. Lo que estaba mirando ahora era una versión hinchada y fantasmagórica del hombre. Mantuvo apretada la cara de Karen contra su pecho.

—¿Es él? —preguntó ella, incapaz de mirar.

El rostro blanquecino y abotargado de Charles se elevó sobre la superficie, con la vista clavada en la nada.

Hauck levantó la mano e indicó a Neville que parara.

—¿Es él, Ty? —repitió Karen, mientras reprimía las lágrimas.

—Sí, es él —asintió Hauck. Apretó la cara de ella contra su pecho y la abrazó mientras temblaba—. Es él.

91

Una lancha con agentes uniformados de blanco, procedente del pueblo de Amysville, llegó una hora más tarde con un detective local a bordo.

Entre todos le sacaron del mar.

Karen y Hauck vieron que depositaban el cadáver de Charles sobre la cubierta, le despojaban de las algas aceitosas y los restos que se habían adherido a él, y lo desataban del cable del ancla.

Hauck se identificó como policía de Estados Unidos y habló con el agente local, llamado Wilson, mientras Karen se sujetaba la cabeza entre las manos. Hauck la identificó como ex esposa de Hanson, dijo que se habían puesto en contacto al cabo de un año y había ido a verle. Ambos afirmaron que no tenían ni idea de quién habría podido hacer algo tan horrible. Ladrones, tal vez. Bastaba con mirar el barco. Eso pareció lo más fácil, sin necesidad de revelarlo todo. Con independencia de lo que ocurriera a continuación, Hauck comprendió la importancia de controlar la investigación desde Estados Unidos, y si lo confesaban todo a las autoridades locales, eso no sucedería. Dieron su nombre y dirección de Estados Unidos. Una breve declaración. Dijeron al detective a qué se dedicaba Hanson: inversiones. Hauck sabía que, una vez investigado, el nuevo nombre de Charles no revelaría gran cosa.

El detective les dio las gracias con cordialidad, pero dio la impresión de que recibía su historia con escepticismo.

Dos de sus hombres introdujeron a Charles en una bolsa amarilla. Karen preguntó si podían dejarla a solas un momento. Accedieron.

Se arrodilló a su lado. Experimentó la sensación de que ya se había despedido de él muchas veces, de que ya había derramado innumerables lágrimas por él. Pero ahora, mientras contemplaba la

extraña serenidad de su rostro, la piel azulada e hinchada, recordó
la angustia y la sonrisa resignada que había exhibido en la playa el
día anterior, y las lágrimas empezaron a fluir de nuevo. Ríos de lágrimas que resbalaban por sus mejillas.

Oh, Charlie… Karen le quitó un resto de algas de su pelo.

Recordó tantas cosas. La noche que se conocieron (en la fiesta
en beneficio de las artes), Charlie de esmoquin, con una corbata
roja. Las gafas de carey que siempre llevaba. ¿Cuáles fueron las palabras que la sedujeron? «¿Qué has hecho para merecer estar sentada con esta muchedumbre aburrida?» Su boda en el Pierre. El día
que inauguró Harbor, aquel primer negocio (con Halliburton, recordó), todo pletórico de esperanzas y promesas. Cuando corría por
las bandas en los partidos de lacrosse de Alex, viviendo y muriendo
con cada tanto, gritando su nombre («¡Adelante, Alex, adelante!»),
sin dejar de aplaudir.

La mañana que la había llamado cuando estaba en el cuarto de
baño y dijo que debía tomar el tren para ir a la ciudad.

Karen acarició su cara con las yemas de los dedos.

—¿Cómo permitiste que esto sucediera, Charlie? ¿Qué les digo a
los chicos? ¿Quién te va a llorar ahora? ¿Qué hago contigo?

Por más que lo intentaba, no podía perdonarle. Pero todavía era
el hombre con el que había compartido su vida durante casi veinte
años. El hombre que había estado presente en todos los momentos
importantes de su vida. Todavía era el padre de sus hijos.

Y había visto ayer, en el arrepentimiento de sus ojos, un vislum-
bre de lo que echaba de menos con tanta desesperación.

Sam. Alex. Ella.

¿Qué voy a hacer contigo, Charlie?

—Karen… —Hauck apareció detrás de ella y apoyó las manos
sobre sus hombros con dulzura—. Es hora de dejarles hacer su trabajo.

Ella asintió. Posó los dedos sobre los párpados de Charlie y los
cerró por última vez. Así era mejor. Aquélla era la cara que quería
llevarse con ella. Se levantó y se apoyó apenas en Hauck.

Uno de los agentes se acercó a Charles y subió la cremallera de la bolsa.

Y eso fue todo. Había muerto.

—Van a dejarnos marchar —le dijo Hauck al oído—. Les he dicho cómo pueden contactar conmigo. Si averiguan algo, cosa probable, querrán hablar de nuevo con nosotros.

Ella asintió.

—Volvió a Estados Unidos. —Karen le miró—. Para la graduación de Samantha. Esperó a que salieran en su coche, aparcado en la acera de enfrente. Le quiero en casa, Ty. Quiero que vuelva con nosotros. Quiero que los chicos sepan lo ocurrido. Era su padre.

—Podemos solicitar que envíen el cadáver en cuanto el médico forense haya acabado con él.

Karen sorbió por la nariz.

—De acuerdo.

Subieron a la *Sea Angel* y vieron que depositaban a Charles en la lancha de la policía.

—Esa gente le encontró, Ty... —Karen reprimió la ira que inundaba su sangre—. Habría vuelto con nosotros. Lo sé. Por eso llamó.

—Ellos no le encontraron. —La imagen inquietante del velero negro que había visto se materializó en su mente—. Nosotros lo hicimos. Les condujimos directamente hasta él. —Miró el barco saqueado de Charles—. Y la verdadera pregunta es: ¿qué coño iban buscando?

92

Tal vez era cierto, admitió por fin Karen, mientras recordaba una y otra vez la horrible imagen de Charles durante los días siguientes.

Tal vez les habían utilizado. Tal vez Ty y ella les habían conducido directamente hasta él.

¿Quién era esa gente?

Hauck le habló del velero negro que había visto el día anterior. Lo había visto también en una foto en la casa de Dietz. Karen incluso recordó haber visto un avión que daba vueltas sobre la isla mientras Charles y ella se despedían, aunque en aquel momento no le había concedido importancia.

De todos modos, nada de eso importaba ahora.

Haber visto a Charlie, su pobre cuerpo abotargado, pese a lo que hubiera hecho, pese al dolor que hubiera causado, eso era lo que la torturaba. Habían pasado juntos la mitad de sus vidas. Habían compartido todos los momentos gozosos de su vida en común. Mientras Karen reflexionaba, le costaba incluso diferenciar su vida de la de él, de tan entrelazadas que estaban. Las lágrimas regresaron, junto con emociones diversas, difíciles de comprender. Para ella, había vuelto a morir. No habría podido imaginar, tras perderle un año antes, con el resentimiento acumulado en su contra, que sería tan duro llorar su muerte otra vez. Quién lo había hecho o por qué era cuestión de Ty.

Volaron a casa al día siguiente. Hauck quería regresar al país, antes de que la investigación sacara a la luz que Steven Hanson carecía de pasado. Antes de que tuviera que explicarlo todo de cabo a rabo.

Y Karen… Quería alejarse de aquel mundo de pesadilla lo antes posible. Cuando llegaron a casa, Hauck la dejó con su amiga Paula. No podía quedarse sola. Tenía que sincerarse con alguien.

—Ni siquiera sé por dónde empezar —dijo Karen. Paula tomó

su mano—. Has de jurarme que esto quedará entre nosotras. No se lo puedes contar a nadie. Ni siquiera a Rick.

—Por supuesto, Karen —juró Paula.

Karen tragó saliva. Sacudió la cabeza y exhaló un suspiro, como si lo hubiera mantenido encerrado durante semanas. Y así era. Miró a su amiga con una sonrisa nerviosa.

—¿Te acuerdas de aquel documental?

Aquella misma tarde, Hauck fue a Greenwich. A la comisaría. Dijo hola a sus compañeros de equipo y se fue directamente al despacho del jefe Fitzpatrick, en el cuarto piso.

—¡Ty! —Fitzpatrick se levantó, como si estuviera contento—. Todo el mundo se preguntaba cuándo te volveríamos a ver. Tenemos algunos problemas esperándote, si estás preparado para volver. ¿Dónde has estado?

—Siéntate, Carl.

El jefe volvió a tomar asiento poco a poco.

—No estoy seguro de que me guste tu tono, muchacho.

—No te va a gustar. —Antes de empezar, Hauck miró a su jefe a los ojos—. ¿Te acuerdas de aquel atropello que estaba investigando?

Fitzpatrick respiró hondo.

—Sí, me acuerdo.

—Bien, puedo aportar más información.

Hauck se lo contó todo. Desde el principio.

Karen. El número de Charles en el bolsillo de la víctima. Su viaje a Pensacola. El descubrimiento de las cuentas en el extranjero relacionadas con Charles. Su incursión en casa de Dietz. Los ojos del jefe se abrieron de par en par. Su refriega con Hodges…

—Creo que me estás tomando el pelo, teniente. —El jefe empujó la silla hacia atrás—. ¿Qué clase de pruebas tenías? Lo que ocurrió allí, dejando aparte que no informaras de que habías disparado contra alguien, fue completamente ilegal.

—No necesito que me recuerdes las normas, Carl.

—No sé, Ty. —El jefe le miró fijamente—. ¡Tal vez sí lo necesites!

—Bien, antes de eso, aún hay más.

Hauck le habló del segundo atropello en Nueva Jersey. Y de que Dietz también había sido testigo en aquella ocasión.

—Fueron asesinatos, Carl. Para callar a la gente. Para cubrir las pérdidas de sus inversiones. Sé que obré mal. Sé que tal vez comparezca ante un tribunal. Pero fueron accidentes preparados. Asesinatos, Carl.

El jefe apoyó los dedos sobre la cara y presionó la piel que rodeaba sus ojos.

—La buena noticia es que quizás hayas descubierto lo suficiente para reabrir el caso. La mala es que quizás el caso se vuelva contra ti. Tú sabrás, Ty. ¿Por qué coño no paraste entonces?

—Aún no he terminado, Carl.

Fitzpatrick parpadeó.

—Oh, Jesús, María...

Hauck le explicó la última parte. Su viaje a Saint Hubert. Con Karen. El descubrimiento del paradero de Charles.

—¿Cómo?

—Eso da igual. —Hauck se encogió de hombros—. Lo hicimos, punto.

Le contó a su jefe que habían descubierto el cadáver de Charles en el barco y que él había despistado un poco a los investigadores de la isla.

—Jesús, Ty, ¿estabas intentando quebrantar todas las normas del reglamento?

—No. —Hauck sonrió y sacudió la cabeza—. Daba la impresión de que todo sucedía con naturalidad, Carl.

—Creo que voy a necesitar tu placa y tu pistola, Ty.

Antes de irse, Hauck se acercó a un ordenador de la segunda planta. Miembros de su brigada acudieron a verle, contentos.

—¿Has vuelto, teniente?

—No del todo —contestó con aire resignado—. Todavía no.

Buscó en Google algo que le estaba atormentando desde hacía días.

Oso Negro.

La búsqueda produjo varias respuestas. Una docena de sitios de fauna. Una posada de Vermont.

Hauck encontró lo que buscaba en la tercera página.

En el sitio web de Perini Navi, una constructora de barcos italiana.

Oso Negro. Velero de lujo. El clíper de 88 metros es el velero privado más grande del mundo. Utiliza el sistema de propulsión de alta tecnología DynaRig. Dos motores Duetz 1800 HP. Vel. máxima 19,5 nudos. Diseño ultramoderno de líneas puras, negro, con tres mástiles de fibra de carbono de 58 metros, velamen total 2.400 metros cuadrados. El barco posee seis camarotes de lujo, con sistema de satélite completo, Bloomberg, comunicaciones, televisiones de plasma grandes, gimnasio completo, pantalla de plasma de 50 pulgadas en el salón principal, sistema de sonido B/O. Embarcación auxiliar Pascoe de dos motores. Capacidad para doce camas y dieciséis tripulantes.

Impresionante, pensó Hauck. Una página después, en una revista de un aficionado a los barcos, encontró lo que estaba buscando.

Se apartó del ordenador. Contempló largo rato el nombre. En una ocasión, había estado en su casa. En alguna de sus casas.

El *Oso Negro* pertenecía al financiero ruso Gregory Khodoshevsky.

93

Les condujimos hasta él, Karen.

Durante todo el día siguiente, después de contar a Paula su secreto, Karen se devanó los sesos, pensando en cómo había ocurrido algo así.

¿A quién habían llevado hasta Charles?

No había dicho a nadie adónde iban. Ella misma se había encargado de hacer las reservas. Mientras intentaba apartar sus pensamientos de Charles, repasó todo desde el principio.

El documental. El horror de ver la cara de su marido en la televisión. Después, la nota de su libreta que le habían enviado, sin remitente, y que la condujo al pasaporte y el dinero.

Luego los hombres de Archer, el canalla que había aterrorizado a Sam en su coche. Las cosas horribles que Karen había encontrado en el escritorio de Charles: la felicitación de Navidad y la nota sobre *Sasha*. Su mente no cesaba de volver a él. En la playa. El barco.

¿Qué buscaban allí, Charles?

¿Quién es esa gente, Charlie? Dímelo.

¿De quién huías? ¿Por qué te perseguían con tanto encono? Sabía que Ty había ido al trabajo a confesarlo todo. Tendrían que reabrir los casos de los atropellos. Ahora podrían averiguar quiénes eran los inversores para los que trabajaba su marido.

Dímelo, Charlie. ¿Cómo sabían que estabas vivo? Habrían visto vacía la cuenta de los honorarios, había dicho, y seguido el rastro del banco. Un año después, ¿qué necesitaban de él? ¿Qué creían que guardaba? ¿Todo aquel dinero?

Karen dejó su mente vagar mientras miraba por la ventana del estudio. Había contestado a un par de correos electrónicos que le habían enviado los chicos. Cosa que la emocionaba, le daba la sensación de que todo era normal. Se lo estaban pasando en grande.

Las puertas del garaje estaban abiertas. Se fijó en el Mustang de Charlie, aparcado en un extremo.

De pronto recordó lo que Charlie le había dicho: *La verdad siempre ha estado en el fondo de mi corazón, Karen.*

Algo te pasó, Charlie.

¿Por qué no pudiste decírmelo? ¿Por qué tuviste que ocultarlo, como todo lo demás? ¿Qué había dicho cuando le presionó? *¿No lo entiendes? No quiero que lo sepas, Karen.*

¿No quieres que sepa qué, Charles?

Estaba a punto de enviar su mensaje a los chicos, cuando su mente divagó de nuevo.

Esta voz, tuvo la impresión de que todo su cuerpo se estremecía.

La verdad... siempre ha estado en el fondo de mi corazón.

Karen se levantó. Estaba cubierta de sudor. Miró por la ventana.

El coche de Charlie.

Todavía conservas el Mustang, ¿verdad, Karen?

¡Pensaba que había hablado por hablar!

¡Oh, Dios mío!

Salió corriendo del estudio, seguida de *Tobey*, franqueó la puerta principal y se dirigió hacia el garaje abierto.

Allí estaba. Sobre el guardabarros posterior del Mustang. Donde siempre había estado. La pegatina del parachoques. La había visto sin verla cada día, durante un año. Las palabras escritas en ella: AMOR DE MI VIDA.

¡Escritas sobre un corazón rojo intenso!

Todo el cuerpo de Karen se estremeció.

—Oh, Charlie —gimió en voz alta—. Si no te referías a esto, no creas que soy la idiota más grande del mundo, por favor.

Se arrodilló al lado del guardabarros trasero. *Tobey*, guiado por la curiosidad, la acarició con el morro. Karen le apartó.

—Un momento, cariño, por favor.

Se agachó, apoyó la espalda en el suelo, pasó la mano bajo el parachoques cromado y tanteó alrededor.

Nada. ¿Qué esperaba? Un puñado de polvo y mugre, que tiñó de negro su mano. Fingió que no se sentía como una completa idiota.

Eso explicará un montón de cosas, Karen.

Registró otra vez. Más lejos.

—Lo estoy intentando, Charlie —dijo—. Lo estoy intentando.

Tanteó a ciegas detrás del «fondo» del corazón.

Sus dedos se cerraron alrededor de algo. Algo pequeño. Sujeto a la parte interior del guardabarros.

El corazón de Karen se aceleró. Se arrastró debajo del coche y soltó el objeto de los bordes de cromo.

Se desprendió.

Era un pequeño paquete, dentro de un envoltorio de plástico de burbujas.

Karen miró con incredulidad a *Tobey*.

—Oh, Dios mío.

94

Karen lo llevó a la cocina. Buscó en el cajón de la despensa, sacó un cúter y cortó la cinta, para luego desenvolver con cuidado el plástico protector. Lo sostuvo en la mano.

Era un móvil.

No lo había visto nunca. Recordó que Charlie utilizaba un Black-Berry. No lo habían encontrado. Karen lo miró fijamente, casi temerosa de sostenerlo en las manos.

¿Qué estás intentando decirme, Charles?

Por fin, apretó el botón de encendido. Aunque pareciera asombroso, después de tanto tiempo, la pantalla cobró vida.

APARATO BLOQUEADO

Maldita sea. Decepcionada, lo dejó sobre la encimera.

Repasó mentalmente las posibles contraseñas que Charlie hubiera podido elegir. Varias, empezando por la más obvia. Tecleó su aniversario, 0716. El día que inauguró Harbor. Su nombre de correo electrónico. Oprimió ENTRAR.

Nada. APARATO BLOQUEADO.

Mierda. A continuación, tecleó 0123, el cumpleaños de él. Nada, una vez más. Después, 0821. El de ella. Error, por tercera vez. Karen probó los cumpleaños de los chicos: 0330. Y 1112. No hubo suerte. Empezó a exasperarse. Aunque fuera bien encaminada, podían existir centenares de variantes. Un número de tres dígitos: eliminar el cero del mes. O un número de cinco dígitos: incluir el año.

Mierda.

Karen se sentó. Tomó una libreta de la encimera. Tenía que ser una de esas opciones. Se preparó para probarlas todas.

Entonces recordó. ¿Qué más había dicho Charlie aquel día? Algo así como «Aún estás de buen ver, Karen».

Algo acerca de «el color de los ojos de mi niña».

La niña de los ojos de Charlie.

Karen tecleó la palabra guiada por un impulso: el color de la «niña de sus ojos». *Emberglow.*

Ante su sorpresa, el icono de APARATO BLOQUEADO desapareció.

95

Saul Lennick estaba sentado en la bilbioteca de su casa de Deerfield Road, en los terrenos del Club de Campo de Greenwich.

Sonaba *Turandot*, de Puccini, en el sistema de audio. La ópera le ponía en el estado de ánimo adecuado, mientras repasaba las actas de la reunión de la junta del Met más reciente a la que había asistido. Desde su butaca de cuero, Lennick miró el extenso jardín de la parte posterior, los altos árboles, la pérgola que conducía a un hermoso cenador junto al estanque; todo iluminado como un decorado.

Su móvil sonó.

Abrió el teléfono. Había estado esperando la llamada.

—He vuelto —dijo Dietz—. Ya puede relajarse un poco. Todo ha terminado.

Lennick cerró los ojos y asintió.

—¿Cómo?

—No se preocupe por eso. Da la impresión de que su viejo amigo Charlie tenía propensión a salir a nadar de noche.

La noticia tranquilizó a Lennick. De repente, el peso que le abrumaba pareció desaparecer de sus hombros cansados. No había sido fácil. Charles era su amigo. Hacía veinte años que le conocía. Habían compartido muchos altibajos juntos. Se había sentido entristecido cuando se enteró de la noticia del atentado. Ahora no sentía nada. Charles se había metido en un lío que era preciso resolver.

Lennick no sentía nada…, aparte de la aterradora revelación de lo que era capaz de hacer.

—¿Pudiste encontrar algo?

—*Nada*. El pobre hijo de puta se lo llevó a la tumba, fuera lo que fuera. Y ya sabe que puedo ser muy persuasivo. Registramos su barco de arriba abajo. Arrancamos el puto bloque del motor. Nada.

—Tranquilo —suspiró Lennick—. Puede que jamás existiera nada. En cualquier caso, todo ha concluido.

Tal vez sólo era miedo. *Instinto de supervivencia*, reflexionó Lennick. Es asombroso lo que uno puede llegar a hacer cuando se siente amenazado.

—De todos modos, puede que aún subsista un problema —dijo Dietz, interrumpiendo sus pensamientos.

—¿Qué?

El detective, recordó Lennick. Había vuelto.

—Charles se reunió con su mujer. Antes de que pudiéramos impedirlo. El poli y ella le encontraron.

—No —admitió Lennick con pesar—, eso no es bueno.

—Esa mujer habló con su marido durante un par de horas en aquella isla. Habría intentado algo, pero había policías locales por todas partes. Ese detective sabe lo de los dos accidentes. Y lo de Hodges. ¿Y quién sabe lo que el bueno de Charles pudo decir a su mujercita?

—No podemos permitir que eso prosiga —concluyó Lennick. Era algo que había dejado prolongarse durante demasiado tiempo—. ¿Dónde están ahora?

—Aquí —dijo Dietz.

—Mmm…

Lennick había estudiado en Yale. En sus tiempos, había sido uno de los socios más jóvenes de Goldman Sachs. Ahora conocía a la gente más poderosa del mundo. Podía llamar a quien le diera la gana, y contestaría. Tenía el número del secretario del Tesoro en su agenda. Tenía cuatro adorables nietos…

De todos modos, en lo tocante a los negocios, nunca se podía ser demasiado cauteloso o listo.

—Hagamos lo que sea preciso —dijo.

96

—Me han suspendido de empleo y sueldo —dijo Hauck en el Arcadia, mientras rodeaba la taza de café con los dedos.

Karen le había llamado una hora antes. Le había dicho que debía enseñarle algo importante. Se citó con ella en la ciudad.

—¿Y tu trabajo? —preguntó.

—No estoy seguro. —Hauck exhaló un suspiro de resignación—. No soy candidato a Agente del Año, exactamente. Se lo conté todo a mi jefe. —Sonrió—. Se reabrirá el caso. El problema es que no mejoré mis perspectivas con lo sucedido en Nueva Jersey. De todos modos, tenemos los atropellos... Estoy convencido de que Pappy Raymond testificará que fue Dietz quien le obligó a dejar lo de los petroleros. Eso bastará... hasta que algo más aparezca.

—Lo siento —dijo Karen. Apoyó la mano sobre la de él. Sus ojos eran brillantes, redondos. Acompañados de una sonrisa—. Pero creo que tal vez pueda ayudarte, teniente.

—¿Qué quieres decir?

El corazón de Hauck se aceleró mientras la miraba.

Ella sonrió.

—Ha aparecido algo más.

Karen introdujo la mano en el bolso.

—Un regalo. De Charlie. Lo dejó para que yo lo encontrara. Cuando me acompañó hasta la barca en la isla, dijo algo acerca de cosas que yo debía saber si alguna cosa le pasaba, dijo que la verdad estaba oculta en el fondo de su corazón. Creí que estaba hablando por hablar. No volví a pensar en ello hasta que lo vi.

—¿Qué viste?

—El corazón. —Karen exhibió una sonrisa triunfal—. El Mustang de Charlie, Ty. Su niña.

Extendió el teléfono. Él la miró sin comprender.

—Estaba sujeto con cinta adhesiva por detrás del parachoques posterior del coche. Por eso no quería que me deshiciera de él. Lo había escondido allí desde el primer momento. Es lo que quería que yo encontrara.

—¿Qué, Karen?

Ella se encogió de hombros.

—Yo tampoco estaba segura. De modo que examiné toda la lista de contactos. No me dijo gran cosa. Tal vez tú encontrarás uno o dos números que quieras investigar. Entonces pensé, un móvil: fotos. Tal vez contenía algunas fotos comprometedoras para alguien. Tenía que existir un motivo para que Charles lo hubiera escondido allí. Así que miré el contenido de Multimedia, y después el de Cámara. —Karen abrió el teléfono—. Pero tampoco había nada.

Hauck lo cogió.

—Diré a alguien del laboratorio que lo examine.

—No hace falta, teniente: ¡lo descubrí! Era una grabación de voz. Ni siquiera sabía que estos trastos servían para eso, pero allí estaba, al lado de Cámara. Lo abrí. —Karen recuperó el teléfono y fue a Grabadora—. Aquí. Aquí tienes tu «algo más», Ty. Un regalo de Charlie. Desde la tumba.

Hauck la miró.

—No pareces muy contenta, Karen.

—Tú escucha.

Apretó el botón.

Se oyó una voz metálica.

—*Tú crees que me gusta esta situación.*

Hauck miró a Karen.

—Ése es Charles —dijo ella.

—*Crees que me gusta el apuro en el que me he metido. Pero estoy metido hasta el cuello. Y no puedo remediarlo.*

—*No* —contestó una segunda voz. Hauck estaba seguro de haberla oído en alguna parte—. *Estamos en esto juntos, Charles.*

Karen le miró, la sorpresa desvanecida, sustituida por un brillo de reinvindicación.

—Ése es Saul Lennick.

Hauck parpadeó.

La grabación continuó.

—*Ése es el problema, Charles. Crees que eres el único cuya vida se va a ir a pique por culpa de tus chapuzas. Estoy metido en esto tanto como tú. Ya sabes lo que hay en juego. Sabías quién era esa gente. Si quieres jugar con los grandes, has de estar a la altura.*

—*Me devolvieron una felicitación de Navidad, Saul. ¿De quién más podía ser? Habían recortado las caras de mis hijos, por el amor de Dios.*

—*Y yo tengo nietos, Charles. ¿Crees que eres el único que se está jugando el cuello?* —Una pausa—. *Te dije lo que debías hacer. Te dije cómo debías manejar la situación. Te dije que debías callarle la boca al puto patán de Florida. Ahora, ¿qué?*

—*Es demasiado tarde* —contestó Charles con un suspiro.—. *En el banco ya sospechan...*

—*¡Yo me ocuparé del banco! Pero tú... Tú has de poner remedio a este desastre. Si no, te aseguro que existen otras formas, Charles.*

—*¿Qué otras formas?*

—*Según me han dicho, tiene un hijo que vive aquí.*

Una pausa.

—*Se llama apalancamiento, Charles. Un concepto que, por lo visto, comprendes muy bien cuando se trata de arrojarnos al pozo.*

—*No es más que un viejo pedorro, Saul.*

—*Va a ir a la prensa. ¿Quieres que metan las narices en un asunto de seguridad nacional y descubran el pastel? Yo me ocuparé de que el viejo no hable. Tengo tipos especializados en estas cosas. Tú adecenta tu balance general. Tenemos un mes. Un mes, Charles, no la vuelvas a cagar. ¿Has comprendido lo que estoy diciendo? No eres el único que se juega la cabeza.*

Una respuesta en voz baja.

—*Lo comprendo, Saul.*

Hauck miró a Karen.

—Era Saul —dijo ella mientras las lágrimas se agolpaban en sus ojos—. Dietz, Hodges… Trabajan para él.

Él cubrió su mano con la suya.

—Lo siento.

La tristeza ensombreció el rostro de Karen.

—Charlie le quería, Ty. Saul estuvo presente en todos los grandes momentos de nuestra vida. Era como un hermano mayor para él. —Apretó los dientes—. Habló en el funeral de Charles. Y fue capaz de hacerle esto… Era Saul. Incluso acudí a él cuando vinieron los hombres de Archer. Cuando acosaron a Sam. Me dan ganas de vomitar.

Hauck le apretó la mano.

—Acudí a él ,Ty…, antes de irnos. No le conté exactamente adónde iba, pero tal vez sumó dos y dos. —Karen tenía el rostro ceniciento—. Quizá nos siguieron, no lo sé.

—No hiciste nada malo.

—Tú fuiste quien dijo que les habíamos conducido hasta él. —Levantó el teléfono—. Esto era lo que andaban buscando cuando registraron el barco. Tal vez Charles le dijo que tenía pruebas contra él antes del atentado. Como un seguro. Después descubrieron que estaba vivo.

Exhaló un suspiro, henchido de una sensación de traición y furia.

—¿Qué vamos a hacer?

—Tú te vas a casa —dijo Hauck. La miró con firmeza—. Quiero que pongas algo de ropa en una maleta y esperes a que te vaya a buscar. Si esa gente nos siguió hasta Charles, también deben saber que te reuniste con él allí.

—De acuerdo. ¿Qué vas a hacer tú?

Hauck cogió el móvil.

—Me voy a casa a hacer una copia, por si acaso. Después llamaré a Fitzpatrick. Mañana habré obtenido una orden de detención para esa gente. Antes de que la situación se nos escape de las manos.

—Mataron a Charles —dijo Karen con los puños apretados. Le dio el móvil—. Que sirva de algo, Ty. Charlie quería que yo lo hiciera. No dejes que ganen.

—Te prometo que no lo conseguirán.

Karen condujo hasta su casa.

Sus dedos temblaban sobre el volante. Nunca había sentido un nudo en el estómago como ése. ¿Corría peligro?

¿Cómo había podido Saul hacerles esto a ella y a Charles?

Alguien en quien había confiado como si fuera de la familia durante los últimos diez años. Alguien a quien había acudido en busca de apoyo. Casi sintió náuseas. Le había mentido. La había utilizado para llegar hasta Charlie, tal como había utilizado a su marido. Y Karen sabía que ella se lo había entregado en bandeja. De repente, se sintió cómplice de todo lo sucedido.

Incluso de la muerte de Charlie.

Recordó a Saul, de pie en el funeral, donde había dedicado palabras llenas de cariño a Charles. Cómo se habría divertido, se enfureció Karen, con aquella maravillosa intromisión del destino. Sacarse de encima un problema en potencia.

Y, mientras tanto, Charlie estaba vivo.

¿Lo sabía Charlie? ¿Alguna vez se dio cuenta de quién le perseguía? Pensaba que eran sus inversores, para desquitarse. *Esta gente es mala, Karen...* Pero Dietz y Hodges trabajaban para Saul. Desde el primer momento su enemigo había sido su aterrorizado socio, que intentaba proteger su cobarde culo.

Oh, Charlie, estabas equivocado, ¿verdad?

Dobló por Shore, en dirección al mar. Pensó en ir a casa de Paula, pero recordó lo que Ty le había dicho. Se desvió por Sea Wall. No se veía a nadie. Entró con el Lexus en el camino de entrada a su casa.

Las luces de la casa estaban apagadas.

Karen entró a toda prisa por la puerta del garaje y encendió una luz en cuanto pisó la cocina.

Al instante, se dio cuenta de que algo iba mal.

—¡*Tobey!* —llamó.

Examinó el correo que había dejado sobre la isla de la cocina. Algunas facturas y catálogos. Siempre tenía una sensación extraña cuando Alex y Sam no estaban en casa. Desde que Charlie se había ido. Volver a una casa a oscuras.

—¿*Tobey?* —llamó de nuevo—. Hola, chico.

Por lo general, estaría rascando la puerta.

No hubo respuesta.

Karen sacó una botella de agua de la nevera y entró en la casa con el correo.

De pronto, oyó al perro…, pero lejos, aullando.

¿Arriba, en el estudio? Karen se detuvo y pensó. ¿No lo había dejado en la cocina cuando se fue?

Atravesó la casa, siguiendo los ladridos del perro. Encendió una luz cerca de la puerta principal.

Un escalofrío recorrió su espina dorsal.

Saul Lennick estaba sentado de cara a ella en una butaca de la sala de estar, con las piernas cruzadas.

—Hola, Karen.

El corazón le latía desbocado. Le miró petrificada, mientras el correo caía al suelo.

—¿Qué estás haciendo aquí, Saul?

—Ven a sentarte junto a mí.

Hizo un ademán y palmeó los almohadones que había a su lado.

—¿Qué estás haciendo aquí? —preguntó Karen de nuevo, mientras se le erizaba el vello de la piel.

Algo en su interior gritó que debía huir de inmediato. Estaba cerca de la puerta. *Lárgate de aquí, Karen.* Ya. Contuvo el aliento y su mirada se desvió hacia la puerta.

—Siéntate, Karen —repitió Saul—. Ni se te ocurra pensar en marcharte. Temo que no está contemplado.

Una figura se desgajó de las sombras del pasillo que conducía a su estudio, donde *Tobey* estaba ladrando.

Karen se quedó inmóvil.

—¿Qué quieres, Saul?

—Tú y yo hemos de hablar de algunas cosas, ¿verdad, querida?

—No sé a qué te refieres.

—Basta de fingimientos, ¿de acuerdo? Los dos sabemos que viste a Charles. Y ahora los dos sabemos que está muerto. Muerto por fin, Karen. Vamos… —Palmeó el sofá como si estuviera llamando a una sobrina—. Siéntate frente a mí, querida.

—No me llames «querida», Saul. —Le fulminó con la mirada—. Sé lo que has hecho.

—¿Lo que he hecho? —Lennick juntó los dedos. La cordialidad de su mirada se desvaneció—. No te lo estoy pidiendo, Karen.

El hombre del pasillo avanzó hacia ella. Era alto, llevaba una camisa de manga corta, el pelo recogido en una coleta. Pensó que le había visto antes.

—He dicho que vengas aquí.

Con el corazón acelerado, Karen avanzó hacia Saul poco a poco. Pensó en Ty. ¿Cómo podría ponerse en contacto con él? ¿Qué le iban a hacer? Se sentó en el sofá, donde Lennick le había indicado.

El hombre sonrió.

—Quiero que intentes imaginar, Karen, lo que significa en realidad la cifra «mil millones». Si fuera tiempo, un millón de segundos equivaldrían a once días y medio. Mil millones, Karen... ¡Eso es más de treinta y un años! Un billón... —Los ojos de Lennick se iluminaron—. Bien, eso es todavía más difícil de asimilar: treinta y un mil años.

Karen le miró nerviosa.

—¿Por qué me estás contando esto, Saul?

—¿Por qué? ¿Tienes idea de cuánto dinero está depositado en bancos de Gran Caimán y las Islas Vírgenes? Alrededor de mil seiscientos billones de dólares. Cuesta imaginar lo que eso representa: más de un tercio de todo el dinero depositado en Estados Unidos. Casi tanto como el PNB de Inglaterra o Francia. La «economía turquesa», como la llaman. Así que dime, Karen, una suma tan inmensa, tan importante, ¿cómo puede equivocarse?

—¿Qué estás intentando justificar, Saul?

—Justificar. —Vestía un jersey de cachemira marrón y camisa blanca debajo. Se inclinó hacia delante, con los codos apoyados sobre las rodillas—. No he de justificarte nada, Karen, ni a ti ni a Charles. Tengo diez Charles. Cada uno con cantidades invertidas igual de importantes. ¿Tienes idea de a quiénes representamos? Podrías entrar en Google, si quisieras, y descubrir a algunos de los hombres más importantes e influyentes del mundo. Nombres que reconocerías. Familias importantes, magnates...

—¡Criminales, Saul!

—¿Criminales? —El hombre rió—. Nosotros no blanqueamos dinero, Karen. Lo invertimos cuando llega a nosotros, ya sea por la venta del cuadro de un maestro o de un fondo de inversiones de

Liechtenstein, sólo es dinero, Karen. Tan verde como el tuyo o el mío. Al dinero no se lo juzga, Karen. Hasta Charlie te lo diría. Se multiplica. Se invierte.

—¡Ordenaste asesinar a Charlie, Saul! ¡Él te quería!

Saul sonrió, como si se estuviera divirtiendo.

—Charlie me necesitaba, Karen. Igual que yo le necesitaba a él, por lo que hizo.

—¡Eres una serpiente, Saul! —Temblaron lágrimas en los ojos de Karen—. ¿Cómo es posible que te escuche decir esto? ¿Cómo he podido equivocarme hasta tal punto?

—¿Qué quieres que admita, Karen? ¿Que he hecho cosas? He tenido que hacerlo, Karen. Y también Charles. ¿Crees que era un santo? Estafó a bancos. Falsificó sus cuentas…

—Tú ordenaste asesinar a ese chico en Greenwich, Saul.

—¿Yo ordené asesinarle? ¿Era yo el que husmeaba en aquellos putos petroleros? —La cara de Lennick se crispó—. ¡Perdió más de mil millones de dólares de su jodido dinero, Karen! Estaba jugando con sus préstamos bancarios. Préstamos que yo le conseguí, Karen. ¿Yo le asesiné? ¿Qué alternativa nos quedaba, Karen? ¿Qué crees que hace esa gente? ¿Darte palmaditas en la espalda? ¿Decirte, «no lo has conseguido, la próxima vez saldrá mejor»? Todos corremos peligro, Karen. Cualquiera que se mete en este juego. No sólo Charles.

Karen echaba chispas por los ojos.

—¿Y quién era Archer, Saul? ¿Quién era el hombre que asaltó a Samantha? ¿Los enviaste tú? Tú me utilizaste, hijo de puta. Utilizaste a mis hijos, Saul. Utilizaste a Sam. Para encontrar a mi marido, tu amigo. Para matarle, Saul.

El hombre asintió, como si se sintiera culpable, pero con ojos duros y apagados.

—Sí, os utilicé. Karen. En cuanto descubrimos que Charles estaba vivo. En cuanto nos enteramos de que todas los honorarios de sus cuentas en el extranjero habían sido retirados, después de que en teoría muriera. ¿Quién podía haber sido, si no? Después, descubrí en su escritorio aquella hoja con los números de su caja de seguridad. Tenía que descubrir qué había en ellas, Karen. Siguiendo el rastro de las cuentas no íbamos a ningún sitio. Así que intentamos asustarte un poco, eso es todo. Meterte en el juego, con la esperanza, por ínfima que fuera, de que Charles se pondría en contacto contigo. No había otra alternativa. No me puedes culpar por eso.

—¿Me acosaste? —exclamó Karen, con los ojos abiertos de par en par—. ¿Por qué, Saul, por qué? Eras como un hermano para Charles. Leíste su panegírico en su funeral...

—¡Perdió más de mil millones de dólares de esa gente, Karen!

—No.

Karen miró a aquel hombre que siempre se le había antojado tan importante, tan controlado. Y de una forma extraña, pensó de repente que era más fuerte que él, con independencia de quienes le apoyaran. Hiciera lo que hiciera.

—Nunca fue una cuestión de dinero, ¿verdad, Saul?

La expresión del hombre se suavizó. Ni siquiera intentó disimularlo.

—No.

—No era todo ese dinero desaparecido lo que buscabas, ni fue ése el motivo de que tu gente registrara el barco. —Karen sonrió—. ¿Lo encontraste, Saul?

—Encontramos lo que necesitábamos.

—No. —Negó con la cabeza, embravecida—. Creo que no. Él te venció, Saul. Tal vez no te des cuenta, pero lo hizo. Ordenaste matar a aquel chico. Para proteger tus intereses. Para silenciar lo que su padre había logrado descubrir. Porque tú estabas detrás de todo, ¿verdad? El gran hombre importante que tiraba de todos los hilos. Pero después te enteraste de que las cuentas de Charles estaban vacías, y comprendiste de repente que estaba vivo. ¿Verdad, Saul? Tu amigo. Tu socio. El hombre que conocía la verdad sobre ti, ¿no?

Karen lanzó una risita.

—Eres patético. No le mataste por dinero. Eso hasta te conferiría cierta dignidad. Ordenaste que le mataran por cobardía, Saul. Por miedo. Porque sabía cosas de ti y no podías confiar en él. Porque un día podía prestar declaración. Y era como una bomba de relojería. Nunca sabrías cuándo. Un día, cuando se cansara de huir... ¿Cómo lo llaman en los círculos financieros, Saul? ¿Una deuda diferida?

—¡Mil millones de dólares, Karen! Le concedí toda clase de oportunidades. Me jugué la vida por él, ¡las vidas de mis nietos! No, no podía soportar ese peso sobre mis espaldas. Ya no podía confiar en él. Después de lo que había hecho, no. Un día, cuando se cansara, harto de huir, podía entregarse para llegar a un acuerdo. —Los ojos grises de Saul se entornaron—. Te acostumbras a eso, Karen. Poder, influencia. Me apena muchísimo que cuando me mires no te guste lo que veas.

—¿Lo que veo? —Le miró fijamente, con ojos brillantes a causa de las lágrimas de rabia—. No veo a alguien poderoso, Saul. Veo a alguien viejo y asustado. Y patético. Pero ¿sabes una cosa? Él ganó. Charles ganó. Sabías que tenía algo sobre ti. Por eso has venido, ¿verdad? Para descubrir lo que yo sé. Bien, te lo voy a decir, cobarde bastardo: grabó una cinta. De tu voz, Saul. Tu voz clara y conspiratoria, hablando de lo que le íbais a hacer a aquel chico. ¿Cómo lo dirías tú? ¿Cómo llamas tú a dejar que tu gente se ocupe de esas cosas? Y ahora (y espero que te parezca tan divertido como a mí), esa cinta está en manos de la policía, y van a solicitar una orden de detención contra ti. Por lo tanto, lo que tú y tus lacayos queráis hacerme carece ya de sentido. Hasta tú puedes darte cuenta, Saul, aunque no te haga perder ni una hora de sueño. Es demasiado tarde. La policía lo sabe todo. Saben todo lo que has hecho, Saul. Ya lo saben.

Karen le miró con ferocidad. Por un segundo, Saul aparentó cierta flaqueza, cierta inseguridad, su arrogancia se disolvió. Ella esperó a que perdiera la compostura.

Pero no fue así.

En cambio, Lennick se encogió de hombros y sus labios se curvaron en una sonrisa.

—No estarás hablando de ese detective amigo tuyo, ¿verdad, Karen? ¿Se llama Hauck?

La mirada de Karen siguió clavada en él, pero su estómago empezó a revolverse de miedo.

—Porque me temo que ya se han ocupado de él, Karen. Un buen policía, de todos modos. Tozudo. Parece muy enamorado de ti.

Saul se levantó, consultó su reloj y suspiró.

—Por desgracia, creo que ya no sigue con vida.

99

Hauck se dirigió a casa desde la cafetería de Old Greenwich, a unos cinco minutos de Post Road. Pensaba pasar la grabación a una cinta, para después entregarla a Fitzpatrick, que vivía cerca, en Riverside, aquella misma noche. Karen había encontrado justo lo que necesitaba: pruebas sin contaminar. Fitzpatrick tendría que reabrir toda la investigación.

En Stamford, se desvió de Post Road por Elm, más animado. Pasó por debajo de la autopista y las vías del Metro-North en dirección a Cove, hacia el mar, Euclid, donde vivía. Había luces en la acera de enfrente, en casa de Robert y Jacqueline, los restauradores de muebles. Daba la impresión de que estaban celebrando una fiesta. Hauck se desvió por el camino de entrada que había delante de su casa.

Abrió la guantera, sacó la Beretta que le había dado a Karen y se la guardó en la chaqueta. Cerró la puerta del Bronco y subió la escalera. Se detuvo para recoger el correo.

Sacó las llaves y no pudo reprimir una sonrisa cuando pensó en Karen. Lo que Charles le había dicho antes de morir, cómo había juntado las piezas del rompecabezas y encontrado el teléfono. No sería una mala policía, rió, si el trabajo de la inmobiliaria no salía bien. De hecho…

Un hombre surgió de la oscuridad y apuntó algo a su pecho.

Antes de disparar, Hauck le miró, le reconoció al instante, y en aquel mismo momento sus pensamientos volvieron a Karen, cuando comprendió que había cometido una terrible equivocación.

El primer disparo le derribó, un dolor lacerante en la parte inferior del abdomen mientras se derrumbaba. Buscó inútilmente la Beretta en el bolsillo al tiempo que empezaba a caer.

El segundo le alcanzó en el muslo, antes de caer escaleras abajo.

No oyó el menor sonido.

Hauck intentó agarrarse a la barandilla, pero fracasó y rodó hasta el pie de la escalera, donde quedó sentado con la mente ofuscada. Una imagen se abrió paso en su cerebro, acompañada de una sensación de miedo paralizante.

Karen.

Su atacante empezó a bajar la escalera.

Hauck intentó levantarse, pero todo era de goma. Se volvió hacia la casa de Robert y Jacqueline, y parpadeó cuando las luces brillantes hirieron sus ojos. Sabía que algo malo estaba a punto de suceder. Intentó gritar. Abrió la boca, pero sólo notó un sabor cobrizo en la lengua. Intentó pensar, pero su cerebro estaba confuso. En blanco.

De modo que así es como...

Una imagen de su hija acudió a su mente, no de Norah, sino de Jessie, lo cual se le antojó extraño. Se dio cuenta de que no la había llamado desde que había regresado. Por un segundo, pensó que iba a estar con él aquel fin de semana, o algo por el estilo, ¿no?

Oyó pasos que bajaban por la escalera.

Introdujo la mano en el bolsillo de la chaqueta. Tocó algo. El teléfono de Charlie. ¡No podía permitir que se lo quitaran! ¿O era la Beretta? Su mente estaba entumecida.

Respirando con dificultad, miró de nuevo hacia la casa de Robert y Jacqueline.

Los pasos cesaron. Hauck alzó sus ojos vidriosos. Un hombre se erguía sobre él.

—Eh, capullo, ¿te acuerdas de mí?

Hodges.

—Sí... —asintió Hauck—. Me acuerdo de ti.

El hombre se arrodilló ante él.

—Tienes mal aspecto, teniente. Estás hecho una mierda.

Hauck palpó en su bolsillo y rodeó con los dedos el objeto metálico.

—¿Sabes lo que he llevado encima durante las dos últimas semanas? —preguntó Hodges.

Colocó dos dedos ante la cara de Hauck. Éste distinguió la forma oscura y achatada que sostenía. Una bala. Hodges abrió a la fuerza la boca de Hauck, introdujo el cañón de su pistola, metálica y tibia, que olía a cordita, y la amartilló.

—Quería devolvértela.

Hauck miró sus ojos risueños.

—Guárdatela.

Apretó el gatillo en su bolsillo. Sonó un estampido seco, seguido de un olor a quemado. La bala alcanzó a Hodges debajo de la barbilla, con la sonrisa todavía dibujada en la cara. Su cabeza saltó hacia atrás y brotó una explosión de sangre de su boca. Su cuerpo se apartó bruscamente de Hauck, como si hubieran tirado de él. Puso los ojos en blanco.

Hauck sacó las piernas de debajo del muerto. El arma de Hodges había caído sobre su pecho. Sólo tenía ganas de seguir sentado un rato. Le dolía todo el cuerpo. Pero no era eso. No era eso lo que le preocupaba.

El miedo que se abría paso entre el dolor.

Karen.

Se puso en pie con grandes esfuerzos. La mano que había apoyado en el costado estaba cubierta de sangre.

Tomó la pistola de Hodges y se tambaleó hacia el Bronco. Abrió la puerta y sacó la radio. Se comunicó con la comisaría de Greenwich. Respondió el agente de servicio, pero él no reconoció la voz.

—Soy el teniente Hauck —dijo. Reprimió una oleada de dolor—. Se ha producido un tiroteo en mi casa. Avenida Euclid, setecientos trece, Stamford. Necesito que envíen a alguien.

Una pausa.

—Jesús, teniente Hauck…

—¿Con quién estoy hablando? —preguntó al tiempo que se encogía. Giró la llave en el encendido, cerró la puerta, dio marcha atrás, se estrelló contra un coche aparcado en la calle y continuó su camino.

—Soy el sargento Dicenzio, teniente.

—Escuche, sargento, ya ha oído lo que acabo de decir, pero antes, y esto es importante, necesito que envíen un par de coches patrulla, los que estén más cerca, a Surfside Road, setenta y tres, Old Greenwich. Quiero la casa vigilada y controlada. ¿Lo ha entendido, sargento? Quiero que me informen sobre la mujer que vive en esa dirección, Karen Friedman. Posible situación peligrosa. ¿Me ha oído, sargento Dicenzio?

—Le oigo alto y claro, teniente.

—Voy hacia allí.

100

Una espada de miedo acuchilló a Karen mientras la sangre se retiraba de su rostro. Meneó la cabeza con incredulidad.

—No, Saul, te estás echando un farol.

Ty no podía estar muerto. Acababa de dejarla. Se dirigía a la comisaría. Iba a volver para recogerla.

—Temo que no, Karen. Un viejo amigo le estará esperando cuando vuelva a casa. Hasta es posible que lleve con él algo importante para nosotros. ¿Estoy en lo cierto, querida?

—¡No! —Karen se levantó. Su sangre hervía de rabia y rechazo—. ¡No!

Se dispuso a lanzarse sobre Lennick, pero el hombre de la coleta, que se había plantado detrás de ella, la agarró por los brazos y la retuvo.

Intentó soltarse.

—¡Vete a la mierda, Saul!

—Tal vez más tarde. —El hombre se encogió de hombros—. Pero entretanto, Karen, temo que me limitaré a volver a casa y tomar una cena tardía. En cuanto a ti... —Alisó las arrugas de su jersey y enderezó el cuello. La expresión de su cara era casi de tristeza—. Sabes que no me gusta nada hacer esto. Siempre te he apreciado. Pero debes darte cuenta de que no podemos dejarte sin más...

En aquel momento, las puertas cristaleras del patio trasero se abrieron y entró otro hombre, más bajo, moreno, con un bigote gris.

Karen le reconoció al instante por su descripción. Dietz.

—Todo despejado —dijo. Observó que tenía los zapatos sucios de tierra y arena.

Lennick asintió.

—Estupendo.

El miedo se apoderó de Karen.

—¿Qué vas a hacer conmigo, Saul?

—Un bañito nocturno, tal vez. Abrumada por el dolor y la consternación de haber encontrado vivo a tu marido…, para perderlo otra vez. Eso es muy duro para cualquiera, Karen.

Ella sacudió la cabeza.

—No vas a conseguir nada. Hauck ya ha ido a ver a su jefe. Se lo ha contado todo. Lo de los atropellos, lo de Dietz y Hodges. Sabrán quién lo hizo. Van a ir a por ti, Saul.

—¿A por mí? —Lennick se dirigió hacia la puerta, mientras Karen se revolvía contra el hombre que inmovilizaba sus brazos—. No le des más vueltas, querida. Nuestro amigo Hodges ya tiene la noche bastante complicada. Y en cuanto al señor Dietz —cabeceó con aire de complicidad—, bien, dejaré que él mismo te explique la situación.

Karen se debatió contra la presa de su atacante mientras lágrimas de odio ardían en sus ojos.

—¿Cómo llegaste a convertirte en el reptil que eres ahora, Saul? ¿Cómo podrás mirar a mis hijos después de esto?

—Sam y Alex. —Lennick se echó el pelo hacia atrás—. Oh, ten la seguridad de que los cuidaremos muy bien, Karen. Esos chicos van a heredar un montón de dinero. Tu difunto marido era un hombre muy rico. ¿No lo sabías?

—¡Púdrete en el infierno!

Se revolvió mientras él cerraba la puerta principal.

Se marchó. Karen se puso a llorar. Hauck. Charles. Nunca volvería a ver a Sam y Alex. La idea de que Saul «llorara su pérdida» le revolvía el estómago. Pensó en Ty, y una penetrante tristeza se apoderó de ella. Le había metido en esto. Pensó en su hija, que jamás se enteraría de nada.

Después se volvió hacia Dietz, petrificada. Lágrimas y mocos rodaban por su cara.

—No tiene por qué hacer esto —suplicó.

—Oh, no se ponga nerviosa —dijo el hombre del bigote—. Dicen que es como dormirse. Entréguese. Es como el sexo, ¿vale? ¿Lo

quiere duro? ¿Lo quiere tierno? —Rió en dirección a su compañero—. No somos exactamente salvajes, ¿verdad, Cates?

—¿Salvajes? No —dijo el hombre que la sujetaba. Le hundió
la rodilla en la región lumbar y Karen se desplomó, al tiempo que
lanzaba un grito—. Vamos…

Dietz cogió un rollo de cinta de embalar que había sobre la
mesa. Rompió un pedazo y amordazó a Karen. La dejó sin aliento.
Después partió una tira más larga y la enrolló alrededor de sus muñecas.

—Vamos, pequeña… —La asió de los brazos—. Es una pena lo
de tu novio. Quiero decir, después de irrumpir en mi casa así… Me
habría gustado ser yo quien se encargara de él.

La arrastraron a través de las puertas cristaleras hasta el patio
trasero. Karen oyó que *Tobey* ladraba con desesperación desde el
estudio, donde estaba encerrado, mientras la conducían hacia la
oscuridad en contra de su voluntad, y los aullidos impotentes del
perro la llenaron no sólo de pena, sino también de tristeza.

¿Por qué han de ganar?

Un sendero que corría detrás de su propiedad atravesaba una
puerta de madera, la cual permitía el acceso a la calle que conducía
a Teddy's Beach, sólo accesible a los residentes de la zona, a una
manzana de distancia.

Teddy's Beach. De pronto, un nuevo temor estremeció el cuerpo de Karen. La playa era diminuta y desierta. Contaba con un malecón protector de piedra, y aparte de unos cuantos adolescentes
que habrían ido a encender una hoguera o a fumar unos canutos,
Karen cayó en la cuenta de que estaría desierta por completo. Y
oculta a la vista de las demás casas.

A eso se refería Dietz cuando había dicho que «todo estaba despejado».

Maldita sea, no. Dio una patada en la espinilla a Dietz con la
punta del zapato, y él se volvió furioso y la abofeteó en la cara con el
dorso de la mano. Brotó sangre de la nariz de Karen. Tosió.

Dietz la fulminó con la mirada.

—¡He dicho que te comportes!

La cargó al hombro como un saco de patatas y le quitó los zapatos. Apoyó contra su nariz el cañón de una pistola.

—Escucha, puta, ya te he dicho cuáles eran las alternativas. ¿Lo quieres duro o tierno? Tú decides, joder. A mí me la suda. Mi consejo es que te relajes y goces. Todo terminará antes de que te hayas enterado. Confía en mí, lo tuyo será mucho más suave que lo de tu amiguito.

La cargó a través del sendero boscoso, mientras espinos y zarzas arañaban sus piernas. Su única esperanza residía en que alguien los viera. Gritó y se debatió contra la cinta adhesiva, pero apenas pudo emitir un sonido. *Por favor, que venga alguien, por favor...*

Pero si fuera alguien, ¿qué obtendría a cambio? Tan sólo una bala en la cabeza, probablemente.

Salieron del bosque al final de la calle. Oscura y desierta por completo. Ni un alma. Percibió el olor de la brisa salada. Algunas luces brillaban en las casas lejanas, al otro lado de la ensenada.

Dietz la dejó caer y tiró de sus brazos.

—Vamos.

No... Karen estaba llorando. Intentó soltar sus muñecas inmovilizadas, pero no pudo hacer nada. Rodaban lágrimas por sus mejillas. Pensó en Ty, y las lágrimas se hicieron más caudalosas e incontrolables, la ahogaron, impidieron que respirara. *Oh, cariño, no puedes estar muerto. Por favor, Ty, por favor, escúchame...* Su corazón casi se partió cuando pensó en que todo había sido culpa de ella.

La arrastraron por la arena mientras ella agitaba la cabeza de un lado a otro y gritaba «¡No!» en silencio.

Cates, el bastardo de la coleta, la arrojó al agua.

Karen le propinó un rodillazo en la ingle. El hombre aulló y dio media vuelta enfurecido.

—¡Maldita seas! —gritó, y le dio una patada en el estómago. La dejó caer por fin en las aguas poco profundas. Estaba agotada, sin capacidad para oponer resistencia. El hombre le hundió la cara bajo la espuma tibia—. Me han dicho que la corriente es agradable en esta época del año —rió Cates—. Creo que valdrá la pena.

101

Sólo tardó unos minutos, con el Bronco a toda velocidad por la ruta 1 y la luz destellando, en frenar ante la casa de Sea Wall.

Dos patrulleros de la policía local ya se le habían adelantado.

Hauck reparó en el Lexus blanco de Karen aparcado delante del garaje. Asió su arma y salió del Bronco, apoyándose sobre la pierna derecha. Dos policías uniformados, ambos provistos de linternas, estaban saliendo por la puerta principal. Reconoció a uno de la comisaría, Torres. Hauck avanzó hacia ellos, aferrándose el costado.

—¿Hay alguien dentro?

Torres se encogió de hombros.

—Había un perro encerrado en una habitación, teniente. Por lo demás, negativo.

Eso no encajaba. El coche de Karen estaba delante de la casa. Si le habían seguido a él, parecía inevitable que la hubieran seguido a ella.

—¿Y la señora Friedman? ¿Habéis mirado arriba?

—Toda la casa, teniente. O'Hearn y Pallacio aún siguen dentro. —Los ojos del agente se posaron sobre el costado de Hauck—. Jesús, señor...

Él entró en la casa, mientras el agente contemplaba el rastro de sangre.

—¿Karen? —llamó. No hubo respuesta. Su corazón se desbocó. Oyó ladridos. El agente Pallacio bajó la escalera con la pistola desenfundada.

—Perro de mierda. —Meneó la cabeza—. Pasó disparado a mi lado como un fórmula uno. —Pareció sorprenderse cuando vio a Hauck—. ¡Teniente!

—¿Hay alguien ahí? —preguntó Hauck.

—Nadie, señor. Sólo *Rin Tin Tin*.

Señaló hacia atrás.

—¿Ha mirado en el sótano?

El policía asintió.

—Todo, señor.

Mierda. El coche de Karen estaba delante de la casa. Tal vez había ido a casa de su amiga… Se devanó los sesos. ¿Cómo se llamaba? Paula. La mirada de Hauck se clavó en un rollo de cinta adhesiva que descansaba sobre una silla. Un montón de correo y revistas diseminado por el suelo. Las puertas cristaleras que permitían el acceso al patio estaban entreabiertas. *Tobey* estaba allí y ladraba como un poseso.

No le gustaba nada lo que le decía su instinto.

Franqueó las puertas y miró hacia el patio. La noche era clara y despejada. Percibió el olor del estrecho. El perro continuaba ladrando sin parar. Muy preocupado.

—¿Dónde coño está, *Tobey*?

Hauck respiró hondo. Cada vez que lo hacía, era como morirse.

Entró cojeando en el patio trasero. Había una pequeña piscina, un par de tumbonas. Su instinto le decía que Karen estaba en peligro. Había hablado con Charles. Lo sabía todo. No habría debido permitir que volviera a su casa sola. Era absurdo que sólo quisieran acallarle a él.

Más adelante, su mirada se sintió atraída hacia algo tirado en la hierba.

Zapatos. De Karen. Los que llevaba aquella noche. Sintió los nervios a flor de piel. El ritmo de su corazón se aceleró todavía más.

—¿Karen? —llamó.

¿Por qué iba a estar ahí?

Continuó examinando el patio. Había herramientas de jardinería en el suelo, una regadera de plástico. Cerca del final del patio, se topó con una puerta de madera abierta. Daba a un estrecho sendero boscoso. Se adentró en él. De repente, supo lo que era.

Conducía al final de la calle que daba a Surfside.

A Teddy's Beach.

Oyó una voz detrás de él.

—Teniente, ¿necesita ayuda?

Aferró la pistola, expulsó el dolor de su mente y siguió adelante. Apartó algunas ramas. Al cabo de treinta o cuarenta metros, vio la entrada a la calle.

Hizo bocina con las manos.

—¡Karen!

No hubo respuesta.

Algo en el suelo llamó su atención. Se arrodilló, y casi se dobló en dos debido a la oleada de dolor que recorrió su muslo.

Un pedazo de tela. Naranja.

Su corazón se paralizó. Karen llevaba un *top* naranja.

Un temblor de miedo se apoderó de él. Miró hacia la playa. *Oh, Jesús*. Hizo lo posible por correr.

102

Tenía la cabeza sujeta bajo la superficie, casi sin aire en los pulmones, y agitaba los brazos, mientras las fuertes manos de Cates inmovilizaban su nuca.

Karen había luchado con todas sus fuerzas. Le había arañado, había intentado morderle el brazo, todo ello mientras trataba de inhalar aire. En una ocasión hasta logró hacerle caer por encima de ella, lo cual divirtió a Dietz y empapó a Cates, quien le dio un puñetazo en la cara con rabia amenazadora.

—¡Joder, Cates, menuda furcia! —oyó reír a Dietz.

Karen escupió agua y trató de gritar. Cates la volvió a hundir.

El final se estaba acercando. Aquel tipo le había arrancado por fin la cinta adhesiva de la boca y estaba sorbiendo agua, jadeando en busca de aliento con todas sus fuerzas, presa de un ataque de tos, pero el asesino le tapó la boca con la mano y la obligó a hundir la cabeza antes de que pudiera gritar.

De todos modos, ¿quién iba a oírla? ¿Quién la oiría a tiempo? Sus pensamientos se concentraron en Ty. *Oh, por favor... Por favor...* Estaba tragando agua a la fuerza. Se soltó de su presa por última vez, a punto de vomitar. Todo había terminado. Ya no podía oponer más resistencia. Karen, desesperada, intentó arañar en vano la pierna de aquel cabrón.

—¿Qué tal la temperatura, puta? —le oyó gritar.

Una voluntad desesperada se opuso al impulso de abrir la boca y rendirse. De entregarse a la marea oscura. Pensó en Sam y Alex.

No, Karen, no...

No pienses en ellos. Por favor... Eso significaría que todo había acabado. *No te rindas.*

Entonces, su rechazo interior se relajó poco a poco, su mente vagó en medio de su agonía hacia una imagen que, pese a su gran terror, la sorprendió: una isla, palmeras inclinadas por la brisa, alguien sobre la arena blanca, con gorra de béisbol, que avanzaba hacia ella.

Saludaba.

Karen avanzó hacia él. *Oh, Dios…*

Justo cuando la mano que la inmovilizaba bajo el agua oscura daba la impresión de soltarla de repente.

Hauck salió cojeando a las dunas, mientras su pierna estallaba de dolor.

Desde treinta metros de distancia distinguió al hombre arrodillado sobre Karen en el agua, apretando su cabeza bajo las olas. Alguien más (Dietz, estaba seguro) se hallaba a unos pasos de distancia, al parecer divertido por la escena.

—¡Karen!

Avanzó, sujetó la pistola con ambas manos en posición de tiro, justo cuando el hombre arrodillado sobre Karen levantaba la vista.

El primer disparo le alcanzó en el hombro y le echó hacia atrás, sorprendido. El segundo y el tercero se alojaron en su camisa floreada, que se tiñó de rojo. El hombre cayó al agua y no se movió.

Karen se dio la vuelta y alzó una mano en el suave oleaje.

—¡Karen!

Hauck avanzó un paso hacia ella y al mismo tiempo se volvió hacia Dietz, quien corría por la arena mientras desenfundaba su arma. La luna había iluminado al primer tipo en el agua, pero reinaba la oscuridad. Dietz era como una sombra en movimiento. Hauck esquivó un disparo. El siguiente le alcanzó en la rodilla cuando intentaba correr hacia el malecón. Se levantó, cojeando como un potro que se ha roto una pata.

Hauck corrió, agotado, hacia Karen.

Ella rodó poco a poco en el oleaje, mientras sufría náuseas y escupía agua. Se incorporó sobre las rodillas y los codos. Vio horrorizada la forma de Cates a su lado, los ojos abiertos de par en par, boca arriba en el agua, y retrocedió como si fuera algo repugnante. Se volvió hacia Hauck con lágrimas de incredulidad en sus ojos húmedos.

Pero Dietz se había colocado detrás de ella, de modo que se interponía en la línea de tiro del policía. Apuntó con la pistola a Hauck, protegido momentáneamente detrás de Karen.

—Suéltala —dijo. Siguió avanzando—. Suéltala, Dietz. Se acabó. —Apuntó su arma al pecho de aquel hombre—. Ya imaginarás lo mucho que estoy disfrutando.

—Será mejor que seas bueno —rió Dietz—. Si fallas, teniente, la siguiente bala será para ella.

—Soy bueno —asintió Hauck.

Avanzó un paso hacia él. Fue entonces cuando se dio cuenta de que sus rodillas se doblaban y sus fuerzas se estaban agotando. Había perdido mucha sangre.

—Es absurdo morir aquí, Dietz —dijo—. Todos sabemos que es Lennick quien está detrás de esto. Podrías denunciarle. ¿Por qué quieres morir por él? Podrías pactar.

—¿Por qué? —Dietz describió un círculo detrás de Karen, manteniéndola en su línea de tiro. Se encogió de hombros—. Supongo que es mi carácter, teniente.

Disparó, utilizándola de parapeto.

Una franja brillante rozó el hombro de Hauck y el calor le quemó. Su pierna herida cedió mientras se tambaleaba hacia atrás. Se encogió, bajó el arma; se sintió indefenso.

Dietz, al percibir su ventaja, avanzó dispuesto a disparar de nuevo.

—¡No! —gritó Karen al tiempo que salía del agua para detenerle—. ¡No!

El tipo desvió el arma hacia ella.

—¡Dietz! —gritó Hauck.

Disparó. La bala lo alcanzó en la frente. El brazo del asesino se agitó, mientras su pistola salía lanzada por el aire. Cayó sobre la arena, inmóvil, y aterrizó como un ángel de nieve, con los brazos y piernas extendidos. Un hilillo de sangre brotaba del agujero de su frente, del tamaño de un centavo, y caía sobre las olas.

Karen se volvió, el rostro húmedo y reluciente. Por un momento, Hauck se quedó inmóvil, respirando pesadamente, sujetando el arma con ambas manos.

—No te fuiste —dijo ella, y sacudió la cabeza.

—Nunca —contestó él con una sonrisa forzada. Después cayó de rodillas.

—¡Ty!

Karen se incorporó y corrió hacia él. Sangre oscura rezumaba de su costado y le manchaba la mano. Oyeron gritos detrás de ellos, y varias linternas peinaron la playa.

Agotada, le abrazó, y un sollozo de alegría y alivio se abrió paso entre sus lágrimas de miedo y agotamiento.

—Todo ha terminado, Ty, todo ha terminado —dijo, mientras le secaba la sangre de la cara y las lágrimas inundaban sus ojos.

—No —dijo Hauck—, no ha terminado. —Se derrumbó encima de ella y calmó el dolor sobre su hombro—. Queda una última parada.

103

La llamada llegó justo cuando Saul Lennick se preparaba para tomar una cena tardía en la cocina de su casa de Deerfield Road.

Ida, el ama de llaves, había recalentado un pastel de carne sobre lecho de setas antes de marcharse. Lennick se sirvió una copa de Conseillante. Mimi estaba hablando por teléfono arriba sobre donativos para el baile de la Cruz Roja de la temporada.

Se vio reflejado en la ventana que daba a los jardines de Mimi. Había ido de poco. Unos cuantos días más, y no sabía qué habría podido pasar. Pero lo había arreglado todo. Las cosas habían ido muy bien.

Charles estaba muerto, así que ya no debía temer nada. Él cargaría con las culpas de las enormes pérdidas y los impagos de los préstamos. El pobre idiota había huido presa del pánico. El policía estaba muerto. Hodges, otro cabo suelto, sufriría la misma suerte aquella noche. El viejo pedorro de Pensacola, ¿qué más daba lo que dijera ahora? Dietz y Cates serían hombres ricos y huirían del país, en cuanto él recibiera su llamada. Nadie sabría de ellos nunca más.

Sí, Lennick había hecho cosas de las que nunca se habría creído capaz. Cosas que sus nietos jamás sabrían. En torno a eso giraba su carrera. Siempre existían elementos de compensación, pérdidas. A veces, era preciso hacer cosas para proteger tu capital, ¿verdad? Todo había estado a punto de irse al carajo. Pero ahora se encontraba a salvo; su reputación, intachable; su red, intacta. Por la mañana ganaría dinero. Así se hacían las cosas: te limitabas a pasar página.

Olvidabas las pérdidas del día anterior.

Al oír el teléfono, Lennick lo abrió al instante. La identificación de la persona que llamaba le animó y entristeció al mismo tiempo. Masticó un trozo de carne y bebió un sorbo de clarete.

—¿Asunto concluido?

La voz del otro lado de la línea provocó que su corazón se paralizara.

No sólo qué se paralizara, sino que saltara en mil pedazos. Los ojos de Lennick se salieron de sus órbitas cuando vio las luces que destellaban fuera.

—Sí, Saul, asunto concluido —dijo Karen, que llamaba desde el teléfono de Dietz—. Definitivamente.

Tres coches azules y blancos de la policía de Greenwich estaban aparcados en el patio de la mansión de Lennick, que bordeaba la extensión boscosa del Club de Campo de la ciudad.

Karen estaba apoyada contra uno, envuelta en una manta, con la ropa todavía mojada. Con una oleada de satisfacción, devolvió el teléfono de Dietz a Hauck.

—Gracias, Ty.

Carl Fitzpatrick había entrado en la casa, pues Hauck estaba recibiendo atención médica, y el jefe y dos agentes uniformados se llevaron a Lennick con las muñecas esposadas.

La esposa del banquero, vestida con bata, salió corriendo detrás de él, frenética.

—¿Por qué están haciendo esto, Saul? ¿Qué sucede? ¿De qué te acusan? ¿De asesinato?

—¡Llama a Tom! —gritó Lennick por encima del hombro, mientras le conducían hacia uno de los coches que esperaban. Sus ojos se encontraron con los de Hauck y le dirigió una mirada de desprecio.

—Volveré a casa mañana —tranquilizó a su mujer, casi en tono de burla.

Su mirada se posó en Karen. Ella se estremeció pese a la manta, pero sostuvo su mirada. Los ojos de Karen transmitían la insinuación de una muda sonrisa de satisfacción.

Como si estuviera diciendo: *Él ha ganado, Saul.* Con un cabeceo. *Él ha ganado.*

Introdujeron a Lennick en uno de los coches. Karen se acercó a Hauck. Agotada, apoyó la cabeza sobre su brazo debilitado.

Todo ha terminado.

El sonido se oyó detrás de ellos. Tan sólo el ruido penetrante de un cristal al romperse.

Tardaron un momento en concretar qué era. Cuando Hauck se puso a gritar que alguien estaba disparando, ya había aplastado su cuerpo sobre el de Karen en el camino de entrada para protegerla.

—¿Qué pasa, Ty?

Todo el mundo se tiró al suelo o se agachó detrás de los vehículos. Se desenfundaron pistolas, las radios crepitaron.

—¡Todo el mundo al suelo! ¡Agáchense! —gritaron algunos agentes.

Todo acabó tan deprisa como había empezado.

Habían disparado desde los árboles. Desde los terrenos del club. Ningún coche se había puesto en marcha. No se oían pasos.

Los agentes buscaron al tirador en la oscuridad, con las armas preparadas.

Sonaron gritos.

—¿Hay alguien herido?

Nadie contestó.

Freddy Muñoz se levantó y tomó la radio para ordenar que cerraran la zona, pero había una docena de formas de salir. Por Hill. Por Deerfield. Por North Street.

Por cualquier sitio.

Hauck se levantó. Desvió la mirada hacia el coche de policía que esperaba. Se le revolvió el estómago.

—Oh, Jesús, Dios…

La ventanilla del asiento posterior, del lado que ocupaba Lennick, había quedado reducida a una telaraña de cristal fracturado. Un diminuto agujero en el centro.

Saul Lennick estaba derrumbado contra ella, como si durmiera.

Había una mancha oscura en un lado de su cabeza que iba aumentando de tamaño. Su cabello blanco se estaba tiñendo de rojo.

104

Registro ilegal. Allanamiento de morada. Uso no autorizado de armas de fuego reglamentarias. Omitir información sobre un delito grave.

Ésos eran algunos de los delitos de los que Hauck debería responder desde su cama del hospital de Greenwich. Por no hablar de contribuir a que fracasara una investigación criminal en las Islas Vírgenes, pero al menos, de momento, eso estaba fuera de su jurisdicción.

De todos modos, mientras yacía conectado a una red de catéteres y monitores, en vías de recuperación de las intervenciones en el abdomen y la pierna, se le ocurrió que una carrera continuada en defensa de la ley era en estos momentos como un gotero de morfina.

A la mañana siguiente, Carl Fitzpatrick fue a verle. Le llevó un ramo de narcisos que dejó en el antepecho de la ventana, al lado de las flores enviadas por el sindicato de la policía local. Se encogió de hombros, como diciendo a Hauck, *Mi mujer me obligó a hacerlo, Ty.*

Hauck asintió.

—En estos momentos, siento más debilidad por los púrpuras y los rojos, Carl —dijo.

—La próxima vez, pues —sonrió Fitzpatrick, al tiempo que se sentaba.

Preguntó por las heridas de Hauck. Había tenido la suerte de que la bala del costado no interesara ningún órgano vital. Se recuperaría. No obstante, la pierna (la cadera derecha, en realidad), debido a los esfuerzos de perseguir a Dietz y Lennick, se encontraba en mal estado.

—El médico dice que todas aquellas carreras de un extremo a otro de la pista de patinaje son cosa del pasado.

Hauck sonrió.

Su jefe cabeceó como si sintiera lástima.

—Bien, no eras exactamente Bobby Orr*. —Al cabo de una pausa, Fitzpatrick se inclinó hacia delante—. Me gustaría poder decir «Buen trabajo, Ty». Vamos, menuda pifia. —Sacudió la cabeza con semblante serio—. ¿Por qué no me lo contaste? Podríamos haberlo hecho siguiendo las reglas.

Él cambió de postura.

—Supongo que me dejé llevar.

—Sí. —El jefe sonrió, como si le gustara la broma—. Así lo llamas tú, dejarse llevar. —Fitzpatrick se levantó—. He de irme.

Hauck extendió una mano hacia él.

—Sé sincero conmigo, Carl. ¿Cuáles son las probabilidades de que vuelva al trabajo?

—¿Con sinceridad?

—Sí —suspiró Hauck—. Con sinceridad.

El jefe exhaló un largo suspiro.

—No lo sé... —Tragó saliva—. Habrá una investigación. La gente me pedirá una especie de suspensión.

Hauck respiró hondo.

—Entiendo.

Fitzpatrick se encogió de hombros.

—No sé, Ty, ¿qué opinas tú? ¿Tal vez una semana? —Exhibió una amplia sonrisa—. Vaya, teniente. No puedo apoyar exactamente lo que hiciste, pero fue estupendo. Lo bastante para que quiera que vuelvas. Así que descansa. Cuídate. Tal vez no debería decirlo, pero deberías sentirte orgulloso.

—Gracias, Carl.

Fitzpatrick dio un tirón al antebrazo de Hauck y se encaminó hacia la puerta.

—Escucha, Carl...

El jefe se volvió.

* Famoso defensa canadiense de hockey sobre hielo, ya retirado. (*N. del T.*)

—¿Sí?

—Si lo hubiera hecho ciñéndome a las reglas… Si hubiera ido a verte para pedir que reabrieran el caso del atropello de Raymond sin contar con algo sólido… Dime la verdad, ¿habrías accedido?

—¿Accedido? —El jefe entornó los ojos mientras pensaba—. ¿A reabrirlo? ¿Basándome en qué, teniente? —Rió mientras salía—. Ni de coña.

Hauck durmió un poco. Se sentía descansado. A la hora de comer llamaron a la puerta. Jessie entró.

Con Beth.

—Hola, cariño… —sonrió Hauck. Cuando intentó abrir los brazos, se encogió.

—Oh, papá… —Jessie se precipitó hacia él con lágrimas de preocupación. Apoyó la cara sobre su pecho—. ¿Te vas a poner bien, papá?

—Estoy bien, cielo. Voy a ponerme bien, te lo prometo. Tan fuerte como siempre.

La niña asintió, y Hauck la apretó contra él. Miró a Beth.

Se remetió el corto pelo castaño detrás de la oreja y se apoyó contra la puerta. Sonrió. Hauck estaba seguro de lo que iba a decirle, algo así como: *Buen trabajo, teniente*, o *Esta vez te has superado a ti mismo, Ty.*

Pero no lo hizo.

En cambio, se acercó a la cama. Sus ojos eran líquidos y profundos, y tardó un rato en decir algo, y cuando lo hizo, fue con una sonrisa tensa y un cariñoso apretón de su mano.

—De acuerdo —dijo—. Puede quedarse contigo en Acción de Gracias, Ty.

Él la miró y sonrió.

Y por primera vez en años, creyó ver algo en sus ojos húmedos. Algo que había estado esperando durante mucho tiempo. Algo que se había extraviado, y que le había negado durante muchos años, y que ahora, con las mejillas húmedas de su hija apretadas contra él, había encontrado.

Perdón.

Le guiñó un ojo y apretó con más fuerza a Jessie.

—Me alegro, Beth.

Aquella noche, Hauck estaba un poco atontado a causa de tanta medicación. Había puesto el partido de los Yankees, pero no lo seguía. Alguien llamó a la puerta con delicadeza.

Karen entró.

Iba vestida con la camiseta gris de los Texas Longhorns y una chaqueta tejana tirada sobre los hombros. Llevaba el cabello recogido. Hauck reparó en un corte al lado del labio, donde Dietz la había abofeteado. Sostenía una sola rosa en un pequeño jarrón, que dejó al lado de su cama.

—Mi corazón.

La señaló.

—Estás guapa —dijo él.

—Sí, vale. Tengo la sensación de que un autobús me ha atropellado.

—No. Todo me parece precioso. La morfina está haciendo efecto.

Karen sonrió.

—Estuve anoche aquí, mientras estabas en el quirófano. Los médicos hablaron conmigo. Eres el señor Afortunado, Ty. ¿Cómo va la pierna?

—Nunca fue exactamente ágil. Ahora está tiesa. —Lanzó una risita—. Toda la...

—No lo digas —le interrumpió Karen—. Por favor.

Hauck asintió, y después de una pausa se encogió de hombros.

—De todos modos, ¿qué quiere decir «toda la pesca»?

Los ojos de Karen se iluminaron.

—No lo sé. —Apretó su mano entre las de ella y le miró a los ojos hundidos—. Gracias, Ty. Estoy en deuda contigo. Te lo debo todo. Ojalá supiera qué decir.

—No…

Karen apretó los dedos de Hauck contra sus palmas y sacudió la cabeza.

—No sé si podré continuar con lo nuestro.

Él asintió.

—Charlie ha muerto —continuó Karen—. Eso exigirá un poco de tiempo. Y los chicos… van a volver.

Le miró. Entre todos aquellos tubos, con el monitor emitiendo pitidos. Sus ojos se llenaron de lágrimas.

—Lo comprendo.

Apoyó la cabeza sobre su pecho. Notó su respiración.

—Por otra parte… —Reprimió unas lágrimas—. Creo que podríamos intentarlo.

Hauck rió. Se encogió cuando el estómago le dolió.

—Sí.

La retuvo. Le acarició el pelo. La redonda mejilla carnosa. Notó que dejaba de temblar. Notó que él también empezaba a sentirse relajado.

—Podríamos intentarlo.

105

Dos semanas después

Hauck condujo el Bronco hasta la gran puerta de piedra.

Bajó la ventanilla y se asomó para oprimir el botón de un interfono. Una voz contestó.

—¿Sí?

—Teniente Hauck —dijo al altavoz.

—Conduzca hasta la casa —escuchó. Las puertas se abrieron poco a poco—. El señor Khodoshevsky le está esperando.

Hauck siguió el largo camino de entrada pavimentado. Le dolía la pierna incluso cuando aceleraba un poco. Había iniciado la rehabilitación, pero le aguardaban varias semanas. Los médicos le habían advertido de que tal vez sufriría una leve cojera para siempre.

La propiedad era inmensa. Pasó junto a un enorme estanque. Había un campo vallado, tal vez para caballos. Llegó a una gigantesca mansión georgiana de ladrillo rojo, con un magnífico patio delante, una fuente barroca en el centro y agua que brotaba de figuras esculpidas y caía en una alberca de mármol.

Billonarios arruinando a millonarios, recordó Hauck. Nunca había visto nada semejante, ni siquiera en Greenwich.

Bajó del coche. Tomó su bastón. Le ayudaba. Subió la escalinata que conducía a las imponentes puertas delanteras.

Tocó el timbre. Sonoros repiques corales. No le sorprendió. Abrió una joven. Atractiva. Del este de Europa. Quizá una *au pair*.

—El señor Khodoshevsky me ha pedido que le acompañe a su estudio —dijo con una sonrisa—. Sígame.

Un niño de unos cinco o seis años pasó corriendo a su lado, a bordo de un coche de juguete motorizado.

—¡Pip pip!

—¡No, Michael! —aulló la *au pair*. Después sonrió a modo de disculpa—. Perdone.

—Soy policía. —Hauck le guiñó un ojo—. Dígale que aquí no puede ir a más de sesenta.

Le guió por una serie de estancias palaciegas hasta un salón situado en un lado de la casa, con una pared curva de ventanas que daban a la propiedad. Había un amplio sofá de cuero, una pintura contemporánea famosa encima, que Hauck supuso de inmenso valor, aunque no le gustaba mucho el uso del azul por parte del autor. Una enorme consola de aparatos estaba apilada contra una pared, un equipo estéreo y la consabida pantalla plana de sesenta pulgadas.

Estaban proyectando una película del Oeste.

—Teniente.

Hauck vio unas piernas reclinadas sobre una otomana. Después un corpachón erizado de vello se levantó de una butaca, con pantalones cortos abolsados y una camiseta amarilla demasiado grande que rezaba EL DINERO ES LA MEJOR VENGANZA.

—Soy Gregory Khodoshevsky. —El hombre extendió una mano. Sacudió la de Hauck con fuerza—. Siéntese, por favor.

Hauck se acomodó en una butaca, con cuidado de no apoyar todo su peso. Se ayudó con el bastón.

—Gracias.

—Veo que no está bien.

—Una pequeña intervención —mintió—. La cadera.

El ruso asintió.

—Me han operado de la rodilla varias veces. Por esquiar. —Sonrió—. He aprendido que el hombre no está hecho para esquiar entre los árboles.

Levantó el mando a distancia y bajó el volumen.

—¿Le gustan los *westerns*, teniente?

—Claro. Como a todo el mundo.

—A mí también. Éste es mi favorito: *El bueno, el feo y el malo*. Nunca sé con cuál identificarme. Mi esposa, por supuesto, insiste en que soy el feo.

Hauck sonrió.

—Si no recuerdo mal, ése era uno de los temas de la película. Todos tenían sus motivos.

—Sí —sonrió el ruso—. Creo que tiene razón. Todos tenían sus motivos. ¿A qué debo el honor de esta visita, teniente?

—Estaba trabajando en un caso. Apareció un nombre y pensé que tal vez podía sonarle de algo. Charles Friedman.

—¿Charles Friedman? —El ruso se encogió de hombros—. Lo siento, teniente, no. ¿Debería sonarme?

El tipo era bueno, pensó Hauck. Un don innato. Le observó con detenimiento.

—Esperaba que sí.

—Aunque ahora que lo dice… —sonrió Khodoshevsky—. Recuerdo a alguien llamado Friedman. Estaba al frente de una institución benéfica a la que fui hace uno o dos años. El Bruce Museum, creo. Hice una donación. Recuerdo que su mujer era atractiva. Tal vez se llamaba Charles, si se trata de ése. ¿Qué ha hecho?

—Está muerto —dijo Hauck—. Estaba relacionado con un caso que yo estaba investigando, un atropello en el que el causante se dio a la fuga.

—Se dio a la fuga. —Khodoshevsky hizo una mueca—. Qué vergüenza. El tráfico de aquí es insoportable, teniente. Estoy seguro de que ya lo sabe. A veces, hasta yo tengo miedo de cruzar la calle.

—Sobre todo cuando alguien quiere que no lo consiga —dijo Hauck con la vista clavada en los ojos acerados del ruso.

—Sí, imagino que sí. ¿Me ha relacionado con ese hombre por algún motivo?

—Sí —asintió Hauck—. Saul Lennick.

—¡Lennick! —El ruso respiró hondo—. A Lennick sí que le conocía. Terrible. Que esas cosas puedan suceder. En la propia casa del pobre hombre. En esta ciudad. Un desafío para usted, teniente, estoy seguro.

—El señor Friedman fue asesinado hace un par de semanas. En

las Islas Vírgenes… Resulta que el señor Lennick y él eran socios comerciales.

Los ojos de Khodoshevsky se abrieron de par en par, como sorprendido.

—¿Socios? Qué cosas tan demenciales están pasando aquí. Pero temo que no volví a ver a ese hombre. Siento que haya tenido que venir hasta aquí para descubrirlo. Ojalá hubiera podido serle de más ayuda.

Hauck extendió la mano hacia el bastón.

—No ha sido una pérdida de tiempo completa. No suelo ver casas como ésta.

—Me encantaría enseñársela.

Hauck se levantó y se encogió de hombros.

—En otro momento.

—Le deseo buena suerte con su pierna. Y que descubra al responsable de algo tan terrible.

—Gracias. —Avanzó un paso hacia la puerta—. Antes de irme, no obstante, me gustaría enseñarle algo. Por si le refresca la memoria. Yo también estuve en el Caribe hace una semana. —Hauck sacó su móvil—. Observé algo interesante en el mar. Frente a la isla. De hecho, le hice una foto. Qué curioso, a apenas dos millas de donde Charles Friedman acabó asesinado.

Tendió el móvil a Khodoshevsky, quien miró con curiosidad la imagen de la pantalla. La que Hauck había tomado cuando corría.

La goleta de Khodoshevsky. *Oso Negro.*

—Mmm. —El ruso meneó la cabeza y miró a los ojos a Hauck—. Es curioso cómo parece que se entrecruzan las vidas, ¿verdad, teniente?

—Basta —dijo Hauck, sin dejar de mirarle.

—Sí, tiene razón. —Le devolvió el teléfono—. Basta.

—Yo mismo encontraré la salida —dijo el policía, mientras se guardaba el teléfono en el bolsillo—. Un último consejo, señor Khodoshevsky, si no le importa. Parece que le gustan los *westerns*, de modo que creo que lo comprenderá.

—¿Cuál es?

El ruso le miró con expresión de inocencia.

Hauck se encogió de hombros.

—¿Conoce la expresión «Lárguese de Dodge»?

—Creo que la he oído. El *sheriff* siempre se lo dice a los malos. Pero ellos nunca le hacen caso, por supuesto.

—No, nunca le hacen caso. —Hauck avanzó un paso hacia la puerta—. Los *westerns* son así. Pero esta vez deberían hacerle caso, señor Khodoshevsky. —Le miró fijamente—. Usted debería hacerle caso. Ya sabe a qué me refiero.

—Creo que lo comprendo —sonrió el ruso.

—Ah, y por cierto... —Hauck se volvió al llegar a la puerta—. ¡Menudo barco, señor Khodoshevsky! Ya sabe a qué me refiero.

Epílogo

—La carne se transforma en polvo y ceniza. Nuestras cenizas regresan a la tierra. Donde, en el ciclo que nos ha impuesto el Todopoderoso, la vida vuelve a brotar.

Era un caluroso día de verano, el cielo de un azul perfecto. Karen miró el ataúd de Charlie en la tumba abierta. Le había llevado de vuelta a casa, tal como había prometido. Se lo merecía. Una lágrima abrasó la comisura de su ojo.

Se merecía eso y más.

Karen sujetaba con firmeza las manos de Samantha y Alex. Era muy duro para ellos, más que para nadie. No entendían nada. ¿Cómo había podido ocultarles tales secretos? ¿Cómo pudo desaparecer, pese a lo que había hecho? ¿Quién era?

—Éramos una familia —dijo Samantha a su madre, con un leve tono de confusión, e incluso acusación, en su voz temblorosa.

—Sí, éramos una familia —dijo Karen.

Había conseguido perdonarle. Hasta le había vuelto a querer, en cierto sentido.

Éramos una familia. Tal vez los chicos también volverían a quererle algún día.

El rabino pronunció sus últimas oraciones. Karen apretó con más fuerza las manos de sus hijos. Rememoró su vida. El día que ella y Charles se conocieron. Cuando se enamoraron. Cuando le había dicho que él era el hombre de su vida.

Charlie, el capitán, al timón del barco que surcaba el Caribe. Esperándola en su ensenada privada al final.

Por sus venas corría la sangre cálida de dieciocho años.

—Ahora nuestras costumbres exigen que presentemos nuestros últimos respetos al difunto arrojando un puñado de tierra, para que recordemos que todo en la vida es transitorio y humilde ante Dios.

El padre de Karen avanzó. Tomó la pala de manos del rabino y tiró un poco de tierra sobre el ataúd. Su madre hizo lo mismo. Después Margery, la madre de Charlie, mientras su hermano le sujetaba el brazo. Después Rick y Paula.

Samantha, que lo hizo de una forma rápida y herida, y entregó la pala a Alex. El chico estuvo parado ante la tumba durante largo rato, hasta que por fin se volvió hacia Karen y sacudió su joven cabeza.

—No puedo, mamá… No.

—Cariño. —Le apretó con más fuerza—. Sí que puedes. —¿Quién podía culparle?—. Es tu padre, corazón, pese a lo que haya hecho.

Por fin, Alex cogió la pala y tiró la tierra, mientras reprimía las lágrimas.

Entonces le llegó el turno a Karen. Recogió la pala del suelo. Ya se había despedido de él. ¿Qué más quedaba por decir?

Te quería, Charlie. Y sé que tú también me querías.

Tiró la tierra.

Todo había terminado. Su vida en común. *Hoy he enterrado a mi marido*, se dijo Karen. De manera irrevocable. Se había ganado el derecho a decirlo.

Todo el mundo se acercó a abrazarla, y los tres esperaron un momento mientras el resto empezaba a desfilar colina abajo. Karen enlazó el brazo de Alex. Pasó la otra mano sobre el hombro de Samantha y la acercó más a ella.

—Un día le perdonaréis. Sé que es difícil. Volvió, Sam. Se quedó en la calle y vio cuando salías de tu graduación. Le perdonarás. Eso es lo que cuenta en la vida.

Cuando descendían la colina, le vio bajo un olmo frondoso, de pie a un lado. Vestía una chaqueta deportiva azul marino y estaba guapo. Todavía con el bastón.

Sus miradas se encontraron.

Los ojos de Karen se llenaron de una sensación cálida que no había experimentado en muchos años.

—Venid —dijo a los chicos—, quiero presentaros a alguien.

Cuando se acercaron a él, Alex la miró confusa.

—Ya conocemos al teniente Hauck, mamá.

—Lo sé, cariño —dijo Karen. Se levantó las gafas de sol y le sonrió—. Quiero presentároslo otra vez. Se llama Ty.

Agradecimientos

Cada libro es un espejo que refleja el mundo exterior, y me gustaría dar las gracias a las siguientes personas, cada una de los cuales ha dado vida al mundo exterior de una manera mucho más vívida durante la creación de *Marea oscura*:

Mark Schwarzman, Roy y Robin Grossman, y Gregory Kopchinsky me proporcionaron información sobre los fondos de cobertura y el movimiento del dinero de un continente a otro..., todo legal, por supuesto.

Kirk Dauksavage, Rick McNees y Pete Carroll, de Riverglass, diseñadores de un avanzado software de seguridad mucho más sofisticado que los aquí plasmados, me explicaron cómo se controla Internet por motivos de seguridad nacional. Como dice un personaje: «Me siento más seguro así».

Vito Collucci Jr, un ex detective de policía de Stamford, Connecticut, convertido en asesor de noticias por cable, y autor por derecho propio, me explicó cómo funcionan los procedimientos de investigación de la policía.

Liz y Fred Scoponich, gracias por ser quienes sois y por la ayuda sobre Mustang clásicos.

Simon Lipskar, de Writers House, y mi equipo en William Morrow: Lisa Gallagher, Lynn Grady, Debbie Stier, Pam Jaffee, Michael Barrs, Gabe Robinson y, sobre todo, David Highfill me apoyaron en todo momento. Además, David no sólo me dedicó alabanzas suficientes para convencerme de que sé lo que estoy haciendo en este momento, sino que me dio los consejos necesarios para alejarme de mis peores vicios narrativos. Y también Amanda Ridout y Julia Wisdom, de HarperCollins en Londres.

Maureen Sugden, una vez más, gracias por tu diligencia y tenacidad en la lucha contra las cursivas.

Y quiero dar las gracias a mi esposa, Lynn, que me ha apoyado en cada paso del camino, y siempre me anima a superarme.

Pero sobre todo quiero dar las gracias a Kristen, Matt y Nick, de quienes ahora me siento más orgulloso, por lo adultos que han llegado a ser, que de todos los recitales de danza, aceptaciones en la universidad y partidos de squash de su juventud. Vuestro reflejo está en cada página.